수필 창작 어떻게 할 것인가

수필 창작
어떻게 할 것인가

김상태

푸른사상

붓 가는 대로 쓰는 글이라는 선입관 때문에 수필은 되는 대로 써도 좋다는 생각을 가진 사람이 많다. 그러나 아니다. 시나 소설 혹은 희곡처럼 상식으로 생각하는 형식이 없을 뿐이지, 되는 대로 써서 좋은 수필이 될 리는 없다. 러시아 형식주의자들의 말처럼 문학에서 가장 중요한 것은 '문학성'이듯이 수필에서 중요한 것은 장르나 형식보다는 문학성 그 자체라고 할 수 있다. 그런 의미에서 수필은 어떠한 문학 형태보다 문학의 진수에 가까이 가 있는 형태라고 할 수 있다. 한국 문단에서 수필이 문학의 변두리에서 서성이고 있는 것을 보고 안타까운 마음에서 이 교재를 만들었다. 사실은 수필로 많은 녹자들이 운집하였으면 하는 바램에서 시도된 것이다. 그러자면 스스로 수필을 써 보는 것이 가장 빠른 길이다.

지난 5년간 나는 이화여대 평생교육원에서 〈생활수필쓰기〉 과목을 담당해왔다. 수강생의 대부분은 문학인이 되겠다고 작심한 사람들은 아니었다. 생활하면서 생각하고 느낀 것을 소박하게 표현해보겠다는 생각들을 가지고 있는 사람들이었다. 〈생활수필쓰기〉라고 제목을 붙인 것도 그 때문이었다. 앞으로의 문학은 이 사람들이 즐기고 있는 형태로도 향유될 수 있구나 하는 생각도 들었다.

문학은 앞으로 두 갈래의 다른 방면으로 향수(享受)될 것이라는 생각이 든다. 극단으로 전문화된 문학 동호인끼리의 향수와 일반인의 극히 소박한 대중적 향수가 그것이다. 수용미학자들이 '문학의 행위'라는 말을 자주 쓰듯이 전문화된 문학이 아닌 각자 수준대로 문학을 즐기는 문학의 길도 있을 수 있다는 의미다. 문학을 다만 읽기만의 문학이 아니라, 스스로 참여해서 만들어 가는 문학이 있을 수 있다는 말이다. 그런 의미에서라면 수필을 스스로 써 보는 것이 가장 좋은 방법일 것이다.

본 교재는 수필을 처음 써 보려고 생각하는 사람들의 위해서 만든 것이다. 수필은 바른 문장을 쓰는 데서 출발한다. 본 교재에서는 바른 글을 쓰는 훈련에 심혈을 기울였다. 그 다음이 좋은 문체를 유지하는 것이다. 여러 유명한 작가들의 향기 나는 수필을 예문으로 감상하면서 좋은 수필을 쓰는 데 참고가 되도록 노력하였다.

시창작, 소설창작의 교재는 있으나 수필창작의 교재가 별로 없는 듯하니 한번 써보라는 출판사의 권고를 받고 본 교재를 쓰기로 결심하였다. 스스로 자격이 되지 않는다고 생각하지만 훌륭한 감독이 반드시 훌륭한 선수 출신이 아니듯이 오랫동안 교육계에 몸담아 온 그 경험으로 이 교재를 쓰기로 한 것이다. 대학 강단에 있는 동안 어떻게 하면 바른 글, 좋은 글을 쓸 수 있을까를 끊임없이 생각해 왔다. 좋은 수필을 쓰려면 글 쓰기의 기초부터 다져야 한다고 늘 생각해 왔다. 수필을 쓰는 것도 그런 관점에서 출발하였다. 다른 사람의 좋은 수필을 읽어야 하고, 많이 생각하고 많이 느껴야 한다는 것은 말할 필요도 없다.

앞으로 이 교재로 수필 교실에 임하면서 무엇이 문제인가를 검토해 보겠다. 잘못을 질책해준다면 거듭 수정하고 보강하겠다.

2004년 7월 5일

일산 우거에서 **김상태**

책머리에

제 1 장 수필이란 무엇인가 • 11

제 2 장 수필 쓰기의 기초 • 59

제 1 장 수필이란 무엇인가

가) 수필의 형태

수필(隨筆)이란 말을 글자 그대로 풀이하면 "붓을 따라 쓴 글", "붓 가는 대로 쓴"이 된다. 이 말을 좀 더 풀이해 보면, "형식에 묶이지 않고 듣고, 보고, 체험한 것, 느낀 것을 생각나는 내로 쓰는 산문 형식의 글"(새 우리말 큰 사전)이 될 것이다. 여기서 붓이란 필기 기구라는 뜻이다. 옛날의 한국이나 중국의 필기 기구는 붓이었기 때문이다. 그렇다면 수필의 역사는 인간이 문자를 가지기 시작한 그때부터라고 해도 틀린 말은 아니다. 아니 그보다 훨씬 더 이전으로 거슬러 올라갈 수가 있다. 문자를 가지기 이전에 말을 가졌기 때문이고, 말을 가졌다는 것은 말로 된 어떤 표현을 가졌을 것임에 틀림없기 때문이다. 그것은 기록문학 이전에 구술문학(oral literature)을 가졌다고 생각하는 견해와 같은 것이다. 문자문학 이후에도 구술문학의 오랜 전통을 갖고 있었던 것을 보면 문자문학 이전에도 상당한 기간 구술문학이 존재했다는 것을 인정하지 않을 수 없다.

그럼에도 불구하고 수필이 문학의 자격을 얻은 것은 동양이나 서양이나 그리 오래지 않다. 그 말은 수필이라는 글의 형태는 오래 전부터 존재했으나 그것을 문학의 한 종류로는 보지 않았다는 말이다. 수필은 대체로 산문에 속하고 산문으로 된 글은 고대에는 문학으로 취급하지 않았기 때문이다. 소설도 근대 이전에는 문학의 한 종류로 보지 않았던 것을 보면 수필도 당연하다는 느낌이 든다. 그러나 오늘날 소설이 문학이 아니라고 말할 수 없는 것과 같이 수필을 문학의 형태가 아니라고 말할 수 있는 사람은 아무도 없다.

수필은 시, 소설, 희곡 등과 같이 당당히 문학의 한 형태이다. 그러나 다른 문학 형태는 각기 그 나름의 특별한 형식이 있지만 수필은 수필 그 자체의 형식이 없다. 그 때문에 수필을 두고 "무형식의 문학"이라고 말한다. 아마 그 때문에 수필이 문학의 자격을 획득하지 못했던 이유도 될 것이다. 수필이 그 나름의 독특한 형식이 없다는 말은 소극적 견해이고, 좀더 적극적으로 말한다면 수필은 어떤 문학 형식이든지 차용할 수 있다는 말이 된다. 다른 말로 하면 다른 문학형식을 얼마든지 채용해서 훌륭한 문학작품을 창작할 수 있다는 말이다. 러시아형식주의자들을 말을 빌리면, 문학에 있어서 중요한 것은 문학성(literariness)이지 문학의 형식이 아니기 때문이다.

그렇다면 문학성이란 무엇인가 하고 물을 수 있다. 문학성이란 간단하게 대답할 수 있는 성질의 것은 아니다. 여러 면에서 밝혀내야 할 문제이기 때문이다. 학자들은 학자들대로, 작가는 작가들대로 깊이 탐구해야 할 것이고, 또 문학적 체험을 해보아야 할 것이다. 그 뿐 아니라, 시공간에 따라 문학성의 기준도 크게 달라질 수도 있다. 문학성은 우리가 문학 공부를 하는 깊이만큼 이해할 수 있을 것으로 생각된다.
수필에 대한 이해도 그것과 함께 할 수 있을 것이다.

수필은 우리 생활의 가장 가까운 곳에서 흔하게 접할 수 있는 문학
형태이기 때문에 쉽게 만나볼 수 있다.

1) 향기로운 MJB의 미각을 잊어버린 지도 20여 일이나 됩니다. 이곳
에는 신문도 잘 아니 오고 체전부는 이따금 〈하도롱〉 빛 소식을 가
져옵니다. 거기는 누에고치와 옥수수의 사연이 적혀 있습니다. 마을
사람들은 멀리 떨어져 사는 일가 때문에 수심이 생겼습니다. 나도
도회에 남기고 온 일이 걱정이 됩니다.

건너편 팔봉산에는 노루와 멧도야지가 있답니다. 그리고 기우제
지내던 개골창까지 내려와서 가재를 잡아먹는 곰을 본 사람도 있습
니다. 동물원에서밖에 볼 수 없는 짐승, 산에 있는 짐승들을 사로잡
아다가 동물원에 갖다 가둔 것이 아니라, 동물원에 있는 짐승들을
이런 산에다 내어 놓아준 것만 같은 착각을 자꾸만 느낍니다. 밤이
되면 달도 없는 그믐 칠야에 팔봉산도 사람이 침소로 들어가듯이
어둠 속으로 아주 없어져 버립니다.

― 이상, 「산촌여정(山村餘情)」

2) 여기 맑은 날의 공기 속에 한 신부(新婦)의 일행이 지나가요. 꽃가
마에 탄 신부의 나이는 신라 적 시집 갈 나이니까, 그렇지, 스무 살
안팎, 신부는 시방 바로 시집가는 길. 먼 신랑집에서 베푸는 결혼식
에 늦을 세라 대어가는 길. 그의 탄 꽃가마는 나루를 건너서, 나룻
목에 배가 매이자, 산이 우러러 뵈는 언덕길을 깁더 올라가고 있소.

― 서정주, 「처녀(處女)의 공기(空氣)」

3) "표 찍어주서요오"

"여보서요! 이 표 안 찍어줘요?"

색시가 돈을 내대고 이렇게 요구하였으나 그래도 차장은 눈 하나

떠보려 하지 않으므로,

"아니 여보! 표 안 찍우?"

이번에는 사각모가 무색해진 색시의 체면을 세우기 위하여 위엄
있는 어조로 불렀으나 그래도 영 반응이 없다.

"표 안찍구 졸고만 있으면 어떡해?"

"어젯밤은 새웠나?"

"고만두구려, 이따 그냥 내리지."

그들은 약간 해어진 자존심을 느끼면서 이렇게들 투덜거리지 않을
수 없었다.

— 김유정, 「전차가 희극을 낳아」

4) —경들, 이리로 들어오라.

제신(諸臣)이 들어가 부복(俯伏)하였다. 세조(世祖)는 앞서부터 이름
난 修養(首陽)대군이라, 땀 한 방울 없이 앉았지만, 범인(凡人)인 그
들은 이마에, 등에, 짠물이 개울물 흐르듯 한다.

—국사(國事)를 돌보려면 참을성을 길러야 해. 여(予)는 서늘하네
만, 경(卿)들은 어때? 더운가?

—신들도 모두 서늘하와이다.

—암 그렇겠지. 삼복염천(三伏炎天)에 농부들의 더위가 어떠할까를
함께 체험키 위하여 경(卿)들을 불렀어. 어때? 더운가?

—예, 과연 뜨겁도소이다. 아, 아니, 서늘하와이다.

마지못해 들어와 앉은 처(妻) 자(子) 군에게 내가 이런 대단한 영주
(英主)의 일화(逸話)를 소개하고 나서,

—〈비지〉 백반에 불고기나 한 턱 낼까? 나는 막걸리나 먹고.

—여름에 하필 더운 비지는요?

—그래야 〈비지땀〉을 흘리지. 이열치열(以熱治熱)……누구는 뜨거
운 죽을 먹었다는데.

— 양주동, 「비지땀」

5) 말이라고 하는 것은 일정한 지시적 의미를 갖는다. 그것은 그 말을

사용하는 언어공동체 속의 묵계와 관습에 의해서 결정된 것이다. 한 낱말은 지시적 의미 이외에도 제각기 특유한 함축을 가지고 있다. 이 함축도 그 말을 사용하는 언어공동체의 동의와 관습에 의해서 형성된 것이다. 그러나 개인적 지역적 시대적 변수에 따라서 지시적 의미보다 상대적으로 고정성이나 항상성이 취약하며 가변적이라 할 수 있다.

지시적 의미와 함축의 차이는 동의를 검토해 보면 분명해진다. 부부, 부처, 내외, 안팎, 양주는 모두 동의어여서 그 지시적 의미는 동일하다. 그럼에도 불구하고 그 함축은 크게 달라서 적절치 않게 사용되었다고 생각될 때 큰 감정의 분규를 자아낼 소지조차 있다. 이러한 함축이 크게는 계급적 편견의 소산인 경우가 많아서 어 계 층이 쓰는 말이냐에 따라서 그 함축의 성질이 결정되는 수도 있다. … (중략) … 그런데 시는 이러한 함축에 크게 의존하고 있다. 우리 는 그것을 널리 알려지고 애송되는 표준적인 사화집 흐름의 작품 속에서 확인할 수 있다.

― 유종호, 「시의 언어」

6) 1950년, 그 해 평양의 초여름은 유난히 무더웠던 것 같다.

교회에 나갔더니 모두들 전쟁이 터졌다고 야단들이있다. 목사인 아버지의 설교 말씀도 갈팡질팡하시는 것 같았다. 무슨 말씀을 하고 계셨는지 지금 잘 기억도 나지 않지만, 마음을 굳게 먹고 흔들리지 말라는 말씀이었던 같다. … (중략) …

나는 고등학교는 나왔으나 대학에 갈 형편이 되지를 못했다. 목 사의 아들이라 하도 성분이 나빠서 대학에 갈 생각이란 처음부터 포기하고 있었기 때문이고, 한시라도 빨리 서울에 피난을 가야 한다 는 생각 때문이었다. 평양신학에 입학은 됐었지만 교장 이하 교수 전원이 행방불명이 되는 바람에 학교는 문을 닫고 말았다. 나는 집 에서 빈둥빈둥 놀고 있을 수밖에 없었다.

― 서광선, 「눈 속의 눈물」

1)은 흔히 우리가 수필이라고 말하는 형태의 글이다. 도시에서 시골로 온 필자가 팔봉산의 풍경을 담담하게 그리고 있다. 인용된 부분만 가지고는 필자가 무엇을 전달하고자 하는지 알 수 없지만 읽는 재미가 솔솔 나는 글이다. 그것은 "〈하도롱〉 빛 소식"이라든지, "누에고치와 옥수수의 사연"과 같은 참신한 은유가 있어서도 그러하지만, "동물원에 있는 짐승들을 이런 산에다 내어 놓아준 것만 같은 착각"을 갖는다든지, "팔봉산도 사람이 침소로 들어가듯이 어둠 속으로" 없어진다는 특이한 생각을 하고 있기 때문이다. 필자인 이상(李箱)은 실제로 장르를 구별할 수 없는 글을 많이 썼다. 그의 어떤 글은 시 같기도 하고, 수필 같기고 하고, 소설 같기도 하다.

2)는 일종의 산문시 같은 수필이다. 이 작품은 매우 짧은 글인데 처녀가 시집가는 날 산 속을 가다가 가마꾼에게 멈추게 하고 맑은 산의 공기를 마신다는 내용이다. 이 작품을 다 읽고 난 느낌도 시와 아주 유사하다. 어미가 경어로 끝나고 있는 것도 시의 어법과 비슷하다. 실제로 필자인 서정주의 시집에는 이와 비슷한 시들이 많다.

3)은 소설의 한 부분과 비슷하다. 물론 아주 짧은 소설에 콩트(葉片小說)라는 것이 있기는 하지만, 필자는 소설을 쓰라는 청탁에 의해서 쓴 것이 아니라 수필을 써 달라는 청탁에 의하여 쓴 글이다. 수필이 소설과 유사하지만 역시 수필이라고 할 수밖에 없는 작품도 많다.

4)는 희곡과 비슷하다. —의 앞에 인물의 이름이 없을 뿐이다. 희곡과 꼭 같은 형식으로 쓴 글을 수필 속에 삽입할 수도 있을 것이다. 물론 짧은 글에서도 볼 수 있는 것처럼 앞의 글은 어느 역사적 일화를 인용한 것이고 뒤의 것은 필자가 겪은 일을 적은 것이다. 희곡과 비슷한 형태로 수필을 썼다고 해도 탓할 사람은 없을 것이다.

5)는 문학 평문이다. 시의 언어가 어떤 것인가를 설명하기 위하여 말의 지시적 의미와 함축을 설명하고 있다. 매우 논리적인 글이라고 할 수 있다. 이보다 더 논리적인 글도 수필로 분류할 수 있는 글이 얼마든지 있다. 가령, 신문사설이나 정치 평론 같은 글도 수필이라고 할 수 있다.

문학은 반드시 어떤 장르에 들어가야 하는 것이 중요한 것이 아니라, 문학성을 지니고 있는가 없는가가 중요한 것이다. 이 문학성이라는 말은 아주 넓은 의미를 지니고 있다. 윈스턴 처칠이 〈제2차대전 회고록〉으로 노벨 문학상을 받은 것이라든지, 지그문드 프로이트의 〈꿈의 해석〉이 노벨 문학상을 타지 못했던 것은 큰 실책이라고 질책하는 사람이 있는데 우리가 통상 문학이라고 생각하는 범위보다 훨씬 더 넓다고 말할 수 있다. 니체의 〈비극의 탄생〉이나 〈짜라스트라는 이렇게 말한다〉 등은 철학서도 되지만 문학작품으로도 얼마든지 볼 수 있다는 사실이다.

6)은 짧은 자서전과 같은 글이다. 필자는 6·25 전쟁 무렵에 겪은 일을 회상하면서 쓴 글이다. 자서전은 훌륭한 수필문학이다. 이 외에도 일기, 기행문, 편지, 격문 등도 모두 수필이라고 할 수 있다.

수필의 범위가 이렇게 넓고, 어떠한 글의 형식도 다 포함할 수 있으니 수필가는 따로 있다기보다 누구나 할 수 있는 것 같이 보인다. 그러니까 세상에는 수필가도 많고, 수필 작품도 많다. 그러나 훌륭한 수필 작품은 그리 많지 않다. 그만큼 수필은 쉽게 쓸 수 있다는 말도 되지만, 훌륭한 작품을 창작하기는 어렵다는 말도 된다.

우리는 문학을 광의로 정의하면, 말로 된 것은 모두 문학이라고 말한다. 사실 말로 된 것 중에 어떤 것을 문학이라고 하고 어떤 것을 문학이 아니라고 말할 수 있는가는 그리 쉽지 않다. 그것을 막연히 문학성을 갖고 있는 글(말)과 문학성을 갖고 있지 않는 글(말)로 구분하지만, 구체적으로 어떤 글이 문학성을 가진 글인가 라고 한다면 대답이 궁해진다. 다만 훌륭한 작가의 작품을 예로 들면서 이런 작품은 문학성을 지닌 작품이라고 말할 수 있을 뿐이다.

그런데 이것만은 분명하다. 문학성을 지닌 작품의 글은 절대로 졸문(拙文)으로 되어 있지 않다는 사실이다. 우선 훌륭하게 쓰여진 글이 되고 난 다음에야 훌륭한 작품이 될 수 있다는 말이다. 가끔 상식으로 이해되지 않는 글로 된 훌륭한 작품이 있다. 그러나 그것은 바른 글쓰기를 제대로 익히지 않고 바로 그렇게 된 것이 아니다. 미술의 기초가 스케치이듯이 수필의 기초도 바른 글쓰기이다. 그 기초 위에서 필자의 개성적이고 예술적 의도를 살려내어야 한다. 다시 말하면 자기 문체를 가져야 한다. 우선 바른 글을 쓰기의 기초적 능력을 기르는 것이 무엇보다 중요하다. 다른 어떤 장르보다 수필은 글을 바르게 쓸 수 있는 능력을 요구한다.

나) 수필의 쓸거리

"구슬이 서 말이라도 꿰어야 보배"라는 말이 있다. 수필의 소재는 우리들의 삶의 안팎에 다 존재한다. 보고 듣고 느끼고 생활하고 있는 주변의 일이 모두 수필의 소재가 될 수 있다. 감각의 세계에서 포착할 수 있는 모든 자연물에서부터 사회적, 경제적, 정치적 상황이 모두 수필의 소재가 된다. 우리들의 마음 속에서 일어나는 변화,

즉 심리적 현상도 수필의 소재가 된다. 그러나 그 소재에서 쓸거리를 잡아야 한다. 그것을 어떻게 잡을 것인가? 수필을 처음 써 보겠다고 생각하는 사람은 먼저 자기 주변의 일부터 면밀히 관찰하는 것이 좋다.

> 20평 남짓한 뜰을 가졌다.
> 이른봄부터 뜰에는 〈봄의 경영〉이 자못 활발하다. 개나리가 핀다. 연달아 진달래가 피게 된다. 개나리는 개나리대로 아름다움을 가졌고, 진달래는 진달래대로 아름답다.
> 4월이 되면서 뜰은 더욱 흥성스럽다. 잠자던 씨앗이 눈을 뜬다. 일요일은 집에서 해를 보내고 지루한 것을 모른다. 삽으로 흙을 뒤지고 호미로 골을 타고 씨앗을 넣는 일이 즐겁기 때문이다. 나이 50에 가까워 비로소 발견한 흙이요 뜰이다. … (중략) …
> 20평 남짓한 작은 뜰에서 내가 발견하는 것은, 시시각각으로 변모하는 행복의 얼굴이다. 그것은 싱싱한 햇빛으로서 내 눈으로 들어와 마음 속에서 속삭이는 것이며, 때로는 적당한 〈햇볕의 온도〉로서 내 등에 와 붙기도 한다.
>
>   — 박목월, 「행복의 얼굴」

자기 집 뜰을 소재로 해서 글을 시작하고 있다. 그런데 제목이 〈행복의 얼굴〉인 것을 보면 그 뜰을 통해서 행복의 얼굴을 보고자 하는 것임을 눈치챘을 수 있다. 자기 집 뜰이라면 언제나 볼 수 있는 것이다. 쓸거리를 바로 주변에서 찾은 것이다.

> 어쩌다 시골길을 걷다가 한국산 토박이 소나무 한 그루를 만나게 되면 눈시울이 뜨거워진다. 사태진 황토 흙을 뿌리로 움켜잡고 서 있는 나뭇가지의 형상은 사방으로 뒤틀려져 있다. 바람에 시달리고 또 싸워온 아픈 흔적이 보인다. 차라리 돌에 가까운 나무이다. 한국

소나무처럼 바위와 잘 어울리는 나무도 아마 없을 것이다. 꼿꼿이
하늘로 뻗은 서양 포플라 나무와는 얼마나 다른가.

— 이어령, 「소나무형 문화」

　　시골길을 가면 흔히 보게 되는 소나무가 소재가 되고 있다. 그러나
소나무를 예사롭게 보고 있지 않다. "바람에 시달리고 또 싸워온 아픈
흔적"을 소나무에서 읽으면서 그 소나무를 통해서 한국의 문화와 연
관하여 생각하고 있다. 한국의 문화를 소나무를 통해서 읽고 있으면
서 그와는 다른 성질을 지니고 있는 '포플러'를 대비하면서 생각하고
있다.

　　두어 해 전이다. 출판사 H에 들려 소관사를 마치고 막 나오려는
데 양장 차림을 한 중년부인네 한 분이 사장실로 들어왔다. 거리에
서 흔히 보이는 그런 양장이 아니고, 슬랙스 비슷한 아랫도리에 스
포티하게 몸차림을 한 활동적인 스타일이 눈에 신선했다.
　　그냥 나가려는데 내게 사장 J씨가 "두 분이 서로 모르셨던가요?"
하면서 그 부인 손님을 소개해주었다. 여류 작가 P여사였다. …(중
략) …
　　내딴에는 호의를 가졌던 이를 그렇게 만난 것이 반갑기도 해서
불쑥 농조가 나와버렸다.
　　"P선생은 마치 딸라장수 아주머니처럼 차리시고도 그렇게 좋은
작품만 쓰시지요……"
　　우리말 어휘가 모자라서 언제나 외국어 같기만 한 나로서는, 이
것이 수식도 에누리도 아닌 진심의 찬사였다.
　　내 말이 떨어지자 P여사는 안색이 변했다.

— 김소운, 「실언(失言)」

　　겪었던 일이 소재가 되어 있다. 그러나 겪었던 일을 그대로 진술하

려는 것이 아니라, 그 일을 통해서 필자는 독자에게 어떤 것을 전달하려고 한다. 그것을 우리는 주제라고 한다.

위의 두 글에서도 '뜰'이나 '소나무'라는 소재를 통해서 필자가 독자에게 전달하고자 하는 메시지가 있다. 그것을 우리는 주제라고 한다. 한편의 글 속에는 한 개의 소재로 전개하는 경우도 있지만, 여러 소재를 가질 수 있다. 그러니까 한 편의 글 속에서는 여러 소재를 가질 수 있지만, 주제는 하나이어야 한다. 한 편의 글에 두 개의 주제를 갖고 있으면 글의 통일성도 부족할 뿐 아니라, 전달되는 메시지의 힘도 약하다. 물론 고의로 양의적 혹은 다의적인 주제로 해석하도록 하는 경우는 있다. 그러나 그것은 글 쓰기의 기초가 충분히 이루어진 연후에 다시 생각해 볼 문제다.

글을 쓰는데는 대체로 두 가지 다른 방법이 있다. 구체적인 사물을 보면서 그것에 어떤 의미를 부여할 것인가 하는 생각을 하는 방법과 전달할 의도를 결정하고 난 뒤에 그것을 어떤 구체적인 사례를 통하여 펼쳐 갈 것인가를 생각하는 것이다. 앞의 것은 내체로 문예문에 가까운 글이 그렇고, 뒤의 것은 논설문에 가까운 글이 그렇다. 앞의 방법을 귀납법적 방법이고, 뒤의 것을 연역적 방법이라고 한다. 이에 대해서 구체적인 예를 통하여 뒤에 다시 자세하게 생각해 보기로 하자.

소재는 우리 주변에 한없이 널려 있다. 그것을 글로 쓸 수 있는 재료로 우리가 선택해야 한다. 다시 말하면 쓸거리를 만들어야 할 것이다. 쓸거리로 만든 것을 제재(題材)라고 한다. 무심하게 사물을 바라보는 사람은 절대로 그 많은 소재에서 글 쓰기에 필요한 제재를 얻을 수 없다. 그렇다면 어떤 사람이 소재를 제재로 활용할 수 있는가?

첫째, 사물을 면밀히 관찰하되 생각이 따라야 한다. 아무 생각 없이 보는 것은 보는 것이 아니다. 눈에 다만 스쳐 지나갔을 뿐이다. "보는 눈을 가진 자에게만 세계는 열린다."는 말이 있다. 이 때 보는 눈이란 생각 없이 보는 눈이 아니다. 보는 사물마다 우리의 삶과 연관되어 어떤 의미를 가져야 한다. 같은 눈을 가지고 같은 사물을 보고 있어도 무심히 보는 사람과 생각을 가지고 보는 사람과는 큰 차이가 있다.

나는 프랑스의 농민화가 밀레의 명작 〈만종(晚鐘)〉과 〈씨 뿌리는 사람〉을 지극히 좋아한다. 어둠의 장막이 조용히 땅을 덮기 시작한다. 저 멀리서 예배당의 종소리가 은은하게 들려온다. 일하던 두 젊은 부부가 일손을 멈추고 조용히 고개를 숙여 감사의 기도를 드린다.

미국의 미술 평론가 반다이크는 이 그림을 다음과 같이 평했다. "만종은 사랑과 신앙과 노동을 그린 인생의 성화다." 참으로 적절한 비평이다.

나는 국민학교 3학년 때 처음으로 이 그림의 사진을 보고 흐뭇한 기쁨을 느꼈다. 빠리의 루브르미술관에서 이 명화 앞에 섰을 때 깊은 감명을 받았다. 〈씨 뿌리는 사람〉도 좋다. 한 젊은이가 생기 발랄한 표정으로 넓은 벌판에서 열심히 씨를 뿌린다. 역동감(力動感)이 화폭에 넘치는 그림이다. 밀레는 일생동안 주로 일하는 농부만 그렸다. 밀레의 인생과 예술관에 의하면, 노동 속에 미가 있다. 사람은 일할 때가 가장 충실하고 아름답다고 하였다.

비유법은 사물의 핵심을 바로 이해하는 데 가장 좋은 방법의 하나다. 우리는 인생을 여러 가지로 비유할 수 있다. 나는 인생을 농사에 비유하고 싶다. 봄에 땅을 갈고 씨앗을 뿌리고 김을 매고 기름을 주고 잡초를 뽑으면서 정성껏 농사를 짓고 가을에 열매를 거둔다.

콩을 심으면 콩을 거두고 오이를 심으면 오이를 거둔다. 그래서 옛사람은 종두득두(種豆得豆), 종과득과(種瓜得瓜)라고 했다. 콩을 심었는데 팥이 날 수도 없고 팥을 심었는데 콩이 나는 일도 없다. 많이 심으면 많이 거두고, 적게 심으면 적게 거둔다. 심지 않고는 거둘 수가 없다. 인생에는 인과업보(因果業報)의 법칙이 지배한다. 우리는 심지 않고 거두려는 어리석은 사람이 되지 않아야 한다. 근면과 성실과 신용과 절약과 인내의 씨앗을 뿌리면 번영과 행복의 열매를 거둔다.

— 안병욱, 「심고 가꾼 만큼 거둔다」

밀레의 그림을 아무 생각 없이 보았다면 이런 글을 쓸 수 없을 것이다. 〈만종〉과 〈씨앗 뿌리는 사람〉을 보면서 "사람은 일할 때가 가장 충실하고 아름답다"고 생각하였고, 다시 더 나아가 인생이라는 것이 농사와 같은 것이라고 필자는 생각하고 있는 것이다.

둘째, 남이 흔히 보고 느끼고 생각하는 방식이 아니라, 자기만의 방식으로 보고 느끼고 생각하는 태도를 견지한다. 그렇다고 해서 상식에 전혀 맞지 않는 태도이거나 비윤리적, 비도덕적인 태도를 견지하는 것도 옳지 않다. 상식을 기반으로 하되 상식에 얽매이지 않는, 기성의 사회규범을 그대로 쫓지 않으면서 반사회적이고 파괴적인 사고가 내재하지 않아야 한다. 요컨대 독창적인 방식으로 보고 느끼고 생각하는 태도가 필요하다.

> 꽃은 평화의 상징이 아니라 비생명적인 모든 것에 대한 저항의 언어이다. 빛깔을 갖는다는 것, 대지가 잿빛으로 바뀌어 갈 때 하나의 빛깔을 갖는다는 것, 그것은 죽음이 아니라 죽음을 거역하는 장렬한 투쟁이다. 매연의 악취 속에서도 향기를 내뿜는다는 것은 눈물겹기까지 한 생명의 데몬스트레이션이다.
> 꽃은 형식이 아니다. 부지런한 뿌리의 노동 속에서 가꾸어진 땀의 결정이다. 딱딱한 돌과 음흉한 땅벌레들을 피해 맑은 수분을 퍼 올리고 거친 흙더미에서 양분을 획득한 그 슬기의 깃발이다.
> 꽃은 열매를 맺기 위해서 피어나는 것이 아니라 다만 자기 표현

을 위해서 밝은 색채와 유현한 향취를 갖는다. 그랬을 때만이 정말 꽃은 꽃답게 필수가 있다. 열매는 자기 표현에 대한 하나의 보상일 따름이다. 꽃은 열매처럼 먹을 수도 없으며 씨앗처럼 땅에 뿌려 몇 배의 그 수확을 얻지도 못한다. 우리는 다만 그것을 쳐다볼 뿐이다. 냄새맡는 것이다. 그것은 마음이나 머리의 빈자리를 메우기 위해서 피어난다.

열매만을 소중히 생각하는 시대에서는 꽃의 의미가 망각되기 쉽다. 식탁에 오르지 못한다는 구실로 사치한 품목 속에 끼이기 쉽다. 샤이로크의 방에서는 꽃이 추방되기도 한다.

꽃은 문화의 은유법이다. 우리는 꽃이 비소하고 있는 것처럼 보이지 않고 가끔 분노하듯이 피어 있다고 생각되는 적이 많다. 아스팔트의 길가에, 혹은 철골만이 서 있는 어느 공장 굴뚝 밑에 한 송이 꽃이 피어 있는 우연! 꽃이 있기에 아직도 우리는 태고적 생명의 긍지를 갖고 살수가 있다. 꽃은 문화의 은유법으로서 지금도 우리 곁에서 졌다가는 또 그렇게 다시 탐스럽게 피고 있는 것이다.

— 이어령, 「문화의 은유법으로서의 꽃」

우리가 흔히 생각하는 대로의 꽃이 아니다. "꽃을 평화의 상징"으로 보는 것이 상식이다. 그 상식을 뒤집어놓고 있다. "저항의 언어"로 본다는 것이다. 또 "죽음을 거역하는 장렬한 투쟁"이라는 것이다. 이 글 전부가 상식을 뒤집는 은유로 점철되어 있다. 꽃을 '생명의 데몬스트레이션', '슬기의 깃발', '문화의 은유법'으로 표현하고 있다.

셋째, 다양하게 표현하는 방법을 익힌다. 이 항목이야말로 너무나 넓은 범위에 걸쳐 있어서 간단히 말하기는 어렵다. 표현과 내용이 따로 떨어져 있는 것이 아니라, 서로 밀접하게 연관되어 있는, 즉 양자는 유기적 관계에 있기 때문이다. 그러나 어떤 글을 쓰기 이전에 표현하는 방법에 대하여 평소에 관심을 가지고 연습해 두면 좋은 글을 쓰는데 매우 유익할 것이다. 가령, 필기 기구가 나빠도 글을 쓰는데 지장을 받을 수 있는 것과 같이 표현하는 도구에 해당하는 것들, 이를테면 맞춤법의 바른 지식, 어법에 맞는 문장력, 풍부한 어휘력 등은 좋은 글을 쓰는데 필수적이다. 바른 맞춤법 지식을 갖고 있지 않은 사람은 자기가 써놓고도 그 글에 대하여 항상 자신이 없다. 또 많은 어휘를 알고 있는 사람은 그렇지 못한 사람보다 글을 쓰는데 유리하다는 것은 당연한 이치다. 또 낱말의 뜻을 정확하게 알고 있어야 한다. 정확하게 안다는 것은 말의 지시적 의미 뿐 아니라, 함축, 연상 등에 대해서도 민감하게 느껴야 한다는 뜻이다. 그래서 다른 사람의 글을 많이 읽은 사람이 그렇지 못한 사람보다 단연 유리하다. 다른 사람의 글을 통해서 이상에서 열거한 여러 가지를 배우기 때문이다.

내가 만약 신화 속의 미장부(美丈夫) 나르시소스였다면 반드시 물의 정(精) 에코오의 사랑을 물리치지 않았으리라. 에코오는 비연(悲戀)에 여위고 말라 목소리만이 남았다. 벌로 나르시소스는 물 속에 비치는 자기의 그림자를 물의 정으로만 여기고, 연모하고 초려(焦慮)하다가 물 속에 **빠**져 수선화로 변하지 않았던가. 애초에 에코오의 사랑을 받았던들 수선화는 세상에 태어나지 않았을 것이다.

이른봄에 피는 꽃으로 수선화에 미치는 자 없으나 유래와 전설이 슬픈 꽃이다. 애잔한 꽃판과 줄기와 잎새에 비극의 전설이 새겨져 있지 않은가.

이왕 꽃으로 태어나려거든 왜 같은 빛깔의 백합이나 그렇지 않으면 장미로나 태어나지 못하고 하필 수선이 되었을까. 쓸쓸하고 조촐하고 겸손한 모양, 기껏해야 창 기슭 화병에서나 백화점 지하실 꽃가게에서 볼 수 있는 것이지만, 그 어느 때 본들 화려하고 찬란한 때 있었으리.

언제나 외롭고 적막한 자태. 서구의 시인들같이 벌판에 만발한 흐뭇한 광경을 보지는 못했으나 그 역 그 빛깔, 그 자태로는 번화하고 명랑할 리는 없다. 원래가 슬프게 태어난 꽃이라 시인들은 자꾸 슬프게만 노래한다. 수선은 자꾸자꾸 슬픈 꽃으로 변해간다.

— 이효석, 「수선화(水仙花)」

　수필도 바른 글, 좋은 글을 쓸 수 있는 기본적 능력이 중요하기 때문에 그 점에 대해서 차후 자세하게 기술하기로 하고 우선 여기서는 다음과 같은 점을 유의해서 자기가 쓴 글의 표현을 살펴보아야 할 것이다.

　첫째, 글의 흐름을 중시해야 한다. 산문이라고 해서 결코 리듬이 없는 것은 아니다. 리듬이 있는 글은 읽기가 즐거운 반면에 리듬이 없는 글은 거치적거리고 답답하다. 글을 쓸 때부터 리듬에 따라 전개해 가야 하지만, 글을 다 쓰고 나서 다시 읽을 때 이 리듬을 중시해서 수정해야 한다는 말이다. 아무리 필요한 말이라도 글의 리듬에 문제가 있을 때는 다시 한번 생각해야 한다. 대체로 긴 문장이 많은 글은 느리고 답답할 수가 있다. 대신 유장한 맛이 있다. 짧은 문장이 많은 글은 날카롭고 명쾌하다. 대신 깊고 유장한 맛이 없다.

　둘째, 상황에 맞는 문체를 선택해야 한다. 대체로 글을 쓸 때는 그 글을 읽을 독자를 상정하고 쓴다. 어린 아이를 대상으로 해서 쓰는 글과 어른을 대상으로 쓰는 글은 분명히 다를 것이다. 자기보다 아는 것도 많고 경험도 많은 사람을 대상으로 해서 하는 말과 아는 것도 적고 경험도 적은 사람을 대상으로 해서 하는 말은 분명히 다를 것이다. 이것은 독자에 의하여 결정되는 문체라고 할 수 있다. 또 조위문을 쓸 경우와 경축문을 쓸 경우가 다를 것이다. 유머러스하게 쓸 경우와 진지하게 쓸 경우도 다를 것이다. 요컨대 상황에 맞추지 못하는 글은 아무리 잘 쓴 글이라도 겉도는 느낌을 받을 수밖에 없을 것이다.

다) 수필의 주제

주제란 글이 의도하는 바의 큰 뜻이라고 할 수 있다. 대체로 필자가 독자에게 전달하고자 하는 의도라고 할 수 있는데 때로는 필자가 의도한 것과 독자가 받아들인 의도가 반드시 일치하지 않을 때가 있다. 필자가 잘못 써서 그런 수도 있고, 독자가 잘못 파악해서 그런 수도 있다. 또 독자의 해석에 편차가 있어서 같은 글을 두고 다른 주제로 파악할 수도 있을 것이다.

글 쓰는 필자의 입장에서 본다면 필자가 의도하는 바의 뜻이라고 할 수 있겠지만 그렇게만 볼 수 없다는 것이 미국 신비평가의 주장이다. 가령, 어떤 글의 주제가 분명하게 드러나지 않을 경우 여러 독자의 의견이 갈렸다고 할 때 필자가 이런 것이라고 제시해 준다면 그것이 최종 판단이 될 수 있느냐 하면 그렇지 않다는 것이다. 물론 그 많은 글을 일일이 그렇게 필자가 판단해 주시노 못하지만, 필자가 죽고 난 후에는 어떻게 하느냐고 되물을 수 있다. 설사 필자가 일일이 그 글의 주제가 이런 것이라고 한다고 해도 그것은 반드시 맞는 정답은 될 수 없다는 것이다. 신비평가들은 필자의 의도를 그대로 그 글의 의도라고 말하는 것을 잘못이라고 단정한다. 그것을 그들은 의도적 오류(intentional fallacy)라고 부른다. 완성된 작품은 독자성을 가지고 있어서 필자도 그 작품을 읽을 때는 하나의 독자로서밖에 자격이 없다는 것이다. 물론 훌륭한 글일 경우에 해당한다. 잘못 쓴 글의 경우 주제가 불분명할 뿐 아니라, 뒤죽박죽일 경우 이런 논란은 있을 수 없다.

이제 우리는 수필을 읽어야 할 독자가 아니라, 수필을 써야 할 필자의 입장에서 생각해 보아야 한다. 우선은 내 글을 읽는 독자에게 나의 의도가 분명히 전달되도록 글을 써야 할 것이다.

　무슨 사업을 성취하는 데는, 기획과 열의의 두 가지가 불가결한 요소로 되어 있다. 그러나 이 밖에 또 한 가지 절대적인 요소로 요구되는 것이 있으니, 그것은 다름 아닌 시간이다.

　시간은 기획에도 필요하고, 그 기획을 현실화하는 열의의 계속에도 필요한 것은 구구한 설명을 요치 않는다. 그러므로, 시간은 금이라는 말이 있지마는, 그 이상으로 시간은 생명이요, 성공 자체라 할 것이다. 소소한 사업도 시간 없이는 될 수 없는 것이요, 큰 사업에 있어서는 그만큼 더 많은 시간이 요구된다.

　그런데, 우리나라에서는 이 시간에 너무 인색하다. 아니, 인색하다느니보다 도리어 낭비하고 있다. 정부에서 어떤 계획과 방침을 세운 다음에는, 한동안 착실히 실천하여 보아야 할 것이다. 그런데, 백 리를 갈 길 4, 5리를 못 가서, 그 계획과 방침을 뜯어고쳐 버리곤 한다. 한 가지 예를 들면, 광복 후 16~7년 동안에, 우리 교육제도만 하더라도 얼마나 많은 변개(變改)를 거쳐왔는지 알 수 없다. 이 동안에 우리는 실로 막대한 금전과 노력과 시간을 낭비하여 버린 것이다.

　한 개인의 계획 변경은 그 영향이 대개 그 개인에 그쳐 버리고 말게 된다. 아니 그 가족과 친지에만 미치는 일이 많게 된다. 그런데, 큰 집단이나 국가의 방침이 변한다면, 그 영향이 얼마나 크고 넓게 파급(波及)되는지 알 수 없다. 그 피해가 말이다. 한 부처의 계획 변경이 타 부처는 물론, 전 국민에게 미치게 된다. 일파만파(一波萬波)이기 때문이다.

　새해에는 부디 기획에도 시간을 들여서, 유루(遺漏) 없는 확고한 방침을 세우고, 일단 세운 계획은 끝까지 완수하여 나가는 끈기와 노력을 지속하여야 할 것이다.

　조삼모사(朝三暮四)는 혼란과 무질서의 연원(淵源)이 되기 때문이다.

― 이희승, 「조삼모사(朝三暮四)를 기양(棄揚)하자」

윗 글은 제목이 그대로 주제가 되고 있다. 주제를 찾아내는 데 전혀 어려움이 없다. 필자가 의도한 글의 뜻 그대로 받아들이게 되는 명확한 주제라고 할 수 있다. "아침에 3이었던 것이 저녁에는 4가 된다"는 고사를 인용한 것인 데, 정부의 정책이 너무나 자주 바뀌고 있는 것을 질책하는 글이다. 이에 비하여 다음 글은 앞 글 만큼 주제가 명확하게 드러나지는 않고 있다.

　런던 시내를 산책하고 있던 나는 런던탑 옆에 놓여져 있는 큰 비석 앞에서 발을 멈추었다. 그것은 영해군(英海軍)의 무명전사비로서 지난 양차대전에서 전사한 영해군들을 추념하기 위한 것이었다.
　그 문면을 보면 전사자와 수를 거시한 다음 "바다 말고는 무덤이라고 없는(no graves but sea) 이들 용사들을 추념하기 위하여"라고 되어 있다. 나는 그 고양된 수사학적 억양 뒤에 대영제국의 영광의 밑바탕이 되어 있는 영국 해군의 용기와 모험심 같은 것을 가슴 깊이 감득하지 않을 수 없었다.
　주지하는 바와 같이 영국이 한갓 작은 섬나라에 불과하면서 7대양을 지배해 온 것은 그들의 해군의 힘에 의한 것이다. 그러기 위하여 그들은 미국 다음 가는 세2 해군국의 2배의 함정을 보유할 것을 줄곧 주장해왔다. 그리고 그들은 적을 발견하면 어떠한 환경에서도 무조건 공격을 가하는 것을 전통으로 하였고, 함장은 으레 자기 함정과 운명을 같이하는 것을 역시 전통으로 해 왔다. 이러한 전통을 지닌 전 장병은 그들이 산화한 뒤 창창대해만이 자기들의 무덤이라고 진실로 믿어 왔으리라. 나폴레옹도 히틀러도 그 좁은 도버 해협을 넘지 못하였다. 대영제국의 위대한 발전은 그들의 모험심과 용기에 밑받침되어 있었다 해도 과언이 아니다.
　우리는 지금 천재일우(千載一遇)의 해외진출의 기회를 맞고 있다. 우리 민족도 세계사에서 참되게 위대한 민족이 되려면 전 국민이 세계에 웅비하려는 모험심과 용기가 있어야 한다고 믿어 의심하지 않는다. 현재의 정세를 경제적 타산에서만 계량(計量)하려는 입장에 나는 찬동하지 않는다. 한 민족이 발전하려고 할 때 반드시 특유의

철학과 이념을 바탕으로 할 것을 요구받는 것과 마찬가지 이치로
한 개 민족의 해외발전도 철학과 이념과 모험심과 용기를 필요로
한다고 나는 생각한다. 올해를 해외 웅비의 해로 정할 것을 요구하
는 나는 그것이 근본적으로 한 개의 철학과 이념으로서 행해질 것
을 주장하지 않을 수 없는 것이다.

— 서임수, 「바다말고는 무덤이라고 없는」

이 글은 마지막 문단을 제외하고는 전부 영국의 해군에 관해서 쓰
고 있다. 그러니까 영국 해군이 소재다. 이 글의 주제는 "올해를 해외
웅비의 해로 정하고 철학과 이념이 뒷받침되어야 한다"는 것이다. 이
글도 앞글과 다소 문체가 다르긴 하지만 주제 파악에 어려움이 전혀
없다. 필자도 분명한 문장으로 주제를 드러내고 있다.

　지난 가을 서울에 갔을 때, 어떤 소간으로 신촌 이화대학을 찾아
가 본 일이 있다. 그 부근을 내가 연전(延專)에 다닐 때 많이 걸은
곳이지만, 근 30년 전 일이라 그 당시의 모습이라고는 찾아볼래야
볼 수 없을 만큼이나 변했고, 다만 이대(梨大) 앞 기차 터널이 그때
그 터널이거니 하고 겨우 짐작이 갈 뿐이었다. 물론, 그때는 이대도
거기에 서지 않았고, 아현동을 넘어와서는 집 한 채 없는 산골짜기
였다.
　마침 이대를 찾아간 때는 오후 네 시경의 학교 시간이어서, 버스
를 내려 교문에 이르니, 갖은 복색을 한 이제 한창 꽃피는 젊은이들
이 책이며 가방들을 들고, 제각기 재잘대며 쏟아져 나오는 판이었
다. 이 숱한 젊은 여인들! 모두 알맹이가 꽉꽉 충실하여 있는 젊음
의 향취와 빛깔! 이제 피어나는 젊은 여인이란 이렇게도 아름다운
것인가? 더구나, 그들의 어딘지 지식에 충족스런 듯한 모습과 빛나
는 검은 눈매들을 볼 때, 흡사 백화요란(百花燎亂)한 꽃동산에나 들
어온 거와 같은 황홀함에 발을 멈추고는 못내 감탄하였다.
　그러나 다음 순간, 내 자신 말못할 서글픔 속에 빠져 있음을 발

견하지 않을 수 없었다. 그것은 이미 내가 그 꽃 같은 청춘에는 참렬(參列)할 수 없는, 이제야 선망(羨望)도 미칠 길 없는 포기된 자신을 다시 고쳐보는 허무감에서 오는 것이다.

구내를 들어서니, 자욱한 수풀에 에워있는 청결한 건물들―철따라 우짖는 새 울음소리도 바람소리도 창으로 들려 오리라. 이렇게 고요한 한적(閑寂) 속에서, 진리를 탐구할 수 있는 그 청춘들이 얼마나 행복하겠는가? 그러나, 나는 이 행복한 전당에서도 이미 쫓겨나지 않았는가?돌아보아 내게도 그런 황홀스런 청춘이 있었으리라. 30년 전―그러나, 반드시 있었을 것임에는 틀림없건만 아예 없었던 것만 같다. 너무나도 소홀히 써버린 그 회한(悔恨)이 또한 가만히 가슴을 헤집고 드는 것이었다.

그러한 입맛 쓴 회한과 허무감을 느끼며 돌아 나오려니, 문전 가까이 이미 낙엽진 높다란 한목(寒木) 위에 펼쳐 있는 푸른 하늘―그 하늘이 마음 깊이 스며드는 것이었다. 그리고는, 거기에 무한한 안심과 위자(慰藉)가 있는 것만 같았다.

그리고는, 문득 이 아래를 무수히 지나다닐 그 젊은이들도, 나와 같이 저 하늘의 푸름에 마음이 끌릴 것인가고 생각이 미치는 것이었다. 아니리라―아니라고 생각되는 것이었다. 그대들 청춘은 자신을 안에 너무나도 많은 고운 것들로 충족되어 있기 때문에, 미처 외부엔 눈이 필릴 겨를이 없지 않겠는가?

파란 하늘이라든가, 무한이라든가, 종교 같은 것에 마음이 끌리고 마음에 스며들게 되는 것은 이미 자신에게서 자신을 잃은 인생, 오후의 석양에 이르른 그때가 아니겠는가?

― 유치환, 「쫓겨난 아담」

위의 글은 앞의 글보다 주제를 쉽게 드러내지 않는다. 필자는 여자 대학에 일이 있어 들렸다가 그 곳에서 본 발랄한 젊음을 보고 느낀 점을 토로한 것이다. "진리를 탐구할 수 있는 그 청춘들이 얼마나 행복하겠는가? 그러나, 나는 이 행복한 전당에서 쫓겨나지 않았는가?"라고 한탄하는 것을 보면, 이미 나이가 들어서 배움의 전당에 설 수 없는 것을 한탄하는 듯하다. 제목이 〈쫓겨난 아담〉인 것을 보면 더욱 그런 느낌이 든다. 그래서 "돌이킬 수 없는 청춘을 한탄함", 혹은 "지나간 청춘에 대한 회한과 허무감"이 주제일 것 같은 생각이 든다. 그러나 조금 더 읽어보면, "낙엽진 높다란 한목 위에 펼쳐 있는 푸른 하늘 —그 하늘이 마음에 깊이 스며든다. 그리고는, 거기에는 무한한 안식과 위자가 있는 것만 같았다."라고 한 대목이 주제와 깊은 관련이 있을 듯 보인다. 이 글 자체가 주제문이 될 수 없다. 이 글은 은유로 무엇인가 뜻하고 있기 때문이다. 젊었을 때는 "자신들 안에 너무나도 많은 고운 것들로 충족되어 있기 때문에," 이 "푸른 하늘"을 볼 수 없다는 것이다. '푸른 하늘'이 은유하고 있는 바가 무엇일까? 젊었을 시절 미처 보지 못했던 그 '푸른 하늘'을 통하여 마음의 위로를 얻는다는 뜻으로 쓴 것이다. '푸른 하늘'은 '우주만물에 대한 깨달음', 혹은 '인생에 대한 깨달음' 등이 될 수 있을 것이다.

이렇게 분석해 보았지만, 앞의 두 글처럼 분명한 주제문을 작성할 수 없다. 주제는 여전히 애매한 점이 많다. 이렇게 논설문과는 달리 문예적인 수필일수록 주제문이 분명하게 드러나지 않는 경향이 있다. 문예 수필은 단층의 주제보다 다층의 주제를 가지고 있는 것이 좋다. 읽을수록 새로운 주제가 한 겹씩 일어나는 글 말이다.

라) 영감(靈感)과 모티브

글을 쓰려고 노력하는 사람에게는 어느 순간 섬광과도 같은 생각이 떠오를 때가 있다. 그 순간을 영감(靈感)이 떠올랐다고 말한다. 영감이야말로 훌륭한 작품을 쓰게 되는 단초가 된다. 일찍이 로마의 철학자 시세로는 "성스러운 영감(靈感)의 입김을 받지 않고 위대하게 된 사람은 하나도 없다."고 했다. 인간에게는 신비한 힘이 솟구쳐 오를 때가 있다. 영감도 그 중의 하나인지 모른다. 불현듯 솟아 오른 생각의 단편, 그것으로부터 위대한 대작도 싹트는 것이라고 볼 수 있다.

영어의 'inspiration'라는 말을 우리말로 '영감'이라고 번역한 것인데, "정신이나 정서의 고양된 수준으로의 자극"이라는 의미다. 동사 'inspire'는 "신의 영향으로 감동을 주거나 인도하거나 감흥을 준다"는 뜻이다. 우리말의 '영감'도 신령스럽게 느낀다는 뜻이다. 어쨌든 평상시의 느낌이 아닌 보다 고차적인 힘에 의하여 느낄 수 있는 순간을 말한다. 영감이 떠오르는 순간을 논리적으로 설명할 수 없지만 문득 섬광처럼 떠오르는 모티브를 갖게 되는 것이다. 부지불식간에 떠오르는 영감이지만, 그것은 노력하고 애쓰는 자에게만 나타나는 현상이다. 글을 쓰겠다는 노력도 없이 사물을 무심히 보아 넘기는 사람에게는 영감이라는 것도 있을 수 없다.

영감은 시인이나 작가에게 글을 쓰도록 자극하는 충동이나 그런 충동을 일으키게 하는 어떤 힘이다. 고래로부터 영감을 일으키게 하는 데는 두 가지 다른 견해가 전해 오고 있다. 그 하나는 시인(근대 이전에는 시가 문학을 대표해왔음으로 시인이 문학인의 대표다) 외부에서 온다는 견해와 다른 하나는 시인 내부에서 온다는 견해다. 근대 이전에는 전자가 지배적인 견해였지만, 근대 이후에는 후자에 초점이 맞추어져 있다. 전자는 대체로 신이나 초자연적인 어떤 힘으로부터 받는다고 생각한 반면에 후자는 인간의 심리적인 현상으로 생각하는 것이다.

　서양의 고대 철학자들 예를 들면, 소크라테스, 플라톤, 아리스토텔레스, 시세로, 롱기누스 등은 대체로 시인이 노래를 짓고, 노래하는 것은 시인 외부에 존재하는 어떤 힘이 시인의 마음에 들어가 있기 때문이라고 생각했다. 희랍인은 뮤즈신(The Muse)이 시인의 마음 속에 들어가 시를 짓고 노래한다고 생각했다. 그러니까 뮤즈신이 마음 속에 없을 때는 보통 사람과 같지만 일단 사람의 마음 속에 들어가면 훌륭한 시인으로 변신한다고 생각한 것이다. 이러한 견해는 신에 대한 개념이 조금씩 다를 뿐 19세기까지 지배적인 사상으로 서양을 지배해왔다. 서구의 낭만파 시인들은 영감에 의존해서 시를 쓴다고 주장했다.

　영감에 의하여 착상된 것을 모티브(motive)라고도 한다. 그러니까 영감이 구체화되어 그 글을 끌고 갈 힘이 되면 모티브가 된다. 우리말로는 동기(動機)라고 번역하지만 강조하는 측면이 조금 다르다. 동기라고 하면 글을 쓰게 된 자의적이고 합리적인 측면이 강조되어 있지만, 모티브는 타의적이면서 예술적인 측면이 강조되어 있다. 모티브는 음악 같은 데서 흔히 쓰는 말로 시작에서부터 끝날 때까지 그 음악의 주된 흐름의 리듬이라고 할 수 있다. 글에서도 모티브는 그 글을 끌고 가는 힘이 될 것이다. 이것은 주제와는 엄연히 구분된다.

　글을 쓸 때 분명한 이유가 있고 전달할 내용이 있어서 쓸 경우도 있지만 그렇지 못한 경우도 있다. 우연한 기회로 어떤 사물을 보고 느끼고 생각한 점을 표현하고 싶어서 쓰는 경우도 있고, 자기 흥취에 취해서 쓰는 경우도 있다. 대체로 전자의 경우는 논설문의 형태를 취하고, 후자는 문예문의 형태를 취한다. 영감이 크게 작용하는 것은 대체로 후자의 경우다. 물론 모든 글이 그렇다는 것은 아니다. 그 반대의 경우도 얼마든지 존재할 수 있다.

태양은 깨어있는 불꽃이지만, 혼자서도 타오르는 불꽃이지만, 우리들 지상의 불꽃은 그렇지가 않다. 대체로 잠들어 있다. 그것은 어느 지층 깊숙이 흙으로 덮여 있거나 잠겨져 있다. 우리가 흔히 보는 그 성냥골 같은 존재이다. 열 개비의 성냥에는 열 개의 불꽃이 잠들어 있고, 백 개의 성냥에는 백 개의 불꽃이 갇혀 있다. 누군가 그것을 긋지 않으면 그 열기의 화염은 영원히 고체인 채로 빛을 발하지 않을 것이다.

불은 견고하고 매끄러운 차돌멩이 안에도 있고, 말라죽은 나무토막 안에도 있고, 안개 같은 공기 속에도 있다. 다만 그것이 부딪히고 마찰을 일으킬 때에만 불꽃은 눈을 뜨고 일어난다.

심지어 불은 액체 속에도 있다. 한 방울 한 방울 기름 속에는 무수한 불씨들이 떠다니고 있다. 그러나 발화점에 일으키기까지는 그것은 그냥 흐르고 고이는 단순한 물에 지나지 않는다.

원래 하늘에서 훔치다 준 물건이라서 그러한가. 지상의 불들은 들키면 큰일나는 강물처럼 모두가 깊숙한 곳에 감춰져 있다. 마음 속에 인간 자신의 불도 성냥갑 속에 쌓여 있는 성냥골처럼, 싸늘하게 응결되어 있다. 혹은 기름처럼 혈관 속을 흘러가고 있다.

누가 이 잠들어 버린 불꽃을 깨울 것인가? 누가 저 딱딱한 물체 속에 감금되어 있는 불꽃을 열어줄 것인가? 무슨 수로 그것이 발화점에 이르도록 흔들어 주고 마찰시키고 열기를 가할 것인가? 누가 그것을 번개치게 하며, 누가 태양처럼 깨여 있게 할 것인가?

매체가 있어야 할 것이다. 혼자서는 그 깊은 잠에서 깨어나지 못하리라. 부싯돌을 치듯이, 성냥불을 긋듯이, 니트로글리세린을 진동시키듯이, 시인들은 불꽃을 잠을 깨우는 사람, 언어의 마찰로 그 증대되는 열기와 진동으로 모든 불을 깨운다. 이미 生은 검은 석탄이 아니다.

그래서 딱딱한 고체와 축축한 액체, 그리고 生의 진흙들이 언제나 깨어 있는 태양처럼 生의 화염으로 불타오르는 빛을 볼 것이다. 번쩍거리며, 꿈틀거리며, 뜨거운 입김으로 터져 나온다. 깨어 있는 불꽃들—시인은, 그리고 그들의 언어는 불의 매체이다. 저녁이 올

때, 겨울이 올 때, 추운 겨울이 올 때, 성냥불을 긋고 가스등에 불을
당기는 마술의 점화사인 것이다.

— 이어령, 「생(生)의 점화사(點火師)」

위의 글에서 필자에게 영감은 '불꽃'과 '시인의 언어'가 연결됨으로
서 왔다. 그것을 우리는 "깨어 있는 불꽃들―시인은, 그리고 그들의
언어는 불의 매체이다."라는 곳에서 확인한다. 이 대목은 갑자기 템포
가 빨라진다. 필자가 특히 강조하고 싶은 대목이다. 이 글의 모티브는
'불꽃'이다. 잠들어 있는 불꽃이 어떻게 활활 타오르는 불꽃으로 점화
되는가를 얘기한다. 불꽃이 어떻게 감추어져 있으며, 어떻게 일어나는
가만 말했다면 이 글은 깊이가 훨씬 덜했을지 못했을지 모른다. 시인
의 언어가 불의 매체라고 말하는 것은 여러 가지 의미를 던져 준다.
더구나 이 글이 쓰여졌을 시기가 바로 가혹한 군사독재 아래에 있을
때라고 생각하면 더욱 그렇다.

조선말에는 '범벅'이라는 말이 있다. 영어에는 '험벅'(humbug)이
란 말이 있다. 범벅이란 이것저것이 뒤섞인, 다시 말하자면 뒤죽박
죽을 가리킴이다. 따라서 한 가지고 뚜렷치 못한 것을 말하는 것으
로 어수선, 뒤숭숭, 무질서, 불통일, 결명확(缺明確) 등의 집합명사인
것이다.
"그 수작(酬酌) 들어보니 범벅이네", "아무개의 글을 보니 범벅이
데", "궐공(厥公)을 보니 아주 위인(爲人)이 범벅일네"
'범벅'의 해석도 시원치 않지만 '험벅'이야말로 자의를 설명하기
어렵다. 위선자(僞善者)라고 하면 너무도 무미(無味)한데다가 보편적
이고 협잡꾼이라 하면 다소 강한데 흐른다. 아무 진심 없이, 열의
없이 탈은 신사나 지사(志士)의 탈을 쓰고 이일 저일에―더욱이 타
인이나 내지 사회에 관한 일이라면 자기 일신의 일쯤은 생각지도
않는 사람처럼 나서고 뛰어들어 남의 일을 돕는다. 보다 거침새 노

롯을 하는 쉽사리 집어치우잔 말도 하기 딱한, 없으면 물론 좋고 있으면 귀치 않은 존재이다. 이런 존재의 사람일수록 인사성은 누구보다도 바르고 감개(感慨)도 많은 듯하여 동정도 있어 보인다. 심지어 악수 한번이라도 여느 사람보다 단단히 한다! 여하간 천연스럽고 너름새가 많으며 추군추군한데 통틀어 말하면 체가 많은 편이다.

러시아의 소설가 곤차로프는 〈오블로모프〉라는 불후의 명작을 내었다. 〈오블로모프〉란 그 작품의 주인공 이름으로 그는 선량한 채 단순히 게을러서 일생을 그르치었다. 그런데 톨스토이는 이 작품을 평한 가운데 대개 아래와 같은 말을 하였다.

"게으른 것은 사람의 본능이다. 오블로모프라면 비단 그 오블로모프 자신 뿐 아니라 이 세상에는 오블로모프가 그득하다. 사회 각 계급 각층에 오블로모프가 끼어 있지 않은 곳이 없다."

이와 같이 우리 사회에는 어느 사회도 마찬가지지만―이상에 말한 험벅적 존재가 무처부재(無處不在)다. 교육계는 교육자적 험벅이 있고, 언론계에는 언론가적 험벅이 있으며 종교계에는 종교인적인 험벅이 있는 바 사이비주의자(似而非主義者)도 이 험벅 부류에 편입될 것이다.

이 타기(唾棄)할 험벅적 존재가(어느 정도까지는) 사회를 속악화(俗惡化)시킴은 부인할 수 없는 일인 즉 그 속악(俗惡)한 문장, 그 속악한 변설(辯舌), 그 속익한 행동이 일반대중에게 끼치는 영향은 크다 아니 할 수 없는 것이다. 와악뇌성격(瓦岳雷聲格)으로 도리어 그러한 존재들이 드높은 명성을 우리가 흔히 본다. 지극히 작은 전례의 하나이지만 일전에도 어느 집합(?)에를 갔더니 모씨(某氏)가 열변을 토하는데 아무리 공심(公心)을 가지고 듣더라도 그다지 감복되지 않을 뿐 아니라 도리어 빈축(嚬蹙)할 내용의 것인데 만장(滿場)이 매료(魅了)되는 것을 보았다. …(중략)… 양심을 가진 지도자, 학자다운 학자, 좌수(左手)가 하는 일을 우수(右手)가 모르게 하는 숨은 선행자를 우리는 대망한다.

― 변영로, 「범벅과 험벅」

이 글을 쓰게 된 영감은 '모씨의 열변'과 '험벅'이 연관되면서 왔다.

모티브는 제목과 동일한 '범벅'과 '험벅'이다. '모씨의 열변'이 전혀 엉터리인데도 불구하고 거기 모인 청중들이 열광하는 것을 보고 느낀 점을 쓴 것이다. 주제는 "험벅적 존재는 일반대중에게 속악한 영향을 끼친다." 정도로 될 것이다.

　　때로 한 편의 야담에서 받은 감명은 크다. 두고두고 되생각해지기도 한다. 고 도령에 관한 이야기도 그 하나다. 서유영이 남긴 〈금계필담(錦溪筆談)〉에서 읽을 수 있다.
　　고 도령은 전라도 광주 출신으로, 선조 때 의병장으로 저 금산 전투에서 장렬하게 전사한 제봉 고경명의 후손이다. 어려서 부모를 여의고 경상도 고령 땅에 흘러들어 머슴살이를 하고 있었다.
　　비록 머슴살이를 할망정, 사람이 부지런하고 믿음직스러웠다. 하루는 마을 사람들의 축복 속에 박 좌수댁 노처녀와 배필을 짓게 되었다. 첫날밤이었다. 신부는 차분한 음성으로 앞날에의 설계를 말하는 것이었다.
　　"당신은 지금 남달리 근면성실하여 일은 잘하지만, 글공부를 하지 않아 선비 집안의 후손으로서는 매우 뒤떨어졌습니다. 이제 저와 한가지 맹세를 하십시다. 10년을 기한으로 저는 베짜는 것을 일삼아서 재산을 모을 것이오니, 당신은 힘써 학업을 성취하셔서 과거에 급제하십시오. 오늘밤으로 이 뜻을 마음에 새기고 10년이 되기 전에는 서로 만나지 않는 것이 어떻겠습니까?"
　　신부와 신랑은 다음 날 새벽으로 헤어졌다. 신랑에게는 노잣돈으로 베 두 필이 쥐어졌다. 이로부터 신랑은 10년 동안 밤낮 없는 노력으로 학문과 예능을 닦았다. 끝내는 숙종 때 과거에 뽑혀, 경상도 고령 현감으로 금의환향하게 되었다. 신부는 첫날밤의 태기로 아들을 얻고, 10년 길쌈으로 큰 재산을 모으게 되었다. 10년만에 다시 부부로 만난 이들은 모은 재산을 가난한 마을 사람들에게 나누어주고, 어진 현감으로 백성들을 잘 다스렸다.
　　이 아름다운 이야기가 조정에 들리어, 현감은 영남 관찰사로 승진되고, 다시 뒷날 벼슬이 참판에 이르렀다는 이야기다.

이 고 도령은 바로 고유(高庾)라는 분이다. 〈국사대사전〉에는 그 이름이 올라 있지 않다. 그러나 있을 수 있는 이야기로 믿고 싶고, 아름다운 이야기로 길이 전하고 싶다.

방송통신대 학생들을 대하면 언제나 이 이야기가 떠오른다. 화촉 동방의 단꿈을 떨치고 나서는 저 고 도령의 결의를 읽을 수 있고, 10년 후 그들 부부의 환한 꽃웃음을 엿볼 수 있고, 이 나라의 내정 머리 있는 참일꾼의 모습을 대할 수 있기 때문이다.

— 최승범, 「현대판 고 도령」

위의 글에서 영감처럼 떠올랐던 것은 방송통신대학생들과 고 도령이 연관되면서이다. 알다시피 방송통신대학생은 대체로 늦게 대학과정을 밟는 사람들이다. 대개 고등학교를 졸업하고 집안 사정으로 진학의 꿈을 접었던 사람들로서 뒤늦게 학위과정을 밟으면서 주경야독(晝耕夜讀)하고 있다고 생각되는 것이다. 이런 사람들에게 필자는 용기를 주기 위하여 고 도령의 이야기를 들려주곤 했던 것 같다. 이 글의 모티브는 고 도령의 성실근면함이다. 주제는 당연히 성실근면하면 반드시 성공을 거둔다가 될 것이다.

당신은 가을이라는 녀석을 본 일이 있습니까? 금년처럼 유난히도 긴긴 여름에 시달리다 보면 그 녀석과 만나보고 싶은 생각이 간절한 애원으로 솟아오릅니다.

하지만 녀석을 아무도 본 사람은 없다는군요. 아 그렇지요. 나같이 아무하고나 껄껄 웃는 사람도 사실 녀석과 마주쳐 본 적은 없으니까요.

그런데도 나는 녀석을 동구밖 어디쯤에선가 딱 맞닥뜨릴 것만 같단 말씀입니다. 조금은 신비롭고, 조금은 침착하고, 조금은 외롭고, 조금은 오만한 아, 그렇지요. 부드러운 미소도 늘 입가에 띠고 있을 녀석입니다.

겨울이라는 놈은 참 우락부락하게 생긴 씨름꾼 같은 녀석이 아닙니까? 우리는 삼동(三冬) 내 그 녀석과 씨름을 하며 지내죠. 본래 사납고 모진 놈이 아니라는 것을 알고는 있습니다마는 버릇이 없고 그 행패가 짓궂은 편이죠.

봄은 어떻습니까? 옆얼굴만 잠깐 비춰주고 저만큼 총총걸음으로 내달아 가버리는 요염한 아가씨가 아닙니까? 꿈처럼 황홀했던 밤이었지만, 짙은 향내만 풍겨주는 여인은 아무래도 옷자락 하나 붙들지도 못하겠군요.

여름은 어떻습니까? 늙고 시샘이 많고 뚱뚱하고 게걸스러운 여인이죠. 그 육중하고 탐욕스러운 몸뚱이로 우리의 목을 끌어안으면 아, 숨이 막혀요. 온 몸으로 비오듯 쏟아져 들어오는 땀과 끈적끈적한 불쾌감, 이 답답한 포옹을 언제 풀어 줄 것인가, 지겨워요.

그런데 가을의 창백하고 비쩍 마른 이 녀석은 항상 어딘가 외출 중이랍니다. 황금의 물결을 이랑이랑 휘젓고 다니다가 문득 우두커니 서 있기도 하고 산등성이 고갯마루에 앉아 무언가 골똘히 생각에 잠겨 있는가 하면, 아름드리 밤나무 밑에서 영근 밤톨을 줍느라고 정신을 잃고 있을 때도 있고, 문고판 책을 옆에 끼고 들길을 걷고 있을 때도 있군요.

하지만 녀석은 호젓이 저 혼자만 다닌답니다. 별로 말이 없죠. 그렇지만 척하지는 않습니다. 늦은 저녁 동구 밖 같은 데서 사람을 만나면 조용히 한켠으로 비켜섭니다. 얼굴은 외로 꼰 채……그렇지요. 녀석은 좀처럼 얼굴을 정면으로 주지 않습니다. 그러니까 녀석의 얼굴을 정면에서 들여다 본 사람은 아무도 없다는군요.

녀석은 내가 책을 보고 있으면 어깨 너머로 기웃거리기도 합니다. 그 때에 그에게 말을 걸어서는 안 됩니다.

아득히 펼쳐진 지평선, 티없이 맑은 푸른 하늘이 그와 나의 시야에 들어옵니다. 나는 고개를 끄덕입니다. 그도 알았다는 듯이 고개를 끄덕여 줍니다.

그리곤 그는 가버립니다.

— 김상태, 「가을이라네」

위의 글이 영감으로 떠오른 것은 가을과 동구 밖이 연결되면서이다. 더운 여름을 보내고 서늘한 가을 바람이 불어올 때 동구 밖에 서면 가을의 모습을 손에 잡힐 듯이 느끼게 된다. 그 가을의 여러 모습을 구체적인 이미지로 표현한 것이다. '녀석'이라는 비어를 쓰면서도 그에게 애틋한 친근감을 느끼고 있는 것을 알 수 있다. 이 글의 모티브는 물론 가을이다. 가을을 소재로 하여 짧은 글을 써 달라는 신문사의 청탁을 받고 저녁 무렵의 동구 밖이 문득 떠오른 것이고, 그 동구 밖에서 가을을 만나는 기분을 쓴 것이다.

마) 수필의 장르

문학의 장르를 크게 나누면 서정양식, 서사양식, 극양식이 된다. 서정양식의 대표적인 형태는 시이고, 서사양식은 소설, 극양식은 희곡이다. 그렇다면 수필은 어느 장르에 들어갈 수 있을까? 앞서도 말한 바와 같이 모든 장르를 포괄할 수 있는 혼합양식이라고 할 수 있다. 그 때문에 수필을 가리켜 무형식의 문학이라고도 한다. 무형식이라고 하는 것보다 혼합형식이라는 것이 보다 긍정적으로 생각하는 것이다. 어떠한 형태도 수필 속에 포괄할 수 있기 때문이다.

영어의 'essay'라는 말은 불어의 'essai'에서 차용한 말로서 동사형은 'essayer'는 '노력하다(try)', '시도하다(attempt)', '시험하다(test)'는 뜻을 가지고 있는 말이다. 이 말을 최초로 쓴 사람은 프랑스의 문필가 몽테뉴(Michel de Montaigne 1533~1592)가 자기의 저서에 'Les Essais'(1595)이란 이름으로 출간한 데서 연유한다. 물론 그 이전에도 이와 같은 형태의 글들이 많이 있었다. 플루타크의 〈영웅전〉, 시세로의 여러 저서들,

세네카의 〈행복론〉, 루키리우스의 〈서간집〉, 마르쿠스 아울렐리우스의 〈명상록〉 등은 모두 훌륭한 수필 작품으로 간주될 수 있다.

몽테뉴보다 2년 뒤 영국의 베이컨(Francis Bacon)이 〈The Essays〉를 출간하였다. 정치적, 사회적, 학문적 명성으로 베이컨은 이 저서의 출간으로 영국의 문필계에 심대한 영향을 미쳤다. 이후 두 거장이 확립한 수필 장르의 전통으로 서구의 문학에서 수필이 차지하는 비중은 확고하다고 할 수 있다.

한국에서도 수필의 역사를 수천년 전까지 거슬러 올라갈 수 있다. 한문이 한반도에 유입되던 그 시기까지 볼 수 있기 때문이다. 신라 말 최치원이 쓴 〈계원필경(桂苑筆耕)〉은 현금 남아 있는 가장 오래된 수필집이라고 생각된다. 〈삼국유사〉, 〈삼국사기〉 등도 수필로 간주할 수 있다. 이규보의 〈백운소설(白雲小說)〉은 오늘날의 소설이 아니라, 수필이었다고 볼 수 있다. 이 소설은 시 혹은 시인과 관련된 일화를 적은 것으로 당시에는 시만이 문학적 지위를 가지고 있었으므로 이런 형태의 글을 문학으로 인정하지 않았던 것이다. 이후 잡기(雜記), 야록(野錄), 쇄록(鎖錄), 전문(傳聞), 야문(野聞), 총화(叢話), 야화(野話), 쇄담(瑣談), 야담(野談), 수필(隨筆), 만필(漫筆) 등의 이름으로 쓰여졌다.

한국의 근대 수필은 한국 근대시나 소설과 마찬가지로 국문으로 기록하기 시작하면서 개화기를 전후해서 나타났다. 고전 수필이 한자로 기록되었던 점에 비하여 근대수필은 국문으로 기록되는 것에서부터 시작한다. 그런 점에서 유길준의 〈서유견문(西遊見聞)〉은 국한문 혼용체로 된 최초의 근대수필이라고 할 수 있다. 이후 '서사적 논술' 혹은 '논술적 서사'라는 형태로 개화기에 많이 유행하였다. 1910년대는 논설문 형태의 수필이 대종을 이루고 있다. 1920년대는 문예적 수필이

적지 않게 나타났지만 아직도 문학적 수준이 미흡했다. 1930년대 와서야 비로소 수필은 문학의 장르로서의 대접을 받게 되었고 그 수준도 한국문학과 어깨를 나란히 할 수 있었다. 해방기를 거쳐 1960년대에 와서는 수필집이 베스트 셀러를 일으킨 경우가 많았다. 그 때까지 독서대중의 취향이 아직도 대중문학 수준에 머물러 있었던 것을 한 단계 높은 수준으로 끌어올리는데 공헌하였다.

수필과 에세이라는 말이 함께 쓰이고 있어서 독자들에게 혼란을 주고 있을 때가 많다. 그렇다면 수필과 에세이는 동의어인가, 전혀 다른 것인가? 한국 학계에서는 수필과 에세이를 동일시하는 학자도 있고, 이질시하는 학자도 있다. 말이란 각기 다른 문화적 배경을 갖고 있기 때문에 같은 대상을 지칭해도 얼마간 다른 의미의 범위를 갖고 있기 마련이다. 수필과 에세이도 마찬가지다. 대체로 에세이가 더 넓은 범위의 의미를 가지고 있다. 가령, 미국에서는 석사논문을 에세이라고 한다. 그러나 우리들은 그렇게 부르지 않는다. 이것은 의미의 범위가 얼마큼 중복되느냐에 따라 같은 용어로 쓸 것인가 다른 용어로 쓸 것인가를 결정할 문제이다.

흔히 중수필(重隨筆)과 경수필(輕隨筆)로 나눈다. 중수필은 논설문 형식의 수필로서 문체가 중후하고 객관성을 띤 글을 가리킨다. 반면에 경수필은 일견 형식을 갖추지 않고, 주관성이 강하고 문예적인 특성이 드러나는 글을 가리킨다. 전자를 공식적 수필(formal essay)라고 하고, 후자를 비공식적 수필(informal essay)라고 한다. 서구에서는 이 양자를 거의 같은 무게로 에세이라고 하는데 비하여, 우리는 후자에 가까운 것을 수필이라고 한다. 공식적 수필은 논문 혹은 논설문이라고 부른다.

　신비평의 주요 관심은 체계적인 문학이론의 구축 쪽으로 놓여 있지 않았다. 문학이론에 기초하지 않은 비평행위를 상상할 수 없지만 몇몇 원리를 기초로 해서 신비평가들의 대부분은 실제비평 또는 작품의 분석에 비평적 정열을 쏟았던 것이다. 특히 시의 분석에 비평적 노력을 바쳤던 초기 신비평은 사실상 17세기 영국의 형이상학파 시인들이나 19세기 프랑스 상징주의 시인들의 작품에서 시의 원리를 발견하고 또 그 분석에서 비평방법을 세련시켰다고 해도 과언은 아니다. 형이상학파 시인들이 그들에게 쾌적한 시학(詩學)의 모형이 되어 주었던 것이다. 그러나 신비평의 정수 부분이 실제비평 쪽에 놓여 있기 때문에 문학에 대한 비슷한 접근법에도 불구하고 금세기 있어서 문학이론의 전환을 얘기함에 있어서는 러시아 형식주의에게 앞자리를 내어주어야 할 처지이다. 사실 현대문학이론에 관한 한 개관서는 "만일 금세기의 문학이론에 일어났던 변화가 시작된 해를 굳이 정하고자 한다면 러시아 형식주의자 빅토르 쉬클로프스키가 그의 선구적인 글 〈장치로서의 예술〉을 발표했던 1917년으로 잡아도 무방할 것이다"라고 책머리에 적고 있다. 러시아형식주의나 미국의 신비평이나 문학을 경제학, 심리학 혹은 전기의 부대현상으로 보는 문학관을 거부하고 그것을 제나름의 법칙, 관습, 전통을 가진 자족적인 구조라고 이해한다는 점에서는 동일하다. 그러나 러시아 형식주의는 처음부터 이론 천착에 대한 지향을 강하게 보여주었다. 다만 슬라브어로 개진되었다는 부수적인 이유 때문에 구미 쪽에 별로 알려져 있지 않다가 뒤늦게 1950년대부터 새로운 각광을 받게 되었던 것이다. 1955년에 에르리흐의 〈러시아 형식주의—역사와 이론—〉이 간행되고, 1965년에 토도로프 역편의 〈러시아 형식주의〉가 나옴으로 해서 주목을 받기 시작했고 구조주의의 유행과 함께 그 선구적 이론으로서 재평가를 받게 되었다.

— 유종호, 「낯설게 하기 혹은 생소화」

이 글은 러시아 형식주의에 대하여 설명하는 비평문이다. 비교적 주관적인 판단이나 감정적인 어휘는 자제하고 있다. 학술논문은 더욱 엄격한 객관성을 요구할 것이다.

아침저녁 제법 산들산들하다. 가만히 앉아 있으면 벌레 소리가 고향 생각을 일으킨다. 등불을 가까이 한다는 가을인가보다.
나도 촛불을 켜놓고, 이런 생각 저런 생각에 잠을 이루지 못하는 밤이 요즈음 많아졌다. 나는 무엇을 그처럼 생각하는 것일까? 역시 지나온 일이요, 앞으로 지내야 할 일들이다.
유달리 책이 자꾸 읽고 싶어진다. 그 전날 읽지 못하고, 허둥지둥 살아온 것이 후회된다. 좀더 착실히 책을 읽어야겠다. 좀더 충실한 일을 해야 되겠다. —이런 생각이 들 때마다 나의 머리 속에 떠오르는 것은 시인 릴케이다. 차가운 바람만이 오가는 파리의 하숙집 이층 방에 밤늦도록 릴케는 자지 않고 앉아 등불 밑에서 책을 읽었다고 하지 않는가? 그러한 고독과 그러한 노력과 고뇌가 나에게도 좀 있어야겠다.
가혹하리만치 쓰라린 생활이 나를 쫓고 있다 할지라도, 나는 좀 좋은 시를 쓰도록 노력해야 하겠다고 새삼스러이 마음을 가다듬어 본다. 일년에 단 한 편만이라도 좋으니, 시다운 시를 썼으면 싶다. 우리가 산들 만 년을 살지 못할진대, 이제부터야말로 진정 내가 쓰고 싶은 글을 쓰도록 해야겠다. 생각하면 얼마나 많은 시간과 정열을 하나의 상품을 만들기에 낭비하였던가? 부끄러운 일이다. 그러나, 어찌할 도리가 없는 일이기도 하다.

— 장만영, 「촛불 아래서」

감정이 많이 노출되어 있는 글이다. 자기의 삶을 매우 주관적인 관점에서 판단을 내리고 있다. 문체도 앞의 글에 비하여 유연하다. 이 두 글의 중간 정도에 가는 글이 다음과 같은 글이다.

이 얼마동안 시를 말하는 자리에서 인간을 곁들이는 일은 금기 사항이 되어 왔다. 이 경우 인간이란 물론 제작자의 의도라든가 작품이 우리에게 끼치는 효과를 문제삼는 일에 관계된다. 절대주의 분석비평의 가리킴에 따르면 전자와 같은 태도는 '의도의 오류'를 야기케하는 게 된다. 그리고 다음 경우를 '감정의 오류'라고 부르는 일은 널리 알려진 대로다.

일단 완성된 작품은 제작자의 손에서 떠난 제3의 실체다. 그리고 그것은 그 자체가 자족(自足)한 상태로 있다. 그것을 다시 제작자의 감정, 취미, 교양 등은 항상 유동적이다. 그런 척도에 작품을 내맡기는 일은 인상주의적 자의로 시를 촌탁하는 어리석음을 범할 것이다.

그러나 달리 생각하면 모든 시는 인간 체험의 집약체인 동시에 그 진수라고 할 수 있다. 범박하게 보아도 그것은 역사라든가 문화에 힘입는다. 그런가 하면 비근하게는 우리 자신의 개인적 습관, 기호, 취향, 체질 등에 밀착되어 있다. 잡담 제하고 개성이 개입하지 않는 않은 상태의 시는 존재하지 않는다. 이것은 절대주의 분석 비평의 이론이 시를 이해하는 금과 옥조가 아님을 가리켜 주는 것이다.

뿐만 아니라 인간을 도입함으로써 우리는 일종의 덤을 얻기도 한다. 우선 대부분의 시는 그것을 읽어 내려가는 가운데 이것이 제작자의 의도가 아닐까 짐작되는 면을 가진다. 그것에 비추어 작품을 살피면 그 성패가 한결 뚜렷하게 파악되는 것이다. 또한 의도와 효과를 문제삼는 일은 시의 외재적 요건 가운데 가장 중요한 것을 고려에 넣는 게 된다. 그것을 통해 우리는 좀더 긴장된 상태에서 작품의 의미를 파악해 낼 수 있다. 따라서 올바르게 시를 읽는 일과 의도, 효과에 대한 고려는 반드시 대척되는 일은 아니다.

— 김용직, 「의도와 효과」

윗글은 비평문의 일종이다. 앞 유종호의 글과 비슷하나 주관적인

판단이 좀더 개입해 있고, 문체 자체도 공식적(formal)이기 보다는 이
필자의 특이한 문체를 드러내주는 대목이 많이 눈에 띈다. 가령, "시
를 말하는 자리에서 인간을 곁들인", "야기케하는 게", "인상주의적
자의로 시를 촌탁하는 어리석음을 범할 것이다." 등이 그렇다.

크게 중수필과 경수필로 나누지만, 실제 수필작품을 두고 말할 때
는 그 구분이 곤란한 경우가 많다. 그 특성이 확연히 드러나는 경우도
있지만 중간 정도의 것이 있어 이쪽도 저쪽도 아닌 수필이 얼마든지
있을 수 있기 때문이다. 대체로 논문, 논설문, 연설문, 보고문 등은 중
수필로, 개인 수필, 일기, 기행문, 수상(隨想) 등은 경수필로 취급한다.

이 외에 제재(題材)나 방법에 따라 학자들은 다양하게 구분하기도
한다. 백철은 사색적 수필, 스케치 수필, 설화수필, 개인수필, 연단수
필, 성격수필, 사설수필로 나누고 있다. 공정호는 과학적 수필, 철학적
수필, 비평적 수필, 역사적 수필, 종교적 수필, 개인적 수필, 강연집,
설교집 등으로 나누었다. 이러한 구분은 분류의 기준이 애매하다. 제
재에 따라 구분한다면, 사회적 수필, 심리적 수필, 서간적 수필, 농촌
적 수필 등 얼마든지 더 구분할 수 있을 것이다. 이러한 구분이 수필
을 쓰는 데는 아무 도움이 될 수 없다. 우리 주변에 얼마든지 늘려 있
는 소재를 어떻게 수필의 제재로 선택해서 향기 있는 수필로 만드느
냐가 당면과제일 것이다.

바) 수필의 문체

문체는 여러 가지 요인에 의하여 형성된다. 첫째는 필자의 언어 환
경에 의하여 운명적으로 결정되는 문체를 들 수 있을 것이다. 지구상

에 수백 수천의 언어가 존재하는데 하필이면 한국어로 글을 씀으로서 결정되는 문체다. 그것도 당대의 한국어로 말이다. 이것은 운명과도 같아서 자기가 마음대로 할 수 없다. 둘째는 상정한 독자에 의해서 결정되는 문체를 들 수 있다. 어린이를 상대해서 글을 쓸 것인가, 어른을 향해서 쓸 것인가, 젊은이를 향해서인가, 늙은이를 향해서인가, 지식인을 상대해서인가, 무식한 사람을 상대해서인가 등 각기 그 글을 읽을 것이라고 상정되는 독자에 따라 문체를 달리 쓸 수 있다. 이것은 앞의 문체와는 달리 자기가 선택할 수 있는 것이다. 셋째는 소재나 주제에 따라 그에 맞추어서 선택하는 문체를 들 수 있을 것이다. 애도의 주제에 경쾌한 문체를 선택할 수 없을 것이다. 그 역도 마찬가지다. 네 번째는 글 쓰는 개성에 따라 이루어지는 문체를 들 수 있을 것이다. 개성은 글에서 나타나는 그의 재능과도 같은 것이다. 잘못 쓰여진 글에 대해서는 문체를 운위할 처지가 못된다. 작가는 둘째 상황이건 셋째 상황이건 그로서는 최선을 다해서 쓸 뿐이다. 만약 그가 쓴 글이 문학적 가치를 가질 때 그의 글에서 개성적 문체를 찾아내는 것이다. 물론 작가는 다른 작가와는 다른 글 쓰기를 계속해서 추구할 것이다. 그렇게 해서 문학적으로 성공을 거둘 때 그의 문체는 가치 있게 된다.

수필을 처음 쓰는 사람은 우선 두 번째와 세 번째 항목에 주의해서 글을 써야 할 것이다. 개성의 문체는 뒤에 수필 쓰기에서 다시 생각해 보기로 하자. 대체로 우리는 글을 쓸 때 머리 속에서 이 글을 어떤 사람이 읽을 것인가를 떠올리면서 쓴다. 상정한 독자가 그 글의 문체 형성에 중요한 영향을 주기 마련이다.

인간은 같은 강철로 두 개의 다른 도구를 만들었습니다. 하나는

칼이요, 하나는 바늘이었습니다. 이 두 개의 도구는 밤과 낮처럼 2
항 대립의 문화를 상징해주고 있습니다.

칼은 주로 남성들의 것입니다. 그 길은 전쟁터로 뻗쳐 있고 거기
에는 피와 승리와 권력과 지배가 있습니다. 칼은 전쟁이 아니라도
무엇인가를 자르기 위해서 존재하는 강철입니다. 시퍼런 칼날은 쪼
개고 토막내고 갈라냅니다. 칼의 언어는 분할과 단절의 문법으로 엮
어져 있습니다.

그러나 우리들의 어머니, 그리고 옛날 사랑스러운 아내들이 등잔
불 밑에서 긴 밤을 견뎌냈던 것은 바늘이었습니다. 바늘의 길은 안
방으로 향해 있습니다. 그 길에는 아이를 낳고 기르며 끝없이 갈라
지는 것, 떨어져 나가는 것, 그 마멸(磨滅)과 단절을 막아내는 결합
의 의지가 있습니다.

바느질은 칼질과 달리 두 동강이가 난 것을 하나로 합치게 하는
작업입니다. 바늘의 언어는 융합과 재생의 언어로 구성되어 있는 것
이지요. 개구쟁이 아이들이 밖에 나가서 싸우고 돌아왔을 때, 어머
니는 바늘을 들고, 그 터진 옷깃이나 옷고름짝을 기워줍니다. 아닙
니다.

그런 싸움이 아니라, 시간은 가만히 얌전하게 있어도 인간의 옷
을 해지게 만들지요. 어머니는 이 시간의 마멸과 싸우기 위해서 칼
보다 더 예리한 그 바늘 끝을 세우는 것입니다. 그 바늘 끝에서는
피가 흐르는 것이 아니라 사랑과 정이 흘러내립니다.

남자들이 칼을 찼을 때 용감해 보이는 것처럼 여자는 화장대가
아니라 반짇고리 옆에서 바느질을 하고 있을 때가 가장 아름다워
보이는 법입니다.

그 뿐만이 아닙니다. 가는 바늘귀에 실을 꿰기 위해, 온 정신을
집중하고 있는 우리의 어머니, 그리고 그 아내의 표정을 보신 적이
있으십니까? 그 꼼짝도 하지 않는 수도사(修道士)와 같은 경건한 자
세를 바라본 적이 있으십니까?

— 이어령, 「바늘의 문화는 끝나는가」

문장에서 흔히 쓰는 평어체가 아니라, 경어체로 쓰고 있다. 이것은 분명히 독자를 의식하고 있다는 것을 말하는 것이다. 이 글이 실려 있는 책명은 〈떠도는 자의 우편번호〉이다. 이리저리 방랑하면서 쓴 편지라는 뜻이 숨어 있다. 필자는 이 글을 읽는 독자의 대다수가 여성이라는 것을 분명히 의식하고 쓴 글이다. 부드럽고 잔잔하게 그리고 정감이 가는 목소리로 이야기하고 있다. "그 터진 옷깃이나 옷고름짝을 기워줍니다." 이렇게 말하고는 곧 이어서, "아닙니다."라고 뜸을 들인다. 앞에 말을 부정하는 것이 아니라 앞으로 할 말을 강조하기 위하여 한 말이다. 또 "우리들의 어머니"와 "옛날 사랑스러운 아내들"을 동격으로 이야기하고 있다. 이것은 여성에 대한 존경과 경의 그리고 사랑스러움이 함께 스며 있는 말이다. 그리고 "…표정을 보신 적이 있습니까?", "…수도사 같은 경건한 자세를 본 적이 있습니까?"와 같이 두 번이나 연거푸 의문문의 문장을 쓰면서 자기의 말을 확인시켜 주고 있다. 그리고 이 의문문을 쓸 때는 약간의 거리를 두면서 그 말이 다만 주관적인 판단이 아니라는 것을 확신시켜 주고 있다.

길은 우리의 삶을 이어주는 서정의 공간으로 그만이 갖는 독특한 분위기가 있다. 그래서 사람들은 누구나 그 분위기에 젖어 걸어가기 마련이다. 길은 우리에게 자연 현상으로만 그치지 않고 무엇인가를 뜻하는 인간의 언어로 다가온다. 숱한 사람들이 떠나가고 돌아오며 삶의 발자국을 남기는 길에서 우리는 희망이라는 미래와 그리움이라는 과거를 읽는다.

고서, 골동 도자기, 서화 작품들이 진열된 인사동 거리는 차분하게 마음을 가라앉혀 준다. 3대를 이어 성업하고 있는 전북지업사, 수십 년 전통을 자랑하는 통문관, 낡은 간판이 옛스러운 전통 찻집 등은 바람에 흔들리지 않는 뿌리깊은 나무를 연상하게 한다. 서사시

를 음미하듯 양쪽 가게들을 번갈아 바라보는 여유는 신촌에 다다르
면 사뭇 달라진다.

세브란스 병원 앞에서 버스에서 내려 신촌 로터리로 향하면 나는
단거리 선수처럼 긴장이 된다. 질주하던 차들이 빨간 신호등 앞에서
일제히 숨을 멈춘 8차선 횡단보도를 재빨리 건너는 군중들, 장대
같은 젊은이들 틈에 낀 나는 사람의 홍수 속에 휘말려 떠밀려 간다.
"헬로 존, 디스 이즈 제임스 킴"

어떤 청년이 핸드폰으로 통화를 하면서 앞질러 걸어가고 있다.
그의 유창한 영어가 사람들의 시선을 끌어당겼다. 최근 기업체의 수
출입 관련 부서 사원들의 이름까지도 영어로 바꾸어 명함에 새기고
다닌다는데 그 중의 한 사람이리라.

길 초입, 굴다리 아래 소형 자동차에는 "X세대 최신가요"라 써붙
인 녹음 테이프들이 진열되어 그 감각적인 랩 리듬이 이 길의 배경
음악으로 깔려 흥을 돋우고 있다.

— 고임순, 「신촌 로터리」

위의 글은 대부분의 수필에서 보는 것과 같이 일반 독자를 향해 쓴
글이다. 특별히 어떤 독자를 겨냥해서 쓰지 않았을 뿐 아니라, 가깝다
거나 멀다거나, 혹은 특별히 신뢰하거나 불신하는 태도도 보이지 않
는다. 그러나 차분한 어조로 보아 젊은 독자를 향한 것이 아니라, 중
년 이상의 나이 지긋한 독자를 의식하면서 쓰고 있다. 인사동 거리의
문화와 신촌 거리의 문화를 대조하면서 젊은이들의 새 문화에 경탄을
금치 못하고 있다. 그러나 심정적으로는 빠르게 변하고 있는 새 문화
에 대한 우려와 옛 문화에 대한 향수를 독자로 하여금 느끼도록 하고
있다.

누구에게선가 편지라도 한 장 받았으면 좋았으련만 서운한 마음

이 가시지 않는다. 회상해 보면 친필로 쓴 편지를 받아 본 기억이
아스라하다.

내게 사랑하는 사람이, 아니 보고 싶은 사람이 그다지도 없었던
가? 그렇지 않다. 내게도 보고싶은 사람, 그리운 사람들이 그래도
몇은 있었다. 다만 일상사에 쫓겨 까마득히 잊고 살았을 뿐이다.

산다는 일이 무엇인가. 어떻게 사는 것이 행복하다는 말인가. 그
립고 보고 싶은 사람, 사랑하는 사람과 함께 사는 삶이야말로 행복
한 것이 아니겠는가. 오늘은 서둘러 그리운 이에게 편지를 써야겠
다. 더 이상 늦지 않도록 사랑한다는 말을 해야겠다.

흩어진 우편물들을 주워들고 망연히 하늘을 우러른다. 하늘빛은
아직도 싸늘하다. 꼭 누가 올 것 같아 다시 대문 밖을 서성거려 본
다. 아무도 찾아주는 사람은 없다.

봄은 어디쯤 오고 있는 것일까. 허전한 마음으로 문을 닫고 뜰의
계단을 오르려 하는데 어디선가 문득 들려오는 소리, 졸졸졸, 희미
하게 귀청을 울리는 소리.

— 오세영, 「봄소식」

이 글은 밖의 독자에게보다는 필자 자신을 향해서 말하고 있다.
"내게 사랑하는 사람이, 아니 보고 싶은 사람이 그다지도 없었던가?
그렇지 않다."라고 한 것은 다른 사람이 아니라, 자기 자신에게 하
는 말이다. "산다는 일이 무엇인가. 어떻게 사는 것이 행복하다는
말인가."라든지, "봄은 어디쯤 오고 있는 것일까." 하고 묻는 것은
자신을 향해서이며 자신이 그 답을 제시하고 있다. 의문문인데도
의문부호를 하지 않는 것도 그 때문이다. 필자는 시인이기 때문에
대체로 시가 그러하듯이 바깥의 독자보다는 자신의 감정을 표출하
는데 충실하다. 고뇌를 말하기보다 단편적인 감정을 쏟아내고 있다.
장문이 유장한 감정을 굽이굽이 펼쳐내는데 유용하다면 단문은 느

끼고 생각한 바를 직접적으로 쏟아내는데 유용하다. 이 글도 단문의 특성을 그대로 간직하고 있다. 필자가 봄을 맞이하면서 누군가에 그리움을 느끼고 있다. 애타는 그리움이 아니라, 달콤한 그리움이다. 그리워하는 대상에게 하는 말이 아니라, 자신에게 다짐하는 말이다. 그러나 독자가 전혀 읽지 않을 것이라는 생각은 아니다. 그랬다면 책으로 출판하지도 않았을 것이다. 필자 자신을 향해 하는 말을 독자로 하여금 엿듣게 하고 있다.

다음은 소재나 주제 때문에 결정되는 문체를 생각해 보기로 하자.

1

보리.

너는 차가운 겨울을 자라왔다.

이미 한해도 저물어 논과 밭에는 벼도 아무런 곡식도 남김없이 다 거두어들인 뒤에, 해도 짧은 늦은 가을날, 농부는 밭을 갈고 논을 잘 손질하여, 너를 차디찬 땅속에 깊이 묻어놓았었다.

차가움에 엉긴 흙덩이들을 호미와 고무래로 낱낱이 부숴 가며, 농부는 너를 추위에 얼지 않도록 주의해서, 굳고 차가운 땅속에 깊이 묻어놓았었다.

"씨도 제 키의 열 길이 넘도록 심어지면 움이 나오기 힘이 든다."

옛 늙은이의 가르침을 잊지 않으며, 농부는 너를 정성껏 땅속에 땅속에 묻고, 이제 늦은 가을의 짧은 해도 서산을 넘은 지 오래고, 날개를 자주 저어 까마귀들이 깃을 찾아간 지도 오랜, 어두운 들길을 걸어서 농부는 희망의 봄을 머릿속에 간직하며 차가운 허리도 잊고 집으로 돌아오곤 했다.

2

온갖 벌레들도 부지런한 꿀벌들과 개미들도 다 제 집 속으로 들어가고, 몇 마리 산새들만이 나지막하게 울고 있던 무덤 가에는, 온여름 동안 키만 자랐던 속새풀 더미가 갈대꽃 같은 솜꽃만을 싸늘한 하늘에 날리고 있다.

물도 흐르지 않고 다 말라버린 갯가 밭둑 위에는 앙상한 가시덤불 밑에서 늦게 핀 들국화들이 찬서리를 맞고 고개를 숙이고 있었다.

논둑 위에 깔린 잔디들도 푸른빛을 잃어버리고 그 많고 높던 하늘도 검푸른 구름을 지니어 찌푸리고 있는데, 너, 보리만은 차가운 대기 속에서, 솔잎 끝과 같은 새파란 머리를 들고, 머리를 들고, 하늘을 향하여, 하늘을 향하여, 솟아오르고만 있었다. 이제 모든 화초는 지심(地心) 속의 따스함을 찾아서, 다 잠자고 있을 때, 너, 보리만은 그 억센 팔들을 내뻗치고, 새말간 얼굴로 생명의 보금자리를 깊이 뿌리박고 자라왔다.

날이 갈수록 해는 빛을 잃고 따스함을 잃었어도, 너는 꿈쩍도 아니하고 그 푸른 얼굴을 잃지 않고 자라왔다.

칼날같이 매서운 바람이 너의 등을 밀고, 얼음같이 차디찬 눈이 너의 온몸을 덮어 엎눌러도 너는 너의 푸른 생명을 잃지 않았었다.

지금 차디찬 눈 밑에서도, 너, 보리는 장미꽃 향내를 풍겨오는 그윽한 유월의 훈풍과 노고지리 우짖는 새파란 하늘과, 산밑을 훤히 비추어주는 태양을 꿈꾸면서, 오로지 기다림과 희망 속에서 아무 말이 없이 참고 견디어 왔으며 삼월의 맑은 하늘 아래 아직도 쌀쌀한 바람에 자라고 있었다.

— 한흑구, 「보리」

보리를 의인화해서 쓴 글이다. 직접적인 청자는 보리이지만, 필자가 보리에게 하는 말을 독자로 하여금 엿듣게 하고 있다. 이 글은 독자에 의해 영향을 받아 형성된 문체이기도 하지만, 보리라는 소재 때문에 선택된 문체도 중요한 구실을 하고 있다. "너, 보리만은 차가운 대기 속에서, 솔잎 끝과 같은 새파란 머리를 들고, 머리를 들고, 하늘을 향하여, 하늘을 향하여 솟아오르고만 있었다."라고 말을 거듭하면서 감격에 겨운 목소리를 내고 있다. 수사학적으로 말해서 반복법을 쓰고 있는 것은 보리라는 소재를 담아내는 필자의 주제 의식에 영향을 받은 것이다.

  철학을 철학자의 전유물(專有物)인 것처럼 생각하고 있는 사람들이 많이 있다. 그러나, 그렇게 생각하는 것도 결코 무리한 일은 아니니, 왜냐하면 그만큼 철학은 오늘날 그 본래의 사명 ─ 사람에게 인생의 의의와 인생의 지식을 교시(敎示)하려 하는 의도를 거의 방기(放棄)하여버렸고, 철학자는 속세와 절연(絶緣)하고, 관외(關外)에 은둔(隱遁)하여 고일(高逸)한 고독경(孤獨境)에서 오로지 자기의 담론에만 경청하고 있기 때문이다. 이와 같이, 철학과 철학자가 생활의 지각을 완전히 상실하여버렸다는 것은 참으로 슬픈 일이다. 그러므로, 생활 속에서 부단히 인생의 예지(叡智)를 추구하는 현대 중국의 '양식의 철학자' 임이딩이 일찍이 "내가 임마누엘 칸트를 읽지 않는 이유는 간단하다. 석 장 이상 더 읽을 수 있었을 적이 없기 때문이다."라고 말했는데, 이 말은 논리적 사고가 과도의 발달을 성수(成遂)하고, 전문적 어법이 극도로 분화한 필연의 결과로서, 철학이 정치, 경제보다도 훨씬 후면에 퇴거(退去)되어, 평상인은 조금도 양심의 가책을 느끼지 않고, 철학의 측면을 통과하고 있는 현대문명의 기묘한 현상을 지적한 것으로서, 사실상 오늘에 있어서는 교육이 있는 사람들도, 대개는 철학이 있으나 없으나 별로 상관이 없는 대표적 과제가 되어 있는 것을 부정하기는 어렵다.

─ 김진섭, 「생활인의 철학」

대단히 중후한 느낌을 주는 문체다. 필자 자신의 개성 때문이기도 하지만 주제 때문이기도 하다. 철학을 말하면서 경음악과 같은 가벼운 느낌이 드는 문체로 말하고 있다면 신뢰성이 떨어질 것은 당연한 이치다. 원문은 한자로 된 말을 그대로 쓰고 있어 요즈음 젊은이들은 읽기도 전에 거부감을 가질 것이라고 생각된다. 그러나 찬찬히 읽어 보면 한자어가 가지는 무게와 더불어 이 글의 무게도 함께 실려 있다는 것을 느낄 수 있다. 전유물(專有物), 절연(絶緣), 교시(敎示), 방기(放棄), 절연(絶緣), 관외(關外), 은둔(隱遁), 고일(高逸), 고독경(孤獨境), 예지(叡智), 퇴거(退去) 등의 한자어가 사용되어 있어서 젊은이들에게는 중압감을 주리라 생각된다. 문장도 장문을 쓰고 있어서 스피디한 맛은 없지만 유장한 맛을 준다. 요 근래 한자어의 기피가 두드러진 현상으로 나타나고 있다. 한자어를 별로 배우지 못한 젊은층에 의하여 그러한 현상은 두드러지고 있다. 그러나 문화의 다양성이 보다 높은 문화로의 진보를 의미하듯이 다양한 문장의 실험이 우리 글을 풍부하게 하는 밑거름이 된다. 그런 의미에서 한자어도 사멸시킬 것이 아니라, 우리말 어휘로서 충분히 활용하는 것이 필요하다.

독자에 맞는 문체의 선택은 같은 내용을 말하더라도 감동의 효과를 달리한다. 독자의 시선에 정확하게 맞출 때 감동의 효과는 최대한이 된다. 그 반대로 독자의 시선과 어긋나면서 필자가 말하고 있다면 그 효과는 훨씬 줄어들 수밖에 없다. 이것은 독자의 구미에 맞추는 것과는 전혀 다른 말이다. 자기의 말을 분명히 하면서, 혹은 독창적인 생각을 풀어놓으면서 독자에게 어필할 수 있는 것은 말하고 듣는 주파수가 동일하다는 것을 말하는 것이다. 그 주파수가 독자에 의하여 형성되는 문체를 적절히 사용할 수 있는 능력을 말한다.

소재나 주제에 맞추어서 글을 쓰는 것은 쓸거리를 매만지는 글 쓰는 능력이라고 할 수 있다. 다음에 일반적인 글 쓰기에서 그 능력을 기르는데 정성을 기울여 보자.

제2장 수필 쓰기의 기초

신수사학에서는 글을 쓰는 3대 원칙으로 통일(unity), 연결(coherence), 강조(empahasis)를 든다.

통일의 원칙이란 글의 내용이 주제에서 벗어나지 않고 주제와 일체를 이룬 것을 말한다. 다시 말하면 글에 쓰여진 제새들이 주제를 드러내는데 내용적으로 떠받들어야 한다는 말이다. "인생을 바로 사는 지혜를 배워야 한다"는 주제를 정했다고 하자. 그러면 그 글에 쓰여진 글의 소재들이 모두 그 내용과 관련 있는 것들만 사용되어야 하며, 그 주제를 떠받드는 구실을 하는 것만 사용되어야 한다는 것이다. 불필요한 것이 끼어 있으면 통일성의 원칙에 어긋난다고 볼 수 있다. 그러나 많은 훌륭한 글들은 언뜻 보기에 관련이 없는 듯이 보이지만 결국에는 꼭 필요한 소재였음이 증명되는 경우도 얼마든지 있다.

연결의 원칙이란 선택된 소재들, 즉 그 글을 이루도록 쓰여진 제재들이 좋은 글이 되도록 합리적으로 연결되어 있는 것을 말한다. 잘 쓰여진 글은 그 내용을 파악하기가 명확할 뿐 아니라, 읽기도 즐겁다. 반대로 잘못 쓰여진 글은 뒤죽박죽이어서 내용이 어떻게 되어 있는지 이해하기가 어려울 뿐 아니라, 읽는 재미도 나지 않는다. 가령, 접속사 '그러나'를 써야 할 때 '그리고'를 쓰면 안 된다. 접속사는 금방 눈에 띄지만 접속사 없이 연결되는 경우도 얼마든지 있다. 이때 연결이 잘 못 되어 있으면 좋은 글이 될 수 없다.

강조의 원칙이란 어떻게 하면 글의 내용을 효과 있게 전달할 것인 가를 생각해서 문장과 문단을 배치하며, 어떤 말을 써야 효과 있는 전 달이 될 것인가를 선택하는 것을 말한다. 모든 말을 한결 같은 목소리 로 말한다면 듣는 사람도 지루할 뿐 아니라, 어떤 것이 중요하고 어떤 것이 덜 중요한지 알기 어렵다. 글의 내용에 따라 무엇을 어떻게 말하 면 효과 있는 전달이 될 것인가를 생각해야 할 것이다. 이제 3대 원칙 을 구체적인 글을 통해서 살펴보기로 하자.

가) 통일의 원칙

통일의 원칙은 두 차원에서 지켜져야 한다. 첫째는 문단 차원에서 이루어져야 하고, 둘째는 글 전체의 차원에서 이루어져 한다. 다음의 글은 안병욱 교수의 〈인생은 엄숙한 경기〉라는 글이다. 문단 차원에 서 어떻게 통일성을 갖고 있으며, 그것이 다시 글 전체에 어떻게 통일 성을 이루어내고 있는가 살펴보자.

우리는 오직 하나밖에 없는 생명을 가지고 오직 한 번뿐인 인생 을 살고 만다. 이 세상에 생명을 둘 가진 사람은 아무도 없다. 천상

천하(天上天下)에 유일무이(唯一無二)한 이 소중한 생명과 이 고귀한 목숨을 우리는 어떻게 살아야 하는가. 유일성의 생명이요, 일회성의 생애다. 일회전으로 끝나는 엄숙한 시합이다. 인생에는 2회전도 없고 3회전도 없다. 운동에는 연습이 있다. 그러나 인생에는 연습이 없다. 운동선수는 백련천마(百鍊千磨)의 연습을 하고 결승전에 나아간다. 그러나 인생은 연습이 불가능하다. 인생은 매일 매일이 엄숙한 시합이요, 매일 매일이 중요한 결승전이다.

위의 글은 "인생은 단 한 번뿐인 생명으로 산다"는 것을 말하고 있다. 그 말은 이 글의 첫줄에 나타나 있다. 그 다음 말들은 이 말을 강조하고 보다 구체화시켜 주는 말들이라고 할 수 있다. 다시 말하면 이 짧은 글의 소주제는 첫줄에 담겨 있는 셈이다. 그 나머지 말은 '뒷받침문장'이라고 할 수 있다. 이 소주제에 어긋나거나 불필요한 말은 없다. 운동선수의 말을 하고 있지만 인생은 운동선수와는 다르다는 것을 말하기 위해서 한 말이다. 즉 인생은 단 한 번뿐인 생명으로 산다는 것을 강조하기 위해서 한 말이다.

남이 내 인생을 살아줄 수도 없고 내가 남의 인생을 살아줄 수도 없다. 나의 인생을 내가 살고, 나의 길을 내가 가는 것이다. 아무도 대신 해줄 없는 것이 우리의 생이다. 나는 나의 계획, 나의 판단, 나의 의지, 나의 결단으로 내 인생을 내가 선택하고 그 결과에 대해서 내가 책임을 져야 한다. 인생에는 자기책임의 원칙이 지배한다. 인생은 향락의 놀이터도 아니요, 허황한 꿈도 아니요, 흥겨운 도박장도 아니요, 무책임한 쇼도 아니요, 우리의 삶은 고귀하고 존엄(尊嚴)하다. 기원전 6세기의 아테네의 수학자요, 철학자요, 종교가였던 피타고라스는 이렇게 말했다. "이 세상에서 제일 중요한 일이 무엇이냐? 그것은 인생을 어떻게 살아야 되느냐를 가르쳐 주는 일이다." 나는 이 말에 많은 공명공감(共鳴共感)을 느낀다. 인생을 바로 사는

　　지혜와 방법을 가르쳐 주는 일처럼 세상에 중요한 일은 없다. 어떻게 살아야 승리하는 인생, 영광된 인생, 행복한 인생, 보람 있는 인생, 후회 없는 아름다운 인생을 살 수 있느냐, 그 지혜와 철학을 우리는 먼저 배워야 한다.

　위의 글은 "인생은 바로 사는 지혜와 방법을 배우는 일이 중요하다."는 뜻의 말을 하고 있다. 이 말을 분명하게 전하기 위하여 이를 뒷받침해 주는 문장들을 쓰고 있다. 이 메시지를 전하기 위하여 "나의 인생은 내가 산다" 든지, "인생에는 자기책임의 원칙이 지배한다" 든지의 피타고라스의 말을 인용하고 있다. 나의 말을 좀 더 무게 있게 하기 위하여 유명한 철학자의 말을 인용한 것이다.

　　영어를 배우는 사람, 춤을 배우는 사람, 기하학을 배우는 사람은 많다. 그러나 인생을 사는 지혜를 배우는 사람은 드물다. 우리는 중요한 것을 너무나 소홀히 하고 있다. 학 중에서 제일 중요한 것은 인생학(人生學)이다. 배움 중에서 가장 중요한 배움은 인생을 바로 사는 지혜와 슬기를 배우는 것이다.

　위의 글은 "학 중에서 제일 중요한 것은 인생학이다"는 소주제를 가진 문단이다. "영어를 배우는 사람, 춤을 추는 사람, 기하학을 배우는 사람" 등은 모두 인생을 사는 방식의 예를 든 것이다. 아마 다른 예를 들 수도 있을 것이다. 그러나 필자는 배우는 사람의 각기 다른 양태를 예로 들고 싶었던 것이다. 영어를 배우는 사람은 시대의 조류에 열심히 쫓아가는 사람의 예일 것이고, 춤을 배우는 사람은 사교를 즐기려고 하는 사람, 혹은 향락에 몸을 맡기려는 사람일지 모르고, 기하학을 배우는 사람은 보통 사람들이 어렵게 생각하는 이공계통의 학문을 닦으려는 사람의 예일 것이다.

기원전 399년 봄, 70세의 노철인(老哲人) 소크라테스는 아테네 감옥에서 태연자약(泰然自若)하게 독배를 마시고 비극적인 생의 막을 내렸다. 나는 1962년 여름과 1981년 겨울 두 차례에 걸쳐 그 감옥을 찾아가 보았다. 고색창연(古色蒼然)한 그 유적 앞에 서서 숙연한 심정으로 철인의 장엄한 최후를 머릿속에 그려보았다. 소크라테스는 감옥에서 죽음을 기다리며 그의 친구에게 이렇게 말했다.
"사는 것이 중요한 문제가 아니다. 바로 사는 것이 중요하다."

위의 글은 소크라테스의 말이며, "바로 사는 것이 중요하다"는 말이 핵심이다. 그 말을 좀더 실감 있게 말하기 위하여 필자는 소크라테스가 갇혔던 아테네의 감옥을 두 차례 찾아갔던 이야기를 한 것이다.

그렇다. 사는 것이 중요한 것이 아니다. 바로 사는 것이 중요하다. 인생을 그저 살기만 하면 된다. 그렇다면 인생은 조금도 어려울 것이 없다. 매국노가 되든, 배신자가 되든, 강도가 되든, 창부가 되든, 살인범이 되든, 인생은 살기만 하면 된다. 결코 그럴 수가 없다. 그렇게 살기를 원하는 사람은 세상에 한 사람도 없을 것이다. 사는 것이 중요한 문제가 아니다. 어떻게 사느냐가 중요하다. '어떻게'라는 이 물음과 대답이 중요하다.

위의 글은 앞의 글을 다시 한 번 수긍하고 있다. "바로 사는 것이 중요하다."는 말을 그 반대의 사례를 들면서 말한 것이다. "그저 살기만 하면 안 된다"는 것을 말하기 위하여 '매국노', '배신자', '강조', '창부', '살인범' 등 바르게 사는 인생과는 정 반대로 사는 사람의 예를 들고 있다. "인생을 어떻게 사느냐"가 중요하다고 말하고 있다.

　　우리는 저마다 생의 길목에 있다. 내 앞에는 여러 갈래의 길이 있다. 나는 어느 길을 선택할 것이냐, 일생에는 길잡이가 중요하다. 우리는 인생을 바로 사는 지혜를 배워야 한다. 우리는 인생을 보람 있게 사는 방법을 배워야 한다. 우리는 인생을 아름답게 하는 철학을 배워야 한다.

　　위의 글의 요지는 "인생을 바로 사는 지혜를 배워야 한다"이다. 강력한 인상을 남기기 위하여 말을 바꾸어 뜻이 같은 말을 반복해서 말하고 있다.

　　이 글의 전체 주제는 마지막 문단에 나와 있는 "인생을 바로 사는 지혜를 배워야 한다."라고 할 수 있다. 이 주제를 말하기 위하여 각 문단의 소주제도 꼭 같은 뜻으로 말하는 것이 아니다. 그러나 그 소주제들은 글 전체의 주제에 불필요한 것이거나 어긋나는 것은 결코 아니다.

　　1. 인생은 단 한 번뿐인 생명으로 산다.
　　2. 인생을 바로 사는 지혜와 방법이 중요하다.
　　3. 학 중에 제일 중요한 것은 인생학이다.
　　4. 바로 사는 것이 중요하다.
　　5. 인생을 어떻게 사느냐가 중요하다.
　　6. 생을 바로 사는 지혜를 배워야 한다.

　　이와 같은 각 문단의 소주제는 글 전체 주제로 모아지고 있고, 마지막 문단의 소주제 "인생을 바로 사는 지혜를 배워야 한다."는 글 전체의 주제가 될 것이다.

문단이란 자그마한 생각의 뭉치와 같다. 우선 문단 안에서 생각의 통일이 이루어져 있어야 한다. 그러기 위해서는 필자가 문단 단위로 생각이 정리되어 있어야 한다. 문단 내의 통일성은 소주제문과 그 소주제문을 뒷받침하는 문장으로 이루어져 있다. 소주제문이 어디쯤 위치해야 하는가 라는 문제는 뒤에 문단을 어떻게 이룰 것인가를 생각하면서 살펴볼 것이다.

문단 내 통일의 원칙을 지키기 위해서는 하나의 생각만을 진술하는 것이 좋다. 한 단위 이상의 생각을 말하면 말하는 효과가 떨어진다. 가령, 한 문단 안에서 "그 사람은 용감하고 정직하다"라는 뜻으로 말한다면 용감하다는 뜻도 반감되고 정직하다는 뜻도 반감된다. 그 뿐아니라, 양자의 뜻을 뒷받침하는 문장들도 갈려지기 때문에 이도 저도 아니게 애매해진다.

다음은 각 문단의 소주제들이 각기 다르면서 글 전체에는 조화를 이루는 것이 좋다. 다음 글은 이어령 교수의 〈일을 깨는 두 방법〉이란 글이다. 각 문단의 소주제들이 어떻게 다양하게 구성되어 있는가를 살펴보자.

1) 알은 불안하다. 그래서 '달걀을 지고 성 밑을 지나지 못한다'는 속담도 생겨난 것 같다. 알의 껍질은 그렇게 얇고 힘이 없다. 알처럼 파괴되기 쉬운 것은 없다. 그것은 저항하지 못한다. 단지 둥근 모습으로 침묵할 뿐이다. 조금만 굴러도 유리창이 깨지는 그런 소리조차 내지 못한 채 균열이 간다.

이 문단의 소주제는 "알은 깨지기 쉽다"이다. 이 말을 강조하기 위하여 여러 뒷받침문장이 사용되고 있다.

2) 그러나 알속에서 생명을 꺼내려는 사람에게는 알의 껍질처럼 두꺼운 것도 없다. 알이 부화하여 스스로 껍질을 깨뜨리려면 얼마나 많은 시간과 열을 필요로 하는가? 며칠이고 자리를 뜨지 않고 품어주어야만 한다. 우리가 만약 곡괭이로 벽을 허문다면 그것이 아무리 두꺼운 콘크리트라 할지라도 하루 이틀의 노력이면 될 것이다. 육중한 청동의 문이라고 하더라도 다이너마이트나 혹은 산소용접기만 있으면 금시 헐어버릴 수가 있다.

첫 문단의 소주제가 부정되고 있는 것이 둘째 문단의 소주제다. "생명을 꺼내려는 사람에게는 알의 껍질이 두껍다"라는 것이다.

3) 생명을 꺼내는 알의 껍질은 얼마나 단단한가? 적어도 그 껍질에 금이 가려면, 그래서 그 벽이 무너져 새의 노란 부리와 솜털이 바깥 공기 속으로 나타나려면, 무수한 밤과 낮을 지나야만 한다. 알을 깨어 먹으려는 사람에겐 그 껍질이 연약하게만 보이지만, 알에서 생명을 꺼내려는 사람에는 그것이 콘크리트의 벽보다도 두껍고 단단하다.

둘째 문단의 뜻을 더 보강하고 있다. 일종의 점층법의 효과를 노리고 있는 것이다. "알에서 생명을 꺼내려는 사람에게는 그 껍질이 콘크리트의 벽보다도 두껍고 단단하다"는 것이다.

4) 사물들은 알처럼 모두 껍질을 가지고 있다. 외부와 내부의 경계선, 그것들은 얇은 피막 하나로 자신의 생명과 의미를 감추고 있는 것이다. 사람들은 이 사물의 의미를 꺼내기 위해서는 폭력을 쓴다. 아주 쉬운 방법으로 그 의미를 캐내려 한다. 저것은 구름이고, 이것은

꽃이고, 그것은 강이라고 말한다. 그것은 마치 알을 두드려 깨는 일
과도 같다.

'알에서 생명을 꺼내는 일'의 의미를 일반 사물로 확장해 간다. 사
물의 의미를 꺼내기 위하여 사람들은 폭력을 쓴다는 것이다. 폭력을
써서 의미를 꺼내는 것은 알의 생명을 죽이는 것과 같다는 것이다.
"사물의 의미를 폭력으로 꺼내면 생명을 죽이는 것과 같다"고 말하고
있다.

  5) 다만 시인만이 기다릴 줄 안다. 사물의 의미를, 그 생명의 의미를
     꺼내기 위해서는 며칠이고 몇 해이고 참을성 있게, 그것을 품어 주
     어야 한다는 것을 알고 있다. 시인들은 그 부화의 방법으로 자연과,
     인간과, 역사의 의미들을 찾아내는 사람이다.

  "시인만이 생명의 의미를 꺼내기 위해 참을성 있게 기다린다"는 내
용을 가지고 있는 문단이다.

  6) 세계는 그렇게 해서 그가 감추었던 노란 부리와 털복숭이의 몸을
     드러낸다. 그래서 우리는 그것들이 스스로 병아리처럼 소리를 내는
     것을 듣는다. 의미의 알이 얼마나 두꺼운 껍질을 가졌는가를 알았을
     때 비로소 당신은 시인이 되는 것이다.

  마지막 문단에서 "의미의 알이 얼마나 두꺼운 껍질을 가졌는가를
깨달았을 때 비로소 시인이 된다"는 것을 말하고 있다. 알이 부화할
때를 참고 기다릴 줄 아는 자만이 시인이 된다는 뜻이다. 대체로 그러
한 것처럼 마지막 문단 이 글 전체의 주제가 되는 것이다. 1~4 문단

은 알에 관해서만 말하고 있다. 그래서 우리는 필자가 무엇을 말하기 위하여 이 말을 하고 있을까 하며 매우 궁금하게 생각한다. 5, 6 문단에 와서야 비로소 필자가 무엇을 말하려고 알을 얘기했던가를 우리는 짐작하게 된다. 다시 한번 각 문단을 정리해 보자.

1) 알은 깨지기 쉽다.
2) 생명을 꺼내는 사람에게는 알의 껍질이 두껍다.
3) 알에서 생명을 꺼내려는 사람에게는 그 껍질이 콘크리트 벽보다 더 두껍고 단단하다.
4) 사물의 의미를 폭력으로 꺼내면 생명을 죽이는 것과 같다.
5) 시인만이 생명의 의미를 꺼내기 위하여 참을성 있게 기다린다.
6) 의미의 알이 두꺼운 껍질을 가졌다는 것을 깨달았을 때 시인이 된다.

흔히 생각하는 것이 1)과 같지만 2)는 정 반대의 생각에 미치도록 한다. 즉 쉽게 깨지는 알의 그 껍질도 지극히 단단할 수 있다는 것이다. 알의 생명을 죽이는 일과 살리는 일은 천양(天壤)의 차이가 있다는 것을 강조하고 있다. 사물에서 생명의 의미를 찾아내는 것도 그와 마찬가지다. 알에서 생명을 살려내듯이 사물에서 생명의 의미를 살려내는 일을 시인이 하는 일이다. 그러나 얼마나 오래 참고 기다릴 줄 알아야만 생명의 의미를 찾아낼 수 있는가? 시인은 그런 직분을 가진 사람이라는 뜻도 가지고 있지만 아직 그런 시인이 나타나고 있다고는 말할 수 없다는 뜻도 내포되어 있다.

윗 문단의 소주제들을 보면 큰 주제에서 결코 벗어나 있다고는 말할 수 없다. 그럼에도 불구하고 각 문단마다 각기 다른 소주제를 갖고 있다. 만약 동일한 소주제를 반복하고 있다면 독자가 곧 실증을 느낄

지도 모른다. 다양한 소주제들이 전체의 주제를 위해서 조화를 이룰 때 좋은 통일의 원칙을 지키는 것이 된다.

나) 연결의 원칙

단어와 단어가 연결되어 문장을 이루고, 문장과 문장이 연결되어 문단을 이루며, 문단과 문단이 연결되어 글 전체를 이룬다. 그런데 최초의 연결 작업은 단어와 단어 사이의 연결이다. 그 단어의 연결이 어법에 맞지 않을 때는 의미 파악이 어렵게 되거나 아니면 의도한 의미와는 다른 의미가 될 것이다. 어법에 맞지 않은 문장은 학교문법에서나 다루는 일이라 여기서는 다루지 않기로 한다. 대신 단어가 어떻게 연결되어야만 효과 있는 표현이 될 것인가는 생각해 보기로 하자. 연결성을 영어로는 긴밀성(coherence)라고 하는 것을 보면 단어와 단어 사이, 문단과 문단 사이가 긴밀하게 연결되어 있어야 함을 뜻한다. 언어학적으로 말하면 통사적 관계(syntagmatic relation)라고 할 수 있으나, 계열적 관계(paragmatic relation)에서도 적절하게 선택되지 못하면 좋은 연결성을 가졌다고 볼 수 없는 것이다.

이제 범위를 조금 넓게 생각해서 어떻게 배열해야 좋은 배열이 될 수 있을까를 생각해 보는 일이다. 흔히 시간적 배열, 공간적 배열, 논리적 배열을 생각한다.

우리는 대체로 시간의 경과에 따라 문장이나 문단이 배열되어 있으면 이해하기 쉬워진다. 만약 시간이 뒤죽박죽 되어 있으면, 어느 것이 앞에 일어난 일이고 어느 것이 뒤에 일어난 일인지 짐작할 수 없어 혼란스럽다. 가끔은 너무나 정연한 시간의 흐름으로 배열하면 흥미를 잃기 때문에 이해의 범위 내에서 시간의 순서를 고의로 흩으러 놓는 수도 있다. 시간 경과의 바른 순서를 짐작할 수 있기 때문에 그것을 흥미 있게 관찰할 수 있는 것이다.

공간적 배열은 우리의 눈으로 관찰할 수 있는 공간의 순서에 따라 배열하는 것이다. 가령, 왼쪽에서부터 오른쪽으로 관찰해가든지, 위에서부터 아래로 관찰해가든지, 중앙에서부터 변두리로 관찰해가든지 해 가는 것 등이다. 물론 그 역도 성립한다. 만약, 왼쪽을 관찰하다가 느닷없이 오른쪽 관찰한 것을 배열한다든지, 위에서 관찰한 것을 아무 예고도 없이 아래를 관찰한 것으로 연결시킨다면 이해하기 어려워진다. 물론 우리들의 이해 범위 내에서 고의로 그렇게 배열할 수도 있을 것이다.

논리적 배열은 이와는 달리 이성의 판단에 의한 논리로 연결하는 것을 말한다. 가령, "그는 매우 어리석은 사람이다."라고 해놓고, 몇 줄 가지 않아서 "그의 현명한 판단에 모두들 놀랐다."라고 한다면, 논리적 모순을 일으킨다. 같은 문장 안에서도 "그는 비겁하게 용맹스러운 일을 했다."고 하면 논리적으로 모순된 문장이다. 사실 이렇게 바로 드러나는 수도 있지만, 글을 써다 보면 서두에서 한 말이 후미에 가서는 부정되는 사례도 있다. 논리적 배열은 어떤 말을 앞에 두어야 하고 어떤 말을 뒤에 두어야 하는가에 대해서도 깊이 생각해 보아야 할 문제라고 생각된다.

우선 어휘의 선택이 잘못되어 좋은 연결이 되지 못하고 있는 경우가 있다. 다음과 같은 경우를 보자.

1) 밝고 빛나던 날씨가 오늘은 아침부터 구름이 짙게 덮이더니 종내

는 비를 한바탕 쏟을 것만 같다.

　"구름이 짙게 덮이더니"라는 말은 틀린 말은 아니지만, 조금 어색한 표현이다. 그 대신에 "짙은 구름을 드리우더니"라고 하는 것이 낫다. "종내는"이라는 부사와 "같다"는 호응이 잘 되지 않는다. 차라리 "종내는 비를 한바탕 쏟았다"라고 하면 좋다. 그래서 아예 "종내는"이라는 말을 삭제해 버리는 것이 좋다. 다음과 같은 문장이 더 좋은 연결이 된다.

　　1-1) 아침에 밝고 빛나던 날씨가 차츰 짙은 구름을 드리우더니 비를
　　　　한바탕 쏟을 것만 같다.
　　1-2) 그 동안 밝고 빛나던 날씨가 오늘은 아침부터 짙은 구름을 드리
　　　　우더니 종내는 비를 한바탕 쏟고 말았다.

　　2) 우리 집 정원에는 여러 가지 종류의 꽃과 나무들이 아름답게 조경
　　　되어 있다.

　윗글에서 "조경되어 있다"는 말이 앞의 말들과의 연결에 문제가 있는 듯이 보인다. 다음과 같이 고치는 것이 좋을 것이다.

　　2-2) 우리 집 정원에는 여러 가지 종류의 꽃과 나무들이 아름답게 가
　　　　꾸어져 있다.

　다시 다음과 같은 글을 보자.

　　3) 우리 집 식탁은 해묵은 식탁이다. 아들딸이 고등학교 다닐 때 구입
　　　한 것으로 스무 해가 다 되었지만 그간의 많은 세월 어려움을 함께

해온 식탁이기에 정이 간다. 아침이면 아들, 손자, 며느리가 다 모여 바쁘게 먹고 일어서는 곳도 식탁이요, 먹는 데서 정이 나듯 저녁이면 느긋하게 오늘의 얘기를 펴보는 곳도 이 식탁에서 이루어지는 것이다.

"해묵은 식탁"이라는 말이 어울리지 않는다. "해묵은 쌀", "해묵은 닭", "해묵은 쑥" 등에는 쓰이나 식탁이 "해묵었다"는 것은 어색하기 때문이다. "오래된 식탁"이라고 하는 것이 오히려 더 좋다. "세월 어려움"이라는 것보다 "어려운 세월"이라는 것이 좋다. 밑줄 친 부분도 어딘가 어색한 연결로 이루어져 있다. "먹는 데서 정이 나듯"하는 말이 중간에 삽입되어 있는 것도 어색하다. 밑줄 친 부분은 두 어절을 '식탁'으로 연결시키고 있지만, 무리가 있다. 그래서 다음과 같이 수정해 본다.

　　3-3) 우리 집 식탁은 낡고 오래된 식탁이다. 아들딸이 고등학교 다닐 때 구입한 것으로 스무 해가 다 되었지만 그간의 많은 어려운 세월을 함께 해온 식탁이기에 정이 간다. 아침은 아들, 손자, 며느리가 이 식탁에서 바쁘게 먹고 일어서지만, 저녁은 모두 모여 오늘 겪었던 얘기를 느긋하게 하면서 이 식탁에서 저녁을 먹는다. 먹는 데서 정이 생긴다고 하지 않는가?

다음 글도 언뜻 보면 무난한 글로 보이나 자세히 관찰하면 연결에 문제가 있다는 것을 발견한다.

　　4) 처음에 집을 짓고 나무를 심었을 때는 썰렁한 어린 나무였지만 지금은 마당을 가득 메우고 큰 나무가 되어 제법 정원 같은 나무로 조경 되어 있다. 사계절의 오묘함과 생명의 존엄성을 알게 해 주었

고 자연의 섭리에 순응하며 아름다움 속에 행복을 느끼게 해 주었
다. 봄에는 새싹이 움트는 생명의 위대함을 보았고 여름에는 아름다
운 꽃들과 녹음 속에서 휴식을 즐겼다. 가을에는 여러 가지 색깔의
단풍과 풍성한 열매로 풍요로움을 주었고 겨울에는 인동(忍冬) 속에
서도 봄에 꽃을 피우기 위해 기다리고 인내하는 것을 배웠다.

첫 문장은 어린 나무를 심고 난 뒤의 이야기를 하면서 그 나무에
관한 이야기인 줄 알게 하고는 다음부터는 정원 전체를 말하고 있다.
"조경 되어 있다"는 말도 너무 거창하다. 그 나무 때문에 "사계절의
오묘함과 생명의 존엄성을 알게 해 주었고 자연의 섭리에 순응"한다
는 것은 무리라는 생각이 든다. 그것은 차라리 자연 전체에서 느끼는
것이다. 마지막 문장, "……위해 기다리고 인내하는 것을 배웠다"는
것도 그 앞의 문장과의 연결에 문제가 있다. 배운다는 것보다 참고 기
다리면 아름다운 봄을 보게 되고, 그것이 "사계절의 오묘함"이라는 것
을 깨닫게 되기 때문이다.
　다음과 같이 고치면 보다 더 좋은 연결이 될 것이다.

4-4) 집을 짓고 처음 나무를 심었을 때는 어리고 연약한 나무였지만,
　　지금은 마당을 가득 메울 정도로 큰 나무가 되어 우람한 정원수
　　로 성장해 있다. 정원수 외에도 정원에는 많은 꽃들이 심어져
　　있어 사계절의 오묘함을 알게 해 주었다. 나는 자연의 섭리에
　　순응하며 아름다운 정원 속에 사는 행복을 느꼈다. 봄에는 새싹
　　이 돋아나는 생명의 위대함을 보았고, 여름에는 아름다운 꽃들
　　과 함께 어우러진 녹음 속에서 여유를 찾을 수 있었다. 가을은
　　또 온갖 색깔의 단풍이 들어 봄의 꽃들만큼 아름다운 정원이 되
　　었다. 어떤 정원수는 풍성한 열매까지 맺으며 결실의 계절임을
　　알게 해 주었다. 그리고 긴 겨울, 인동(忍冬)의 계절이다. 우리에

게 아름다운 봄을 맞게 하기 위해 참고 기다리는 것을 배우도록
해 주는 겨울이다.

　다시 다음 글을 보자. 이 글도 대상을 바라보는 관점에 문제가 있음
을 알 수 있다.

　5)
　가) 그 사람은 새벽부터 부지런하게 건강 관리에 힘썼다. 그는 통행
　　　금지 시간이 해제되기가 무섭게 자리에서 일어났다. 간단한 도수
　　　체조를 한 다음에 세수를 하였다. 가벼운 운동복 차림으로 자전거
　　　를 타고 아침 공기를 뚫고 달렸다. 한 삼십 분쯤 힘차게 달린 끝에
　　　목적지에 다다랐다. 넓은 운동장을 천천히 돌면서 몸을 풀고 동료
　　　들이 나타나기를 기다렸다.
　나) 일찍 등교한 몇몇 학생들이 뜀박질을 하고 있는 것이 눈에 띈다.
　　　본관 근처에는 꽤 넓은 뜰이 있고 거기에는 갖가지 나무들이 들어
　　　서 있다. 은행, 무화과, 후박, 상나무 등이 무성한 녹음을 펼치고
　　　있다. 이런 나무 그늘을 지나 본관 앞에 이르면 고색이 창연한 이
　　　끼와 담장이 넝쿨이 건물이 휘감고 있다.

　위의 글은 한 문단속에 있지만 가)와 나)는 전혀 다른 관점에서 서
술하고 있다. 가)는 시간의 경과에 따라 기술하고 있지만 나)는 보이는
공간에 따라서 기술하고 있다. 가)와 나)는 분명히 다른 문단으로 구별
해서 기술해야 할 것이다. 이렇게 문단의 구별 없이 이어져 있는 것은
연결의 원칙을 위배하는 것이 된다.

A) 시간에 따른 연결

시간에 따른 연결은 시간의 경과에 따른 순서로 사물이나 행위를 기술해 가는 것을 말한다. 서사적 진술이 대체로 그렇다. 이러한 형태의 기술 중에 가장 간략한 형태는 아마도 신약성서 마태복음에 나오는 기술일 것이다. "아브라함과 다윗의 자손 예수 그리스도의 세계라. 아브라함이 이삭을 낳고, 이삭은 야곱을 낳고, 야곱은 유다와 그 형제를 낳고……"는 시간에 따른 순서대로 이야기하고 있다.

> ☾ **예문 1**
>
> 엄마.
>
> 여기에서 고백하자면 저한테는 엄마에 대한 아픈 기억이 딱 둘 있습니다. 그 중 하나는 깜깜한 어둠 속에서의 어슴푸레한 일입니다. 불안한 기운이 잠을 달아나게 해서 눈을 떴더니, 엄마와 아빠가 다투고 있었지요. 이내 아빠가 엄마 뺨을 철썩 올려붙이는 소리가 났습니다. 그리고 엄마의 흐느껴 우는 소리도 들렸습니다. 나는 무서워서 엄마 아빠 방을 나와서 할머니 방으로 도망갔지요. 할머니는 나를 끌어안고 자자며 등을 다독이었고요. 그 다음 일은 기억하지 못합니다만 그냥 그대로 잠들었겠지요. 지금 생각해 보니 뺨 맞은 엄마를 두고 도망 나와 버린 것이나 할머니 손을 끌고 가서 말려드리지 못한 것이 지금도 가슴에 걸려 있습니다.
>
> — 정채봉, 「스무 살 어머니(2)」

필자가 어린 시절 밤중에 겪었던 일을 차례대로 기술하고 있다.

> ☾ **예문 2**
>
> 1944년 늦은 가을 어느 날, 그 때 나는 국민학교 5학년이었고 마

침 학교가 파하여 집으로 돌아가려던 때였다. 담임선생님이신 이종태 선생님이 부르시더니 아버님께서 학교에 인사차 오셨다가 나를 교문에서 기다리고 계신다고 알려주셨다. 순간 나는 어안이 벙벙해졌다. 세상에 우리 아버지가 남의 부모처럼 학교에까지 오시다니…… 그런 생각에 나는 책가방 대신 메고 다닌 배낭을 챙기는 둥 마는 둥 나섰다.

구보로 운동장을 가로지르면서도 나는 제 정신이 아니었다. 무슨 꿈을 꾸는 것 같았고 헛소문을 들은 것으로만 여겨졌다. 그런데 교문 바로 앞에 아버님은 분명히 나를 기다리고 계셨다. 내가 평소 집에서 배운 대로 깊숙이 허리를 굽히는 절을 올리고자 하자 아버님께서는 금새 안쓰러워하시는 안색이 되시면서 "오오냐, 길거리니까 그런 절은 안 하는 게 좋겠다. 그만 두어라"라고 하셨다.

그러고는 들고 계시던 낡은 가방에서 선물 꾸러미 하나를 꺼내어 주셨다. 후에 써보고 안 일이지만 거기에는 초전시 체제인 그 무렵에는 아주 구하기가 힘든 공책, 연필, 지우개 등이 들어 있었다. 그 다음 아버님께서는 내 손을 잡으셨다. 당신께서 다음 말을 하신 것은 우리 부자가 시가지를 벗어나고서도 얼마간 들길을 더 걸은 다음의 일이었다.

— 김용직, 「그 날의 아버님」

필자는 초등학교 교정에서 아버지를 만난 일을 시간의 순서대로 기술하고 있다.

시간의 순서대로 기술하면 경험한 일이나 사건이 어떻게 진행되었는가를 분명하게 알게 해 준다. 만약 시간이 뒤죽박죽 기술되어 있다면 혼란이 와서 어떤 것이 먼저 일어나고 어떤 것이 뒤에 일어났는지 알 수 없게 된다.

B) 공간에 따른 연결

글을 써 가는 관점이 공간의 배열에 따른 원칙이 작용할 때가 많다. 대체로 대상을 독자에게 실감나게 전달해 주려는 의도에서 글을 연결해 간다. 가령, 경치를 서술해 갈 때 어디에서부터 말할 것인가를 생각할 것이다. 여기저기를 아무 원칙도 없이 말한다면 읽는 사람이 보이는 경치가 어떻게 되어 있는지 알 수 없게 된다. 왼편에서부터 오른편으로 차례대로 기술하거나 오른편에서 왼편으로 기술한다면 아 이런 경치이구나 하고 머리 속에서 상상하게 된다. 대상을 위에서부터 아래로, 아래에서 위로, 중앙에서 변두리로, 변두리에서 중앙으로 차례대로 기술하는 것이 읽는 사람으로 하여금 쉽게 이해하도록 한다. 먼 곳에서부터 가까이로, 반대로 가까이에서 먼 곳으로 기술할 수도 있을 것이다.

⟩ 예문 3

그림 같은 연화담, 수렴폭을 안상하며 몇 십 굽이의 석계(石階)와 목잔(木棧)과 철책을 답파하고 나니, 문득 눈앞에 막아서는 무려 삼백의 가파른 사다리―한 층계 한 층계 한사코 기어오르는 마지막 발걸음에서 시야는 일망무제(一望無際)로 탁 트인다. 여기가 해발 오천 척의 망군대―아차, 천하는 이렇게도 광활하고 웅장하고 숭엄하던가. 이름도 정다운 백마봉은 바로 지호지간(指呼之間)에 서 있고, 내일 오르기로 예정된 비로봉은 단걸음에 건너뛸 정도로 가깝다. 그밖에도 유상무상의 허다한 봉들이 전시에 활거하는 영웅들처럼 여기에서도 불끈, 저기에서도 불끈, 시선을 낮은 아래로 굽어보니 발 밑은 천인단애(千仞斷崖) 무한제(無限際)로 뚝 떨어진 황천 계곡에 단풍이 선혈처럼 붉다. 우러러 보는 단풍이 신부 머리의 칠보 단장 같다면 굽어보는 단풍은 치렁치렁 늘어진 규수의 붉은 치마폭 같다고나 할까. 수줍어 수줍어 생글 돌아서는 낯붉힌 아가씨가 어느 구석에서 금세 뛰어나올 것도 같다.

— 정비석, 「산정무한(山情無限)」

눈앞에 전개되고 있는 금강산의 장엄한 경치를 기술하고 있다. 바라보는 관점이 시간 개념이 아니라 공간 개념이다. 금강산 아래에서부터 위로 올라가면서 나타나는 경치를 묘사하고 있다. 현란한 수사가 동원되고 있지만, 보이는 순서대로 독자가 알기 쉽도록 정연하게 기술하고 있다.

☽ 예문 4

야하아, 해녀(海女).

하늘 끝과 맞닿은 듯이 보아도 보아도 끝도 없는 무한한 바다, 하얗다 하얗다 못해서 새파랗게 짙은 비취(翡翠)빛의 물결, 이 물결이 길을 넘어 뛰는 파도의 주악(奏樂), 이 주악 속에 고스란히 잠긴 바다, 이 바다 위에 해녀는 떴다.

머리에다는 수건을 동이고, 적삼으로는 유방을 가리우고, 잠방이로는 하복부를 가뜬히 감춘 다음, 팔목에는 '피창'을 걸고 허리에다는 '소살'을 차고서 가슴에다는 '태박'을 안고 휘이 휘이 휘파람을 불면서 개구리처럼 버지럭 버지럭 몸을 밀고 나간다. 나가다가는 곤두박질을 친다. 두 다리를 종긋이 모으고 하반신을 수면 위로 꼿꼿이 공중으로 거꾸로 올려 벌리며 잔뜩 팔마저 물속으로 달려드는 그 날램이란 마치 물 속에다 쏜 화살이다. 물 속에서 헤어 도는 고기를 쫓아 들어가 '소살'로 쏠 작전이니 오죽 신속해야 할 것이랴만, 육지에서의 동작보다 오히려 날램엔 자못 놀라지 않을 수 없다.

이 파도의 주악에 잠긴 한 바다 위로 오리 떼처럼 두웅둥 떠서 오거니 가거니 서로 엇갈려 들떠 나왔다 들어갔다 물 속으로 곤두박질을 치는 이 해녀들의 작업풍경이야말로 제주 바다만이 가지고 있는 자랑이다. 여기, 돛폭에다 바람을 넌지시 안은 어선들이 드문드 문 물결 좇아 몸을 일며 오락가락 한가로움은, 한 폭의 풍속화(風俗 畵)를 대한 것처럼 마음을 황홀케 한다. 이 바다, 이 풍속에 갈매기 의 춤이라도 어울렸으면 그 얼마나 해녀들의 작업에 흥을 돋우며 운치(韻致)를 도울 것이런만, 바다면 으레 따라다니는 갈매기가 없 으니 무색하기 짝이 없구나. 해상에 어울리는 춤은 없다 하더라도 가다가 그 어느 외딴 수상석 위에서 주둥이를 뒷가슴 깃 속에 틀어 박고 깽지발로 한가히 서서 졸고 있는 늙은 갈매기나마 한 마리 눈 에 뜨인들 이렇게도 무색하지는 않을 것을.

그래도 하, 날이 길면 어쩌나 해풍에 풍기어 날음에 자유를 잃고 비칠비칠 소리도 없이 어디로 가는지 바다 위를 거슬러 날고 있는 갈매기가 한 두 마리 눈에 뜨이기는 하나, 이 바다, 이 풍경에는 쓸 쓸한 존재가 아닐 수 없다.

제주 바다와 갈매기와는 그 어이 그리 인연이 멀던고.

― 계용묵, 「바다」

제주 앞 바닷가에서 본 경치를 서술하고 있는 글이다. 먼 바다에 시 선을 보냈다가 가까이로 옮기면서 해녀들이 잠수길을 관찰하고 있다. 다시 시선을 멀리로 옮겨 외로운 갈매기가 졸고 있는 수상석 위를 바 라보고 있다. 이 글에는 시간의 개념이 개입되어 있지 않다. 원근의 공간 개념이 글을 전개시키는 기본 개념이 되어 있다.

시간에 따른 연결과 공간에 따른 연결을 엄격하게 구분해서 기술할 필요는 물론 없다. 두 관점이 자연스럽게 융합되어 기술할 경우가 더 많은 것이다. 다만 시간에 따른 기술이 별안간 비약하여 시간의 순서 가 뒤죽박죽 되거나, 공간도 원근 좌우 등이 순서도 없이 기술되면 독 자는 혼란에 빠지게 된다. 소설의 경우는 그런 비약적 기술이 효과를 낼 때가 있으나 수필의 경우는 심한 생략이나 비약이 역효과를 낼 때가 많다.

○ 논리에 따른 연결

논리에 따른 연결은 앞의 문장과 뒤의 문장을 이치에 맞도록 연결하는 것을 말한다. 대체로 시간에 따른 연결과 공간에 따른 연결이 아닌 경우의 대부분은 논리에 따른 연결이라고 보아도 좋을 것이다. 논리란 불합리한 추론을 거부할 뿐 아니라, 이치에 맞지 않은 판단을 거부하는 것이다. 그 판단은 이성에 입각하여 한다. 감정을 개입시켜 판단하는 것은 옳은 판단이라고 볼 수 없다.

논리에 따른 연결은 대체로 논문이나 논설문 등에 많다. 가능한 중립적이고 객관적인 언어로 써야 하고, 감정적인 언어를 자제하는 것이 좋다. 그러나 그럴 경우 문장이 딱딱하고 재미가 없어진다. 중수필의 경우에는 논리에 따른 연결일수록 유리하지만 경수필일 경우는 무미건조(無味乾燥)할 가능성이 많다. 그러니까 문예수필일 경우 논리가 확연히 드러나는 글이 되면 문학성이 떨어질 뿐 아니라, 독자를 마음으로 감동시킬 수 없게 되는 것이다. 그렇다고 해서 논리가 전혀 무시된 글은 독자가 이해할 수 없는 글이 되고 만다. 문예수필일지라고 나름대로의 논리를 지니고 있어야 하고 그 논리에 따라 글을 전개해야만 좋은 글이 된다.

◯ 예문 5

문학 특히 소설 문학은 그 민족의 고유한 생활 풍습 및 인정세태를 기반으로 하고 있다는 점에서, 무엇보다도 먼저 그 민족의 탁월한 풍속의 반영이라 할 수 있는 반면, 그 시대 현실의 가장 업투에

이트한 명제와의 긴밀한 대결 속에서 이룩되어져야 한다는 점에서, 또 당대의 윤리적 이슈를 반영 제시하는 가장 효과적인 장르라 할 수 있다. 세계의 모든 위대한 소설 문학의 고전들은 이 두 가지 요소를 씨와 날로 하여, 형성 발전되어 온 것이다. 우리가 소설문학의 민족적 고유성과 세계적 보편성을 운위할 때도 그 기반이 되는 것은 이 두 가지 요소인 것이다.

— 천이두, 「풍속과 윤리」

"소설은 풍속의 반영이다"라는 점과 "소설은 당대의 윤리적 이슈를 반영 제시하는 장르다"라는 논리 위에서 이 글을 전개하고 있다.

▷ 예문 6

그러면 대체 말르로에게 어떤 변화가 왔다는 것일까? 첫째, 사회주의 계열에서 반공 투쟁으로의 전환. 둘째, 죽음과 숨바꼭질을 하던 풍운아 말르로가 예술론의 심오한 사색에 침착해 버렸다. 벌써 그는 고리 삭은 서재인(書齋人)이 되고 만 것일까? 희유(稀有)한 행동가 말르로의 생애는 이것으로 막을 내린 것인가? 여기서 잠깐 이 문제에 대한 해납, 그의 행동 자체의 단층(斷層) 여부와 행동과 사상 간의 단층 여부, 즉 말르로 자신의 변모 여하를 약술함이 순서일 듯하다.

첫째 문제에 관하여는 말르로의 작품을 유심히 읽은 분들에게는 그의 문학에서 이미 밝혀질 문제일 것으로 안다. 그의 행동노선 자체를 보더라도, 중국 혁명에서는 국공합작(國共合作)의 국민당 선전위원의 일원이었고, 혁명 성공 후 국공 분열이 표면화하자 그는 중국을 떠났다. 그 다음 1930년대의 반팟쇼 투쟁과 특히 스페인 내란에서 공화국 정부를 수호하려는 〈국제 의용 항공 사령관〉 말르로는 역시 당시 양심적 인텔리의 정의감을 행동으로 발휘했다 뿐이며, 직접 투쟁에 참가한 수많은 인텔리 가운데서 가장 철저히 가장 찬란하게 행동했을 뿐이다. 그것이 모스코바의 노선과 합치되었다면, 그것은 말르로 자신이 말하듯이 아직 "쏘련이 인텔리들의 양심을 배반하기 전"의 일이며, 그렇다고 반팟쇼 투쟁이 유독 콤뮤니스트에 독점될 수 없음과 마찬가지로, 쏘련이 인접 약소국가를 병합하여 국제적으로 자유에 대한 침략 독재국가로 등장함에 따라, 말르로가 그 '배반자'들에게 공격을 개시한 것은 당연한 일이다. 그 다음 문학면에서 볼 때 그가 〈정복자〉, 〈인간조건〉에서 콤뮤니스트들의 혁명적 행동을 중심으로 그렸다는 점과, 정치적 대립이 심하고 민감한 역사적 격류 속에서는 항용 미묘한 사상적 차이(아무리 근본적인 것일지라도)를 따질 겨를이 없이, 행동권의 원근(遠近)으로 조급히 좌우를 갈라놓는 부당한 혼동으로 해서, 그는 "오랫동안 왼손에 낀 보석" 구실을 한 셈이다. 독자들은 무엇보다도 그 작품 자체 속에서 그의 일관된 그 근본태도를 선명하게 볼 수 있지만 표면에 드러난 그의 언동을 보더라도, 1936년 그는 쏘련 작가대회에 초청을 받아 쏘련의 지도적 인사들을 맞대놓고, "콤뮤니즘은 한갓 교리(바꾸어 말하면 종교)나 다름없이 완고한 독선적 이론체계, 까뮤가 말하는 '현대신화'로 굳어버렸다"는 사실을 정면으로 공격할 수 있었던 유일한 작가였음을 상기함으로 족하리라.

여하간 그의 사람됨과 사상이 어떠한 권위나 교리의 틀 속에도 가두어 둘 수 없는 성질의 것임을 부인할 수 없다. 〈인간조건〉, 〈정복자〉 들에서 그가 보여준 것은 극한상황(極限狀況) 밑에서 가장 선명하게 드러나는, 인간의 보다 깊은, 보다 근본적인 인간총체의 공동문제인 것이다. 그것은 계급투쟁으로도 민족독립으로도 해결 지을 수 없는 문제이며, 말르로 문학에 있어서 계급투쟁과 민족독립이란 한갓 표현의 수단일 뿐이다. 인간의 병고(病苦) 노사(老死)를 한번 목도하고 난 동양의 왕자 싯다르타 고타마처럼, 인생의 어떠한 환락과 가식(假飾)으로도 인간 조건에 대한 그 집념을 해소할 수 없는 것이다. 그러나 관조와 수도를 쌓아 성불(成佛)한 석가모니에게는 이미 비린내 가시지 못한 문학류가 필요치 않고 또 있을 수도 없다. 그 불치의 병(본시 인간이 지니고 태어나는)을 품고 행동의 소용돌이로 뛰어 들었기에 여기 말르로 문학이 있는 것이다. 그리고

　　"사회를 아무리 고쳐 보아도 죽음은 여전히 거기 있다"—이것이 혁명가 가린느의 머리를 떠나지 않는 집념이다〈정복자〉). 폭탄을 안고 질주하는 자동차 밑으로 뛰어든 테로리스트 첸(陳)은 실은 '죽음'과 정사(情死)를 한 것이 아니었던가〈인간조건〉)?

— 김붕구, 「신 없는 구원을 찾아서」

　　말르로에게 온 변화를 논리적으로 설명하는 글이다. 공산주의자에서 반공 투사로 바뀐 것, 그리고 행동주의자에서 행동이 없는 서재인(書齋人)으로 바뀌었다고 쉽게 단정하는데 그렇지 않다는 이유를 설명하고 있다. 둘째 문단에서는 그의 생애를 간략히 기술하면서 그의 행동과 이념이 사실은 일치하고 있음을 말하고 있고, 셋째 문단에서는 "그의 사람됨과 사상이 어떠한 권위나 교리의 틀 속에도 가두어 둘 수 없는 성질의 것임"을 말하면서, 그의 문학 작품 속에 그의 사상과 이념이 구현되어 있음을 요약해서 설명하고 있다. 첫째 문단에서 물음을 던지고 그 물음에 대하여 대답하는 방식으로 말르로의 사상과 행동을 설명한 것이다. 거기에는 정연한 논리가 있다.

　　논리에 따른 연결은 흔히 A)서론—본론—결론의 방식, B)기(起)—승(承)—전(轉)—결(結)의 방식, C)문제제기—대상의 분석 검토—해결방안의 제시—결론의 방식을 취하는 경우 등으로 생각할 수 있다. 각기 접근하는 방식에 조금씩 차이가 있으나 아리스토텔레스가 이미 지적한 것처럼 시작—중간—끝의 변형에 불과하다. 당면한 문제가 무엇인가 하는 점을 찾아서 그것을 어떻게 해결할 것인가를 여러 면에서 검토 분석한 뒤에 결론을 제시하는 방식인 것이다. A)나 B)의 방식은 논문이나 논설문에서 흔히 사용하는 방식으로 여기서 예문을 제시하기에는 적당치 않다. 또 문예수필의 방식으로 채용할 경우에는 매우 무미 건조한 느낌을 주기 쉽다. 그러나 O)의 방식은 우리 선인들이 한시(漢 詩)를 지을 때 흔히 사용하는 방식이다. 이 방식은 오늘날도 수필을 쓰는 데도 매우 유용한 방식이라고 생각된다. O)의 방식으로 된 고려 때의 시인 정지상(?~1135)의 유명한 칠언절구(七言絶句) 송인(送人)이란 한시(漢詩)를 보자.

♪ 예문 7

雨歇長堤草色多	비 멎은 긴 제방에 풀빛도 짙푸른데
送君南浦動悲歌	그대를 보내는 남포는 슬픈 노래로 운다.
大同江水何時盡	대동강물은 어느 때 다할까
別淚年年添綠波	이별의 눈물로 해마다 녹파만 더하누나

이 시의 3연이 전(轉)에 해당한다. 님을 보내는 애틋한 마음을 3연에서 잠깐 진술을 바꾸어서 "대동강물은 언제 다할까"라고 말한다. 대동 강물이 언제나 유유히 흘러갈 것을 반어로 말한 것이다. 기(起)에서 선택한 제재를 승(承)에서 이어 말하고 전(轉)에서 그 제재에서 잠깐 떠난 듯이 바꾸어 진술하고는 결(結)에서 그 주제로 다시 돌아와 완성하는 기법이다.

♪ 예문 8

1) 뉴델리 국제 공항에 접근하고 있는 비행기 속이다. 옆자리에 앉아 있던 잘 차려입은 한 인도 사람이 입국 카드를 좀 써달라고 의뢰를 한다. 홍콩에서 탄 이 인도인은 터번 모에 고급 향내가 물씬 했고, 반지의 다이아는 평생 처음 보는 그런 크기의 것이었다. 차림새로 봐 돈이 많아 보이는데 문맹이었던 것 같다.

입국 카드의 항목대로 물어서 써 주었다. 이 인도인은 묻는 말에 대꾸하면서 혼자말로 다음과 같이 투덜대는 것이었다.

"나는 글 따위는 몰라도 백만 장자가 됐어. 이 세상에 글 따위를 만든 자는 저주받을 지어다"라고.

2) 나는 속으로 웃으며 그의 입국 카드를 건네 주었다. 고맙다고 하면서 속 포켓에 손을 넣더니 일백 달러 짜리 지폐를 주는 것이 아닌가. 대서료로 주는 것이겠지. 하지만 그 순간 발끈 달아오르는 모멸감을 느끼는 것은 비단 나뿐이 아니라 그런 경우를 당한 한국인이면 누구나 느끼는 감정일 것이다. 한국인이 느끼는 듯한 그런 모멸감을 주기 위해 이 인도의 백만 장자가 돈을 준 것은 아니다. 하지만 그 돈을 건네 주고 건네 받는 그 물리적 공간은 겨우 한자 남짓도 안 되는 가까운 것이지만, 그 전달에서 한국인과 인도인의 의식구조가 벌려 놓은 심리적 공간은 몇 백 리 떨어진 아득한 것이었다.

……물론 대서의 대가니까 받아도 되고, 받고 싶기도 하다. 대체로 해외의 한국인은 일본 사람으로 오인하기에 나라 체면이 깎일 것도 아니다. 인색하게 쓰면 열흘 동안의 숙식비가 되는 큰돈이니 궁기가 낀 이 해외 여행에서 횡재가 아닐 수 없다. 한데도 감사하는 거절로 돈을 돌려주었던 것이다. 이 백만 장자가 웃긴다는 표징으로 창 밖을 내다보며 다시 혼잣말을 한다.

"세상에 체면 따위 지키는 자도 저주받을 지어다"라고.

3) 위레스의 소설 〈노벨상〉이라는 책에 나체가 되었을 때의 여성의 수치심은 세계 공통의 자연적인 것이 아니라, 나라에 따라 달라지는 사회적인 것이라고 전제하고 다음과 같이 써 놓고 있다.

"만약 벌거벗은 스웨덴이나 프랑스, 미국 여성을 우연히 만났다 하자. 그녀들은 맨 먼저 손으로 치부를 가릴 것이다. 이것이 중국 여인이었다면 맨 먼저 손으로 발을 가릴 것이요, 사모아 여인이었다면 배꼽을 가렸을 것이다." 이것이 한국 여성이었다면 두말할 나위 없이 얼굴을 가렸을 것이다. 얼굴은 그만큼 한국인에게 뜻을 갖고 있다. 라틴어계에 있어 얼굴이란 말은 물리적 표면을 뜻할

뿐 한국처럼 정신적 내용을 뜻한다는 법은 없다. 한데 한국의 얼
굴은 물리적 표면의 뜻 이외의 뜻으로 보다 많이 쓰이고 있음을
본다.
4) "얼굴을 들 수 없다", "얼굴이 안 선다", "볼 낯이 없다", "얼굴에
먹칠을 한다" 등 안식(眼識)으로도 쓴다. 이 차이는 바로 한국 사
람이 서양 사람보다 얼굴로 대변되는 면목이나 체면을 한결 소중
히 여긴다는 의식구조의 소치라고 본다.
얼굴은 뭐라 정의할 수도 없다. 손에 쥘 수도 없고, 눈에 보이지
않지만 다수의 사람 앞에 노출됨으로써 또렷하게 존재한다. 한국
인에게 있어 그것은 재산보다 한결 소중하고 그것 때문에 한국인
은 죽음도 불사한다. 경우에 따라 그것은 내각을 붕괴시키고 전쟁
을 일으키기도 한다.

— 이규태, 「목숨보다 소중한 체면」

이 글의 주제는 "한국인은 면목이나 체면을 소중히 여긴다"는 것이
다. 그런데 이 주제를 말하기 위하여 1) 뉴델리 도착의 비행기 속에서
부유한 인도인을 만나 그의 입국 카드를 대신 써 준 일로 시작해서(起)
2) 대필해 준 대가로 백 불이나 되는 사례비를 주는 것을 모욕감을 느
끼며 거절한다.(承) 말을 살짝 바꾸어 3) 위레스의 소설 이야기를 한
다.(轉) 끝으로, 4) "한국 사람은 서양 사람보다 얼굴로 대변되는 면목
이나 체면을 한결 소중히 여긴다는 의식구조"(結)라는 것으로 결론을
낸다. 기승전결의 구조는 여러 곳에서 이용되고 있음으로 익혀 두는
것이 수필을 쓰는 데 유용하리라고 생각된다.

연결은 글 전체로 볼 때는 그의 구조와도 관계가 깊다. 따라서 글의
구성을 살펴 볼 때 보다 자세히 관찰해 보기로 하자.

D) 드러난 연결어와 드러나지 않는 연결어

글이란 앞서도 말한 바와 같이 단어와 단어가 연결되어 문장을 이루고 문장과 문장이 연결되어 글 전체를 이룬다. 문장은 각 단어들이 어법에 맞게 연결되어야 함은 물론이다. 맞지 않게 연결될 때는 뜻이 불분명하거나 전혀 다른 뜻이 되기도 한다. 아예 말이 안 되는 경우도 있을 것이다.

국어의 모든 문장은 궁극적으로 "무엇이 어찌한다", "무엇이 어떠하다", "무엇이 무엇이다" 중의 한 가지 내용을 담고 있다. 이 때의 '어찌한다', '어떠하다', '무엇이다'의 내용에 따라 문장은 여러 가지 형식을 취하게 된다. '어찌한다'는 행위를 나타내고, '어찌하다'는 상태를 나타내며, '무엇이다'는 어떤 것인지를 지정한다. 또 문장을 구성하려면 구성 요소들을 갖추고 있어야 하는데 그 필수적 성분이 되는 것을 주성분이라고 한다. 주성분은 주어, 서술어, 목적어, 보어 등을 말하는데 우리말은 이 네 가지 성분이 배합되어 여러 가지 문장을 만들고 있다. 주성분 외에 부속성분이 있는데 관형어와 부사어를 말한다. 이들은 주성분을 도와서 완전한 뜻을 전하도록 하고 있다.

문장은 대체로 주부와 술부로 이루어져 있다. 주부와 술부가 잘못 연결되어 있거나 각 성분들이 제 자리에 있지 못하면 바른 문장이 될 수 없다. 그러나 우리말은 필수적인 성분도 때로는 생략되어 있는 경우가 많다. 무엇이 생략되어 있는지를 알지 못하면 문장을 제대로 이해하였다고 말할 수 없다. 생략되어야 할 곳에 필수적 성분이라고 해서 거듭해서 쓰면 중복되었다는 느낌을 줄 뿐 아니라, 좋지 않은 문장이 되고 만다. 또 바른 문장이라고 해도 다른 문장과의 호응이 맞지 않으면 안 된다. 우리가 문법을 배우는 것은 그 때문이다. 그러나 문법에 맞는다고 해서 좋은 글이 되는 것은 결코 아니다. 좋은 글은 문법의 한계를 벗어나 있기 때문이다.

긴 글을 보면 대체로 여러 문장들로 연결되어 있다. 가령, 다음과 같은 글을 보자.

🌙 예문 9

A) 이 작품에서 우리는 '피'의 흔적을 보게 된다. 그러나 그것은 〈화사집〉에서와 같은 낭자히 흐르는 뜨거운 피가 아니라, "두터운 갑옷 아래" "숨고르게 조용히" 사려 안은 피이다. 말하자면 그것은 〈화사집〉 무렵에서와 같은 관능의 뜨거운 보챔에서 연유되는 육체적 향연(饗宴)으로서의 피가 아니라, 뼈저린 설움이 가슴에 사무친 어혈(瘀血)으로서의 피, 한(恨)으로 맺힌 피이다. 이리하여 서정주의 시에 있어서의 피는 이제 그의 여인들이 그러한 것처럼 관능적 표상으로서의 그것이 아니라, 설움과 고뇌의 표상으로서의 그것으로 질적 비약을 이룩한다. 말하자면 그것은 "두터운 갑옷 아래" 조용히 사려 안은 인고(忍苦)의 실체로서의 피이다.

이 작품에서 우리는 식민지 시대를 살아야 했던 한국 지식인의 고뇌하는 모습을 보게 된다.

— 천이두, 「지옥과 열반 : 서정주」

🌙 예문 10

우리의 속담에 호랑이는 죽어서 가죽을 남기고 사람은 죽어서 이름을 남긴다고 했으니 모든 비석을 세우는 일은 자신의 이름, 즉 명성을 만대에 남기고자 하는 욕망의 표현일 것이다. 그러므로 사람이 자신의 이름을 남기기 위하여 위해 비석을 세우는 그 자체를 나무래야 할 이유는 없다. 그가 만인의 표상이라면 오히려 권장해야 할 일일 터이다. 후세 교육에 모범이 되기 때문이다.

그렇다 하더라도 비는 본인의 사후 후학들의 평가에 의하여 세워지는 것이 자연스럽지 않을까. 과문이나 불가의 가르침을 따르자면 깨달음에 이르기 위해서는 일체 세속적 명성에의 집착을 버려야 한다고 했으니 스님인 그 분의 경우는 더욱 그러하리라고 생각되었다.

— 오세영, 「영원하고자 한다면」

9)에서 보면 문장이 연결되는 데 분명한 말로 제시되는 것으로 두 가지 유형이 있는 것을 볼 수 있다. '그러나', '말하자면', '이리하여' 등과 같이 연결하는 말에 의해서 두 문장이 연결되는 경우와 '아니라'와 같이 어미에 의해서 연결되는 경우를 본다. 어미에 의해서 연결되는 경우는 두 문장이기는 하지만 한 문장은 다른 문장에 안겨 있기 때문에 한 문장으로 간주된다. 국어의 연결어미는 여러 가지 형태가 있어서 일일이 다 말할 수도 없다. 우리는 그것을 문법을 통해서 배운다기보다 태어날 때부터 모국어로 익혀서 어감으로 안다. 물론 잘못 연결된 경우에는 어색한 문장이 되거나 바르게 뜻이 전달되지 않는다. 연결되는 말에 의하여 문장들이 이어질 때도 마찬가지지만 특별히 문장 서로의 호응이 중요하다. '그러나'를 써야 할 경우 '그리고'를 쓰면 어색한 문장이 될 것이다. 그러나 '차라리'와 '오히려'는 매우 유사한 의미를 지니고 있어서 문장에 따라 어느 쪽을 써야 할 것인가에 대해서는 거의 언어 감각에 의해서 달리 써야 할 것이다.

10)에서도 보면 '그러므로', '그렇다 하더라도' 등의 연결사에 의해서 앞 문장과 연결되는 경우가 있고, '남기고', '했으니' 등의 어미로 문장 안에서 연결한 것을 볼 수 있다. 그러나 "……터이다."와 "후세 교육에 모범이 되기 때문이다."가 드러난 연결어가 없이 연결되어 있

다. 이 두 문장의 연결은 말할 필요도 없이 '때문이다'라는 말 때문이다. '과문이나'는 어휘 자체가 연결어의 구실을 하고 있다.

이처럼 분명하게 문장이 연결되는 장치를 볼 수 있는 경우도 있지만 그런 장치가 명확하게 드러나지 않는 경우도 있다. 비록 그런 장치가 보이지 않는다고 하더라도 글 전체는 긴밀하게 연결되어 있어야 좋은 글이다. 언뜻 보기에 연결되어 있는 것 같더라도 잘 쓰여진 글은 내밀하게 연결되어 있는 법이다. 글 전체를 볼 때 문장들이 긴밀하게 연결되어 있지 않다면 산만해서 좋은 글이 될 수 없음은 물론이다. 그러니까 문장과 문장을 연결하는 방법은 셀 수 없을 만큼 많다고 할 수 있다.

제일 편한 방법은 접속사나 부사 혹은 지시어에 의한 방법이다.

☽ **예문 11**

　　나는 아침 일찍 일어나 도수체조를 했다. 그리고 밥을 먹고 학교로 달려갔다. 그런데 운동장에는 아무도 없었고 바람 빠진 축구공이 철봉대 옆에 있었다. 그것이 마음에 걸렸다. 그것을 들고 자세히 보니 아무 쓸모 없는 것이었다. 그리고 나는 교실로 들어가서 첫 시간에 공부할 책을 폈다. 그렇지만 공부할 마음이 생기지 않았다.

위의 글은 초등학생이 쓴 일기의 한 부분이다. 접속부사와 지시어가 너무 많이 쓰인 것을 알 수 있다. 어린 학생의 글을 보면 이처럼 불필요한 연결어가 많다. 문장과 문장을 연결하는 데 초보자들은 대체로 앞 문장에 확실하게 연결되지 않은 것 같은 느낌을 갖기 때문에 이처럼 연결어를 많이 쓰는 경우를 본다. 필요 없이 많은 연결어를 쓸 경우 오히려 좋지 않은 글이 된다.

천의무봉(天衣無縫)이란 말이 있다. 하늘에서 만든 옷은 꿰맨 자국이 없다는 것이다. 글의 이음이 훌륭할 때 우리는 이런 말을 쓴다. 단어와 단어끼리, 어절과 어절끼리, 문장과 문장끼리 연결이 자연스럽게 이루어져 있어서 막힘 없는 물의 흐름과 같다고나 할까, 좋은 문장은 원래 그런 법이다. 그런 문장은 접속부사나 지시어 등으로 연결되어 있지 않으면서도 문장끼리 긴밀하게 연결되어 있다. 싸르뜨르가 까뮈의 〈이방인〉을 처음 대했을 때 천의무봉과 비슷한 말로 그 긴밀성의 탁월함에 감탄했다.

☽ 예문 12

육상으로 수 천리를 돌아온 시절의 선물, 송이(松栮)의 향기가 한꺼번에 가을을 실어왔다. 보낸 이의 마음씨를 갸륵히 여기고, 먼 강산을 그리워하면서, 나는 새삼스럽게 눈앞의 가을에 눈을 옮긴다. 남창으로 향한 서탁(書卓)이 차고 투명하고 푸르다. 하늘을 비침이다. 갈릴리 바다의 빛은 그렇게도 푸를까? 벗나무 가지에 병든 잎새가 늘었고, 단물이 고일 대로 고인 능금 송이가 잎 드문 가지에 꽂꼭지깉이 저졌나. 외포기의 야국(野菊)이 만발하고, 그 찬란하던 채송화와 클로버도 시든 빛을 보여간다. 그렇건만 새삼스럽게 가을을 생각지 않은 것은 시렁 아래 드레드레 드리운 청포도의 사연인 듯싶다.

— 이효석, 「청포도의 사상」

위의 글을 보면 드러난 연결어는 '그렇건만' 하는 마지막 문장에서뿐이다. 그 외에는 드러난 연결어가 없이 문장이 연결되어 있다. 대체로 논설이나 비평문보다 문예문의 경우 드러난 연결어가 적다. "갈릴리 바다의 빛은 그렇게도 푸를까?"라는 문장은 언뜻 보기에는 앞 문장

과 느닷없는 연결인 것 같이 보인다. 그러나 그 의미를 생각하면 수긍
이 가는 연결이다. 특히, '푸를까?'라고 의문문으로 끝내면서 앞 문장
과의 연결을 부드럽게 하고 있다.

🌙 예문 13

향 내음새는 또 나를 이끌고 내가 생겨난 먼 질마재라는 마을의
지금은 벌써 돌아가신 지 오래인 내 할머니의 곁으로도 곧잘 데불
고 간다. 거기서는 첫 새벽마다 어린 내 머리맡에 울리던 늙은 할
머니의 그 수공업의 물레소리가 들리고 할머니의 "아이고 내 새
끼야!……" 나를 걱정하시는 소리가 들린다.

어느 날 여섯 살이던가 일곱 살짜리였던 내가 집안사람들이 모
두 다 논밭 일을 보러 나간 오후 혼자 집을 보고 있다가 마루에서
잠이 들어 구르다가 아래로 떨어지고 있었을 때, 언제 와서 내 곁
에서 나를 지키고 계셨던지 굴러 내려지는 내 어린 몸을 쫌 맞게
받아 붙들어 안고 소리치시던 "아이고 내 새끼야!"의 그 음성을
듣는다. 그러면 나는 또 내 첩첩산중 같은 시름이라는 것도 할 수
없이 어느 만큼은 늦구어 가지지 않을 순 없이 되는 것이다.

…(중략)…

나는 또 내 사르는 향 내음새를 타고 내 국민학교 때의 교실의
이쁘셨던 여선생님을 찾기도 한다. 비 나리는 날 그녀를 찾았더니
나를 두 팔 사이 꼭 끼어안고 반가워하며 "이 애는 내 자식입니
다"고 옆에 선 사람들한테 자랑하던 내 국민학교 삼 학년 때의 내
여선생님. 그네한테 줄 것을 찾아 헤매다가 내가 어느 제각(祭閣)
뜰에 숨어 몰래 훔쳐 꺾어냈던 라일락의 한가지. 그 라일락의 한
가지를 들고 달려가다가 내가 숨어 들어가 있던 언덕과 언덕 사이
의 쑥풀냄새만 자욱하던 굴형. 그네가 이듬해 딴 먼 데로 전근해
갈 때 내가 어머님을 졸라 사다 드렸던 〈레도 구레무〉라는 일본
말 발음 표준의 한 곽의 화장용 크림과 단 한 켤레 깜정빛의 긴
여자의 목양말—이런 일. 이런 것들을 생각하고 느끼면서 나는 아

직도 국민학교 삼 학년짜리의 어린애일 수도 있고. 그래서 현재의
나의 이 모든 너무나 따분함을 덜 수도 있다.

— 서정주, 「향 사르는 마음」

13)도 연결어가 별로 보이지 않지만 문장이 긴밀하게 연결되어 있
다. 셋째 문단에서는 명사로 문장을 끝맺고 있는데도 조금도 무리가
없다. 간결한 느낌을 주면서 오히려 강한 강조를 느끼게 하고 있다.
특히, "한 켤레 깜정빛의 긴 여자 목양말—이런 일."이라고 강조하고
있는 것은 다음 말과 언뜻 보기에는 중복되는 감을 주지만, 앞의 글
전체를 받아서 강조하는 말로서 강한 인상을 남기고 있다.

♪ 예문 14

잠이 깨면 바라다보려고 장미 일곱 송이를 샀다. 거리에 나오는
사람들이 내 꽃을 보고 간다. 여학생들도 내 꽃을 보고 웃고 간다.
전차를 기다리고 섰다가 Y를 만났다. 언제나 그는 나를 보면 웃더
니, 오늘은 웃지 않는다. 부인이 달포째 앓는데 약 지으려 갈 돈도
떨어졌다고 한다. 나에게도 가진 돈이 없었다. 머뭇거리다가 부인께
갖다드리라고 장미 두 송이를 주었다.

Y와 헤어져서 동대문행 전차를 탔다. 팔에 안긴 아기가 자나 하
고 들여다보는 엄마와 같이 종이에 싼 장미를 가만히 들여다보았다.
문득 C의 화병에 시든 꽃이 그냥 꽂혀있던 것이 생각났다. 그 때는
전차가 벌써 종로를 지났으나, 그 화병을 그냥 내버려두고 갈 수는
없는 것 같았다.

나는 전차에서 내려서 사직동에 있는 C의 하숙을 찾아갔다. C는
아직 들어오지 않았었다. 나는 그의 화병에 물을 갈아 부은 뒤에 가
지고 갔던 꽃 중에서 두 송이를 꽂아놓았다. 그리고, 딸을 두고 오
는 어머니같이 뒤를 돌아보며 그 집을 나왔다.

숭삼동에서 전차를 내려서, 남은 세 송이의 장미가 시들을 세라

빨리 걸어가노라니, 누군지 뒤에서 나를 찾는다. K는 나를 보고 웃고 있었다. 애인을 만나러 가는 모양이었다. K는 내 꽃을 탐나는 듯이 보았다. 나는 남은 꽃송이를 다 주고 말았다. 그는 미안해하지도 않고 받아 가지고는 달아난다.

집에 와서 꽃 사 가지고 오기를 기다리는 화병을 보니 미안하다. 그리고, 그 꽃 일곱 송이는 내가 주고 싶어서 주었지만, 장미 한 송이라도 가져서는 안 되는 것 같아서 서운하다.

— 피천득, 「장미」

이 글에도 접속부사가 별로 쓰이지 않았지만, 두 곳에서 쓰였다. 여기에 쓰인 "그리고"라는 접속부사는 앞의 문장과 연결을 위해 쓰였다기보다 뒤의 말을 강조하기 위해서 쓰인 것이다.

다) 강조의 원칙

우리가 말을 할 때 낮고 조용한 목소리로 말할 때도 있고, 높고 우렁찬 목소리로 말할 때가 있다. 각기 그 장합에 따라 달라야 효과가 있을 것이다. 또 먼저 해야 할 말과 뒤에 해야 할 말을 잘 생각해서 말해야 할 것이다. 한 주제에 대하여 길게 말하는 경우와 짧게 말하는 경우도 그 효과에 큰 차이가 날 것은 말할 필요가 없다. 글을 쓰는 경우도 마찬가지다. 다만 글은 목소리와 같이 실제로 귀를 울려서 하는 방법이 아니기 때문에 글 속에 목소리의 높낮이 효과를 넣어야 한다. 먼저 하고 뒤에 해야 할 경우라든지 많이 하고 적게 하는 경우 같은 것은 글은 말보다 더 생각할 시간이 있기 때문에 신중해야 할 것이다. 이와 같이 글쓰기에 있어서 그 효과를 위해서 여러 가지 궁리를 해

보는 것을 글의 무엇을, 어떻게, 어디에서 강조할 것인가의 원칙을 생각하는 문제다. 아무리 좋은 말이라도 한결 같은 평탄한 목소리로 말한다면 싫증이 나듯이 아무리 좋은 글의 내용이라도 강조할 곳이 제대로 되어 있지 않으면 읽을 맛이 없다. 잘 쓰여진 글은 앞서 말한 통일의 원칙, 연결의 원칙이 잘 지켜졌을 뿐 아니라, 강조의 원칙이 잘 지켜진 글이다.

강조의 원칙은 크게 세 가지 방식으로 나눌 수 있다. A)비율에 의한 강조, B)위치에 의한 강조, C)표현기교에 의한 강조가 그것이다. 비율에 의한 강조는 그 주제에 대하여 어떤 비율로 기술하는 것이 효과적인가를 생각하는 방법이다. 위치에 의한 강조는 주제를 드러내는 데 어떤 위치에서 어떤 말을 해야 하는가를 생각하는 방법이다. 같은 말이라도 어느 위치에서 말하느냐에 따라 독자에게 주는 효과는 크게 다르다. 표현기교에 의한 강조는 표현하는 방법을 어떻게 하느냐, 즉 어떤 수사법(修辭法)으로 표현하느냐를 생각하는 강조의 원칙이다. 가령, 은유법, 역설법, 반어법, 과장법, 반복법, 점층법 등을 써서 글을 효과적으로 표현하는 방법을 말한다.

A) 비율에 의한 강조

뜻하는 바의 주제에 대하여 어떤 비율의 분량으로 기술하면 효과가 클 수 있을까를 생각한 강조의 방법이다. 되도록 많이, 그리고 상세하게 기술하는 것이 그렇지 못한 것보다 효과가 크다는 것은 일반적인 상식이다. 그러나 어떤 경우는 적게 말하고도 오히려 깊은 인상을 남기는 수도 있다.

먼저 기술하는 분량이 많을수록 효과가 큰 것에 대하여 생각해 보

자. 어떤 문제에 대하여 길고 자세하게 설명함으로써 독자의 관심을 오래도록 잡아두게 되고, 깊은 이해를 가지도록 하는 방법이다.

☽ 예문 15

수박은 쟁반에 낼 때에 엷게 썰어서 내는 것이 좋다. 이쑤시개 같은 것으로 이켠저켠의 씨를 쉽게 털어내고 먹을 수 있겠기 때문이다. 아예 씨를 털어내어 먹기 좋고 볼품 있게 내려면 수박화채로 조리하여 내는 것이 좋다. 수박은 붉은 속을 꺼내어 저미고 씨를 발라낸다. 꿀에 재어서 냉장고 같은 찬 곳에 둔다. 쓸 때에 꺼내어 유리그릇에 꿀물을 풀어 잣을 띄워 내면, 보기에도 아름답고 먹기에도 시원한 수박화채가 된다.

지난 해 말복도 지나간 어느 날이었다. 광주엘 다녀온다는 허영자 시인이 무등산수박을 한 통 놓고 갔다. 말로만 들어오던 무등산수박인데, 크기도 엄청나게 컸다. 한 아름에 찰 만한 크기였다. 어떻게 빠갤 것인가도 문제였지만, 우리집 식구들로선 한 자리에서 다 먹어 치울 수 없는 것이고 보니, 간수하는 일도 문제였다. 생각다 못해, 제금나간 두 며늘아기들을 불러 나누도록 하였다. 한 몫을 놓고도 몇 날을 먹었는데, 이건 꿀을 풀지 않아서도 꿀맛이었다.

수박 속은 아름다운 붉은 빛이었고, 서릿발 서슬처럼 뽀얀 성에가 끼어 있었다. 한 점을 입안에 넣자 설설 녹는다. 청렬한 맛이다. 수박의 진맛을 새로이 맛보는 느낌이었다.

— 최승범, 「수박」

수박에 관해서 길고 자세하게 말하고 있다. 말할 필요도 없이 수박이 강조되어 있다.

☽ 예문 16

며칠 전에 대학생들을 데리고 답사여행을 다녀왔다. 학생들은 여

행이라면 무조건 기분이 들떠서 방종하기 쉽다. 여행 목적이 고적답
사라면 그 유물이 있게 된 동기, 역사, 보존상태 그리고 그것이 현
대인에게 무엇을 이어주고 있는가 등등에 관해 조사할 것도 또 수
집할 자료도 흔하다.

그런데 유명한 사찰이나 고적이 있는 곳엔 으레 유흥의 집시족이
모여들게 마련이다. 그들 때문에 진지하게 답사해야 할 대학생들 중
의 몇몇이 부류에 휩쓸려 술도 마시고 어울리기도 한다.

그 때도 학생 중 몇이 술을 과음하여 몸도 제대로 가누지 못할 정
도가 되었다. 나는 전체 학생들을 모아놓고 준열히 책망했다. 몹시
노했기 때문에 언성이 높아지고 목에는 굵은 힘줄이 손가락마냥 팽
팽해졌다. 책망을 하고 나서 여관으로 들어왔는데, 옆방의 점잖게
생기고 풍채 좋은 노인이 나를 보고 인사를 청했다. 그리고 "노하지
말고 웃으십시오. 그래야 몸에 좋습니다."라고 서두를 꺼내더니 '삼
쾌'(三快)의 이론을 일러준다. '쾌소(快笑)', '쾌식(快食)', '쾌통(快通)'
이 그것이다. 기분 좋게 웃고, 즐겁게 먹고, 시원하게 배설하는 것
이 심신건강과 장수의 비결이라는 것이다.

나는 언젠가 "노안(老顔)은 추하다"라는 글을 쓴 일이 있다. 어쩌
다가 노한 얼굴을 거울에서 발견하고 그 추모에 대단히 실망한 있
었던 것이다. 지금 학생들에게 노안(老顔)으로 질책하고 들어온 나
의 얼굴이 몹시 추했기 때문에 이 나그넷길의 노옹이 나에게 '삼쾌
(三快)'를 일러주는 것이 아니겠는가?

저녁상을 앞에 놓고 동료들과 삼쾌의 이야기로 웃음꽃을 피웠다.
의식적으로 웃어보자는 것이다. 또 산채와 밥을 맛있게 먹었다. 그
러나 이튿날 아침 쾌통(快通)은 하지 못했다. 물을 갈아먹으면 변비
증세가 있기 때문이다. 많지도 않은 세 가지를 한결같이 해내지 못
하는 나 자신이 부끄럽기만 했다. '삼쾌'는 이번 여행에서 얻은 귀
중한 수확이 아닐 수 없다.

— 장덕순, 「삼쾌(三快)」

이 글에서는 학생의 이야기가 많다. 그러나 학생에 관한 것이 강조

된 것이 아니다. 제목 그대로 '삼쾌'가 강조된 것이다. 삼쾌만이 처음부터 많이 이야기되었다면 지루하여 오히려 강조되지 않았을지도 모른다.

비율에 의한 강조는 어느 부분을 길게 말해야 하고 어느 부분을 짧게 말해야 하는지 생각해야 할 것이다. 짧은 토막의 글이라도 인상 깊게 남기기 위해서는 분량이 긴 부분도 바로 그 강조할 토막을 위해서 뒷받침글이 되어 있어야 하는 것이다.

B) 위치에 의한 강조

위치에 의한 강조란 문장을 글의 어디에 배치하느냐에 따라 독자의 관심을 집중적으로 받을 수 있는가를 생각하는 강조의 원칙이다. 이것은 문단의 단위에서 생각할 수 있고, 글 전체에서도 생각할 수 있다. 핵심 내용이 되는 문단의 소주제문이나 글 전체의 주제문이 어느 위치에 놓이느냐가 될 것이다. 대체로 독자에게 깊은 인상을 주는 곳은 글의 첫머리이거나 끝의 위치라고 할 수 있다.

문단의 경우 그 앞부분에 소주제가 담긴 글을 두면 독자에게 강한 인상을 준다.

📖 예문 17

이 얼마동안 <u>시를 말하는 자리에서 인간을 곁들이는 일은 금기 사항이 되어 왔다.</u> 이 경우 인간이란 물론 제작자의 의도라든가 작품이 우리에게 끼치는 효과를 문제삼는 일에 관계된다. 절대주의 분석 비평의 가르침에 따르면 전자와 같은 태도는 '의도의 오류'를 야기하는 게 된다. 그리고 다음 경우를 '감정의 오류'라고 부르는 일은 널리 알려진 대로다.

<u>일단 완성된 작품은 제작자의 손에서 떠난 제3의 실체다.</u> 그리고 그것은 그 자체가 자족(自足)한 상태로 있다. 그것을 다시 제작자의 눈길을 통해 보는 일은 본말을 전도시키는 일이다. 또한 우리 자신의 감정, 취미, 교양 등은 항상 유동적이다. 그런 척도에 작품을 내맡기는 일은 인상주의적 자의로 시를 촌탁(忖度)하는 어리석음을 범할 것이다.

그러나 달리 생각하면 모든 <u>시는 인간 체험의 집약체인 동시에 그 진수라고 할 수 있다.</u> 범박하게 보아도 그것은 역사라든가 문화에 힘입는다. 그런가 하면 비근하게는 우리 자신의 개인적 습관, 기호, 취향, 체질 등에 밀착되어 있다. 잡담 제하고 개성이 개입하지 않은 상태의 시는 존재하지 않는다. 이것은 절대주의 분석 비평의 이론이 시를 이해하는 금과옥조(金科玉條)가 아님을 가르쳐 주는 것이다.

— 김용직, 「의도와 효과」

위의 글에서 밑줄 친 부분은 그 문단의 소주제문에 해당한다. 소주제문이 문단의 첫머리에 위치함으로써 독자에게 그 뜻의 전달을 확실하게 하고 있다. 대체로 논설문이나 비평문은 문단의 핵심이 되는 말을 문단의 첫머리에 두는 것이 보통이다.

문단의 끝부분도 강조의 효과가 큰 곳이다.

◗ 예문 18

1) 어제 경성 역으로부터 신촌 오는 기동차에서다. 책보를 매기도 하고, 끼기도 한 소녀들이 참새 떼가 되어 재깔거리는 틈에서 한 아이는 얼굴을 무릎에 파묻고 흑흑 느껴 울고 있었다. 다른 아이들은 우는 동무에게 잠깐씩 눈은 던지면서도 달래려 하지 않고 무슨 시험이 언제니, 아니니, 내기를 하자느니 하고 저희끼리만 지껄인다. 우는 아이는 기워 입은 적삼 등허리가 그저 들먹거린다. 왜 우느냐고 묻고 싶은데 마침 그 애들 뒤에 앉았던 큰 여학생 하나가 나보다 궁금했던지 먼저 물었다. 재재거리던 참새 떼는 딱 그치더니 하나가

대답하기를,

"개 재봉한 걸 잃어버렸어요."

한다.

"학교에 바칠 걸 잃었니?"

"아니야요. 바쳐서 잘했다구 선생님이 칭찬해 주신 걸 잃어버렸어요. 그래 울어요."

큰 여학생은 이내 우는 아이의 등을 흔들며 달랜다.

"애 울문 뭘하니? 운다구 찾아지니? 울어두 안될 걸 우는 건, 바보야."

이 달래는 소리는, 기동차 가는 소리 속에서도 퍽 맑게 들리어, 나는 그 맑은 소리의 주인공을 다시 한번 돌아보았다. 중학생은 아니게 큰 처녀이다. 분이 피어 그런지 흰 이마와 서늘한 눈은 기동차의 유리창들보다 신선한 처녀다. 나는 이내 굴속으로 들어온 기동차의 천정을 쳐다보면서 그가 우는 소녀에게 한 말을 생각해 보았다.

"애 울문 뭘허니? 운다구 찾아지니? 울어두 안될 걸 우는 건, 바보야."

2) 이치에 맞는 말이다. 울기만 하는 것으로 찾아질 리 없고, 또 울어서 이루지질 않을 것을 우는 것은 확실히 어리석은 일이야. 그러나 사람들은 울음에 있어 곧잘 어리석어진다. 더욱 이 말이 여자로도 눈물에 제일 **빠**른 처녀로서 한 말임에 생각할 재미도 있다. 그 희망에 찬 처녀를 주저해서가 아니라 그도 이제부터 교복을 벗고 한번 인간제복으로 갈아입고 나서는 날, 감정 때문에, 혹은 이해상관으로 "울어도 안될 것"을 울어야 할 일이 없다 하지 못할 것이다.

나는 신촌 역을 내려서도 이 "울문 뭘허니? 울어두 안될 걸 우는 건 바보야." 소리를 생각하며 걸었다.

3) 그러나 이 말이나 이 말의 주인공은 점점 내 마음에 속에서 멀어가는 대신 점점 가까이 떠오르는 것은, 그 재봉한 것을 잃어버렸다는 소녀이다. 그는 오늘도 울고 있을 것 같고 또 언제든지 그 잃어버린 조그마한 자기 작품이 생각날 때마다 서러울 것이다. 등허리를 조각조각 기워 입은 것을 보아 생헝겁 한 오리 쉽게 얻을 수 있는 아이는 아니었다. 어머니께 조르고 동무에게 얻고 해서 무엇인지 모

르나, 구석을 찾아 앉아 동생 보지 않는다고 꾸지람을 들어가며 정성껏, 솜씨껏, 마르고, 호고, 감치고 했을 것이다. 그것이 여러 동무의 걸 제쳐놓고 선생님의 칭찬을 차지하게 될 때, 소녀는 세상일에 그처럼 가슴이 뛰어 본 적은 일찍이 없었을 것이다. 이제 하학만 하면 어서 가지고 집으로 가서 부모님께도, 좋은 끗수 받은 것을 자랑하며 뵈여드리려던 것이 그만 없어지고 말았다.

소녀에게 있어선 결코 작은 사건이 아니오 작은 슬픔이 아닐 것이다.

4) 나도 작품을 더러 잃어 보았다. 도향(稻香)의 죽은 이듬해가, 서해(曙海)형이, 〈현대평론〉에 도향추도호를 낸다고 추도문을 쓰라고 하였다. 원고 청이 별로 없던 때라 감격하여 여름 단열 밤에 새워 썼다. 고치고 고치고 열 번도 더 고쳐서 〈현대평론사〉로 보냈더니 서해형이 받기는 받았는데 잃어버렸으니 다시 쓰라는 것이라 같은 글을 다시 쓸 정열이 나지 않았다. 마지못해 다시 쓰기는 썼지만 아무래도 처음에 썼던 것만 못한 것 같아 찜찜한 것을 참고 내었다.

신문과 잡지에 났던 것도 미처 떼어 두지 않아서, 또 떼어 뒀던 것도 어찌해 더러 없어진다. 누가 와 어느 글을 재미있게 읽었노라고 감상을 말하면, 그가 돌아간 뒤 나도 그 글을 다시 한번 읽어보고 싶어 찾아본다. 찾아보아 찾아 내지 못한 것이 이미 서너 가지 되다. 다시 그 신문 잡지를 찾아가 오려 오기란 거의 불가능한 일이다. 꽤 섭섭하게 그 날 밤을 자곤 하였다.

이 '섭섭'을 꽤 심각하게 당한 것은 장편 〈성모〉다. 출판은 못하게 하더라도 원고나 내어 줄 것이지 하는 원망을 며칠을 두고 하였다. 그 소설의 주인공 순모가 아이를 낳아서부텀, 어머니로서의 애쓰는 것은, 나도 상당히 애를 쓰며 썼다. 책으로는 못 나오나 스크랩 체로라도 내 자리 옆에 두고 싶은 애정이 새삼스럽게 끓었다.

그러나 울지는 않았다. 위에 기동차의 소녀처럼 울지는 않았다. 왜 울지 않았는가? 아니 왜 울지 못하였는가? 그 작품들에게 울 만치 충실하지 못한 때문이라 할 수밖에 없다.

잃어버리면 울지 않고는, 몸부림을 치며 울지 않고는 견딜 수 없는, 그런 작품을 써야 옳을 것이다.

— 이태준, 「작품애(作品愛)」

위의 글에서 보면 가장 중요한 말은 문단의 끝에 놓고 있는 것을 볼 수 있다. 첫 문단은 대화가 삽입되어 있어서 좀 길어졌지만 1)은 전체가 한 문단이다. 기동차간에서 여학생들이 주고받는 말을 옆에서 들은 대로 적고 있지마는 문단의 끝에 놓여 있는 필자의 되뇌는 말이 이 문단의 핵심이다. 2)와 3)도 그 문단에서 가장 중요한 말이라고 생각되는 말을 문단의 끝에 두었다. 1), 2), 3)의 문단에서는 모두 기동차간에서 본 일을 적고 있다. 그런 이야기를 말한 것은 4)에서 자기의 작품을 잃어버렸던 일을 말하기 위함이다. 그것은 또한 이 글 전체의 핵심이기도 하다. 필자의 〈성모〉라는 작품의 원고를 잃어버린 것을 못내 아쉽게 생각하고 있는 것이 이 글의 주제라고 말할 수 있는데 기동차의 소녀처럼 울어야 할텐데 자기는 울지 않았다는 것이다. 그 이유를 "울 만치 충실"한 작품을 쓰지 않았기 때문이라고 말하고 있지만 사실은 자기 겸손인지 모른다.

보다 강조하기 위하여 중요한 말을 문단의 앞과 뒤에 두는 경우도 있다.

〽 예문 19

또 하나는 그에게서 엿볼 수 있는 철저한 분석의 재능이다. 이것은 모든 우수한 작가들이 공유하고 있는 재능이겠지만 학슬리와 같은 자의식이 과잉하는 작가에게 있어서는 인간의 모든 정념이나 행위를 분석 규정해야 만족하는 경향이 있는 것 같다. "적개적 태도란 개인의 독립선언이다." "폭력이란 인간과의 궁극적인 인간의 합일

을 격렬하게 부정하는 것이다." "죽음은 우리 인간들이 완전한 비속
화시키지를 못한 유일한 사항이다." 이러한 유(類)의 분석과 규정은
어떤 대상을 적확명쾌하게 파악할 때 우리가 얻을 수 있는 지적 쾌
락과 안도감을 주는 동시에 사물을 바라보는 눈의 지적 훈련에 유
익하리라. 한편에선 공허한 사변(思辨)이라고 탓할 사람들이 있을는
지도 모르지만 동양의 연파(軟派)문학에서는 도저히 맛볼 수 없는
독특한 매력을 느꼈다.

　또 하나의 흥미는 에세이와 작중인물의 발언을 비교해 보는 것이
다. 그는 많은 에세이를 남겨놓고 있지만 그러한 에세이의 내용이
언젠가는 작중인물의 입을 통해서 반드시 다시 재표백되어 있다.
"나는 외곬으로 파고드는 전심(專心)이란 걸 평가하지 않네. 나는 완
전성을 평가하네. 누구나 자기의 잠재적 능력을 두루 발전시키는 것
이 작가의 의무라고 생각하네. 우둔하게 하나에만 집착하는 것이 아
니라 그 전부를 발전시킨단 말일세." 예의 안쏘니는 브리안과 이러
한 대화를 주고받지만 이러한 인생태도는 파스칼을 위시한 몇 개의
에세이 속에 이미 토로되어 있는 터이다. 그가 〈전심(專心)〉의 성자
를 평가하지 않는 것도 이러한 연유에서이거니와 이러한 인생태도
는 단순한 구호가 아니라 학슬리가 실지로 채택한 삶의 형식이기도
하였다. 어쨌든 에세이와의 연관 아래 학슬리의 대변인을 작중인물
속에서 찾고 그 발언을 검토하는 것도 재미있는 일이었다. 작가의
의식이 한계라는 것을 막연히 느낄 수 있는 것도 그러한 비교를 통
해서였다.

— 유종호, 「지성과 반지성」

　위의 글에서 보면 문단의 서두에서 핵심이 되는 말을 하고 있다. 이
어지는 말은 뒷받침글들이다. 그러나 그 문단이 끝날 때 왜 서두의 그
말을 했는지 상기시켜 주는 말을 하고 있다. 이런 강조의 방법 역시
대체로 논설문이나 비평문에서 많이 쓰고 있다.

C) 표현기교에 의한 강조

일상의 말에서도 우리는 자기가 한 말을 강조하기 위하여 흔히 "오월은 계절의 여왕이다", "산더미 같이 밀려오는 파도", "멀고도 먼 나라", "눈곱만큼도 그를 좋아한 적이 없지만", "개돼지만도 못한 놈이야, 그는" 등의 말을 쓴다. 한 말의 효과를 높이기 위하여 쓰기도 하지만 뜻하는 바의 감정을 제대로 표현할 말이 없을 때도 쓴다. 수사법의 일종이기도 하다.

표현기교에 의한 강조는 비유법, 강조법, 변화법 등이 있다. 비유법은 표현하고자 하는 대상을 다른 사물의 형태나 행위에 비유해서 표현하는 방법이다. 예를 들면, "내 누님같이 생긴 꽃이여" "웅변은 은이요, 침묵은 금이다" 와 같은 것이다. 강조법은 나타내고자 하는 뜻을 보다 생생하게 그리고 강렬하게 인상에 남도록 하기 위한 표현방법이다. "옛날 옛적 아득한 옛적", "인생은 짧고 예술은 길다!" 등과 같이 인상에 깊이 남도록 표현하는 방법이다. 변화법은 그대로 말하면 흘려서 듣기 쉬운 말을 변화를 주어서 표현하는 방법이다. "그도 사람이랄 수 있겠는가?"(의문문으로 표현), "아름다워라, 젊은 날의 꿈이여!"(도치법으로 표현) 등과 같이 변화를 주어서 표현하는 방법이다. 그러나 이런 기법을 알아두는 것은 좋으나 실제로 글을 쓸 때는 남이 썼던 이런 표현을 그대로 따서 쓰면 창의성이 떨어지는 '진부한 표현'(cliche)이 될 위험이 따른다. 표현기교에 의한 강조는 글의 흐름에 따라 자연스럽게 나와야 하며 인위적이라는 느낌이 들면 좋은 글이 될 수 없다. 많은 걸작을 읽는 가운데 자기도 모르는 사이에 저절로 체득되는 경우가 많고, 좋은 표현이 있으면 기억해 두었다가 인용하는 것도 좋은 방법이다.

　수필은 청자(靑瓷) 연적(硯滴)이다.

　수필은 난(蘭)이요, 학(鶴)이요, 청초하고 몸맵시 날렵한 여인이다. 수필은 그 여인이 걸어가는 숲 속으로 난 평탄하고 고요한 길이다. 수필은 가로수 늘어선 페이브먼트가 될 수도 있다. 그러나, 그 길은 깨끗하고 사람이 적게 다니는 주택가에 있다.

　수필은 청춘의 글은 아니요, 서른 여섯 살 중년 고개를 넘어선 사람의 글이며, 정열이나 심오한 지성을 내포한 문학이 아니요, 그저 수필가가 쓴 단순한 글이다.

　수필은 흥미는 주지마는 읽는 사람을 흥분시키지는 아니한다. 수필은 마음의 산책이다. 그 속에는 인생의 향취(香臭)와 여운(餘韻)이 숨어있는 것이다.

　수필의 색깔은 황홀 찬란하거나 진하지 아니하며, 검거나 희지 않고, 퇴락하여 추하지 않고, 언제나 온아(溫雅) 우미(優美)하다. 수필의 빛은 비둘기빛이거나 진주빛이다. 수필이 비단이라면 번쩍거리지 않는 바탕에 약간의 무늬가 있는 것이다. 그 무늬는 읽는 사람 얼굴에 미소를 띄우게 한다.

　수필은 한가하면서도 나태하지 아니하고, 속박을 벗어나면서도 산만(散漫)하지 않으며, 찬란(燦爛)하지 않고 우아(優雅)하며, 날카롭지 않으나 산뜻한 문학이다.

　수필의 재료는 생활 경험, 자연 관찰, 또는 인간성이나 사회현상에 대한 새로운 발견, 무엇이나 다 좋을 것이다. 그 제재(題材)가 무엇이든지 간에 쓰는 이의 독특한 개성과 그 때의 무드(기분)에 따라 "누에의 입에서 나오는 액이 고치를 만들 듯이" 수필은 써지는 것이다. 수필은 플롯이나 클라이맥스를 필요로 하지 않는다. 필자가 가고 싶은 대로 가는 것이 수필 행로이다. 그러나, 차를 마시는 거와 같은 이 문학은, 그 차가 방향(芳香)을 갖지 아니할 때에는 수돗물같이 무미한 것이 되어버리는 것이다.

　수필은 독백(獨白)이다.

　소설가나 극작가는 때로 여러 가지 성격을 가져보아야 한다. 세익스피어는 햄릿도 되고 플로니아스 노릇도 한다. 그러나, 수필가 찰

스 램은 언제나 램이면 되는 것이다. 수필은 그 쓰는 사람을 가장 솔직히 나타내는 문학 형식이다. 그러므로, 수필은 독자에게 친밀감을 주며, 친구에게 받은 편지와도 같은 것이다.

덕수궁 박물관에 청자 연적이 하나 있었다. 내가 본 그 연적은 연꽃 모양을 한 것으로, 똑 같이 생긴 꽃잎들이 정연(整然)히 달려 있었는데, 다만 그 중에 꽃잎 하나만이 약간 옆으로 꼬부라졌었다. 이 균형 속에 있는, 눈에 거슬리지 않는 파격(破格)이 수필인가 한다. 한 조각 연꽃잎을 옆으로 꼬부라지게 하기에는, 마음의 여유를 필요로 한다. 이 마음의 여유가 없어 수필을 못 쓰는 것은 슬픈 일이다.

때로는 억지로 마음의 여유를 가지려 하다가는 그런 여유를 갖는 것이 죄스러운 것 같기도 하여, 나의 마지막 십분의 일까지도 숫제 초조와 번잡에다 주어버리는 것이다.

— 피천득, 「수필」

〈예문 20〉은 고등학교 교과서에 실려서 많은 사람이 읽었던 글이다. 수필로 쓴 수필론이라고 할 수 있다. 그러나 수필을 설명하되 전부 비유로 설명하고 있다. 첫 문장, "수필은 청자 연적이다"라고 했다. 수필이 청자 연적이 될 수 없는 것은 누구나 다 아는 사실이다. 청자 연적의 어떤 속성을 가지고 있음을 말한 것이다. 우선 청자라면 그 색깔이 은은하면서도 서늘한 느낌을 주는 고운 빛깔이다. 연적은 서예와 관련이 있다. 벼룻물을 담는 자그만 그릇으로서 대개는 멋을 풍기는 그릇이다. 연적은 반드시 맑은 물을 담는다. 정성이 지극한 사람은 산에서 졸졸 흐르는 맑은 약수를 담아서 쓴다고 한다. 연적에서 붓는 물은 방울방울 떨어뜨린다. 칼칼 부어서는 안 된다. 연적에서 몇 방울 떨어뜨린 물로 먹을 갈면 묵향이 은은히 풍긴다. 그 먹물로 정성을 다해서 쓰는 글씨나 묵화는 품격이 높은 예술이 된다. "수필은 청자 연적이다"라고 할 때 이와 같은 감정과 생각이 함께 담겨 있다. 그것은 말로 다 설명할 수 없는 정감이 그 속에 스며 있는 것이다. 이런 비유법을 우리는 은유법이라고 한다.

다음 문장은 "수필은 난이요, 학이요, 청초하고 몸맵씨 날렵한 여인이다." 라고 되어 있다. 같은 '수필'을 두고 "난이요, 학이요, 여인이다"라는 것은 논리적으로는 전혀 맞지 않은 말이다. 그러나 문학에서는 충분히 이해가 되는 말이다. 난과 학과 여인의 속성을 '수필'에서 느낄 수 있다는 말이다. 그것뿐이 아니다. 이어서 "수필은 그 여인이 걸어가는 숲속으로 난 평탄하고 고요한 길"이라는 것이다. '난' '학' '여인' '길'이 각기 다른 특성을 지니고 있으면서 '수필'에서 그 속성이 공통적으로 모여지고 있다. 수필은 이보다 더 많은 은유로 말해질 수 있을 것이다. 사실 이 글에서도 더 많은 은유로 수필의 속성을 이야기하고 있다.

이 글은 은유법 외에도 많은 표현기교에 의한 강조를 하고 있다. 우선 "난이요……여인"이란 글은 열거법을 쓰고 있다. 한 표현으로 충분한 효과를 보지 못한다고 생각할 때 그것을 보충하는 말을 열거하고 있다. 또 "몸 맵씨 날렵한 여인"이라고 하는 것은 의인법이다. 수필은 사람이 아닌 데 사람인 것처럼 쓰고 있다. 다음 문단의 "수필은……아니요, ……이며, 아니요, ……이다."라고 한 문장은 대조법이다. 처음이 아니라, 다음을 강조하기 위하여 쓰여진 말이다.

이 외에도 더 많은 표현기교에 의한 강조법을 찾을 수 있을 것이다. 그러나 그 표현기교를 찾아서 익힌다고 해서 좋은 글을 쓰는 것은 아니다. 그 표현기교는 많은 책을 읽고 생각하는 가운데 정신 속에 녹아서 나와야 한다. 표현기교가 글 전체에 잘 녹아서 표현되지 못하고 있으면 오히려 나쁜 효과를 낼 수도 있다. 이 표현기교에 대해서는 뒤에 향기 있는 수필을 배우면서 그 향기가 어디에서 연유하는지 살펴보는 가운데 습득하도록 하자.

제3장 네 담론의 글쓰기

　글을 쓸 때는 어떤 목적을 가지고 쓴다. 목적이 없는 글은 뜻 없이 끼적거리는 낙서라고 해야 할 것이다. 비록 벽에다 끼적거리는 낙서라고 해도 숨어 있는 목적이 있을 수 있다. 지금까지 감추고 있던 말 못할 심정을 토로하거나 아니면 자기만이 알고 있는 남의 행위를 비방하고 싶거나 혹은 전해 들었던 말이지만 남의 이야기를 소문으로 퍼뜨려 그 사람을 비방할 목적으로 쓰는 경우가 많다. 그러니까 무의식적으로 끼적거리는 경우가 아니라면 목적이 없는 글은 없다고 할 수 있다. 그리고 목적이 없는 글은 어떠한 성과도 거둘 수 없다는 말이 된다. 문예 작가들은 독자에게 예술적 감흥을 일으키게 하도록 글을 쓰는가 하면 신문 기자는 보고들은 바를 정확하게 알려 주기 위해 쓴다. 또 우리들은 개인적으로 친구나 친지에게 편지를 쓰는 경우도 있다. 저쪽의 사정을 알고 싶다든지 이쪽의 형편을 저쪽에 알려 주고 싶은 마음으로 편지를 쓴다. 뿐만 아니라 그런 목적이 없더라도 다만

정을 나누고 싶어서 편지를 쓰는 경우도 있을 것이다. 또 억울한 일을 당한 일이 있는 사람은 관공서나 신문사에 그 억울한 사정을 낱낱이 밝혀 시정해 주기를 바라는 심정에서 글을 쓰기도 한다. 아무에게도 보여주지 않을 일기라고 해도 쓰는 목적이 있기 마련이다. 자기의 행적을 남기기 위해서 아니면 자기를 뒤돌아보기 위하여 일기를 쓴다.

이처럼 글을 쓸 때는 의식적이든 무의식이든(이라고 하는 것은 쓸 당시는 무의식적이었지만 다시 생각해 보면 어떤 목적을 가지고 있었다) 어떤 목적을 가지고 있다. 그 목적이 경우마다 다르기 때문에 글도 경우마다 달라진다. 그런데 각기 다른 그 목적을 크게 두 가지로 나누어 볼 수 있다. 자기 정화(淨化) 혹은 자기 만족을 위해서 쓰는 경우와 나의 메시지를 상대방에게 전달할 목적으로 쓰는 경우가 그것이다. 그 목적을 이렇게 크게 나누어 본 것일 뿐 정확하게 두 목적이 구분되는 것도 아니고, 어느 한 쪽의 목적만이 달성되도록 쓰는 것도 아니다. 두 목적이 함께 어우러져 있어서 구분하기조차 어려운 경우도 있다. 그러나 대체로는 문예적 향취가 있는 글은 전자의 목적을 가지고 있고, 그렇지 않은 글은 후자의 목적을 가지고 있다고 해도 좋을 것이다. 그러나 글을 쓰는 목적은 경우마다 달라서 셀 수 없을 정도로 많다. 글을 쓰는 그 목적을 만족스럽게 달성하기 위해서 우리는 글 쓰는 것을 배운다고 해야 할 것이다. 그 낱낱의 경우를 설정해서 글 쓰는 법을 배우는 것도 좋겠지만 우선 그 경우를 크게 나누어서 생각해 볼 필요가 있다. 글이 수행하는 기능에 따라 나누는 법이다. 대체로 수사학자들은 네 가지 기능을 수행하는 담론(discourse)으로 나눈다.

첫째는 상대에게 무엇에 관해서 알려주거나 이해하도록 해 주는 설명(exposition)이 있다. 둘째는 상대의 생각을 바꾸게 하거나 나의 주장

하는 바를 따르게 하는 논증(argument)과 설득(persuasion)이 있다. 셋째
는 상대에게 내가 본대로 전달해 주는 묘사(description)가 있다. 넷째는
어떤 사건이나 행동에 대하여 그것이 어떻게 일어났는가를 알려주는
서사(narration)가 있다. 대체로 이상에서 말한 네 가지 종류의 담론들
은 확실하게 구분되어 나타나는 것이 아니라 함께 혼재해 있는 경우
가 많다. 어느 글은 이 중의 한 담론이 두드러진 경우도 있고, 다른 글
에서는 다른 담론이 두드러진 경우도 있다. 글의 목적에 따라, 혹은
그 글에 주어진 역할에 따라 그 배합의 정도가 각기 다르다.

그렇다면 왜 우리들은 글 속에 대체로 섞여 있는 각기 다른 담론들
을 배워야 하는가? 글을 보다 효과 있게 쓰기 위함이다. 테니스의 예
를 들어보자. 테니스 선수가 되기 위하여 무조건 잘 치기만을 가르치
지 않는다. 우선 테니스의 스윙의 폼을 배운다. 다음은 포핸드를, 다음
은 백핸드를, 발리를, 서비스 넣는 법을 배우는 것이다. 각 기능의 폼
을 익히고, 또 타격하는 법을 집중적으로 익히고 난 뒤에 다시 그것을
종합한 타격법을 익힌다. 각 부분의 효과직인 기능을 익히고 난 뒤에
종합적인 플레이를 하도록 익히는 것이 좋은 테니스 선수를 만드는
데 효과적이라는 것을 코치는 알고 있다. 좋은 글을 쓸 수 있는 자질
을 키우는 것도 그러한 방법이 좋다고 생각한다.

가) 설명(說明)

설명법은 "무엇이냐", "어떤 뜻이냐", "어떤 상태 혹은 성질이냐" 하
는 물음에 답하는 식의 진술 방법이다. 사전에 실린 글은 대부분 설명
문이다. 학생들을 위한 교과서나 어떤 지식을 전파할 목적으로 쓴 글

들은 대체로 설명문으로 되어 있다.

설명문을 이루는 방법으로 여러 가지가 있다. 관련된 말에 대해서 뜻풀이를 하는 정의법, 사물이 얼마큼 비슷한가, 혹은 얼마큼 대조적인가를 보여주는 비교법과 대조법, 일정한 기준에 의하여 작은 무리로 갈래짓는 분류법, 사물의 구조를 성분이나 성질에 따라 그 구조와 원리를 밝히는 분석법, 다른 사람의 말을 따 와서 말하는 인용법, 관련된 일을 실제의 예를 들어서 설명하는 예시법 등이 있다. 이들 여러 방법들을 적절히 사용할 때 좋은 설명문이 된다.

☽ 예문 1

1) 정치적 관점에서 '진보'라는 개념은 그리 오래된 것은 아니다. 인간의 삶이 신의 섭리 안에 있다고 믿었던 프랑스 대혁명 이전의 구체재에서 진보라는 개념은 명확하게 존재하지 않았다. 인간들만의 세상이 되자 비로소 그들의 자유와 권리가 확대되는, 보다 행복한 삶이라는 개념이 생겨났는데, 그것이 바로 진보다. 그러니 진보란 시민사회의 성립과 함께 나타난 것이라 할 수 있다.

2) 그런데 이 시민사회는 산업혁명의 성공에 뒤이은 물질적 재화의 축적과 함께 성숙의 길을 걸어왔다. 오늘날 시민사회의 민주적 원리가 잘 작동되고 있는 나라는 예외 없이 선진국이라는 점이 그것을 증명한다. 그러니 진보란 우선은 의식주의 해결을, 그리고 더 나아가 풍요로운 물질적 삶을 전제로 한다. 특별한 종교적 수행자가 아닌 보통사람들에게 영혼의 자유란 그 이후의 일이다.

3) 그래서 진보주의자를 자처하는 사람들은 시대와 공간에 따라서 달라질 수 있지만, 진보의 궁극적 내용은 같다. 러시아에서는 자본주의가 진보고 남미에서는 사회주의가 진보다. 우리 역사에서 60, 70년대에 경제성장이 절대적 진보였다면, 지금은 분배의 정의가 진보라고 한다. 자본주의나 사회주의, 경제성장과 분배의 정의, 둘 다 틀리지 않은 진보다. 그러나 이 모두의 공통분모는 하나다. 배가 부

르고, 등이 따스하며, 마음이 편안하다는 것이다.

4) 우리가 한편으로는 민주사회의 원리가 더 잘 지켜지기를, 그리고 다른 한편으로는 경제성장을 통해 보다 풍요로운 삶이 주어지기를 바라는 것은 그 둘이 바로 진보의 가를 수 없는 두 날개이기 때문이다. 따라서 어떤 이유로든 민주사회의 기본원리와 경제발전을 포기할 수 없다. 국가 또한 이 둘을 지향하기 위해 존재하는 것일 뿐이다. 따라서 어떤 국가와 지도자가 이를 어긴다면, 더 이상 존재할 가치가 없다.

5) 이 두 가지를 잣대로 세계를 들여다보면, 가장 말썽 많은 국가 가운데 하나가 북한이며, 최악의 지도자 중 하나가 김정일 정권이다. 그런데 기이한 것은, 이 땅에서 진보주의자임을 자처하는 사람일수록 북한과 그 지도자에 대해 호의적인 사실이다. 심지어 그들은 북한에 대해 조금이라도 비판적 자세를 보이면 '수구의 꼴통'이라는 폭력적 꼬리를 붙이기를 주저하지 않는다.

— 박철화, 「진정한 진보(進步)」

위의 글 1), 2), 3)은 모두 설명의 담론으로 되어 있다. 그 중에서도 '정의법'이 주로 사용되고 있다. 1)는 "프랑스 혁명 이전에는 진보라는 개념이 존재하지 않았다"고 말하는 것은 그 이전과 그 이후를 대조해서 말하는 대조법을 쓰고 있다. 신의 섭리 안에 있었던 사회와 그렇지 않은 사회를 대조해서 설명하고 있기 때문이다. 2)는 "진보란 의식주의 해결을" 할 수 있고 난 뒤에야 말할 수 있는 것으로 정의하고 있다. 3)은 진보는 나라와 시대에 따라 다르게 정의될 수 있다고 말하고 지금은 "분배의 정의가 진보다"라고 말한다. 이 글은 4)와 5)를 말하기 위하여 1), 2), 3)의 설명법을 쓰고 있는 것이다. 즉 4)에서 "경제발전을 포기하는 지도자는 존재할 가치가 없다"는 주장을 하고 있다. 논증법이다. 이를 근거로 하여 다시 5)에서 비교법을 쓰고 있다. 이 글은 "대미공조 없이 냉철한 세계 인식과 실리 추구 없이는 진보도 없다"는 필자의 주장을 펴기 위하여 전반부에서는 설명법을 사용하고 있는 것을 우리는 볼 수 있다.

☽ 예문 2

'개' 자가 붙은 말 치고 쓸 만한 말은 없다. 같은 살구라도 개살구 맛은 시다. 기름은 기름이라도 개기름은 못 쓰는 기름이고, 개떡은 아무리 배고픈 때라도 손이 잘 가지 않는 떡이다. 오죽하면 "개떡 먹어라"라는 욕이 생겼겠는가. 이러한 개와 구별하기 위해서 강조되는 접두어가 '참이다. 참기름, 참살구, 참깨……물론 참새라는 말도 있긴 하지만, 참 자가 붙은 것은 대개 귀한 대접을 받는다. 가짜가 하도 많은 세상이라서 그랬는가. 사람이든 물건이든 우선 무엇을 보면 우리는 그것이 진짜인지 가짜인지부터 따지게 된다. 그래서 심지어 참기름 집에는 "진짜 참기름 팝니다."라는 팻말을 붙여 놓기도 한다. 기름 자에 참을 나타내는 말을 세 개나 포개 쓴 것이니 그거야말로 '정말 참' 이상하다.

개나리의 꽃 이름에도 이 개 자가 붙어 있다. 무엇이 참 나리인지는 몰라도 확실히 화원에서나 파는 그 귀족적인 하얀 백합화에 비하면 울타리나 벼랑에 아무렇게나 늘어져 피어 있는 개나리에는 개 자가 붙을 만도 하다. 더구나 이 개나리라는 말은 일본 순경을 뜻하는 은어로 쓰인 적도 있어 꽃 이름치고는 꽤 인상이 험하다. 일본 관헌을 뒤에서는 '개(犬)'라고 불렀고 앞에서는 존칭으로 '나리'라고 불렀는데 그것을 한데 합치면 개나리가 되었기 때문이다. 월남 이상재 선생이 YMCA에서 강연을 할 때 일본 형사들이 청중 속에 많이 끼어 있는 것을 보고 먼 산을 바라보면서, "허, 개나리가 만발하였구나!"라고 하여 폭소가 터져 나왔다는 일화도 있다.

그러나 개나리는 어느 꽃보다도 먼저 봄기운을 알려 주는 꽃이다. 늘어진 줄기마다 노란 꽃으로 일제히 물들이는 그 개나리꽃은 황금의 폭포수요 빛의 함성이다. 워낙 야생의 꽃이라 그런지 공해가 심한 도시에서도 공사장 같은 조그만 공터라도 있으면 봄의 공간을 눈부시게 치장해 준다. 사실 가지 하나를 꺾어 병에라도 꽂아 놓고 한 송이 한 송이 뜯어보면 정말 볼 품 없는 꽃이지만 이것이 일단 무리져서 한데 어울려 피면 목련이나 백합보다 아름답다.

— 이어령, 「개나리: 문명의 봄을 몰고 오는 피플 파워」

위의 글은 '개'라는 접두어를 설명하면서 글을 시작하고 있다. '개' 와 '참'을 비교 대조하면서 설명하고 있다. 3문단에서는 주 소재인 개나리를 설명하면서 개나리를 은유로 정의하고 있다. "개나리꽃은 황금의 폭포수요 빛의 함성이다."라는 것이다. 노란 빛깔이 힘차게 떨어지는 폭포수처럼, 그리고 한 사람이 아니라 여러 사람이 소리치는 함성처럼 느껴진다는 것이다.

⟫ 예문 3

삼성전자는 참으로 강하다. 각종 경영지표에서 국내 1위를 질주 중인 삼성전자는 지난 3분기에도 경이적인 순이익(1조 8400억원)을 냈다. 세계의 어느 일류 기업과 비교해도 손색없는 실적이다 우울한 한국 경제에서 삼성전자만은 신나는 낭보(朗報)를 거듭 보내 오고 있다.

그런데 삼성전자가 지닌 또 하나의 1위 기록은 모르는 사람이 많을 것이다. 삼성전자는 국내 최대의 '대일(對日) 수입상'이다. 산업자원부 내부 자료에 따르면 삼성전자는 지난 해 약 29억달러 어치의 일본 제품을 수입해 몇 년째 1위를 지켰다.(2위는 LG상사 12억 달러)

삼성전자는 자기 제품을 만들기 위한 핵심부품과 장비를 사온다. 예컨대 삼성전자의 주력 수출품인 반도체는 일본제 생산장비로 만들며, 휴대품 속엔 일본제 부품이 20%쯤 들어가 있다. 삼성전자의 수출총액이 239억 달러였으니, 수출로 번 돈의 12%를 일본에 지불한 셈이다.

　"그게 한국의 한계다. 일본의 기술이 아니면 물건 하나 제대로 못 만들지 않는가." 얼마전 서울에 온 일본 경제평론가 오마에 겐이치(大前硏一)씨와 만난 자리에서 이런 얘기를 꺼냈더니 특유의 독설이 터져 나왔다. 오마에씨에 따르면 한국 경제는 여전히 이류이고, 일본처럼 기술력을 키우려는 필사적인 노력이 보이지 않는다는 것이다.

　한국제조업의 생명줄은 일본이 쥐고 있다. 이것은 해묵다 못해 진부한 화두(話頭)다. 불어나기만 하는 대일 무역역조(貿易逆調) 통계가 나올 때마다 우리는 뜨겁게 '일본극복론'을 외쳐왔다. 일본이 구축한 '기술의 장벽'을 돌파하자는 얘기를 지난 몇 십년간 반복해 왔던 것이다.

― 박정훈, 「오마에 겐이치씨의 독설(毒舌)」

　"삼성전자는 강하다"라는 말을 뒷받침하기 위하여 뒷받침 문장이 계속되고 있다. 그 뒷받침문장은 대체로 분석을 통하여 이루어지고 있다. 물론 그 분석이 진행될수록 첫 문장의 말이 빛을 잃어가기 시작한다. "삼성전자는 약하다"는 말로 결론 지어가고 있기 때문이다. 분석을 정확하게 하기 위하여 정황을 수치로 표현하거나 자연과학적 방법을 원용하기도 한다. 위의 글에서도 권위 있는 기관에서 발표한 통계 수치를 인용하고 있다.

☽ 예문 4

　지금 우리 사회는 원로가 서서히 무대에서 퇴장하는 변혁기에 처해 있다. 원로의 소멸이라고나 할까. 원로의 기능상실이라고나 할까. 어쨌든 원로의 자취가 서서히 사라져 가고 있는 것은 사실이다. 나는 이 점이 안타까운 것이다. 이런 원로 밀어내기 혹은 원로 무용론제기, 혹은 원로 왕따시키기와 같은 우리 사회의 에토스(ethos)가 큰 문제라고 보는 것이다.

세계역사상 거대제국이었던 로마제국이나 소련공산주의제국 같은 강대국이 붕괴해 가는 과정을 분석해 보면, 공통된 원칙이 발견된다는 것이다. 그 원인으로 외침, 전쟁, 사치와 부패 등을 드는 것이 보편적인 예인데, 어떤 역사학자의 분석에 따르면, 한 제국의 멸망의 주요 원인은 엉뚱한 곳에 있다는 것이다. 즉 그 사회의 에토스와 심각한 불균형이 그 원인이라는 것이다. 에토스란 것은 그 시대, 그 사회가 가지고 있는 사조, 윤리성과 풍조나 기풍 등을 가리키는 말이다. 그러니까 지금 우리 사회를 사로잡고 있거나 이끌어가고 있는 무의식적으로 합의된 어떤 가치, 풍조, 윤리의식 같은 것이다. 이것이 어떻게 되어 있느냐에 따라서 나라나 사회가 살기도 하고 죽기도 한다는 말이다. 이라크는 왜 망했느냐? 물론 스스로 망한 것은 아니지만, 어쨌든 망한 것이다. 정확하게 말하면, 나라가 망한 것은 아니고 정권이 망한 것이다. 왜 정권이 망했느냐? 미국의 군사력 탓으로만 돌리기엔 그 체제 자체에 불균형이 심화되어 있었던 것이 사실이다. 어린 아이에게 먹일 우유가 없는 나라에 집권세력의 호사와 권력남용은 필설로 다하지 못 할 지경이다. 그러나 어찌되었던 이라크가 입은 손실은 비유컨대, 한 세기쯤 시계를 거꾸로 돌려놔야 될 만큼 손해를 보았다고 하는 것이 옳은 표현일지도 모른다.
　지금 우리 사회의 에토스는 무엇인가? 비관적인 관찰인지는 모르지만, "기회는 승자에게만", "나는 옳지만 너는 틀렸다", "껍데기는 가라가 아니고, 기성은 가라"이다. 이 말을 굳이 학술적인 말로 옮겨놓으면, 과도 경쟁지향적 의식과 시스템, 극단적인 흑백논리와 이분법적 사고구조, 정신적 조로(早老)현상, 기성(旣成)＝불모(不毛)라는 도식적 미신 등으로 적어볼 수 있을 것이다.

— 김재은, 「원로되기란」

　위의 글은 나라나 정권이 망한 원인을 분석하고 있다. 필자가 말하고자 하는 논지(論旨)에 근거를 제공하기 위하여 일어났던 상황을 분석한다. 그리고 그 분석을 통하여 주장하는 바를 신뢰하게 만드는 것이다. 분석은 반드시 그 분석 자체만에 목적이 있는 것이 아니라, 분석을 토대로 해서 필자가 주장하는 바를 신뢰토록 하는데 목적이 있다.

수필에도 설명의 기능을 수행하는 담론이 많다. 설명을 할 때는 반드시 독자가 쉽게 알아들을 수 있도록 하는 것이 매우 중요하다. 설명의 담론을 말할 때마다 영국의 철학자 버트란드 러셀이 한 말이 생각난다. "쉬운 것을 어렵게 말하는 것은 지극히 쉬운 일이고, 어려운 것을 쉽게 말하는 것은 지극히 어려운 일이다." 형이상학적인 담론은 그 성질상 어려울 수밖에 없겠지만, 그래도 가능한 쉬운 말로 그리고 쉽게 알아들을 수 있도록 말하는 방법을 배우는 것이 설명의 담론에서 필요하다.

나) 논증(論證)과 설득(說得)

상대의 생각이나 감정을 자기의 주장에 따르도록 하는 담론을 말한다. 이성에 호소해서 논리 정연하게 이론을 전개하는 것이 논증이라면 감정에 호소해서 나의 의도하는 바에 동조하도록 하는 담론이 설득이다. 이 둘은 물론 엄격하게 구분되는 것은 아니다. 논증 속에 설득이 포함될 수 있고, 설득 속에 논증이 포함될 수 있다. 상대의 생각이나 감정을 내가 의도하는 바대로 따르도록 하는 점에서는 같다.

먼저 논증부터 생각해 보기로 하자. 논증은 상대방과 나와의 갈등이 전제되어 있다. 내가 생각하는 바의 옳은 것과 그가 생각하는 바의 옳은 것이 일치하지 않다는 데서 출발한다. 내가 옳다고 생각하는 것을 상대방이 믿지 않기 때문에 논증이 필요한 것이다. 그 의심을 해소시켜 주는 것이 논증의 해결 방법의 첫째 과제인 것이다. 인간이 갖고 있는 건전한 이성에 호소함으로써 그 해결의 실마리를 찾는 것이다. 주장하는 사람이 건전한 이성을 갖고 있지 못하고 있다면 그의 주장은 억지밖에 되지 않는다.

논증은 듣는 사람과 말하는 사람이 토론할 공통의 대상을 가져야 한다. 내가 ‘달’에 대하여 말하고 있는데 그는 ‘해’에 대해서 말하고 있다면 토론할 필요가 없다. 말하는 대상이 같은 것임을 확인하고 논증을 시작해야 한다. 따라서 논증의 담론을 하는 사람은 자기가 말하고 있는 대상을 분명하게 밝혀 주어야 한다.

논증은 명제(命題 proposition)에서 출발한다. 명제란 ‘판단의 선언이다.’ 그 판단이 옳지 않다고 생각된다면 논증의 바른 명제라고 할 수 없다. 물론 언뜻 보기에는 옳은 명제인 것 같으나, 다시 찬찬히 따져보니까 틀린 명제인 것을 발견할 수 있다. 그런 명제는 논증의 대상으로 채택하지 말아야 한다. 그 따지는 과정을 추론(推論)이라고 한다. 논리적으로 맞는가 맞지 않는가를 검토하는 것이다.

명제는 두 가지 종류가 있다. 사실명제와 당위명제가 그것이다. 앞의 것은 “이러이러한 것은 사실이다.”라는 것이고, 뒤의 것은 “이러이러한 것은 이렇게 해야 된다.”는 것이다. 가령, “철수는 교통사고를 당했다.”라고 한다면 사실명제가 되고, “교통사고를 당한 철수를 병원으로 옮겨야 한다.”라고 하면 당위명제가 된다. 사실명제는 그것이 사실인지 아닌지를 밝혀주는 것이 목적이라면, 당위명제는 그렇게 주장하는 것이 옳은지 그른지를 논리적으로 증명해 주어야 한다.

명제가 사실인가 아닌가, 옳은가 그른가를 상대방에게 믿게 하기 위해서는 증거가 필요하다. 증거는 두 가지 종류가 있다. 사실증거와 소견증거가 그것이다. 사실증거는 그 사실이 명백한 사실인지 아닌지를 밝혀주는 것이다. 소견증거는 믿을 만한 사람이 말한 것을 증거로 삼는 것을 말한다. 대체로 그 방면에 권위 있는 사람이나 확실하게 믿을 수 있는 사람의 의견이라고 할 수 있다. 가령, "지구는 둥글다"라는 명제는 그것을 신뢰할 수 있는 과학적 증거가 필요하다. 내가 그것을 증명할 수 없을 때는 유명한 과학자의 의견을 인용해서 증거할 수도 있다.

☽ 예문 5

내년 여름, 일본 규수 후쿠오카현에는 고교생을 대상으로 한 이색(異色) 실험학교가 문을 열 예정이다. '일본의 차세대 리더를 양성하는 숙(塾)'이라는 긴 이름의 이 학교는 도요타자동차 회장인 오쿠다 히로시 일본 경제단체연합회 회장이 제안하고, 뜻을 같이하는 기업들이 발벗고 나서 지원했다.

독특한 커리큘럼도 그렇지만 전 세계에서 모셔 올 일류급 강사진 때문에 이 학교는 벌써부터 화제를 모으고 있다. 말레시아 마하티르 총리도 초빙 강사 중 한 명이라고 언론을 전하고 있다.

기업이 학교를 세운다고 그 자체가 뉴스가 될 건 없다. 그 동안에도 사내(社內) 대학이나 산학협동학교가 많이 있었다. 하지만 일본 언론과 국민들이 이 '기업 발(發) 실험학교'에 주목하는 것은 문부성을 위시한 교육전문가들이 주도해온 교육에 대한 팽배한 불신감 때문이다. 특히 기업들의 불만은 좀 더 직설적이다. "잃어버린 십년"으로 비유되는 일본 경제의 장기불황이 상당부분 교육에 책임이 있다는 것이다.

90년대 일본 문부성이 암기식 교육의 폐해를 개혁한다며 내건 구호는 "생활력 넘치는 교육"이었다. 하지만 결과는 의도했던 바와는 달리 '일본판 이해찬 세대'만 양산했다는 비판을 받고 있다.

대장성(현 재무성) 재무관까지 지낸 사카키바라 히데키 게이오대 교수는 이 달 초 한 신문과의 인터뷰에서 "일본은 초등학교에서 고교까지 문부성이 시시콜콜 간섭한다. 한마디로 관료통제가 교육을

옴짝달싹 못하도록 칭칭 옭아매고 있는 형국"이라고 비판했다. 같은 관료 출신마저도 두둔하기는커녕, 그렇게 혹평을 서슴지 낳는 걸 보면 일본 교육이 점수를 잃어도 단단히 잃은 모양이다.

하지만 교육이 두들겨 맞기는 한국도 일본보다 나을 게 없다. 국내 주요기업 CEO들은 사석에서 공공연히 "대학에서 뽑아다 쓸 인재가 없다"고 불만을 터뜨린다. 일반 대졸인력은 물론이고 박사급 핵심 인력은 더 그렇다고 말한다. 누적된 하향 평준화에다 이공계 기피로 인한 기술 인력의 공동화(空洞化) 현상까지 겹쳐 인적 자원의 질(質)과 양(量)이 갈수록 떨어지니, 산업경쟁력은 어떻게 되겠느냐는 걱정이다.

물론 교육계도 할 말이 있을 것이다. "백년대계(百年大計)를 경제 논리로만 재단하려는 사람들"이 참으로 답답해 보일지 모른다. 하지만, 원인이 무엇이든, 교육이 '최대의 고객'의 하나인 산업계로부터 불신과 공격을 받는 현실만큼은 있는 그대로 받아들여야 하지 않을까.

80년대 말 경쟁력을 잃고 좌초한 미국 경제를 날카롭게 해부해 회생의 돌파구를 제시한 것은 미국 MIT 연구팀(위원장 마이클 L 다토조스 교수)이 작성한 '메이드 인 아메리카(Made in America)'라는 보고서였다. 2년간 미, 일, 유럽의 200여개 기업을 일일이 방문하고 CEO를 인터뷰해 미국 경제가 가진 문제점을 종합적으로 분석한 그 보고서가 상당 분량을 '교육과 대학'에 할애한 점은 시사한 바가 크다.

국가경쟁력이란 산업경제력(기업)과 교육경쟁력(대학)의 합작품이다. 운동경기에 비유하면 양자가 다리를 묶고 함께 달리는 '이인삼각(二人三脚) 경주'나 마찬가지다. 지금 우리를 둘러싼 글로벌 경제 환경은 '경제'와 '교육'이 힘을 합쳐 한몸처럼 달려도 경쟁국들을 앞지르기 버거운 게 사실이다. 하물며 서로 불신하고 남의 탓만 한다면 결과는 뻔하다.

그래서 요즘처럼 교육 당국과 경제부처가 교육정책, 경제정책을 놓고 사사건건 충돌하고 맞서는 모습을 보면 우울하기만 하다. 우리끼리 티격태격하는 사이에, 일본은 저만치 달아나고 중국은 무섭게 치받아 오기 때문이다.

　기업과 대학, 경제계와 교육계는 지금 당장 머리를 맞대고 마주 앉아야만 한다. 그래서 한국경제에 새로운 활력을 불어넣을 처방전, 이름하여 '메이드 인 코리아' 보고서를 서둘러 만들어야 한다.

— 이준, 「'실험학교' 세우는 일본기업」

　위의 글은 밑줄 친 마지막 문단이 필자가 주장하는 핵심이다. 당위명제라고 할 수 있다. 이 주장을 하기 위하여 문단마다 '설명'의 담론 중 대체로 '예시'를 취하고 있다. 이처럼 '논증'은 대체로 다른 담론(특히 '설명')의 도움을 받아서 한 편의 글을 완성시키기 마련이다. 위의 글은 일본에서 설립한 실험학교를 예로 들어 설명하면서 시작하고 있다. 일본의 예시에 이어 한국에서 일어나고 있는 현실도 예시로 보여주고 있다. '설명' 담론의 '비교'에 해당한다. 그런 다음에 '이인삼각'에 비유하고 있다. 이런 '설명' 담론의 여러 방법들은 논증 담론을 보다 확실하게 하기 위함이다.

　위의 글은 "경제계와 교육계가 머리를 맞대고 앉아 한국경제에 새로운 활력을 불어넣을 처방전을 내놓아야 한다."는 당위명제에서 출발한 것이다. 이 당위명제를 입증하는 방식으로 논증의 담론이 전개되었다.

　설득(persuasion)은 이성이나 논리가 아니라, 감정으로 상대를 설복시키는 담론이다. 광고는 대부분 설득의 담론으로 되어 있다. 주장하는 사람의 의도대로 따르도록 하는 것이 광고의 목적이다. 물론 설득의 담론이라고 해서 이성과 논리가 전혀 무시되는 것은 아니다. 그러나 설득은 상대방의 감정을 움직이는 것이 더 중요하다. 논리는 상대방의 감정을 움직이는 데 보조 역할을 할 뿐이다.

설득은 동일화(identification) 작업에서부터 출발한다. 논증은 '나'와 '너'의 생각이 다르다는 전제하에서 출발하지만 설득은 '나'와 '너'가 같은 입장에 있다는 데서 출발한다. 따라서 '나'의 주장이 상대방과 어떤 점에서 다른가를 확인하고 난 뒤에 논증을 시작하여야만 소기의 목적을 달성할 수 있다. 이에 비하여 설득은 나와 상대방이 동일한 처지에 놓여 있으며 동일한 목표를 추구하고 있다는 점을 분명하게 확인시키는 것이 무엇보다 중요하다.

설득에서는 제일 먼저 '나'와 '그' 사이에 갈등이 존재할 소지가 있다면 그것부터 제거해야 한다. 그와 나 사이에 조금이라도 의심의 여지가 있다면 설득이 되지 않는다. 그 의심은 양자의 공동 노력에 의하여 곧 제거된다는 확신을 심어 주어야 한다. '나'와 '그'의 관점의 차이는 사소한 오해로 인해서 생긴 것이기 때문에 마음을 열고 이야기하면 쉽게 제거된다는 확신을 심어 주어야 한다.

설득은 여러 가지 형태로 나타난다. 가장 기본직인 형태는 광고라고 할 수 있다. 긴 광고도 있으나 대체로 광고는 짧다. 짧은 글 속에서 상대방의 마음을 움직여야만 좋은 광고가 될 수 있다. 종교적 전도도 대부분 설득의 형태를 취하고 있다. 상대방의 마음을 움직여 내가 믿고 있는 종교로 바꾸도록 하는 것이 전도이기 때문이다. 문학도 종국적 의미에서는 설득의 한 형태라고 할 수 있다. 여러 담론을 고루 다 쓰고 있지만 독자의 마음을 움직여 작가가 원하는 상태의 기분을 느끼도록 하는 것이 문학의 최종적 목적이기 때문이다. 그러나 단순한 설득의 형태를 취하는 것이 아니라 여러 가지 형태의 문학적 의장(意匠)을 통해서 표현하기 때문에 언뜻 보기에는 설득과는 거리가 먼 것처럼 보이기 한다. 반어적, 역설적 문학 형태가 많기 때문이다.

☽ 예문 6

영하 10도에도 골프가 즐거운 이유 ─ 골드윈 고기능 골프웨어
프로골프들이 더 기다려온 진정한 고기능성 골프웨어 ─ 골드윈

겨울철 필드에 두꺼운 스웨터를 입고 나가 움직임이 둔하고 스윙하기 불편하셨나요? 껴입은 옷 때문에 5홀만 돌아도 땀이 차서 축축했던 적이 있으세요? 춥다고 울바지를 입고 나가서 다리를 굽히기 힘드셨나요? 이제 골드윈 골프가 있으면 겨울골프가 문제없습니다. 방풍, 보온, 투습성이 뛰어난 윈드스토퍼 골프 풀오버는 차가운 바람과 한기는 막아주면서 땀은 신속하게 발산시켜 땀이 차지 않습니다. 또한 방풍, 투습, 보온성이 우수한 쉘러 골프팬츠는 구부리거나 어떠한 자세에서도 당김이 없으며, 안쪽 면에서는 기모가 있어 보온성이 뛰어납니다.
뛰어난 기능성을 지닌 골드윈 골프웨어로 이제 겨울에도 맘껏 골프를 즐겨보세요.

이 광고문을 보면 광고를 보는 사람과 공고를 내는 사람이 같은 입장에 있다는 것을 전제하고 진술하고 있다. 골프 필드에 나가서 불편했던 점을 묻고 있지만, 그것은 동일화의 한 방법이다. 광고를 보는 사람도 하는 사람도 동일한 경험을 했다는 것을 말하는 것이다. 그 불편을 해결해 주는 골프웨어를 추천하고 있다. 추천하는 골프웨어를 논리적(과학적)으로 증명하지는 않고 있다. 다만 소비자의 감정에 호소할 뿐이다. 이 광고는 잘 생긴 골프 선수가 이 옷을 입고 멋진 포즈를 취하고 있는 사진을 곁들이고 있다. 이 또한 보는 사람의 감정을 움직이는데 효과가 있다.

당신은 언제 눈물을 흘리는가? 적어도 나는 짐작과는 다른 일들을 겪을 때 눈물을 흘린다. 대체적으로 삶이란 짐작과는 다르다. 그 순간부터 나는 삶을 추측하는 일을 그만뒀다. 삶이란 절대로 추측할 수 없다. 소설은 그 일어난 일들의 의미를 따져보는 일이다. 짐작과 달랐던 일들의 의미를 나와 당신이 함께 납득해 가는 과정이다. 삶의 어느 순간에, 당신이나 내게 진심으로 눈물을 흘리게 만들었던, 혹은 기뻐하게 만들었던 그 일들이, 결코 무의미하지 않다는 걸 당신과 내게 납득시키는 일이다. 당신이나 나나 이제 다른 존재가 돼 살아가겠지만, 그 일들이 사라지지 않는다.

내 문학은 고등학교 2학년 시절에 읽은, 김수영의 시구인 "동무여 이제 나는 바로 보마/ 사물의 생리와/ 사물의 수량과 한도와/ 사물의 우매와 사물의 명석성을"에서 유래하였다. 김수영은 잘 죽고 싶었던 모양이다. 더 깊은 속내를 말하자면, 잘 살고 싶었던 모양이다. 이는 '조문도석사가의(朝聞道夕死可矣)'의 세계니까. 내가 소설을 쓰면서 짐작과는 다른 일들, 납득하기 어려운 일들에 관심을 두는 이유는 그 때문이다. 명명백백한 일들은 결코 우리들 구원하지 못한다. 상궤에서 벗어난 일들을 바로 볼 때, 우리는 구원을 받을 수 있다.

소설을 쓰는 일이 일종의 체념이라고 할 수 있는 건 이 때문이다. 나는 내 눈으로 그 일들을 바라보고자 했는데, 그러면서 모든 게 불확실해졌다. 내게 몰두하면 몰두할수록 세계는 흐릿해진다. 여러 번 겪어본 일이다. 이제 그 흐릿함을 온전히 받아들인다. 우리가 살아가면서 겪는 대부분의 일들은 그처럼 흐릿하다는 것을 알게 됐으니까. 결국 잘 죽고 싶은 욕망, 모든 것을 바로 보려는 욕망은 이룰 수 없는 꿈이라는 걸 알게 됐으니까.

하지만 여전히 나는 내 안에 많은 것들이 숨어 있다는 걸 안다. 내게 소설이란 그것들의 이름을 부르는, 지극히 사소한 일이다. 그 사소한 일로 인해 나는 때로 행복하고 자주 좌절하고 늘 불안할 것이다. 삶을 살아가는 당신이 때로 행복하고 자주 좌절하고 늘 불안하듯이. 내가 죽는 순간까지 소설을 쓸 수 있겠다고 생각하는 것은 바로 이 때다. 소설을 쓸 때, 나는 가장 사람에 가까우니까.

— 김연수, 「소설을 쓸 때 나는 가장 사람에 가깝다」

위의 글은 "소설은 이런 마음으로 써야 한다"고 권고하는 담론이다. 그러나 언뜻 보기에는 분명하게 말하고 있는 듯이 보이지 않는다. 물론 여기서 '당신'이라고 지칭되는 사람은 이 글을 읽는 독자이다. 그러면서 그 '당신'은 또한 작가 자신이기도 하다. 이 글은 동인문학상을 수상한 뒤에 자신의 문학관을 밝히는 소감이다.

이처럼 설득의 담론은 직설적으로 진술하지 않는 경우가 많다. 풍자적으로 혹은 암시적으로 나타낼 때가 많은 것이다. 직설적인 화법보다 그 쪽이 효과가 크기 때문이다. 이 글에서도 작가 자신과 독자를 동일시하고 있는 것을 볼 수 있다. 같은 입장일 때 공감을 느끼기 쉽기 때문이다. "당신은 언제 눈물을 흘리는가?"라고 묻고는 자기가 경험한 것("짐작과는 다른 일들을 겪을 때")을 대답으로 제시하고 있다. 그리고 작가와 독자가 꼭 같이 겪는 것("삶이란 절대로 추측할 수 없다")을 말해서 동일화의 작업을 시작하고 있다. 일단 동일화의 작업이 이루어지면 '나'와 '너'는 공동의 목표를 향하여 해결해 갈 것을 다짐하는 것이다.

다) 묘사(描寫)

묘사란 대상을 우리들의 감각에 인지되는 대로 기술하는 담론이다. 이것은 오감 모두에 해당하는 것이지만, 눈에 보는 듯이 기술하는 것이 주로 해당된다. 가령, 어떤 학교를 묘사한다고 할 때, 그 학교의 전모가 가보지 않아도 마치 가서 본 것처럼 기술한다면 묘사의 담론을 잘 살려낸 것이라고 할 수 있다. 묘사의 담론에서는 시간의 개념이 개입되어 있지 않다. 따라서 앞서 기술한 것과 뒤에 기술한 것이 시간상의 차이는 있을 수 없다. 학교를 묘사하는 데 정문에서부터 학교 안으로 들어오면서 묘사하거나 교실 안의 풍경을 묘사하고 난 뒤에 정문을 묘사해도 그것은 필자가 그 효과를 고려해서 순서를 정했을 뿐이다.

A) 기술적 묘사와 암시적 묘사

묘사는 기술적 묘사와 암시적 묘사가 있다. 기술적 묘사는 대상을 가능한 객관적 사실을 제시해서 독자로 하여금 정확한 인식을 갖도록 하는 데 목적이 있다. 예를 들어 어떤 인물에 대하여 쓴다면 그 사람의 이름, 나이, 성별, 거주지, 혈액형, 신장, 몸무게 등 그 사람에 관해서 객관적으로 인식할 수 있는 것을 가능한 많이 알 수 있도록 쓰는 것이다.

☽ 예문 8

목포 남방 해상 150킬로의 지점, 우리나라 최첨단에 위치한 제주도는 고구마 모양으로 한 타원형의 섬으로 중앙에 솟아 있는 한라산을 중심으로 이루어져 있는 화산도(火山島)이다.

제주도는 동서의 길이가 41킬로, 전 해안선의 길이가 240킬로에 달하며, 면적이 1,846평방킬로이니 우리나라에서 가장 큰 섬이며 크기로서 둘째인 거제도의 5배나 된다.

행정구역으로서의 제주도는 제주시와 북제주군, 남제주군으로 이루어졌으니 도(道)로서는 우리나라에서 제일 작은 도이다.

화산의 활동으로 생성된 화산도인 제주는 풍경이 아름다우며 섬 전체가 자연공원을 이루고 있다. 섬의 중앙에서 약간 서남으로 치우

친 지점에 남한의 최고봉인 한라산이 그 위용(偉容)을 자랑하며 의
연(毅然)하게 솟아있고, 그 정상에는 직경이 600미터, 넓이가 30여
정보나 되는 큰 분화구(噴火口)인 백록담이 신비에 쌓인 전설과 푸
른 물을 간직하고 있다.

— 「한국의 여행, 제주도 및 한려수도」

위의 글은 여행자들을 위하여 제주도를 묘사하고 있는 글이다. 제
주도를 가보지 못한 사람에게 가능한 많은 정보를 주면서 제주도에
관해서 기술하고 있다.

이에 비하여 암시적 묘사는 생생한 느낌이나 현실감을 불러일으키
도록 하는 데 목적이 있다.

☽ 예문 9

해가 지려고 했다. 차가운 설원은 정적으로 가득 차 있었다. 침묵
으로 그 존재를 드러냈다. 그 침묵을 바람이 살짝 건드리고 지나갔
다.(1) 그런 침묵 앞에서라면 바람도 무서웠을 거야. 그렇지 않았을
까. 아마도 무서웠을 것이다. 지금도 누군가는 고독한 설원에 서 있
다. 그런 때는 누구에게나 존재하잖아.

카메라는 설원으로부터 천천히 멀어지려고 했다. 설원은 차츰차
츰 그 영토를 줄여갔다. 평면의 설원은 큰 동그라미로 바뀌었고 천
천히 작은 점으로 줄어들었다. 작은 점은 텔레비전 화면에서 빠져
나와 블랙의 무한 우주공간 속으로 사라졌다. 뷰파인더 속에 갇힌
빛나는 설원이여.

전신주 위에 앉은 까마귀들이 달을 올려다보았다. 길 양쪽에 일
렬로 늘어선 집들은 흐린 불빛을 알처럼 품고 있었다.(2) 삼각형의
지붕을 얹고 커다란 창문을 단 비슷한 크기의 집들은 무대장치처럼
허술해 보였다.

— 강영숙, 「검은 밤」

위의 글에서 우리는 설원에 관해서 객관적인 정확한 정보를 얻을 수는 없다. (1)의 "차가운 설원은 정적으로 가득 차 있다"는 말은 무엇을 뜻하고 있는가? (2)에서 까마귀들이 과연 말 그대로 달을 올려다보고 있다고 할 수 있을까? 집들이 흐린 불빛을 알처럼 품고 있다는 것은 어떤 상태를 말함인가? 객관적인 상태로 정확하게 어떤 것도 알 수 없지만 우리는 설원의 상태를 직접 경험한 것처럼 느낄 수 있다. 위의 글은 암시적 묘사가 주된 담론의 기능을 하고 있는 글이다.

기술적 묘사는 주로 신문 보도나 설명서 등에 많이 쓰이는 반면에 암시적 묘사는 소설이나 수필 등에 많이 쓰인다. 따라서 전자는 정확성이 중요하기 때문에 가능한 주관성이 배제된 어휘를 써야 하는 데 비하여 후자는 객관적인 정확성보다 정감을 환기하는 어휘를 써야 한다. 또 직유나 은유를 써서 생생한 느낌을 갖도록 하는 것이 중요하다.

사물이나 상황을 빠짐없이 묘사할 수는 없디. 다 묘사하려면 수백 페이지를 소모해도 모자랄지 모른다. 묘사에 꼭 필요한 표현을 하고 나머지는 독자가 상상으로 매워야 한다. 묘사에 적절한 말을 선택하는 것이 필자가 해야 할 중요한 일이다. 대체로 수식어나 부사어를 통하여 좋은 묘사를 보여준다고 생각하지만 명사나 동사를 통해서도 적절한 묘사를 이루어낼 수 있다.

☽ **예문** 10
언제나 여인이 앉아있는 목로상 안쪽이며, 갖가지 안줏감이 들어 있는 진열장하며, 구석구석 그늘이 깃들이 있었다. 한가운데 늘리운

십 육 촉짜리 전등불 하나로는 어쩌지 못할 그늘이었다. 숯불을 피워놓아 큰 화로가 불거우리해 있으나, 이 숯불도 그늘을 태운다기보다는 그늘을 피워놓기나 하듯이 화톳불 둘레에는 도리어 짙은 그늘이 서리어 있었다.

목로상 바깥 그늘 속에서 청년은 보시기의 술을 마시기 전에 풍기는 냄새를 맡고 있었다. 언제 맡아도 향기로운 술 향기. 곧 술 냄새는 술 냄새가 아니고 돌아가신 할아버지의 냄새다. 돌아가시기 얼마 전부터 아무래도 독작이 외로우셨든지, 번번이 자기에게 잔을 붓게 하시던 할아버지. 사실 그때까지 눈물을 모르시던 할아버지. 아버지가 손수 자기 상투를 잘라냈다고 저런 자식은 자식이 아니라고 몽둥이를 들고 쫓던 할아버지요, 아버지가 서울로 도망을 갔다 불시에 송장이 되어 내려왔을 때도 눈물을 흘리시는 법 없이 불효막심한 자식 돼졌다고 노하시기만 한 할아버지. 이 할아버지가 외로우신 듯이 손자인 자기에게 잔을 붓게 하던 일. 그런 때의 술 냄새. 이는 자기가 술을 부어드릴 적마다 언제나 할아버지와 함께 있었고, 늦은 저녁 불 켤 것도 그만둔, 선술집보다 더 어두운 그늘이 깃들인 저녁과 함께 있은 냄새. 청년은 사실 언제나 늦저녁처럼 그늘진 이 목로집에서 술을 마시는 것보다는 술잔에서 풍기는 술향기를 맡으며 돌아가신 할아버지의 냄새를 생각해내는 것이었다.

… (중략) …

다음부터 남도 사내가 조용히 들어왔을 때엔 여인은 어김없이 꼭꼭 막걸리를 부어주었다. 막걸리 사발을 들고 한 모금 마시고 나서는 가만히 지금 마신 막걸리의 맛을 음미하는 듯한 자세, 그러나 남도사내는 한 번도 낯에 그 음미한 결과 같은 것을 나타내본 적이 없었다. 그것은 도리어 막걸리의 맛이 평범해서가 아니고, 전에 자기가 마셔온 것보다 못한 경우일지라도 단념하고 마는 그런 종류의 것이었다. <u>그러나 그 기름한 얼굴에 그다지 고생으로 해 생긴 주름살 같지 않은 잔주름이 몇 개 가로건너간 이마와, 노르께한 수염발이 잡힌 코밑과, 어딘가 전날에 소홀하지 않는 지체 속에서 생활해 왔다는 위엄을 발산하는 듯한 턱. 그것은 곁에서 보기에 고독하고 쓰라리기까지 한 고독이었다.</u> 그러고보면 이 남도사내는 남도의 어

떤 몰락한 양반의 후예의 하나인 것만 같다. 상투를 갓자른 듯한 치
거슬려 뵈는 머리털과 망건 자리가 잡혔던 듯 다른 데보다 좀 흰
듯한 머리의 아랫 둘레.

— 황순원, 「그늘」

위의 글에서 "십육 촉 짜리 전등"은 '그늘'의 이미지를 만드는 데
효과적인 명사라고 할 수 있다. 이 말로 침침한 목로 주점의 분위기를
집약적으로 나타내고 있기 때문이다. '할아버지'의 이미지도 직설적으
로 그리는 것이 아니라 간접으로 나타내고 있다. 청년이 느끼는 이미
지를 통하여 할아버지를 그리고 있다. '남도 사내'도 그의 모습을 자
세하게 묘사하고 있지는 않다. 그러나 그의 특징을 잘 잡아내고 있어
서 우리는 '남도 사내'를 눈앞에 떠올릴 수 있을 것만 같다. 이처럼 암
시적 묘사는 기술적 묘사처럼 세세하고 정확한 묘사가 아니더라도 독
자로 하여금 감각적으로 경험한 것 같은 기분을 느끼게 하는 것이다.

B) 시점

대상과 상황을 생생하게 느끼게 하기 위해서는 누구의 감각으로 느
낀 것이냐, 누구의 말로 말하는 것이냐가 중요하다. 수필의 경우 대체
로 필자(일인칭)의 감각에 와 닿는 것을 말하는 것이 보통이다. 그러나
때로는 제3자의 눈으로 보고 느끼면서 말하는 수도 있다. 묘사는 대체
로 시각이 큰 비중을 차지함으로 시점이라고 말해도 큰 무리는 없을
것이다.

관찰자가 본대로 기술할 경우 독자는 그의 눈을 따라 대상과 상황
을 보게 된다. 이 때에 기술적 묘사는 비록 정확하다고 말할 수 있지

만, 독자로 하여금 지루함을 느끼게 할 수 있고, 생생한 느낌을 주지
못한다는 것은 앞에서 배운 바 있다. 암시적이고 은유적인 표현으로
대상과 상황을 묘사하지만 독자는 상상 속에서 나머지 부분을 보충하
면서 또 생생하게 느낄 수 있다.

☽ 예문 11

  폐촌이 된 지 오래인 이 하룻머릿골은 무뚝뚝하고 상스럽기 이를
데 없는 뱃사람들 이십여 세대가 모여 살던 작은 바닷가 마을로, 해
방과 육이오를 전후해서 이런저런 사건이 많이 일어나기로 대호면
일대에서 이름난 곳이었다.
  큰 몰에서 하룻머릿골로 가려면 높은 언덕 하나를 넘어야 했는데,
그 언덕을 앞메잔등이라고 불렀다. 한창 김 채취에 바쁜 겨울철 같
은 때 무거운 김 구력을 짊어지고 넘는 사람이면 어느 누구 할 것
없이 모두 숨을 헐떡거리게 되고, 그러다가는 쿨룩쿨룩하고 기침을
한두 차례씩 하게 마련인 잔등이라 하여 〈기침고개〉라고도 불렀다.
  그 잔등은 새끼를 한 배도 낳지 않은 암소의 늘씬한 허리처럼 잘
록해 보였는데, 그것은 그 잔등을 가운데 두고 동과 남으로 우뚝 솟
은 봉우리 둘이 있기 때문이었다. 남에 있는 것은, 검푸른 해송 숲
이 우거져 민틋하고 처녀 유방 같이 고운 흐름새로 솟아 있으며, 그
모양이 어딘지 모르게 암팡진 데가 있는데다, 그 봉의 계곡은 어쩌
면 여인네의 가장 깊숙한 곳처럼 우묵하고 음침한 하룻머리골로 이
어지는데, 그 옆에는 사철 내내 이가 시리도록 차가운 물을 펑펑 내
쏟는 찬 샘이 있으므로 각시봉이라 하였다. 동에 있는 것은, 봉 위
에 〈사마귀바위〉라고 불리는 큰 바위가 한 개 놓여 있는 데다가 계
곡이 가파르고 험준하며, 바다 쪽에 깎아지른 듯한 벼랑이 있어, 바
다 멀리서 보면 거북의 머리가 불끈 일어서는 듯한 모양을 하고 있
으며, 건너다보이는 각시봉보다 더 우뚝하고 우람하고 늠름하다 하
여 서방봉이라 하였다.

— 한승원, 「폐촌」

대호면의 어느 작은 마을을 묘사하고 있는 대목이다. 언덕과 계곡을 묘사하면서 동물이나 인간의 어느 부위를 비유하고 있는 것은 매우 재미있다. 관찰자는 필자인 '나'가 아니고 정체가 확인되지 않은 제3자로 되어 있다. 소설에서는 흔히 3인칭 전지시점이라고 한다. '잔등', '계곡', '봉우리' 등이 사실적인 상태로 보여주는 것이 아니라 관찰자의 감정이 담뿍 담긴 모습으로 보여주고 있다.

이와는 달리 필자인 '나'(1인칭 화자)가 본 대로 묘사하는 경우도 있다.

☽ 예문 12

약을 달이는 동안 내내 누릿하고 매움한 냄새는 집안 곳곳에 스며들고 비단개구리의 살과 뼈는 독한 연기로 피어올라 마침내 낙진처럼 무겁고 끈끈하게 내려앉았다. 나는 빈혈증과 구역질로 헐떡이며 건성의 피부에 더럽게 피어나는 버짐과 잔주름으로 거울 앞에 매달렸다. 얼룩은 변질된 스테인레스로 기억보다 독하고 오래 남아 있을 것이다.

모든 것은 어제와 다름없이 잘 되었다. 부엌 선반의 시계는 다섯 시 반을 가리키고 밥은 한참 뜸이 들어가는 중이고 노릇노릇 구워진 생선에서는 비늘 타는 연기가 희미하게 피어올랐다.

서향의 창으로 비껴든 햇빛은 젖은 도마의 잘게 파인 홈마다 끼인 찌꺼기를 뒤져내고 칼빛을 죽이며 개수대의 물에 굴절되어 물 속의 뿌연 앙금을 떠올렸다.

— 오정희, 「저녁의 게임」

부엌 안의 풍경을 묘사하고 있다. 필자는 '나'라는 화자를 통하여 주로 후각과 시각으로 감지된 풍경을 묘사해 내고 있다.

투명한 가을 햇살. 참 아름답다. 햇살은 아스팔트 위에 향유와도 같이 향기로운 짧은 생명의 서(書)를 쓰고 있다. 무슨 일인가로 신촌 거리를 막 걸어가고 있다가 마침 두 눈이 웨딩드레스가 잔뜩 걸려 있는 쇼윈도에 머물렀다. 목 없는 검은 마네킹들이 하얀 웨딩드레스를 주욱 차려 입고 진열되어 있는데 그 모습이 '결혼의 세계'에 대한 알레고리를 보여주고 있다는 생각이 얼핏 들었다. 검은 피부의 신부가 하얀 웨딩드레스를 입고 있는 것은 신부의 '눈보다 흰 순결성'을 더욱 강조하기 위한 대조적 색채구성일 것이며, 검은 마네킹 신부의 목이 절단된 것은 '장님 3년, 귀머거리 3년'이라는 결혼의 통과제의적 고통을 암시하고자 한 것은 아닐까?

– 김승희, 「여성 이야기」

신촌거리를 지나면서 본 풍경을 묘사하고 있다. 우연히 본 것처럼 말하고 있지만 필자는 어떤 특별한 관심을 가지고 본 것임에 틀림없다. 웨딩드레스를 보면서 한국 여인의 결혼은 어떤 모습으로 전개되고 있으며, 어떤 현실적 의미를 던져 주고 있는가를 말하고 있기 때문이다. 〈예문 11〉, 〈12〉은 독자에게 관찰자가 포착한 그대로를 생생하게 전달하고자 하는 데에 뜻이 있다면 〈예문 13〉은 그 관찰을 통하여 어떤 의미를 찾아내려는 점에서 조금 다르다고 할 수 있다.

라) 서사(敍事)

서사란 시간 속에서 일어난 사건, 행위, 삶을 기술하는 것을 말한다. "무슨 일이 일어났느냐?"고 묻는 물음에 대한 답이라고 말할 수 있다.

다시 말하면 일어난 사건이나 행위에 관한 '이야기'인 셈이다. 앞서 배운 '연결의 원칙'에서 공간의 연결이 '묘사'에 관련된 것이라면, 시간의 연결은 '서사'에 관련된 것이다. 다음에 경북 어느 고을에서 전해지는 이야기를 구비문학자에 의하여 채록된 것을 보자.

☽ **예문 14**

　이전 어떤 사람이 아바이 나이 한 70 되고요, 아들은 한 50 됐어요. 그런데 아들은 하도 효자 중에 그런 효자가 없는데 아바이가 어떻게 용렬하던지 아들을 만날 상투를 쥐고 뚜디리 패요, 쪼그마(조금만) 잘몬하마. 아들이 가마 생각하이,

　"내 일평상을 이래 사마, 일이년 사는 것도 아이고, 울아부지가 울매나 얼매나 살똥(살는지) 기운이 이리 펄펄하고, 내가 이짓을 우애하노(어찌하노)?" 실컨 울었다 말입니다.

　"이누무 자석이 울기는 와이레 우노? 눈에다 마(그만) 재를 한 웅큼 집어옇고 아가빠리에다 흙을 집어여뿔라." 이카그덩(이렇게 말하거든)

　"아부지 그런기 아입니더. 아부지가 이전에는 날 때릴 때는 아푸더이 우짠지 아푸지를 않으이 아부지가 아매(아마) 곧 벨세하지싶어 웁니더." 이카이,

　"응 뭐라카노? 헤헤이 내가 니를 기여이(괜히) 때렸다. 내가 이런 효자 자석을 때리다이. 이누무 성질 참 더러분 성질이구나. 내 인자 다시 안 때리께이. 때린게 후회 막금하다. 헤헤이 그거 잘못했다."

　그 뒤로부텀 어떠큼(어떻게나) 그 부자간에 좋은지. 아바이도 아들을 그저 못 애끼가 애가 마리고(마르고) 잘못 한기 있어도, "그거는 그래가 안될끼다." 이카고, 또 아들도 그 아바이가 생전에 성내는 걸 몬 보겠어요. 그러이 그 뒤로는 아바이가 개과천선해서 아들도 조심해서 부모 봉양하고 지냈어요.

— 한국구비문학대계, 「경상북도 성주군편」

어느 지방에서나 전해들을 수 있는 소박한 형태의 이야기다. 구어로 이야기된 것을 채록한 것이므로 사투리도 많이 섞여있다. 이 이야기는 꾸며낸 이야기일 수도 있고, 실제로 있었던 이야기일 수 있다. 어쨌든 아버지와 아들이 있고, 그들의 행위가 연속되어 있으므로 서사의 형태라고 할 수 있다.

　상현은 본래 서생으로 동래부사에 올랐다. 모든 전쟁 준비를 대략하고 군사를 훈련하여 일찍 성밖 사면에 구덩이를 파고 울타리를 만들어 아주 견고하게 하고 잡목을 많이 심었다. 그리고 성을 돌아다니면서 죽음으로써 지키기를 맹세하였다. 남문의 적병이 성밖 나무 숲 밑으로 기어들어 화살을 피하였다. 묘시(卯時)부터 사시(巳時)까지에 적병이 크게 몰려왔다. 홍윤관이 일이 급한 것을 알고 상현에게, "일이 벌서 이 지경에 이르렀으니 어찌하리까. 이 뒤에 소산(蘇山)이 있는데, 견고하고 험해서 가히 지킬 수 있으니 나와 같이 가서 지킵시다."하니, 상현이 "성을 죽음으로써 지키지 않으면 조정에서 용서하지 않을 뿐 아니라 또 간들 어디로 가랴."하였다. 그러자 윤관이 "나도 같이 죽겠소."하고 말을 마치기도 전에 적이 벌써 그를 베고 만여 명이 여기에서 벗어난 이가 없었다.

― 이긍익 편, 「국역연려실기술(國譯燃藜室記述)」

위의 글은 〈연려실기술〉에 기재되어 있는 기록이다. 임진왜란 때 동래부사로서 중과부적으로 공격해온 적병을 맞아 최후까지 싸우다 장렬한 죽음을 맞는 송상현에 관해 기술한 것이다. 역사란 '실제의 이야기'라는 뜻으로서 있었던 일을 정확하게 고증하거나 해석하는 작업이다. 그러므로 일어났던 사건을 정확하게 기술하는 것이 가장 기초적인 작업이 될 것이다. 따라서 '서사' 담론의 가장 기본적인 작업이 된다.

서사 담론은 여러 장르에 두루 활용될 수 있지만, 특히 소설에 가장 많이 활용된다고 볼 수 있다. 대체로 소설은 '이야기'로 구성되어 있고, '이야기'란 서사 담론으로 이루어져 있기 때문이다. 수필 또한 앞서 말한 바와 같이 여러 장르를 혼성해서 이루어지기 때문에 서사 담론을 필요로 할 때가 많다. 익혀두면 매우 유용하다고 생각된다.

A) 관심과 방법 그리고 의미

서사와 유사한 것으로 앞서 배운 설명을 들 수 있다. 필자가 어디에 관심을 집중하고 있는가에 따라 설명의 담론이 될 수도 있고, 서사의 담론이 될 수 있다. 가령 다음과 같은 경우를 보자.

☽ 예문 16

얼마 전 텔레비전의 캠페인으로 방영된 요식업소들의 위생처리에 관한 장면들을 보고 많은 사람들은 그 한심한 실태에 놀라움을 금치 못하였을 것이다. 무릇 음식이란 그 성질상 위생처리로부터 시작된다고 해도 과언이 아니기 때문이다.

나는 언젠가 신문에 실린 모 대학교수의 글을 읽고 생각한 일이 있다. 그는 자기 대학에 연구 차 온 한 미국 교수를 그가 떠나기 전날 종로 뒷골목의 포장마차로 안내했다는 것이다. 낙지 등속의 안주로 소주잔을 나누고 있을 때 때마침 그 곳에 온 대학생들과 합류하여 매우 유쾌한 시간을 보냈다고 한다. 포장마차를 좋아하는 나는 보지 않아도 우정이 오가는 그 분위기를 짐작할 수가 있다. 또 그 미국 교수에게도 매우 인상적인 추억의 한 토막이 되었으리라 믿어진다. 그러나 그는 숙소로 돌아가자 심한 배탈이 나서 곤욕을 치렀는데 그럼에도 불구하고 귀국 후에 보내 온 편지로서 마지막 날의 환대에 감사의 뜻을 표했다고 한다. 이 글을 쓴 교수는 위생처리가 다소 모자라고 또 외국인의 입에 맞지 않은 음식으로서도 매우 유쾌한 시간을 가졌다는 뜻으로 이 글을 쓴 것이겠고, 나도 그것에 동의하고 또 부러워한다. 그러나 동시에 나는 우리들의 요식업소에서 제공되는 음식들이 보다 위생적이고, 외국인들에게도 적어도 배탈은 나지 않는 정도의 것이었으면 좋겠다는 말을 누를 수가 없었던 것이다.

위의 글은 분명히 어떤 행위가 있음에도 불구하고 그 행위에 관심이 모여지고 있는 것은 아니다. 음식점들의 보다 위생적인 상태를 유지했으면 좋겠다는 취지를 가지고 쓴 글이다. 이 글을 서사에 관심을 두고 쓴 글이라면 다음과 같이 될 것이다.

☽ 예문 17

얼마 전 어느 텔레비전 캠페인으로 방영된 요식업소들의 위생처리에 관한 장면들을 보고 그 한심한 실태에 많은 사람들은 놀라움을 금치 못했다. 무릇 음식이란 그 성질상 위생처리로부터 시작된다고 해도 과언이 아니기 때문이다.

나는 언젠가 신문에 실린 모 대학교수의 글을 읽었다. 그는 자기 대학에 연구 차 온 한 미국 교수를 그 가 떠나기 전날 종로 뒷골목의 포장마차로 안내했다. 낙지 등속의 안주로 소주잔을 나누고 있을 때 때마침 그 곳에 온 대학생들과 합류하여 매우 유쾌한 시간을 보냈다. 포장마차를 좋아하는 나는 보지 않아도 우정이 오가는 그 분위기를 짐작할 수가 있다. 또 미국 교수에게도 매우 인상적인 추억의 한 토막이 되었으리라 믿어진다. 그러나 그는 숙소로 돌아가자 심한 배탈이 나서 곤욕을 치렀는데 그럼에도 불구하고 귀국 후에 보내 온 편지로서 마지막 날의 환대에 감사의 뜻을 표하였다고 한다. 그러나 동시에 나는 우리들의 요식업소에서 제공되는 음식들의 보다 위생적이고, 외국인에게도 적어도 배탈은 나지 않는 정도의 것이었으면 좋겠다는 마음을 누를 수가 없었다.

위의 글은 〈예문 16〉에서 몇 자 고치지 않았지만 필자의 관심이 다르기 때문에 담론이 달라진 것이다. 앞의 글은 음식점들이 보다 위생적으로 되었으면 좋겠다는 점을 설명하기 위하여 나의 행위가 부수되어 있지만, 뒤의 글은 분명히 나의 생각과 행위도 중요하게 다루어지고 있다. 밑줄 친 곳은 서사적 행위를 나타내고 있다. 즉 그런 일이 있었다는 것이 더 중요한 것으로 화자는 말하고 있는 것이다.

대체로 네 담론들은 순수한 형태로 있기보다 혼성되어 있다. 그러나 글의 목적에 따라서 지배적인 담론이 있기 마련이다. 서사도 다른 담론들을 흡수해서 지배적인 담론으로 그 글을 주도하게 되는 것이다. 예를 들면, 은행강도를 다룬 소설은 강도가 은행금고를 어떻게 교묘하게 열 수 있는가를 설명할 수 있다. 같은 소설에서 강도의 심리적인 배경을 설명하기 위하여 불행하게 자라온 과거를 이야기할 수 있을 것이다. 요컨대 서사는 사건이나 행위가 시간 속에 진행되는 것이어서 어떤 것에 대하여 이야기하는 것이 니라, 어떤 것을 이야기하는 것이다.

B) 행위와 시퀀스

행위는 움직임이다. 이 움직임이 시간 속에서 진행되면 서사가 시작되는 것이다. 서사의 움직임은 단위가 있기 마련이다. 가령 다음과 같은 글을 보기로 하자.

1) 철수는 조반을 마치자마자 전철을 타고 학교로 달려갔다.
2) 강의실에 들어서니 많은 학생들이 자리를 차지하고 있어서 그는 뒷

자리를 차지하지 않을 수 없었다.

　3) 강의가 끝나자 영희와의 약속을 생각하고 도서관으로 달려갔다.

　위의 글을 보면 한 문장으로 되어 있지만, 그 한 문장 속에 여러 행위들이 포함되어 있다. 우선 1)을 보면 "철수가 조반을 마치다", "전철을 타다", "학교로 달려가다"라는 세 행위가 포함되어 있다. 2)도 "철수가 강의실에 들어서다", "학생들이 자리를 차지하고 있다", "철수가 뒷자리를 차지하다" 등의 행위가 포함되어 있다. 3)도 "강의가 끝나다", "영희와 약속을 생각하다", "도서관으로 달려가다" 등의 행위가 포함되어 있다. 그뿐 아니라 각기 그 문장 속에는 생략된 행위들이 얼마든지 포함되어 있다고 볼 수 있다. 가령, 1)를 보더라도 조반을 마치고 난 뒤에 전철을 타기 전까지 많은 행위들의 생략되어 있다고 볼 수 있다. 전철을 타기 전에 현관문을 여는 행위를 했을 것이고, 전철을 타기 위하여 지하도를 내려갔을 것이고, 또 전철표를 포켓에서 꺼냈을 것이고, 개찰구에 넣고 통과했을 것이다. 그러나 그런 행위를 모두 쓰지 아니했다. 그럴 필요가 없기 때문이다. 쓰지 아니해도 독자가 미루어 짐작한다. 짐작하는 독자의 몫을 남겨 주어야만 더 좋을 글이 된다. 작가는 자기가 말해야 할 부분과 독자가 짐작해서 채워 넣어야 할 부분을 천부적으로 잘 하는 사람이 훌륭한 작가라고 할 수 있다.

　그런데 위의 세 글을 묶어서 이렇게 말할 수 있을 것이다.

　4)철수는 학교에 가서 강의를 듣고 영희를 만나러 도서관으로 갔다.

　1), 2), 3)의 문장을 보다 큰 단위로 묶은 것이다. 문장보다 더 큰 단위로 묶을 수 있을 때 우리는 그것을 시퀀스(sequence)라고 한다. 그러

니까 어떤 '이야기'가 있으면, 그 이야기를 구성하는 행위들을 묶어서 시퀀스를 만들 수 있다는 것이다. 소설을 보다 쉽게 이해하기 위하여 우리는 시퀀스를 만들어보는 것이 좋을 때가 있다. 시퀀스는 큰 단위로 만들 수도 있고, 작은 단위로 만들 수도 있다.

그런데 서사 담론이 이루어낸 '이야기'의 시퀀스는 반드시 서로 의미상으로 연결되어 있어야 한다.

> **예문 18**

고려 고종 때 폭풍우를 만난 월남 사람들이 서해안 옹진 앞 창린도에 표착한 적이 있었다. 숙종 정묘년(1687)에 제주도 관민 24명이 탄 배가 추자도 인근에서 태풍을 만나 표류, 물이 없어 생쌀을 씹으며 연명한 끝에 안남(지금의 월남) 한 섬에 표착하였다. 베트남의 보트피플 79명이 남해안 무인도에서 한국 땅에 살게 해달라고 애걸을 하고 있다.

위의 글을 보면, 세 사건(행위)은 배를 탄 사람들이란 것 외에는 별로 관련이 없어 보인다. 시퀀스가 각기 다른 셈이다. 이들 시퀀스끼리 밀접한 관련이 없으면 이들 사건들을 꿰뚫어 하나의 통일된 의미를 만들지 못한다.

> **예문 19**

지금 베트남의 보트피플 79명이 남해안 무인도에서 한국 땅에 살게 해달라고 애걸을 하고 있다고 한다. 정치난민이 아니고 경제난민이기에 국제법상 받아들일 의무가 없고 또 인도상 받아들였을 때 전례가 되어 밀어닥칠 것이 우려되어 공해상으로 추방할 참이라 한다. 이도 저도 못할 딱한 일이 아닐 수 없다.

돌이켜 보면 한국의 보트피플이 베트남에 표착, 공갈을 당한 끝에 융숭한 대접을 받은 사례도 없지 않다. 〈주영편(晝永篇)〉이라는 문헌에 보면 숙종 정묘년(1687)에 제주도 관민 24명이 탄 배가 추자도 인근에서 태풍을 만나 17일간을 표류, 물이 없어 생쌀을 씹으며 연명한 끝에 안남(지금의 월남) 한 섬에 표착하였다. 희안이란 곳의 관부에 인도되어 필담으로 심문 받는데 자기 나라 왕자가 조선에 표착했을 때 살해당했다면서 이제 너희들이 복수를 당할 참이라고 공갈을 당했다.

땅을 치고 통곡을 하고 있는데 한 귀부인이 나타나, 불심이 돈독하여 사람을 죽이는 백성이 아니므로 이 나라에서 살든지 돌아가든지 하라고 권유하여 조그만 섬에 유폐시켰다.

표류 중 죽은 세 사람은 그곳에 묻고 구걸해 먹는데 모든 사람들이 고맙게 보시(布施)해 주었다. 그 후 궁중에 초대되어 향응을 받고 그 자리에서 본국 귀환을 허락 받은 것이다. 두루 풍물을 구경한 다음 주환원이란 중국 상인에게 1인당 쌀 30섬의 보수를 약속하고 본국에 귀환하였다.

그 훨씬 이전인 고려 고종 때 이미 월남의 보트피플이 서해안 옹진 앞 창린도에 표착한 일도 있다. 월남에도 이씨 왕조가 있었는데 외척인 진씨에게 왕조를 찬탈 당하자 임금님의 삼촌인 이용상이 왕족들과 종묘의 위패, 제기들을 싣고 송나라를 향해 떠났다. 도중에 바람을 만나 표류, 옹진땅에 표착한 것이 고려 고종 원년(1213)의 일이었다.

조정에서는 이 정치난민을 가엾게 생각하여 옹진 화산에 살게 했고 그후 몽고군이 내습했을 때 큰공을 세웠기로 지방 30리를 식읍(食邑)으로 내려 후대하였다. 이 귀화한 월남 보트피플이 화산 이씨의 시조가 되었다.

이처럼 보트피플에 대해 선의의 처리를 했던 역사적 선례가 있는 두 나라 사이다.

— 이규태, 「보트피플」

배를 탄 사람들이 세 사건을 통하여 어떤 의미를 만들고 있다. 세

사건을 통하여 한국과 월남과는 역사적으로 서로 유대를 가지고 있다는 뜻이다. 지금의 월남 보트피플에 대하여 국가에서 결코 무관심해서는 안 된다는 점을 암시하고 있는 듯이 보인다.

〈예문 18〉은 일어난 일을 연대순으로 기술하고 있다. 그러나 〈예문 19〉는 일어난 일을 역순으로 기술하고 있다. 이와 같이 서사는 필자의 의도에 따라 일어난 일의 순서를 바꿀 수 있다. 다시 말하면 자연적 시퀀스를 필자의 지향하는 의도에 따라 서사의 시퀀스로 바꾸어서 진술할 수 있다. 그러나 바뀌어진 시퀀스가 독자의 머리 속에서 끝끝내 자연적인 시퀀스로 환원할 수 없을 때는 그 서사 담론은 잘 된 것이라 볼 수 없다.

C) 시점

우리는 앞서 묘사에서도 시점을 보았다. 묘사의 시점은 순전히 물리적 시점으로서 감각에 와서 닿는 것을 그대로 독자에게 전달해주는 점에서의 시점이다. 주로 필자가 본 대로 전달해 주려는 취지에서의 시점이다. 그러나 서사에서의 시점은 말하고 있는 사람(화자)이 그 사건이나 행위와 무슨 관련을 갖고 있는가에 따라 결정되는 시점인 것이다. 왜냐하면 화자를 통해서 그 대상을 감지하기 때문이다. 따라서 서사의 시점은 다음 두 문제가 중심이 되는 것이다.

1) 누가 화자인가?
2) 화자와 그 사건과는 어떤 관계인가?

화자를 대체로 일인칭화자와 삼인칭화자로 나눈다. "여지껏 우리

집에서 일어난 크고 작은 불상사는 하나같이 내가 집을 비운 사이에 일어났다고 나는 믿는다.”라고 하는 것은 일인칭 화자의 말이다. 반면에, “장씨는 밤색으로 물들인 야전 잠바의 큼직한 포켓에서 비닐 주머니를 꺼냈다.”라고 하면 삼인칭 화자의 말이다. “당신은 저쪽 산 너머를 하염없이 바라보고 있었다.”라고 하면 이인칭 화자인 듯 보이지만 사실은 일인칭 화자일 수밖에 없다. 일인칭 화자가 볼 수 있는 한에 있어서 ‘당신’이기 때문이다. 설사 ‘당신’의 말이 있다고 하더라도 그것은 인용부호 안의 말일 수밖에 없다. 이인칭화자의 소설이 실험소설로 있기는 하다. 다른 인칭과 동등한 자격으로 범주화하기에는 부족한 듯이 보인다.

　1인칭 화자의 예: 갑자기 노인네가 나의 말을 따라하기 시작했다.
　3인칭 화자의 예: 갑자기 노인네가 경희의 말을 따라하기 시작했다.

　일인칭화자로 양극단으로 나누면, 주인공으로서의 화자와 관찰자로서의 화자로 나눌 수 있다. 앞의 것은 ‘나’가 주인공이기 때문에 ‘나’의 내부를 다 알 수 있다. 반면에 ‘나’가 관찰자로서만 존재한다면 주인공의 외부 모습과 행동을 다만 관찰할 수 있을 뿐이다. 삼인칭화자에 있어서도 마찬가지다. 인물들의 내부를 환히 알고 있는 이른바 삼인칭전지시점이 있는가 하면, 인물들의 외부 모습과 행동을 다만 관찰하는 삼인칭객관시점이 있다. 이렇게 양극단으로 나누기는 했지만 그 중간에 수 없는 변종이 있을 수 있다. 설화나 민담은 ‘이야기’(story)가 중요하지만, 현대소설은 화자가 중요하다는 것은 그 때문이다. 같은 이야기라도 화자를 바꾸어서 이야기하면 얼마든지 다른 소설이 될 수 있다는 것이 현대소설의 특징이다. 그래서 현대소설을 '화자의 예술'이라고 말하고 있다.

수필은 대체로 일인칭화자로 쓴다. 필자 자신의 체험이 중요하기 때문이다. 그러나 삼인칭화자로도 얼마든지 쓸 수 있다. 또 수필은 혼합 장르이기 때문에 소설과 같은 수필도 얼마든지 존재할 수 있다고 생각된다. 소설을 읽으면서 화자에 대하여 열심히 공부해 두는 것도 수필 쓰는데 큰 도움을 받을 수 있을 것이다.

제4장 문단과 글쓰기

가) 문장과 문단

한 편의 글은 대체로 여러 문단으로 이루어져 있다. 글 전체가 한 문단으로 된 글이 있을 수 있지만, 아주 드문 경우이다. 문단은 생각의 마디와 같은 것이다. 마디가 없는 글은 생각의 굴절이 없는 밋밋한 글이 되기 쉽다. 또 문단이 나누어져 있지 않은 글은 우선 보기에도 답답할 뿐 아니라, 읽을 맛이 나지 않는다. 반대로 문단의 개념이 없이 매번 한 문장씩을 떼어 쓴 글은 생각을 정리하지 못한 산만한 글이 되기 쉽다. 우리 사회에서는 아직도 문단 개념에 익숙하지 못해서 많은 사람들이 문단을 제대로 만들지 못하고 글을 쓰는 경우를 본다. 문인들 중에는 문단을 전혀 무시하고 글을 쓰는 사람들도 있다. 그런 글에 익숙한 독자들은 그것이 정상이거니 생각한다. 훌륭한 산문을 쓰고자 하는 사람은 무엇보다 문단의 개념을 바르게 익히는 것이 중요하다는 사실을 깨달아야 한다.

글을 쓰는 데는 통일의 원칙을 지켜야 한다는 점을 앞서 말한 바 있다. 통일의 원칙을 지키라는 말은 주제와는 상관없는 말을 하거나 주제에서 일탈해 진술하지 말라는 뜻이다. 그렇다고 같은 말, 비슷한 말을 반복한다고 해서 주제의 통일이 이루어졌다고 말할 수는 없다. 문단은 한 주제에 대해 다양하게 말하기 위하여 필요한 것이다. 문단을 바꾸는 이유는 지금까지 진술하던 방법을 바꾸거나 다른 제재로 말하기 위해서이기 때문이다. 그런 점에서 산문을 쓰기 위해서는 문단의 개념이 반드시 필요하다는 것을 알 수 있다.

글을 쓰는 것은 구슬을 꿰는 것과 같다고 생각된다. 그릇에 담겨 있는 구슬을 실로 꿰어서 한 줄의 목걸이를 만드는 것과 같은 것이다. 그 구슬 하나 하나가 문단이라고 할 수 있다. 대체로 우리는 앞의 말과 맥락이 달라질 때 문단을 바꾸게 된다. 맥락이 달라진다는 것은 새로 시작하는 문단에서부터는 앞과는 다른 생각의 글을 전개한다는 뜻이다. 요컨대 발상의 전환을 요구하는 것이 문단이라고 할 수 있다. 큰 주제에서 일탈하지 않으면서 새로운 생각을 담아내는 문단을 전개할 때 훌륭한 글이 된다.

문단은 각기 소주제를 가지고 있다. 소주제는 대체로 소주제문을 통하여 표현되고 있는 데, 나머지 문장은 이 소주제문을 뒷받침해주는 문장이 된다. 소주제문은 글 전체의 주제에 복종하면서도 각기 문단들의 핵심적인 뜻을 나타내고 있다. 소주제를 갖지 못한 문단은 문단으로서의 자격을 갖추었다고 말할 수 없다. 그것을 필자의 관점에서 말한다면 소주제를 명확하게 갖지 못하고 글을 쓰는 사람은 글 쓸 준비가 부족한 사람이라고 말해도 좋을 것이다. 왜냐하면 글을 쓰는 사람은 소주제별로 구상하기 때문이다. 우선 글을 쓰기 위한 메모도 소주제별로 해 두는 것이 좋다. 그것은 문단 단위로 구상을 하게 된다는 뜻이다. 문장 하나 하나가 아무리 탁월한 표현력을 갖고 있다고 하더라도 그 문장들이 문단의 구성원이 되지 못할 때는 강한 인상으로 남지 못한다. 그것은 실로 꿰지 못한 구슬과 같은 것이다.

모든 잘 된 글은 주제가 있기 마련이다. 주제란 필자가 독자에게 전달하고자 하는 중심적인 생각이다. 대체로 '사랑' '우정' '효도' 등 추상적인 말로 주제를 표현한다. 그러나 주제는 주제문으로 바꾸어서 말해야 이해하기 쉽다. 가령, "사랑은 위대하다"든지, "우정보다 귀한 것은 없다"든지, "시대에 맞는 효도 사상을 가르쳐야 한다" 등으로 주제문을 만들어서 말하면 그 글의 주제는 보다 구체적으로 나타난다. 문단에는 문단의 핵심적이 생각이 되는 소주제가 있다. 글을 쓸 때는 그것을 소주제문으로 바꾸어 표현해야 한다.

☽ 예문 1

　라면이 성급한 자의 음식이라는 것은 표면적인 관찰에 불과하다. 라면의 보다 심층적인 의미작용을 끌어내기 위해서는 좀 더 그 특성을 분절화(分節化)하지 않으면 안될 것이다. 인스턴트라는 것은 라면의 일차적 의미에 지나지 않기 때문이다. 커피 같은 것은 그만두고라도 밥까지도 인스턴트로 개발되는 세상에서 라면만이 성급한 자의 양식이라는 낙인이 찍혀야 할 까닭이 없다.
　라면의 기호체계는 좀더 깊은 곳에 있다. 떡과 비교해 보면 납득이 갈 것이다. 밥은 주식이고 떡은 별식이기 때문에 기호론적으로 볼 때 그 대립구조는 일상성과 비일상성으로 구별된다. 가령 우리가 누구의 집에 갔을 때 떡이 나오게 되면 으레이 "웬 떡이냐?"라고 묻는다. 그것은 무슨 날이냐는 물음이다. 밥을 보고 웬 밥이냐고 말할 사람은 없다. 따라서 웬 떡이냐 라는 말은 기대하지 않았던 행운

이나 보통 때는 잘 일어나지 않는 좋은 일이 생겼을 때 놀라움을
표시하는 말로 쓰이기도 한다.

— 이어령, 「성(聖)과 속(俗)의 문지방」

밑줄 친 부분은 각 문단의 소주제문에 해당한다. 그 외의 문장은 그
말을 뒷받침하는 문장이라고 할 수 있다. 앞의 문단에서는 먼저 주제
문을 말하고 그 주제문을 구체화시키고 있는 뒷받침문장을 잇고 있다.
뒤의 문단에서는 소주제문을 강조하기 위한 말을 한 다음 뒷받침문장
으로 그 주제문을 보강하고 있다.

☽ 예문 2

개를 잃은 슬픔 때문에 침식을 잊고 몇 날 며칠을 울었다는 여인
이 있다. 그리하여 개에게 무덤까지 만들어 주고 비석까지 세워 주
었다는 것이다. 그쯤이야 한국에서도 있을 수 있는 일이지만, 독일
에서는 너무나 흔한 일이라 화젯거리조차 되지 못한다. 한 술 더 떠
서 개의 무덤에 수시로 들러 생전에 나누었던 그 사랑을 되새기고
간다는 것이다. 이렇게 되면 부모의 제사도 거르고 지나는 요즘 세
상에서는 개만도 못한 인생이라는 말이 실감이 난다.

개를 사랑하는 독일인의 정성이 각별하다고 말할 수 있겠지만 내
가 잠시 머물렀던 베를린 사람들이 특히 그 정도가 심하다고 한다.
베를린 거리에 널려 있는 개똥이 그것을 증명하고 남는다. 개를 사
랑하다 보니 개똥조차 치우기가 아까운 모양이다. 밤길을 걷다가 개
똥을 잘못 밟아 그 구린내를 맡고 나면 개 사랑도 증오로 변할 수
밖에 없다.

개를 사랑하는 사람이야 도처에 있지만, 그 정도가 지나치면 웃
기는 일이 된다. 보신탕을 즐기는 한국에서라면 개 사랑도 사람에
따라 너무나 차이가 난다. 하기야 한국에서 올림픽을 개최한다고 하
니까, 개를 잡아먹는 야만국에서 무슨 올림픽이냐고 맹렬한 항의를
받았던 적이 있다. 그래서였지만 올림픽 전후해서는 보신탕 집이 시

외곽지대로 쫓겨난 적이 있었다. 이제 다시 슬금슬금 도시의 중앙지
대로까지 진출하고 보면 정부에서도 올림픽을 위해 잠시 눈감고 아
웅 한번 해본 모양이다. 한국에서는 아직도 개는 개일 수밖에 없다.

— 김상태, 「개사랑, 사람사랑」

첫 번째 문단에서는 "개만도 못한 인생이라는 것이 실감난다"라는
말을 보강하기 위하여 개에게 바치는 독일인들의 사랑을 말한 것이다.
둘째 문단에서는 "베를린 사람들은 그 정도가 심하다"는 말을 보강하
기 위하여 베를린 시내에 널려있던 개똥을 말한 것이다. 셋째 문단에
서는 "한국에서는 개는 개일 수밖에 없다"는 말을 보강하기 위하여
올림픽 전후해서 잠시 있었던 해프닝을 말한 것이다.

문단이 바뀌는 표시는 글자를 들여 쓰거나 내어 쓰거나 좀 특별한
부호를 쓰거나 한다. 근대 이전에는 대체로 동서양을 막론하고 전부
붙여 써서 문단을 표시할 줄도 몰랐다. 특히 한국은 개화기 이후 서구
의 글이 소개되면서 문단 개념이 조금씩 나타나기 시작하였다. 문단
은 띄어쓰기와 마찬가지로 효과적인 녹서에 도움을 주기 위한 것이다.
문단 개념이 없이 쓴 글보다 문단 개념을 가지고 쓴 글은 읽기에 훨
씬 편할 뿐 아니라 효과적이다. 글을 쓰는 사람도 같은 이치를 적용할
수 있다.

나) 간명한 소주제문

한 문단은 하나의 소주제를 갖고 있는 것이 좋다. 같은 문단 안에서
여러 소주제를 갖고 있으면 그 문단의 의미는 뚜렷하게 떠오르지 않

는다. 그것은 문장을 쓰는 이치와 같다.

가령 다음과 같은 문장이 있다고 하자.

1) 그 청년은 정직하고 용감하다.
2) 그 청년은 정직하다.
3) 그 청년은 용감하다.

위의 예문 1)은 2)와 3)만큼 간명한 의미를 지니지 못하고 있다. 왜냐하면 한 문장 속에 '정직'과 '용감'이라는 이질적인 두 개념을 포함하고 있기 때문이다. 그러나

4) 그 청년은 정의롭고 용감하다.

라고 한다면 '용감하다'에 힘이 더 실릴 수 있다. '정의'와 '용감'은 근친적인 개념이기 때문이다. 이처럼 문단의 소주제문에 있어서도 이질적인 뜻이 함께 있는 소주제문은 필자가 말하고자 하는 뜻을 약화시키게 된다. 소주제는 단일한 것이 좋고, 소주제문은 가능한 간명한 것이 뚜렷한 인상을 남긴다.

> **예문 3**
애 어미는 자식 사랑이 대단했지만, 오늘은 그의 모성애와 남을 배려해주던 마음에 내 마음 뭉클하게 했다. 그는 또 간밤에 쏟은 폭우로 농촌의 피해를 먼저 걱정해 주었다. 이 때문에 모든 과일 채소류 값이 오르면 도시에서도 살기가 어려울 것을 염려했던 것이다. 그가 더욱 어른스러워 보였다. 뿐만 아니라 내게도 크게 기뻐할 말을 해 주었다. 그는 나에게 아범 위해 기도해 주셨듯이 우리 아이들

(손자 손녀)을 위해서도 기도해 달라는 부탁을 한 것이다. 너무나 뜻밖이라 나는 아직도 부족하기만 했던 나의 기도를 반성하게 하며 나의 신앙에 확신을 갖게 해 주었다.

위의 글을 읽으면 필자가 전달하고자 하는 뜻은 대강 알겠지만, 어느 소주제를 향하여 뜻이 집중되어 있지 못함을 본다. 소주제라고 할 수 있는 것으로 '모성애', '남을 위한 배려', '나의 신앙' 등을 들 수 있는데 어느 것이 우세하다고 할 수 없을 정도로 서로 비슷하게 나타나 있다. 문장도 간명한 개념을 드러내지 못하고 있다. 우선 첫 문장에서 "모성애"와 "남을 배려해 주는 마음"은 이질적인 개념인데 한 문장 속에 표현되어 있어서 뜻을 약화시키고 있다. 또 뒷받침문장이 없는 소주제문들의 문장들이 연이어 있어서 힘을 받지 못하고 있다.

☽ 예문 4

우리나라의 저명한 교수님이 하신 말씀이다.

<u>배우자에게 불평하는 부부를 볼 때면 답답하다고 했다.</u> 자기는 똑똑하고 잘 났는데, 상대방은 왜 이 모양인지 모르겠다고 안타까워하는 부부가 꽤 많다는 것이다. 실은 누가 더 잘 났다고 한 일도 없는데 스스로 잘났다고 판정하고 비판하니 보기에도 민망하다고 했다. 정 그렇게 자신이 잘났고 상대방만 못났다고 생각되면 "그래 내가 잘 났으니 상대방이 좀 모자란 걸로 하나님이 붙여주신 거야." 이렇게 생각하면 많이 위로가 될 거라고 했다. 그래야 세상이 공평한 것이지 잘난 사람끼리 살고 못난 사람끼리 산다면, 못난 사람들은 어찌 살아갈 거냐고 세상의 이치로 생각하라고 하셨다.

<u>어찌 보면 매우 코믹한 말씀으로 들어 넘길 수도 있지만 그 속에 담아 두어야 할 뜻이 있는 것으로 생각된다.</u> 부부가 살면서 상대를 타인에게 비교하지 말라는 것은 부부 생활 일조에 해당한다. 살면서 상대방의 감정을 상하게 하거나 모진 말을 던질 수도 있지만, 치명

적인 약점을 들추어내는 일은 하지 말아야 하는 것이다. 이것은 부부가 지켜야 할 제일의 원칙이다. <u>그러나 나는 이 원칙을 무너뜨릴 수 있는 날을 맞이하게 된 나는 참으로 즐겁고 통쾌하고 즐겁기까지 하다.</u>

날마다 변하는 세상이다. 십 년이면 강산도 변한다고 했지만, 이제는 십 년이 아니라, 일 이년이 다른 세상이 된다. 옛날의 동네 골목엔 할머니들이 어린 손자를 업고 나와 달래기도 하던 모습도 이제는 사라졌다. 할머니와 손자가 한 집에 사는 모습도 이제는 희귀한 일에 속하는 일이 되었다. 충신이나 효나 그런 말들이 우리들의 입에서 사라진 것처럼 말이다. 이 시대에 손자와 한 집에 살 수 있다는 것이 한참 후진국을 보는 것같이 보일 때도 있을 것이다. 우리 집에 와 본 내 친구는 "요즈음 이렇게 사는 집은 천에 하나도 있을까 말까 하다"고 했다.

첫 문장을 따로 떼어서 한 문장을 만들 이유가 없다. 첫 문단에서 밑줄 친 부분이 소주제문으로 보이는 데 확실한 인상을 남길 만한 문장이 못된다. 둘째 문단의 이 문장은 앞 문단으로 올라가야 할 문장이다. 그렇게 되면 첫 문단의 소주제문이 조금 살아날 수 있다. 둘째 문단에서도 밑줄 친 부분이 소주제문이 될 듯 하지만, 역시 애매하다. 원칙을 깨뜨리게 된 것은 남편에 관한 약점을 말하는 것으로 짐작된다. 셋째 문단은 둘째 문단과 상당히 다른 말로 시작되고 있다. "손자와 한 집에 사는 사람은 없다"는 말을 하기 위한 것으로 생각된다. 그것이 이 문단의 소주제이기도 하다. 그러나 효과적인 말로 표현되지 못하고 있음을 본다.

🌙 예문 5

근자에 우리나라에 고령화 현상이 나타나면서 변한 것 중의 하나는 환갑이 대수롭지 않게 된 것이다. 이삼십 년 전만 해도 환갑을 맞은 사람은 남다르게 수를 누렸다고 보아 대단한 노인으로 대접했다. 그러나 요즘은 육십을 못사는 사람이 오히려 드물 정도로 육십대가 흔하다. 뿐만 아니라 그들 중에는 육체적으로나 정신적으로 옛날의 사오십대 장년에 못지않게 건강한 사람이 많다. 사정이 이렇고 보니 이제 육십대는 노인으로 행세하고 싶어도 그러기가 어렵게 됐다. 그러니 환갑잔치를 수연(壽筵)이라고 했던 말도 이제는 어울리지 않게 되었고, 또 그렇게 의미가 없어지니까 환갑연도 자연히 드물어졌다.

나도 연 전에 갑년을 지냈는데, 그 때를 당하니까 오래 살아 대견하다는 생각은 없고, 벌써 환갑이 됐다는 것이 황당하고 한심하게만 느껴졌다. 그러니 생일잔치를 벌일 의욕이 날 리 없다. 한 일 없이 나이 먹은 것만도 한스러운데 무어 좋은 일라고 사람들 모아 놓고 잔치까지 벌일 것인가. 더구나 주위 사람들이(듣기 좋으라는 말이겠지만) 아직 오십대로밖에 안 보인다고 추켜세우는 데다가, 나스스로 늙은이라고 생각되지 않는데 환갑연을 벌인다는 것은 남들에게 내가 노인이 됐다는 것을 스스로 확인시키는 것 이외에 아무 것도 아니었다. 그래서 혹시 누가 나이를 물으면 환갑이 언제냐는 물음으로 지레짐작하고 대답 끝에 "나는 환갑연 같은 것은 안 한다"고 미리 방패막이를 하곤 했다. 그러나 친척 조카들은 내가 사실은 잔치를 벌이고 싶으면서도 공연히 쑥스러워서 속에 없는 말을 하는 것이 아닌가 의심하여서, 정말 안 차릴 거냐고 자꾸 물어 오는 통에 성가셔서 생일 임시해서 아예 한 보름 동안 집을 떠나 있었다.

— 김명렬, 「육십대 젊은이」

위의 글 첫째 문단의 소주제문은 "환갑이 대수롭지 않다"는 것이다. 이처럼 소주제문은 한 문장에서도 핵심이 되는 말을 떼어낼 수 있다. 소주제문은 간명할수록 좋기 때문이다. 그 다음에 이어지는 문장들은 전부 이 소주제문을 뒷받침하는 문장들이다. 둘째 문단에서도 밑줄

친 부분이 소주제문이다. 이 말을 부연해서 설명하는 문장들이 이어
져 있다. 위의 글은 논설문이 아니기 때문에 소주제문이 다소 평범한
인상을 준다. 그러나 그 문단에서의 핵심적인 뜻은 간직하고 있다.

다) 소주제문의 위치

문단을 이루고 있는 것은 소주제문과 뒷받침 문장으로 구성되어 있
는 것을 우리는 보았다. 뜻이 다른 소주제문이 여럿 있을 때는 오히려
문단의 결집력을 약화시킬 수도 있다. 그러나 실제로 문단에서 보면
어느 것을 소주제문으로 볼 것인가 망설일 수밖에 없는 경우도 많다.
소주제는 하나이지만 그 소주제를 담고 있는 소주제문은 여럿 있을
수 있다. 왜냐하면 소주제문은 비슷한 정도의 중요한 뜻을 가진 문장
이 문단 안에 포진할 수 있기 때문이다. 소주제문은 앞서 본 바와 같
이 덜 필요한 문장은 잘라 내어서 간명하게 만들어서 볼 수도 있다.
그러나 실제로 글을 쓸 때는 반드시 간명한 문장으로 소주제문을 표
현한다고 해서 좋은 것은 아니다. 독자의 인상에 깊이 남는 소주제문
을 쓰는 것이 효과적이라고 말할 수 있다.

그렇다면 소주제문은 문단의 어느 위치에 놓이는 것이 효과적일까?
글의 종류에 따라 다르다. 대체로 연역적(演繹的)인 글을 쓸 때는 문단
의 앞에 위치하게 되고, 귀납법(歸納法)인 글을 쓸 때는 문단의 뒤에
위치한다. 이에 대해서는 뒤에 다시 생각해 보기로 하자. 소주제문이
문단의 앞쪽에 위치할 경우 그것을 두괄식(頭括式) 문단이라고 하고,
뒤에 위치할 경우 미괄식(尾括式) 문단이라고 한다.

먼저 두괄식 문단부터 살펴보자. 두괄식 문단이란 소주제문이 앞에

있고, 뒷받침 문장이 뒤에 따라 나오는 문단을 말한다. 대체로 논설문은 이 형식을 취하고 있다. 일반적인 진실을 말하고 그 진실을 부연하거나 증명하는 형태를 취한다.

▶ 예문 6

어느 세대(世代)보다 젊은 세대는 괴로움의 세대요 방황의 세대라고 할 수 있다. 또 우수와 고뇌의 세대이기도 하다. 오늘날 사회문제로 등장하고 있는 청소년범죄 문제만 하더라도 이 세대가 안고 잇는 고민과 복잡한 문제성을 짐작할 수 있다. 더구나 오늘날 우리 사회와 같이 가치관이 혼란되고 있는 사회에선 청소년기 자체의 고민보다 사회적 중압감이 주는 불안의식이 가미됨으로써 한층 더 방황과 고뇌가 크다고 볼 수 있다.

그런데 이 청년기는 정신적 육체적 성장기이면서 바로 교육을 받는 미완성의 시기라는 특징을 가지고 있다. 어른들을 기성세대라고 한다면 청년들은 미완성의 세계이자 공부하고 탐구하는 그런 시기에 해당한다. 어른들은 이미 가치관이 정립되었거나 생활인이 됨으로써 기득권을 가지고 있는 세대이며, 이에 비해 젊은 세대는 아직 사회적 지위나 제반 기득권을 가지고 있지 않는 세대다. 어른들은 다음 세대의 계승을 위해서 그들에게 교육을 하고 문화를 전수시키고 참된 역사적 사회적 유산을 물려주어야 할 책임을 지고 있으며, 젊은 세대는 다음 세대의 전수자로서 과거의 역사 문화 제반 지식과 기술을 습득해야 할 의무를 지니고 있다. 기성세대와 젊은 세대는 이러한 관계 속에서 공존하면서도 끝없는 갈등을 거쳐 다음 시대로의 발전을 꾀하게 된다. 역사발전을 도전과 응전으로 설명하거나 진보와 보수로 대치시켜 설명할 때, 젊은 세대를 대개 도전자이거나 진보적 입장으로 보는 것도 이 세대의 미완성을 의미하며 이상적 성향을 뜻한다.

— 문병란, 「젊음에 대하여」

위의 글에서 보면 밑줄 친 문장은 소주제 문장으로서 보편적 진실을 말하고 있다. 이를 구체화하고 증명하고 예를 들어 설명하는 것이 그 다음에 이어지는 뒷받침 문장이다. 이런 문단을 두괄식(頭括式) 문단이라고 부른다. 두괄식 문단은 소주제문이 문단 서두에 위치하기 때문에 필자가 말하고자 하는 바가 뚜렷하게 독자의 인상에 남는다. 따라서 필자의 메시지를 중요하게 생각하는 글은 대체로 두괄식 문단의 글을 쓰고 있다.

☽ 예문 6

앞이 막힐 때 우리는 아직껏 걸어온 뒷길을 돌아보는 것은 너무나 수신교과서적인 교훈이다. 사실 우리는 좀더 역사를 읽고 역사를 쓰고 해야 할 때다. 노신은 청년들에게 동양 책보다 서양 책 읽기를 권했다. 서양 책은 동양 것보다 좀더 독자를 움직여 놓는다는 것이다. 좀더 동양인은 더구나 청년은 움직여야겠다는 것이다. 언즉시야(言則是也)다. 그러나 나는 서양 책보다는 우리의 책을 먼저 읽되 역사를 읽으라 하고 싶다. 역사는 대개 인물의 전기가 중심이 되어 있다. 사적을 남길 만한 인물 치고 동적(動的) 아닌 인물이 별로 없다. 실제 인물의 생활이요, 실제 사회의 사태였던 만큼 박력은 물론 심각하다. 청년 교양에 제1과는 역사라야 할 것을 주장한다.

— 이태준, 「역사」

위의 글은 밑줄 친 바와 같이 소주제문이 문단의 뒤에 나와 있다. 이런 글은 독자로 하여금 말하고자 하는 바를 궁금하게 만들어서 뒤에 가서 핵심을 말하는 수법이다. 이런 방식을 미괄식(尾括式) 문단이라고 한다.

　숲이 훼손되니까 해마다 봄철이면 찾아오던 철새들이 이제는 거의 나타나지 않는다. 공기가 심하여 오염된 대도시 근교인데다 서식지까지 빼앗겼으니 철새들이 찾아올 리 있겠는가? 두견이와 휘파람새의 울음소리가 들리지 않게 된지는 이미 오래고, 뻐꾸기와 검은등뻐꾸기도 근년에는 사라지고 말았다. 올해는 혹시 꾀꼬리와 소쩍새까지 자취를 감추는 것이 아닐까? 기다리는 마음이 조마조마하다.

　해마다 찾아오던 철새들이 발길을 끊는 것은 범상히 보아넘길 일이 아니다. 새들이 눈치 빠르게 둥지를 틀 만한 곳이 못된다고 단정한 곳이라면 그곳은 인간이 살기에도 부적합할 것이다. 새들에게는 날개라도 있으니 새로 살 곳을 찾아가면 되겠지만, 쉽게 옮겨 갈 수도 없고 갈 곳도 없는 우리는 어떻게 해야 할 것인가? 이 물음에 대한 대답은 하나밖에 없다. 그것은 지금이라도 늦지 않으니 더 이상 환경을 파괴하지 말고 이미 훼손된 환경이나마 살 만한 곳으로 다시 가꾸는 것이다.

　다행히 자연은 아직 우리 캠퍼스를 구제할 수 없는 곳으로 포기한 것 같지 않다. 시멘트 계단의 틈새에서도 해마다 민들레는 꽃을 피우고, 주차장 옆에서는 차바퀴를 겁내지 않는 보리뱅이가 늠름하게 자란다. 철새들이 내왕을 끊은 곳인데도 까치는 해마다 둥지 수를 늘이고, 심심찮게 박새가 나타나 목청을 돋구기도 한다.

　이 단계에서 중요한 것은 우리가 이 자연의 질긴 복원력에 희망을 걸며 하루 속히 그것과 연대하는 것이다. 대학의 구내에서 흙을 밟을 수 없게 된 지 오래되지만, 포장된 길에서 조금만 벗어나 보시라. 봄이 되면 어김없이 각시붓꽃, 봄구슬봉이, 애기똥풀이 피고, 여름 내내 미나리아재비, 꿀풀, 지칭개, 으아리, 무릇이 눈에 띈다. 이것들이야말로 아직은 가망이 있다는 것을 의하지 않는가? 이런 소중한 것들까지 영영 사라져버리기 전에 우리 캠퍼스를 사람이 살 만한 곳으로 만드는 일은 참으로 시급하다.

— 이상옥, 「시멘트 계단의 민들레」

위의 글을 보면 처음에 핵심적인 말을 해 놓고 문단의 끝에 가서 다시 그 뜻을 되짚어 말하고 있다. 양괄식이다. 양괄식 문단은 소주제를 거듭 확인해 주는 형식이어서 독자의 인상에 깊이 남길 수 있다.

☽ 예문 8

봄·여름·가을·겨울, 두루 사시를 두고 자연이 우리에게 내리는 혜택에는 제한이 없다. 그러나 그 중에도 그 혜택을 가장 풍성히 아낌없이 내리는 시절은 봄과 여름이요, 그 중에도 그 혜택이 가장 아름답게 나타나는 것은 봄, 봄 가운데도 만산에 녹엽이 우거진 이때일 것이다. 눈을 들어 하늘을 우러러보고 먼 산을 바라보라. 어린애의 웃음같이 깨끗하고 명랑한 오월의 하늘, 나날이 푸르러가는 이 산 저 산, 나날이 새로운 경이를 가져오는 이 언덕 저 언덕, 그리고 하늘을 달리고 녹음을 스쳐오는 맑고 향기로운 바람—우리가 비록 빈한하여 가진 것이 없다 할지라도 우리는 이러한 모든 것을 가진 듯하고, 우리의 마음이 비록 가난하여 바라는 바 기대하는 바가 없다 할지라도 하늘을 달리고 녹음을 스쳐오는 바람은 다음 순간에라도, 곧 모든 것을 가져올 듯하지 아니한가.

오늘도 하늘은 더할 나위 없이 맑고, 우리 연전(延專) 일대를 덮은 신록은 어제보다도 한층 더 깨끗하고 신선하고 생기 있는 듯하다. 나는 오늘 나의 문법(文法)이 끝나자 큰 무거운 짐이나 벗어나 놓듯이 옷을 털며 본관 서쪽 숲 사이에 있는 나의 자리를 찾아 올라간다. 나의 자리래야 솔밭 사이에 있는 겨우 걸터앉을 만한 조그마한 소나무 그루터기에 지나지 못하지만 오고가는 여러 동료가 나의 자리라고 명명하여 주고, 또 나 자신이 소나무 그루터기에 앉아 솔잎 사이로 흐느끼는 하늘을 우러러볼 때 하루 동안에도 가장 기쁜 시간을 가질 수 있으므로 시간의 여유 있는 때마다 나는 한 큰 특권이나 차지하는 듯이 이 자리를 찾아 올라와 하염없이 앉아 있기를 좋아한다. 물론 나에게는 멀리 군속(群俗)을 떠나 고고한 가운데 처(處)하기를 원하는 선골(仙骨)이 있다거나, 또는 나의 성미가 남달리 괴팍하여 사람을 싫어한다거나 하는 것은 아니다. 나는 역시 사람 사이에 처하기를 좋아하고 즐거워하고 사람을 그리워하는 갑남을녀의 하나요, 또 사람이란 모든 결점에도 불구하고 역시 가장 아름다운 존재의 하나라고 생각한다. 그리고 사람으로서도 아름다운 사람이 되려면 반드시 사람 사이에 살고 사람 사이에서 울고 웃고 부대껴야 한다고 생각한다. 그러나 이러한 때―푸른 하늘과 찬란한 태양이 있고 황홀한 신록이 모든 언덕을 덮은 이 때 기쁨의 속삭임과 하늘과 땅, 나무와 나무, 풀잎과 풀잎 사이에 은밀히 수수(收受)되고, 그들의 기쁨의 노래가 금시에라도 우렁차게 터져나와 산과 들을 흔들 듯한 이러한 때를 당하면 나는 곁에 비록 친한 동무가 있고 그의 아름다운 이야기가 있다할지라도 이러한 자연에 곁눈을 팔지 아니할 수 없으며, 그의 기쁨의 노래에 귀를 기울이지 아니 할 수 없게 된다. 그리고 이렇게 생각하면 우리 사람이란―세속에 얽매여 머리 위에 푸른 하늘이 있는 것을 알지 못하고, 주머니의 돈을 세고 지위를 생각하고 명예를 생각하는 데 여념이 없거나 또는 오욕칠정(五慾七情)에 사로잡혀 서로 미워하고 시기하고 질투하고 싸우는 데 마음의 영일(寧日)을 갖지 못하는 우리 사람이란 어떻게 비소(卑小)하고 어떻게 저속한 것인지, 결국은 이 자연의 거룩하고 아름답고 영광스러운 조화를 깨뜨리는 한 오점 또는 한 잡음밖에 되어 보이지 아니하여, 될 수 있으면 이러한 때를 타 잠깐 동안이나마 사람을 떠나 사람의 일을 잊고 풀과 나무와 하늘과 바람과 한가지로 숨쉬고 노래하고 싶은 마음을 억제할 수 없다.

― 이양하, 「신록예찬(新綠禮讚)」

　위의 글 문단에서는 딱히 소주제문이라고 할 수 있는 문장을 발견하기 힘든다. 물론 문장이 긴 것도 그 한 탓이라고 할 수 있다. 소주제문은 없지만 그렇다고 해서 소주제가 없는 것은 아니다. 이처럼 소주제가 문단 전체에 스며 있는 경우도 있다. 기행문이나 감상문 등의 글에 이러한 형태의 글을 많이 볼 수 있다. 이러한 글을 무괄식(無括式) 문단이라고 한다. 무괄식 문단이란 소주제문이 명확히 드러나지 않고 문단 전체에 스며 있는 것을 말한다. 위의 글에서 첫 문단의 소주제를 찾는다면 "자연의 혜택"이라고 할 수 있다. 둘째 문단의 소주제는 "자연과 함께 하는 마음" 정도 될 것이다. 무엇인가 확실하게 말하지는 않지만 은근히 느끼게 하는 방법이라고 할 수 있다.

☽ 예문 9

그런데 저는 지금 21층에 삽니다. 제가 새로 이사온 이 아파트에는 남쪽으로 난 창에 난간도 없습니다. 커다란 통유리가 허공에 달려 있을 뿐입니다. 발끝으로 한강이 넓은 호수처럼 펼쳐져 있습니다. 눈을 아래로 내려뜨면 차들이 정말이지 장난감처럼 길을 꽉 메우고 흘러갑니다. 밤이면 멀리 또는 발아래 불빛이 문자 그대로 찬란하기 그지없습니다. 여기에 이사와서 비로소 알게 된 일이지만 비둘기들은 스물 한층 높이까지 절대로 날아 오르지 않습니다. 그렇지만 물새들은 더 높은 층도 넘어 납니다. 이러한 사실을 새롭게 알게 되었다는 것은 여간 즐거운 일이 아닙니다. 이것만이 아닙니다. 이전에는 빗방울이 수직으로 낙하하는 줄 알았습니다. 그러나 그렇다고 하는 것은 빗방울을 아래로부터 위로 올려다볼 때 이야기지 위에서 아래로 떨어지는 빗방울을 내려다보면 전혀 그렇게 말할 수 없습니다. 무수한 빗방울들은 하늘하늘 춤추듯 흐느적거리며 땅을 향해 내려갑니다.

스물 한 층을 걸어 올라가 보았습니다. 그렇게 이야기들 하지 않습니까? 헬스클럽 가는 대신 아파트 계단을 오르라고 말입니다. 차마 꿈도 꾸지 못할 사치라고 여기는 이른바 헬스클럽 드나들기에 맞먹는 운동을 거저 할 수 있다는 것이 얼마나 저를 흥분하게 했던지요. 그러나 그것은 저처럼 그만큼 높은 데서 살아보지 못한 사람의 증언이고 충고입니다. 그렇다고 하는 것을 저는 자신 있게 말할 수 있습니다. 스물 한 층 다 오르고 나면 다리가 뻣뻣해지고 숨이 가빠지는 것이 문제가 아닙니다. 그것은 어지간하면 견딜 수 있습니다. 문제는 아픈 것이 아니라 머리가 빙빙 도는 일입니다. 계단이 나선형으로 이어져 있고, 높이가 그 나선형의 나선다움을 충분히 발휘할 정도로 길기 때문입니다.

그런데 높은 아파트에 살면서 터득한 이러한 사실들은 모두 높음을 한껏 껴안고 누리지 않으면 도저히 얻을 수 없는 일입니다. 저는 통유리에 매달리듯 기대어 조금도 두려움 없이 아래를 내려다봅니다. 비가 올 때면 아예 창을 열고 머리 위로 쏟아지는 빗줄기를 맞으면서 고개를 쑥 내밀고 아래를 보지 않으면 하느적거리는 빗줄기의 춤을 확인할 수 없습니다. 차들이 길게 꼬리를 이어 흐르는 광경을 비로소 그 흐름의 머리와 꼬리가 한꺼번에 길게 눈에 들어옵니다. 그렇게 하려면 자연히 온몸을 통유리에 바짝 붙이지 않으면 안됩니다. 나선의 계단을 오르는 일도 그저 오르기만 하는 것으로 되지 않습니다. 이런 계단 오름은 층을 굽이돌 때마다 내가 얼마나 높이 왔는지 하는 것을 밖을 내려다보며 확인하지 않으면 아주 쉽게 지쳐버립니다.

— 정진홍, 「고소공포증」

위의 글을 읽어보면 각 문단의 소주제가 무엇인지 쉽게 파악되지 않는다. 문단의 소주제들은 드러나지 않게 스며 있기 때문이다. 그럼에도 불구하고 문단이 구분되어야 하는 것은 분명하다. 앞 문단과는 다른 말머리로 말하고 있기 때문이다. 첫째 문단에서는 21층에 살면서 새롭게 알았거나 경험하게 되는 것을 말하고 있다. 둘째 문단에서는 그 경험의 범위를 좁혀서 좀 더 구체적인 것에 대하여 말하고 있다. 즉 21층까지 걸어서 올라간 체험, 그래서 어떤 느낌을 받았다는 것을 말하고 있다. 셋째 문단에서는 또 둘째 문단과는 조금 다른 체험을 말하고 있다. 이처럼 각 문단의 소주제를 분명하게 집어내기에는 어렵지만 이 글 전체를 위해서 각 문단은 충실하게 문단의 구실을 하고 있는 것을 알 수 있다. 경어체를 쓰고 있는 것에서 우리가 짐작할 수 있는 바와 같이 필자는 독자에게 자기 내면의 감정을 은밀하게 말하고 있는 것이다. 이와 같은 글들은 대체로 문단의 소주제문이 확실하게 드러나지 않는 형식을 취한다.

라) 뒷받침문장

앞에서 우리는 무괄식 문단, 즉 소주제가 문단의 문장 전체에 스며있는 문단의 양식을 보았지만, 실제로 우리가 많이 보는 글은 소주제가 분명하게 드러나는 글이다. 특히, 수필을 처음 쓰려고 하는 사람은 소주제가 분명하게 드러나는 글, 그보다 소주제문이 분명하게 드러나는 글을 쓰는 것이 좋다. 소주제문을 명확하게 하지 않으면 글을 쓰는 사람도 그 글을 어느 방향으로 끌고 갈지 스스로 자가당착(自家撞着)에 빠지는 수가 많다.

소주제문이 힘을 가지기 위해서는 적절한 뒷받침문장이 필요하다. 뒷받침문장이 적절하지 못하면 아무리 명확한 소주제문이라고 해도 힘을 잃게 된다. 뒷받침문장은 소주제 혹은 소주제문을 좀 더 자세히 설명해주고 보충해 주는 역할을 한다. 증거 자료를 제시해 줄 수도 있고, 비유해서 말할 수도 있고, 그것과 관련된 다른 자료를 말할 수 있고, 글 전체의 주제와 연관지어 말할 수도 있다. 무괄식 문단은 뒷받침문장만 있고 소주제는 문단 전체에 스며 있는 형태라고 할 수 있다.

☽ **예문 9**

국민감정 중에서도 맨 앞자리에 있는 것이 민족적 자부심이다. 미국의 정치학자 루시안 파이가 "한국의 힘은 특정한 제도보다 민족적 자부심과 연대감이 있다"고 간파했을 정도다.1) 월드컵 경기 때 자랑스럽게 '대애한국민국'을 외쳤던 흥분, 여기에 꽃다운 소녀의 죽음이 불지른 반미감정 그리고 "미국에 굽

실글실 않게다"며 북한을 같은 민족으로 껴안은 노후보의 이미지는 상승작용을 일으켰다.2) 미국에 당당히 맞설 수 있는 대한민국으로 변화시킬 대통령이라고 국민감정이 선택한 인물이 노무현이다.3)

1년이 지난 지금, 현실은 참담하다. 대통령 주변부터 말단 경찰까지 썩은 냄새가 진동하는 나라에 민족적 자부심은 없다.4) 나오느니 욕뿐인 현 상황이 죄 대통령 때문이라고 한다면 '악의에 찬 비판'이 될 터이다.5) 그러나 잘 되든 못되든 모든 책임은 리더에게 있다. 그게 리더의 숙명이다.

사실 리더를 향한 우리 국민감정은 지극히 이중적이다. 중국은 '가부장적인 강한 리더를,' 일본인은 자상한 아버지와 같은 리더를 원하는데 중간에 자리 잡은 우리 국민은 욕심 사납게 강하고도 자상한 대통령을 바란다.6) 그러니 후보시절 외쳤던 강력한 개혁을 밀고 가지도 못하면서 불법시위에 자상함 넘치는 노 대통령은 어느 쪽에서도 박수 받지 못하게 되었다.7)

더구나 국민감정만 갖고는 어쩌지 못하는 게 있다. 바로 경제다. 설령 부패가 심해도, 독재를 해도 돈이 돌고 백성이 잘살면 위기가 발생하지 않는다고 조니스 교수는 지적했다.8) 석유 부국과 싱가포르가 그 예다.9) 미국 중국은 물론 브라질 경제까지 상승세를 타는데 성장은커녕 재벌개혁도, 분배도 안 되고 있는 우리 현실은 분할 정도다.10) 성장이 막혔으니 분배가 될 리 있나.

— 김순덕, 「대통령과 김치」

첫째 문단에서 뒷받침문장 1)은 미국 정치학자의 말을 인용함으로써 소주제문의 말에 권위를 실어주려고 하고 있다. 2), 3)은 월드컵 대회 때의 열정, 의정부 여학생 죽음에 대한 애도의 표현, 노무현 대통령 후보의 말 등으로 소주제의 진술에 증거를 대고 있다. 둘째 문단은 양괄식이다. "현실이 참담한" 구체적 이유를 4), 5)에서 대고 있다. 셋째 문단은 6)은 중국 일본의 리더와 비교함으로써 7)은 노 대통령이 박수를 못 받는 이유를 설명한다. 넷째 문단 8)에서는 조니스 교수의 말을 인용함으로써 필자의 주장에 힘을 얻게 하고, 다른 나라의 예를 들어 9), 10) 증거하고 있다. 단락의 끝에 가서 다시 한번 소주제를 확인시켜 주고 있다.

◑ 예문 10

가) 문학의 양식은 문학 연구의 기초 개념이면서 동시에 문학적 현상에 대한 역사적 기술의 핵심을 이룬다. 문학의 역사적 전개 과정을 이해하는 데에 있어서 문학의 양식 개념이 없다면 우리는 한 시대의 문학을 연결시켜 그 보편적 성격과 공통된 경향을 갖는 총체적인 문학사를 서술할 수가 없다.1) 문학의 흐름 속에 등장하는 수많은 문학 작품과 작가들의 활동을 놓고 그들이 보여주는 어떤 공통적인 경향을 확인하기 위해서는 우선적으로 양식 개념에 기초해야 한다.2) 문학의 양식 개념은 구체적이며 개별적인 수많은 작품들을 하나의 관념 속으로 끌어들여 논의할 수 있는 유일한 논리적 실체이기 때문이다.3)

나) 문학의 양식은 본질적인 면에서 일종의 제도적 질서 개념이다. 그러므로 이 제도적 질서로서의 문학의 양식 개념을 내세울 경우 그 제도와는 다른 문학적인 관습에 의해 이루어진 문학 양식들은 모두 규범으로부터 이탈한 것으로 보이게 된다.4) 개화계몽 시대에는 전통적인 글쓰기의 관습이 변화하면서 새로운 근대적인 글쓰기의 방법이 등장한 시기이다.5) 이러한 변혁의 과정에서 등장한 다양한 문학양식은 어떤 하나의 규범으로 절대적인 기준을 삼아 논하기 어려운 것이 사실이다.6) 이러한 문제성을 극복할 수 있는 하나의 가능성은 양식의 규범과 그 가치를 넘어서는 길이다.7) 이 새로운 가능성은 문학적 텍스트들을 문화 연구의 틀 속으로 확대 적용할 경우 열리게 된다.8) 개화계몽 시대야말로 다양한 글쓰기 방법을 기반으로 형성된 문학적 담론이 그 근대성의 의미를 구현하기 시작한 시대이기 때문이다.9)

다) 한국의 근대문학은 국문체를 기반으로 성립된 새로운 문학 양식의 총체이다. 한문에 근거한 전통적인 글쓰기에는 문학이라는 말이 없다.10) 일반적인 글을 가리키는 문(文)이라는 말이 이것을 대신한다.11) 글쓰기 또는 글읽기를 모두 포괄하는 '문'이라는 말은 넓은 뜻으로 교양과 지식을 의미한다.12) 글을 읽고 쓴다는 것은 인간의 삶의 도리를 익히는 하나의 수양의 과정이다.13) 글은 인간의 감성이나 취향의 영역에 속하는 것이 아니라, 본질적인 가치의 영역에 속

하는 '인간의 삶의 도리를 담아놓는 그릇(載道之器)'에 해당한다.14) 그러므로
조선 시대의 지배 계층은 글이라는 것이 인간의 삶의 도리를 배우는 것이라는 전
통적인 효용론적 관점을 바탕으로 한문의 권위와 품격을 지키기 위해 노력하였던
것이다.15)

— 권영민, 「한국현대문학사」

위의 글에서 보면 소주제문은 전부 문단의 제일 앞에 나와 있다. 이 소주제문을 보충해서 설명하기 위하여 뒷받침문장이 이어져 있다. 문학사 기술은 논설문의 형식을 취하기 때문에 대체로 이러한 방식을 취하고 있다.

가)에서 "문학의 양식은 …… 역사적 기술의 핵심을 이룬다"는 소주제문을 좀 더 구체적으로 설명하기 위하여 1) "문학의 양식이 없다면 …… 총체적인 문학사를 서술할 수 없다"고 말한다. 이중 부정문을 사용하면서 '문학양식'의 개념이 필수적임을 강조한 것이다. 2)는 앞글에 대하여 보충 설명이다. 3)은 2)의 진술에 대하여 그 이유를 들고 있다.

나)에서 "문학 양식은 …… 제도적 질서 개념이다"라는 일종의 정의와 같은 소주제문을 제시한다. 이를 보충 설명하기 위하여 개화기의 예로 뒷받침하고 있다. 4)에서 문화적 관습이 바뀌면 규범에서 이탈한 것처럼 보인다고 말하고, 5)에서 개화기가 바로 그러한 예라고 제시한다. 6)에서 변혁기에서는 규범이 흔들린다는 것을 말하고, 7)에서 기성 규범을 넘어설 수밖에 없다는 점을 말한다. 그렇기 때문에 8)에서 '문화연구' 틀 속으로 확대해야 한다는 것이다. 9)에서 다시 개화기가 그 적합한 예가 되고 있음을 말하고 있다.

다)에서 "한국의 근대문학은 …… 문학 양식의 총체이다"라는 소주제문을 설명하기 위하여 그 이전의 관습은 달랐다는 것을 말하고 있

다. 10)에서 15)까지 한문에서의 문학적 개념을 설명함으로써 "국문체를 기반으로 성립된 새로운 문학 양식"과 다름을 대조해서 설명하고 있다. 이처럼 대조적인 개념을 빌어서 소주제문을 확실하게 할 수도 있다.

이와는 달리 소주제문이 분명하게 드러나지 않는 글이 있다. 지금까지 말하던 것과는 다른 말을 시작할 때 문단을 바꿀 필요를 느낀다. 다른 소재에 대하여 말하거나 말하는 방향이 조금 달라지면 문단을 바꾼다. 그러나 이 때도 글이 다만 길어졌다고 문단을 바꾸는 것은 무의미할 뿐 아니라, 읽는 이도 산만한 감을 갖는다.

> **예문 11**

작열하던 하루해가 서쪽으로 기울고 숲에서, 산에서, 저 너머 강에서 시원한 바람이 불어오고 있었습니다. 그렇군요. 해도 달도 우리도 서쪽으로 가는군요. 아직 노을이 깔리기에는 일렀기에 망정이지 노을까지 장엄했더라면 아마 내려오지 못했을 겁니다. 그 풍경이 너무 미학적이고 너무 인간적인지라, 여기서는 왠지 큰스님이 나오기 어려울 것만 같았습니다. 무량수전 안의 아미타불이 왜 이 풍경을 마다하고 살짝 옆으로 튼 채 좌불하고 있는지 짐작할 수 있을 듯도 했습니다. 여기라면 정작 사랑하다가 죽어버릴 수도, 기다리다 죽어버릴 수도 있을 것만 같았습니다. 사랑의 끝을 꿈꾸기에 가장 아름다운 풍경과 시선이었습니다.

많은 사람들이 부석사에서 사랑을 떠올리는 이유는 아마 선묘설화 덕분일 겁니다. 이 절집을 창건한 의상 대사가 당에 유학 갔을 적 얘긴데요, 유곽의 여인이었을지도 모르는 선묘라는 여자가 의상에게 반했다지요. 의상은 이미 한 도(道)를 깨우치고 돌아오는 길인지라 선묘를 본체만체했다지요. 선묘는 사랑에 병든 몸을 바다에 던져 용이 되어 의상이 돌아오는 뱃길과 의상이 창건한 이 절집을 보호했다지요. 그리고는 부석(浮石 뜬돌 선돌)이 되었다지요. 믿거나 말거나 지금도 부석사 밑에 용이 살고 있다고 하지요.

무량수전 왼쪽으로 가로질러 서 있는 큰 바위 위에는, 커다란 거북등 같기도 고래등 같기도 한 넓적한 돌에 '부석(浮石)'이라는 글자가 새겨져 있었습니다. 정말 돌이 떠 있는지는 실이나 노끈을 가져가지 않아 확인해보지는 못했지만요. 그리고 무량수전 오른쪽 언덕으로 선묘를 모셔놓은 선묘당이 있었습니다. 바다에 몸을 던진 바로 직후인 듯, 선묘의 자태에서는 현실적인 무게감이 느껴지지 않았습니다. 한없이 평안하고 한없이 애잔한 저 '이뿐' 여자를 의상은 어찌 거들떠보지도 않았을꼬…… 선묘는 이승의 못다 한 인연을 저렇듯 거듭하는 생의 인연으로 맺으려고 바다에 뛰어들었던 것일까요? 그림 속의 선묘는, 이승 어디에 부석 아닌 존재가 있겠습니까, 서로 끌어당기면서 서로 하나 되지 못하는 실틈은 이세상 모든 관계들의 존재론적 상황이 아니겠습니까, 라고 나직이 묻고 있는 듯했습니다.

— 정끝별, 「사랑과 기다림으로 이어진 부석사 가는 길」

위의 글에서 문단의 소주제라고 생각되는 것이 뚜렷하게 떠오르지 않는다. 문단의 소주제는 차라리 없다고 보아도 좋을 것이다. 왜냐하면 문단에 있어서 각 문장의 무게가 비슷하게 실려 있기 때문이다. 만약 있다고 한다면 문단 속에 스며 있어서 분위기로 그 소주제를 건져 올릴 수 있을 것이다. 기행문이나 감상문 등에서 흔히 볼 수 있다. 첫째 문단에서 '석양 무렵 부석사 근방의 풍경이 아름답다'는 뜻을 담고 있다. 둘째 문단은 의상 대사와 선묘에 얽힌 설화를 이야기하고 있다. 셋째 문단에서는 '부석'이라고 새겨놓은 돌이 있는 이야기, 선묘당을 보고 느낀 필자의 생각을 적고 있다. 각 문단에서 소주제문이 될 수 있는 문장은 보이지 않는다. 그러나 각 문단은 분명히 말머리는 다르다. 물론 소재도 다르다. 이럴 때 문단을 바꾸어 주어야만 우리는 기분 전환을 느낄 수 있고, 글도 생기가 넘치게 된다.

제5장 다양한 수필 형태의 음미

가) 생활수필

일상생활을 소재로 하여 쓴 수필이다. 따라서 생활하면서 보고 듣고 느낀 것을 쓴 글이다. 대체로 특별한 체험을 글로 표현하는 줄 생각하기 쉽다. 특히 시나 소설, 수필 등을 보면서 그런 생각을 하게 된다. 그러나 특별한 체험이 아니더라도 무의미하게 보내지 않고 삶의 의미를 민감하게 느끼고 관찰하면서 기록한다면 훌륭한 작품이 될 수 있다. 그리고 그 기록이 문학적으로 승화된 글이라면 가치 있는 글임에 틀림없다.

☽ 예문 1

겨울 날씨란 눈이 좀 내려야 포근한 맛도 있을 법 한데, 이렇게 강추위를 하고 보면, 견디어내기가 미상불 어려운 것이다. 방장을 쳤는데도 워낙 외풍이 세고 보니, 방안에 앉아서도 이마가 곧 시려 들어온다. 하긴, 전의 추위에 비긴다면 아무것도 아닌 셈이다. 방중에 어디서 쨍하는 소리가 나서, 무슨 소린가 했다가, 아침에 보면 윗목에 놓은 자리끼의 물이 땡땡 언 것을 발견하는 것이었다.

그러나 그뿐인가! 학교엘 가보면, 정말 발가락이 빠지는 것 같은 추위였다. 길을 가면서 얘기를 하면, 입김이 나와서 굉장하고, 그것이 목에 칭칭 감은 목도리에 고드름이 되어 매달리고, 길가에서 여물을 먹고 있는, 촌에서 장작바리를 싣고 들어온 소의 입에서는 여물을 끓이는 가마에서처럼 무럭무럭 김이 나고, 소 턱주가리에는 으레 얼음이 주렁주렁 달려 있는 것이다.

그때에는 눈도 많이 와서, 눈이 묻어 굵다래진 전깃줄을 보면, 어린 마음에 그것이 무서운 아침도 있었다. 춥다 춥다 해도 근래에 와서는 한결 덜 추워진 감이 있다. 그것은 인총이 많아진 탓인지, 또는 난방장치들이 전에 비해 잘 되어있는 까닭인지, 그 이유야 어디 있는지 알 수 없는 대로 덜 추워진 것만은 사실이다. 그러나, 해마다 빠짐없이 거리에 강시(殭屍)를 내는, 아직도 무서운 추위라는 것도 또한 사실이다.

그러나, 겨울이 없는 세상을 생각해보는 것도 잠깐 쓸쓸한 노릇이다. 나는 겨울철을 오월 첫여름 지지 않게 좋아하는데, 그 이유는 눈이 내리는 계절이기 때문이다. 눈은 이 땅위에 흩어진 모든 보기 싫은 것들, 추한 물건을 희게 덮어서, 우리의 시야(視野)를 아름답게 해줄 뿐 아니라, 마음 속의 어지럽고 미운 것들까지도 곱게 덮어주는 것이니, 실로 나는 눈이 오는 날엔 누구에게나 천사가 되어 주고 싶다.

사냥꾼은 사냥을 할 수 있어, 눈 오는 것을 좋아한다 치고, 농사꾼들은 보리를 위해 좋아한다는 명백한 이유가 선다지만, 내가 눈 오는 것을 좋아하는데는 댈 만한 별 이유가 없는 것이다. 그저 눈이 펑펑 내리면 괜히 좋다. 사무실에서 일을 하다가도 창 밖에 흰나비들 모양 눈이 날리는 걸 보면, 그냥 마음이 흐뭇해지고, 한밤중 방 안에서도 창 밖에 싸르륵싸르륵 눈이 조용히 내려쌓이는 소리를 들으면, 그냥 잘 수가 없어 불을 켜고 일어나 앉는다. 내 마음을 이토록 기쁘게 해주는 것이니, 이는 내 좋은 친구가 아닐 수 없다. 친구도 오다가다는 마음을 상하게 마련이지만, 이 자연에서 오는 친구만은 그런 폐단이 없어 더욱 좋다.

좋은 친구를 만났을 제, 어째서 바보처럼 좋아지는 것인지 설명할 수 없는 것처럼, 나도 눈이 오면 어째서 마음이 즐거워지고 훈훈해지는 것인지 설명해낼 수가 없다. 그러기에, 나는 여름철 바닷가에 별장을 가지고 싶다는 엉뚱한 생각은 하지 않지만, 겨울이면 가끔 초가지붕을 올린 산장(山莊)을 서울 주변 어디다 하나 가졌으면 하는 생각을 해보는 것이다.

여기에 대해서 호화로운 생각은 애당초 달릴 필요조차 없다. 이 산장이란 실로 초가삼간으로 족한 것이다. 하나는 내가 나가 집필을 할 방이요, 또 하나는 이 산장을 지키고 있다가, 내가 나가는 날이면 차를 끓여낼 수 있는 늙은이가 거처할 방과 그리고 부엌이 있으면 그만이다. 이 정도를 가지고 무슨 큰 욕망이라고는 할 수 없을 것이다.

몇 시쯤 되었는지, 늘 지나가는 찹쌀떡장수 아이가 지나간다. "찹싸알떠억"하고 빼는 소리는 곧 골목 어디가 얼어붙게 생겼고, 그 빼는 소리는 오늘따라 찹쌀떡을 사라는 단순한 외침이 아니라, 골목을 사라지려는 그 울림(響)이 무언가 호소하는 듯한 애절함이 있다.

섣달 그믐도 가까운 겨울밤이 깊어가고 있다.

지금쯤은 어느 단칸방에서는 어떤 아내가 불이 꺼지려는 질화로에다 연방 삼발이를 다시 놓아가면서, 오지뚝배기에 된장찌개를 보글보글 끓여놓고, 지나가는 발소리마다 귀를 나발 통처럼 열어놓고 남편을 기다리는 것인지도 모른다.

이런 따뜻한 정이 있어, 우리의 얼어붙은 마음을 훈훈히 녹여주는 한겨울은 춥지 않다.

— 노천명, 「겨울밤」

위의 글은 흔히 겪는 일상생활에서 소재를 취해서 쓴 수필이다. 강추위가 닥친 일, 학교 다닐 때 "발가락이 빠질 정도로 추위를 겪었던 일", 장작바리를 싣고 들어온 소의 입에서 김이 서리는 일, 눈을 지극히 좋아하는 필자의 성품, 초가지붕을 올린 산장을 갖고 싶다는 일,

찹쌀떡 장수 아이들이 골목을 누비며 지나가는 모습, 된장찌개를 끓여 놓고 "지나가는 발소리마다 귀를 나발 통처럼 열어놓고 남편을 기다리는" 아낙네의 모습 등 겨울밤이 되면 필자의 머리에 스치는 이 생각 저 생각을 적고 있다. 모두 우리네 서민들이 겪는 이야기이고, 어릴 때 보았던 일들이다. 쉼표가 유난히 많은 것은 글을 필자가 의도한 대로 읽어달라는 주문이다.

☽ 예문 2

열흘 남짓 지나면 올해도 마감한다. 1992년을 내 생애에서 영원히 작별하는 것이다. 하기야 가는 세월에 구획이 어디 있으랴. 물 흐르듯 흘러가는 것이 세월인 것을. 우리들의 인생 또한 그렇지 않았던가. 매 순간마다 돌이킬 수 없는 삶을 사는 우리 인생 아닌가. 그런데도 연말이 가까워 오면 새삼스럽게 스산한 생각이 든다. 세월을 좇아 정신없이 사느라고 그간에 보낸 세월을 새삼스럽게 깨닫기 때문이다.

쉰 일곱, 새해가 되면 내 나이가 그렇게 된단다. 남의 나이 같기만 하던 그 50대가 벌써 지나서 이제는 바로 예순을 목전에 두고 있다. 내 나이지만 내가 믿지 못하겠다. 예순, 일흔이 되신 분들은 그 나이에 무슨 나이 타령이냐고 하시겠지. 오죽하면 '인생은 60부터'라고 말했을까마는, 아무리 악을 써도 예순이 된다는 것은 서글픈 일이다.

내 나이가 내 나이 같지 않다는 생각은 진작부터 갖고 있었다. 하지만 쉰이 지나자 내가 나 아닌 것 같은 생각이 든다. 나의 속 알맹이는 어딘가 가 있고, 나의 껍데기만 느끼한 50대를 둘러쓰고 있는 느낌이다.

대학입시가 닥쳐오면 나도 대학 입학 시험을 쳐야지, 하는 생각을 한다. 교수 요원 채용공고가 나면 나도 이력서를 넣어야지, 하는 생을 한다. 무엇보다, 그렇다. 아름다운 사랑이라도 하고 싶은 생각이 든다. 마치 내가 이삼십대 총각이나 되는 것처럼.

　　냉혹한 현실이 거울 저쪽에서 지켜보고 있다. 벗겨진 이마, 허옇게 세어버린 머리, 쭈글쭈글한 살갗, 눈빛을 잃은 눈동자, 이렇게 드러나는 속일 수 없는 현실을 어이할 것인가. 내 살을 꼬집어보아도 꿈은 아니다. 아무리 발버둥을 쳐보아야 내 앞에 놓인 이 현실을 뛰어넘을 수 있을까.

― 김상태, 「세 가지 소원」

　　예순이 가까워오는 나이에 들어선 필자가 세모를 맞아 뱉어내는 한숨 섞인 탄식이다. 특별한 경험이 이 글의 소재가 된 것은 아니다. 나이가 들면 누구나 느끼는 회한(悔恨)을 글로 표현한 것이다. 물론 이 글이 그 한탄만으로 끝나 버렸다면 별로 읽고 싶지 않은 글이 되었을 것이다. 〈세 가지 소원〉이라는 제명이 암시하듯이 예순이 다된 그의 나이에 세 가지 소원을 말함으로써 이 글을 끝내고 있다.

　　생활수필은 수필 중에서 가장 많은 부분을 차지하고 있기도 하지만, 수필의 초보자들이 쓰기 쉬운 분야이다. 우선 특별한 지식이 필요 없어도 되고, 어느 분야의 전문가가 아니라도 좋다. 문학작품을 읽기는 좋아하지만 써 볼 용기를 갖지 못한 사람이 한번 시도해 볼 만하다. 반드시 출판하지 않더라도 자기 혼자 써 두고 틈틈이 읽어보는 재미도 느낄 수 있다. 그리고 무엇보다 중요한 것은 이렇게 글을 써 보는 동안에 진정으로 훌륭한 작품이 어떤 것인가를 스스로 깨닫게 된다는 사실이다.

　　쓸 소재를 많이 가지고 있다라고 생각하는 사람은 오히려 수필을 쓰지 않게 될지 모른다. 평범한 일상의 일도 예사롭게 보지 않고, 그 속에서 어떤 의미를 찾아서 글로 옮겨 보겠다는 사람이야말로 수필을 쓸 수 있다. 글로 표현하게 되면 예사롭게 들어 넘기던 말의 힘을 알게 되고, 그 운용의 묘미를 깨닫게 된다. 표현할 내용보다 표현되고 있는 말의 묘미를 깨닫게 될 때 글은 한 단계 높은 수준으로 상승하게 된다. 생활수필이 문학예술로 승화되려면 그런 과정이 필요하다. 그러나 그보다 우리 생활주변에서 일어나는 일을 예사롭게 보지 않고, 섬세하게 관찰하면서 그것을 진솔하게 표현하고 싶다는 생각을 가지는 것이 우선 수필을 쓰게 되는 지름길이다.

나) 시적 수필

시와 산문을 구별하는 일은 일견 쉬운 듯하면서 매우 어려운 일이다. 한 때는 리듬이 있는 글은 시이고, 리듬이 없는 글은 산문이라고 말하기도 했다. 그러나 그것은 운문(韻文)과 산문(散文)의 차이일 뿐, 시와 산문의 차이는 아니다. 운문으로 된 수필이 있을 수 있다. 그러나 수필의 본령은 물론 아니다. 한국의 고시가 중에 김인겸의 〈일동장유가〉 같은 것은 가사라고 하지만 학자들은 아무도 근대적인 개념의 시라고 말하는 사람은 없다. 수필의 장르에 드는 기행문이라고 보는 학자들이 많다. 물론 우리 고전 '가사(歌詞)'들은 대체로 근대시의 관점에서 시라고 말하기는 어렵다. 그렇지만 송강의 〈속 사미인곡〉 같은 것은 시에 가까운 장르로 간주할 수도 있을 것이다.

그렇다면 시와 산문은 어떻게 다른가? 어떤 시는 행(行)이나 연(聯)을 달리해서 일견 시같이 보이지만 줄글로 풀어놓고 보면 산문이나 다름없는 글이 되고 만다. 어떤 산문은 시처럼 행이나 연을 달리하면 정말 시와 같은 모양이 되는 수도 있다. 나쁜 시보다 좋은 산문은 오히려 시 같다고 말하는 사람도 있다. 더구나 산문시(散文詩)가 있는 것을 보면 시와 산문을 구별하기란 더욱 어려워진다. 그것은 차라리 정신적 지향의 자세가 다르다고 말할 수 있을 뿐이다.

헐버트 리드(Herbert Read)는 "시는 창조적 표현이고, 산문은 건축적 표현이다."라고 말한 적이 있다. 이 말의 뜻은 시는 문학적 형상을 시인이 작품으로 표현하는 그 순간에 창조해 내는 것이라면, 산문은 이미 만들어진 표현을 적절히 이용하여 자기의 글을 구성한다는 뜻이다. 이것은 아마도 작가가 표현하는 그 순간에 가지는 자세의 차이일 것이다. 그 결과물에 대해서는 적용할 수 없는 말이다. 그것을 검증하기란 결코 쉬운 일이 아니기 때문이다. 그럼에도 불구하고 수필은 시와 같은 기분을 느끼게 하는 글이 있다.

☽ 예문 3

허공을 향하여 독침을 찌르고 땅 위에 떨어진 웅봉(雄蜂)의 시체를 본다.

어느 왕자의 장렬(葬列)과 같이 숱한 개미 떼가 열을 짓고 간다.

이 조그만 비극의 모형 앞에서 나는 차마 울 수도 없다.

묘지에 피는 하나의 꽃송이처럼 인간은 인간 피를 마시고 아름답게 핀다.

어째서 그 사람은 나를 보고 웃었을까
어째서 그 사람은 나를 보고 울었을까
어째서 나는 그 사람을 보고 울었을까
어째서 나는 그 사람을 보고 웃었을까

제각기 혼자서 자라는 꽃나무처럼 자기가 서있는 위치를 떠날 수 없다.

서로의 그림자만이 얼핏이 얽히어 보는 적요한 화원이다.

MEMENTO MORI―죽음을 기억하라는 것이다. 비둘기와 별과 별이 자기들의 고운 눈 속을 들여다보듯 우리도 서로의 시선을 바라다본다. 그러나 내일은 종소리, 자기 몫만 조금씩 살다가 모두 헤어져야 될 오늘의 광장이다.

MEMENTO MORI — 서로의 이름을 기억하라는 말이다.

그리스도의 십자가와 유다의 십자가와 어느 쪽이 무거웠을까를 생각해본다. 그리스도 — 그의 박애보다 유다의 배반이 더 인간적인 것이었다면 누가 뿌리고 간 피눈물이 짙을 것인가?

유다의 희한이여, 우리만이 아는 비밀이다. 신도 인간도 될 수 없는 유다의 것이다. 천국과 은(銀) 삼십을 맞바꾼 그 슬픈 사타이어를 이해하고 싶다. 동정하고 싶다.

망주석의 자세로 무엇인가 기다리던 갈대와 바람과 조수의 소리뿐이다.

태초의 하늘빛이 허허한데 갈가리 찢겨 그냥 밀려만 가는 구름 조각들 — 훨훨 별들이 떨어져 강물로 묻힐 적에 나는 무엇인가 잉태한 채로 시체가 된다. 웅봉처럼 꽃나무처럼 혹은 저주받은 유다처럼 나는 시체가 되어야 하는 것이다.

이 오십 프로 독한 합성주의 도취에서 우리 모두들 깨어나야겠다. 창부의 웃음, 지폐처럼 흔한 그 창부의 웃음이 있는 답답한 골목길에서 어서들 **빠져** 나가야겠다. 하나의 담배꽁초만 못한 시시한 생활 앞에서 이 억울한 죄악의 형벌 앞에서 다시 한번 우리 분노해 보자.

봄만 되면 피어나는 꽃송이들 그런 것은 삼동 추위의 온실에도 있다. 동상(凍傷)으로 부푼 소녀의 손가락과 후발추 않는 소녀의 목덜미와 화장한 노파의 얼굴과 스폰지로 카무플라즈한 처녀의 유방과…… 결국 모두 눈물 같은 것 화류병 환자처럼 육체는 썩어가는 것 — 거짓말같이 우리를 괴롭히는 데이 드림을 망각해 보자.

사막이라도 있으면 싶다. 짠 바닷물이라고 있으면 싶다. 아무래도 이 허공 속에선 살기 어렵다. 춘화도를 보듯 그러한 감격이라도 좋으니 무슨 기적과 같은 오늘이 왔으면 싶다.

비누 물방울, 오색 영롱한 비누 물방울. 너는 어느 바람 속에서 사라졌느냐. 지푸라기 같은 목숨을 지키다가 무척 피로했구나. 무척 울다가 돌아섰구나.

　　발가벗은 어린이처럼 살고 싶었다. 눈치도 부끄러움도 없이 발가
벗은 채로 살고 싶었다. 옛날의 궁전 같은 엄청난 사치와는 외면하
면서 솔잎 같은 것하고 벗하며 살고 싶었다.
　　어쩌다가 사과를 따먹었느냐. 뱀의 혓바닥은 독이 있는데 어쩌다
가 사과를 따먹었느냐. 향기 짙은 그 붉은 껍질을 저미어 물고－그
래도 후회는 하지 말아라.

－ 이어령, 「수인(囚人)의 영가(靈歌)」

　위의 글을 읽고 있으면 한편의 시를 읽는 느낌을 갖는다. 시에서 흔
히 볼 수 있는 은유도 많다. 또 상징처럼 쓰인 말도 많다. 산문에서처
럼 분명한 뜻을 건질 수도 없다. 필자는 이런 유의 글을 '아포리즘'이
라는 말로 분류하고 있다. '아포리즘'(aphorism)이란 우리말로 '경구(警
句)', '잠언(箴言)', '금언(金言)' 등의 말로 번역할 수 있다. 그러나 필자
는 이런 유의 글을 시라고 분류하지 않았다. 비슷한 종류의 글을 '서
정채집(抒情採集)'이라는 항목 속에 분류하고 있다. 이런 종류의 글은
시와 같은 느낌을 받았다고 하더라도 시라고는 말할 수는 없을 것이
다. 그것은 필자도 그렇게 생각하는 것 같다. 그렇다면 수필 장르 속
에 포함될 수밖에 없다. 왜냐하면 수필은 여러 형태의 문학을 모두 포
괄할 수 있는 장르이기 때문이다. 우리는 이러한 형태의 글을 시와 같
은 수필이라고 부르면 된다. 어느 장르로 분류하기가 곤란하지만 문
학적 향기가 있는 작품을 다 포괄할 수 있는 형태가 바로 수필이기
때문이다.

　위의 글 제목이 '수인(囚人)의 영가(靈歌)'라고 한 것을 보면, 죄수처
럼 영어(囹圄)의 몸이 되어 있는 우리 인간을 상징하고 있는 듯이 보인
다. '영가'란 흑인 영가에서 온 말로 노예생활의 고달픔을 노래하면서

그 고통을 잊기 위하여, 혹은 그 고통에서 벗어날 수 있도록 기구하는 심정으로 불렀던 노래였던 것이다. 필자도 그러한 심정으로 이 글을 썼다고 말할 수 있다. 좁게 말하면, 당시의 정치적 사회적 상황이 우리 모두가 수인이 되어 있는 처지로 볼 수 있고(이 글이 쓰여졌던 때가 군사독재로 민생들이 혹독하게 억압을 받고 있던 시절이기 때문이다.), 넓게는 이 땅, 혹은 이 세상에 태어난 것 자체가 수인의 처지라고도 볼 수도 있기 때문이다.

이와는 달리 시를 제시하면서 그 시에 대한 해설이라든지 혹은 그 시와 얽힌 이야기를 하는 경우도 있다.

건전지가 다된
모양이지.
시계의 긴바늘이 9에서
턱걸이를 하다가
그러다가
숨소리도 나지 않길래
구석에 팽개친,

사실 그건 일상(日常)의 사소사(些少事),
잊어버릴 것도 아무 일도 아니지.

그 일상을
돌아앉은
그 시계가, 그런데 지금
철버덕철버덕
소리를 내며
(나에게 들려주기를)
사소사, 사소사,

죽은 건전지의
절로 우는 소리가
일상의, 그 무의미(無意味)를 나에게
흔들어 준다.
　　　　(些少事)

　흔들어 준다? 무의미를, 그러니까 의미 있기를, 일상의 그 하잘 것 없는 사소사에서도.
　그렇습니다. 하루에도 세 번씩이나 밥 먹는 짓, 지하철 타는 것, 일터에서 거의 같은 일의 연속, 똑 같은 표정과 말씨의 노부모, 그렇고 그런 아내의 얼굴과 솜씨, 매일 다니는 골목, 그 얼굴에 그 얼굴인 이웃, 아, 이렇게 되면 매양 우러르는 하늘, 스치는 가로수, 저 즐비한 빌딩의 숲, 전동차가 땅 위로 오르면서 펼쳐지는 한강 물의 파장(波長)―에 이르기까지의, 이 모든 것이 싱겁고 지루하고 따분하고, 무의미합니다.
　이러기 쉬운 우리의 일상성에, 아 9의 고개를 넘지 못하던 탁상시계가 철버덕철버덕, 사소사, 사소사, 우리들의 무의미를 흔들어 줍니다.
　내가 이리 의미를 붙이려고 애쓰고 있지만, 사실은, 그때 좀 나는 신기했습니다. 초우재 오기 전의, 35년 가까이 살던 집의 다락방에서, 잘 올라가지 않던 겨울 어느 날, 나는 거기서 아, 철버덕 그 소리를 들은 것입니다. 건전지가 다되어 ‘숨소리도 나지 않길래 구석에 팽개친’지 몇 달이나 되어 까맣게 잊고 있었던, 플라스틱 탁상시계, 아니 일상의 그 사소지사(些少之事)에서, 놀랍게도 ‘철버덕’―나를 흔들어버리는 것입니다. 하늘이 잘 보이는 다락방에서요. 내 이러다간 아무것도 아닌, 가벼운 플라스틱 조품(粗品)의 죽은 시계를 갖고 괜히 시지프스의 고역(?)과 그 의미까지도 들먹거리려야 할지 모르겠네요. 분침이 아홉을 못 넘고 저승 행의 꿈결 속에서도 철버덕 철버덕 헤매고 있으니까요.

―김창진, 「생명연습(生命練習)」

위의 글은 자작시를 보여주고 시를 창작할 때의 느낌을 나타내고 있다. "산문은 정감의 확산으로 쓰는 글이라면 시는 정감의 압축으로 탄생시키는 것이다"라는 말을 리드(Read)가 말한 적이 있다. 시인은 대상을 만나 하고 싶은 말을 가슴 가득히 담고 있지만 그것을 시로 탄생시킬 때는 극히 압축된 몇 마디의 어휘로 표현한다. 그가 시를 탄생시킬 때의 느낌을 좀더 친절히 독자에게 알려 주고 싶을 때 해설을 붙이는 경우가 있다.

〈시조 에세이〉라는 책명을 가진 수필집도 있다. 전부 시조를 테마로 해서 쓴 수필을 모은 것이다.

☽ 예문 5

옛날 봄철의 농촌살이를 생각해 본다. 봄빛이 깃들이면 봄갈이를 시작해야 했다. 차츰 일손이 바빠지기 마련이다. 그러나 봄갈이를 시작하기 전이나 봄갈이 중에도 틈틈이 농촌살이에는 흥겨운 일들이 있었다.

강호에 봄이 드니 미친 흥이 절로 난다.
탁료계변(濁醪溪邊)에 금린어(錦鱗魚) 안주로다.

고 한, 맹사성(孟思誠)의 흥결도 그 하나다. 시냇가에서 쏘가리탕을 안주로 막걸리를 마시는 정경이다.

김광욱(金光煜)의 시조에 보이는, "최행수(崔行首) 쑥달임하세 조동갑(趙同甲) 꽃달임하세"의 '꽃달임'이라는 것도 그 하나다. 여린 쑥잎이나 진달래 꽃잎을 찹쌀가루에 반죽하여 기름에 지져 만든 것을 화전(花煎)이라 했다. 이 화전을 먹으면서 하는 놀이가 꽃달임이다. 꽃달임의 정경은 흔히 삼월 삼짇날에 볼 수 있었다.

어린 시절 봄철의 저러한 정경과 더불어 떠오르는 또 한 수의 시조가 있다.

간밤 오던 비에 앞내에 물 지거다
등 검고 살진 고기 버들 넋에 올라괴야
아희야 그물 내어라 고기잡이 가자스라

유숭(兪崇, 1666~1734)의 노래다. 유숭은 창원이 본관으로, 자를 원지(元之)라 했다. 숙종 25년(1699), 증광시 을과에 급제하여 벼슬이 공조참판에 이른 분이다. 〈해동가요〉에 전해오는 노래다. 이 노래 외에 또 한 수가 있다.

청계변(淸溪邊) 백사장에 혼자 섰는 저 백로야
나의 먹은 뜻을 넨들 아니 알았으랴
풍진(風塵)을 슬희여 함이야 네오 내오 다르랴

공조참판 벼슬에서 물러난 후의 노래던가. 번거로운 세속적인 일들을 잊어버리고, 맑은 시냇가의 해오라기와 더불어 한가자득(閑暇自得)의 즐거움을 누리고 있는 삶을 엿볼 수 있다.
　"간밤 오던 비에 앞내에 물지거다"란 시조도 마찬가지의 삶을 읊은 것이 된다. '간밤 오던 비'는 봄비다. 봄비는 한번 내리면 그만치 자연만물로 하여금 봄빛을 다가안게 된다. 푸르름을 돋우어주고, 생기 있는 움직임을 짓게 한다. '물 지거다'는 물이 불어 올랐겠다는 뜻이다. 봄비에는 눈도 녹고 얼음도 풀려서, 으레 춘수만사택(春水滿四澤)이게 된다. 못물뿐이겠는가. 냇물도 많아지기 마련이다. 그 냇물에 "등 검고 살진 고기 버들 넋에 올라괴야"란 중장의 이음새는 자연스럽다. '등 검고 살진 고기'는 민물고기인 쏘가리다. 맹사성의 앞 시조에 나온 금린어와 같은 고기다. 쏘가리의 몸빛은 검은 빛을 띤 누른빛이나, 잡아내기 전 물 속에서 움직일 때의 몸빛은 누른빛보다도 검은 빛이 승하다. 하여, '등검고'란 표현이다. 쏘가리는 금린어 외에도 궐어(鱖魚), 수돈(水豚)이란 한자어로 일컫기도 했다. 동양화가들의 화제(畵題)에 곧잘 쓰이는 '도화류수궐어비'(桃花流水鱖魚肥)의 도화류수는 봄의 시냇물을 멋스럽게 이른 말이요, 궐어는 바로 쏘가리를 말함이다.

– 최승범, 「쏘가리 안주에 진달래 화전」

위의 글은 주제가 비슷한 시조들을 선택해서 해설한 것이다. '봄철의 정경'을 노래한 시조들을 살펴보고 그것을 소재로 하여 수필을 쓴 것이다. 필자의 고시조에 대한 해박한 지식이 돋보인다. 옛 문인들의 시조를 음미하면서 그들의 멋스러운 생활을 살펴보고 있다.

이처럼 시와 유사한 수필이 있는가 하면 시를 수필 속에 많이 인용해서 시적 분위기를 살리거나 시를 적고 그 시를 감상하는 수필도 있다.

다) 소설적 수필

소설의 특성으로 서사성, 곧 '이야기'성을 지니고 있을 것, 인물의 성격이 살아 있을 것, 배경이 있을 것, 시점의 미학을 활용할 것 등을 들고 있다. 그러나 현대소설 중에는 이런 소설적 특성을 무시하는 소설들이 얼마든지 있다. 일반적인 상식으로서는 소설의 '이야기'(story)는 허구(虛構, fiction)에 근거해야 한다는 것을 강조하고 있다. 이 또한 허구에 근거한 수필을 썼다고 해서 수필이 아니라고 말할 수도 없다. 남이 경험한 것을 근거로 해서 수필을 쓸 수도 있기 때문이다. 그렇다면 소설과 수필을 구분할 꼭 맞는 규정은 있을 수 없다. 소설 같은 수필이 있을 수 있고, 수필 같은 소설이 얼마든지 있을 수 있다. 김동인의 〈수정 비둘기〉라는 작품을 어문각판 〈신한국문학전집〉에서 '수필선집'에 포함시키고 있다.

그것은 사람의 마음을 끝없이 무겁게 하는 어떤 가을날이었었다.

가슴을 파먹어 들어가는 무거운 병에 시달린 외로운 젊은이는, 어떤 날 저녁, 어떤 해안의 조그만 도회의 거리를 일없이 돌아다니고 있었다. 때는 바야흐로 저녁 해가 바다에 잠기려 하는 황혼이었다.

죽음을 의미하는 불치의 병에 걸린 이 젊은이는, 무거운 다리를 골목골목으로 끌고 있었다.

이렇게 일없이 돌아다니던 젊은이는, 어떤 집 문 앞에서 그 집 대문턱에 걸터앉아 있는 소녀를 하나 보았다. 열 두세 살 난 소녀였었다. 소녀는 젊은이를 쳐다보았다. 젊은이는 소녀를 내려다보았다.

소녀의 눈은 수정과 같이 맑았다. 진주와 같이 보드라웠다. 젊은이는 소녀에게 가까이 갔다.

"너 몇 살이냐?"

"열 두 살."

"이름은?"

"영애."

병 때문에 감격키 쉬운 젊은이는, 황혼에 빛나는 그 소녀의 맑고 아름다운 눈에 감격되었다. 젊은이는 지갑을 꺼내어 소녀에게 얼마간 주려다가, 그 맑은 소녀의 마음에 돈 때문에 사념이 생김을 저어하여, 다시 지갑을 넣고 시계줄에서 수정으로 새긴 비둘기를 떼어서 소녀에게 주었다. 그리고, 다시 무거운 다리를 끌고 그 자리를 떠났다.

길모퉁이를 돌아설 때에, 젊은이는 뜻하지 않고 또 돌아보았다. 소녀의 맑은 눈은 감사하다는 듯이 그의 뒤를 따르고 있었다.

이태가 지났다. 젊은이의 병은 차차 무거워갔다.

아무 친척도 없는 이 젊은이는, 한 사람의 의사와 한 사람의 간호부와 한 사람의 노파를 데리고, 이 해안에서 저 해안으로 고치지 못할 병을 행여나 고치어볼까 하고, 돌아다니고 있었다. 또 이태가 지났다. … (중략) …

어떤 날 황혼, 이 젊은이는 간호부를 불렀다. 그리고, 제 침대를 바다로 향한 문 앞으로 하고, 머리를 바다쪽으로 두게 옮기어 놓아 주기를 청하였다.

간호부는 젊은이의 얼굴을 보았다. 그리고, 말없이 침대를 그의 지시하는 대로 밀어다 놓았다. 젊은이는 침대에 누운 채로 도로 나가려는 간호부를 불렀다. 그리고 바다를 가리키었다.

"저어기 배가 하나 있지요?"

"어디요?"

"저어기 돛단배."

"네."

"그걸 봐요."

간호부는 그 배를 보았다. 그러나 무슨 이유인지를 몰라서, 눈을 도로 젊은이에게로 돌리었다.

"하안참 오 분 동안만 봐요."

간호부는 다시 배를 보았다.

배를 바라보는 눈을 젊은이는 누워서 쳐다보았다. 젊고 예쁜 얼굴이었다. 그리고 젊고 예쁜 눈이었다. 그러나 젊은이는 그 간호부의 눈에서 사 년 전 어느 저녁에 본, 그 소녀의 눈에서와 같은 아름다움은 발견치를 못하였다. 젊은이는 한숨을 쉬었다. 그리고 간호부에게 도로 나가기를 명하였다.

젊은이의 최후가 이르렀다.

황혼의 해안─천하가 붉게 물들여져 있었다. 그리고 반사광은 젊은이의 누워있는 방안까지 새빨갛게 물들여놓았다. 해안의 물결 소리, 어부들의 뱃소리, 이러한 가운데서 젊은이는 고요히 눈을 감았다. 사 년 전 어떤 황혼에 본 그 눈을 마음으로 보면서 이 젊은이는 고요히 세상을 떠났다.

그의 유서가 피로되었다. 그 유서에는 사 년 전에 ××도 ×× 고을에 살던, 그 때 열두 살 났던 영애라는 처녀를 찾아서, 그 처녀가 어떤 과객이 준 수정으로 만들은 비둘기를 가지고 있거든, 자기의 유산 전부를 주어서 비둘기를 사서, 자기와 같이 묻어달라는 말

이 있었다. 그리고 젊은이는 그 때의 그 소녀가 아직껏 그 비둘기를
가지고 있을 것을 의심치 않고 믿고 있었던 것이었었다.

이리하여 그의 주검은 수정 비둘기와 함께 무덤으로 갔다.

이러한 생각을 하고 눈을 감고 누워있던 나는, 한번 기지개를 하
고 일어났다. 때는 바야흐로 무르익은 봄날, 곳은 모란봉 중턱에 있
는 어떤 조용한 곳.

나의 마음은 이제 생각하던 그 이야기 때문에 몹시 적적하였다.
젊은이와 수정 비둘기와 어떤 소녀, 불치의 병에 걸리어서 조용히
죽음을 기다리면서, 사 년 전에 어떤 도회 길모퉁이에서 본 성도 모
르는 소녀의 아름다운 눈을 생각하며, 스스로 위로를 받고 있는 젊
은이의 그 외로운 마음성은 나의 마음을 움직이었다.

소설로도 넉넉히 될 것이다. 그러나 나는 그것을 장황히 늘어놓
아 세상의 말하는 바 소설적 저술을 하기를 피하였다. 위에 끼적거
리던 그런 필법으로도 독자의 마음을 넉넉히 움직일 수 있음을 믿
으므로…… 어떤 감상자는 그 이야기를 한낱 소재에 지나지 못하다
할는지도 알 수 없다. '간단한 저술과 소재는 단순한 감상자에게는
흔히 혼동되기가 쉬운 것이므로…… 그러나 소재는 사람의 마음을
움직일 만한 힘을 가지지를 못한다. "눈 오는 밤이었다"와 "그 밤은
눈이 왔다"와는 서로 다르다. 문장 예술의 감상도 쉽지 않은 일이었
다. 나는 담배를 붙여 물었다. 그리고 그 자리에서 일어서 이편으로
돌아왔다. 벚꽃이 만개한 때로서 산보객들이 많을 터인데, 그리 보
이지 않았다. 꽃향내만 그윽이 코로 들어온다.

종달새가 운다. 종달새? 확실히 종달새의 울음 소리였었다. 그러
나 나는 그 종달새의 울음소리와 어울리어서 때로는 들리어오는 다
른 소리를 들었다.

나는 고즈넉이 산보를 계속하였다. 종달새의 소리와 섞이어서 나
는 소리는 차차 똑똑하여졌다. 그것은 어떤 소녀의 창가 소리였다.

창가 소리는 멈추었다. 종달새 소리만 때때로 들리었다. 장방(長
房)의 앞에까지 와서 나는 한 소녀를 발견하였다. 창가를 부르던 그
소녈 것이었다. 나는 소녀를 내려다보았다. 소녀는 나를 치어다보았
다.

"너 몇 살이냐?"

"열 두 살."

"무얼?"

나는 두어 걸음 가까이 갔다.

"이름은?"

무엇이라 대답하였다. 영애는 아니었다. 나는 주머니를 뒤적거렸다. 그러나 수정 비둘기를 가지고 있지 못한 나는 돈 얼마를 꺼내어 소녀에게 주었다.

이편 길모퉁이에서 나는 소녀를 돌아볼까 하였다. 그러나 나는 돌아보지 않고 그냥 길모퉁이를 돌아서고 말았다. 만약 돌아보아서 그 소녀가 이제 그 돈으로 눈깔사탕이라도 사먹는 광경을 발견하면, 그 때에 나에게 당연히 일어날 환멸의 비애를 맛보지 않으리라.

— 김동인, 「수정 비둘기」

위의 글 전반부는 한편의 짧은 소설(콩트)이다. 그런데도 수필로 분류된 것은 아마도 젊은이의 이야기에 이어 필자의 말이 덧붙여 있기 때문일 것이다. 젊은이의 이야기는 액자 속의 이야기로, '나'의 이야기는 액자 바깥의 이야기로 볼 수도 있다. 김동인의 〈광화사(狂畵師)〉도 이와 비슷한 액자소설의 형태로 되어 있다. '나'의 이야기가 먼저 나오고 다음에 솔거의 이야기가 나온다. 〈광화사〉를 소설이 아니라고 주장하는 사람은 별로 없다.

이상(李箱)의 경우에는 수필과 소설의 혼선이 더욱 심하다. 그의 작품 〈봉별기〉, 〈종생기〉 등은 흔히 소설로 분류하고 있지만, 수필이라고 해도 틀린 말은 아니다. 문학사상사에서 그의 전집을 낼 때 수필로 분류한 〈김유정〉은 오히려 소설로 보는 것이 타당한 것처럼 보인다.

◑ **예문 7**

　구한국 시절 내 시골집 사랑에는 면사무소가 앉았고 삼촌께서 면장을 지내셨다.

　대청기둥에는 홍산군 해안면(현 부여군 구룡면)사무소란 간판이 걸려 있었고 사랑 있는 집이라고는 우리 집뿐이었으므로 자연 공회당이고, 지정 여관이었으며, 여름밤의 농악대회나 단옷날 추천대회, 추석날 씨름대회도 우리 마당에서 열었다. 면직원이라고는 서무와 민적을 맡아보는 이생원과 회계와 세금을 담당한 권참봉 둘 뿐이요, 사환도 없이 힘든 일은 최서방이라는 머슴이 보고 잔심부름은 내가 하였다.

　이생원은 선비 타입의 근엄하고 단정한 분으로 박식하였으며, 특히 글씨가 명필이어서 면사무소뿐 아니라, 동네 사람들을 위하여 편지 대필, 제사 축문, 입춘 글씨, 문패까지 써 주었고, 나를 퍽 귀여워하였다.

　나도 이생원한테 글씨를 배웠는데,

　"먹은 개미 힘으로 갈고 글씨는 황소 힘으로 써야 하느니라."고 항상 가르쳐주시던 것이 인상 깊어서 지금도 모필만 들면 이생원 생각이 나는데, 내 글씨는 조금도 나아지지 않는 천하의 악필이다. 이생원과 대조적으로 권참봉은 얼금얼금 얽은 얼굴에 노랑 수염이 텁석하게 자랐으며, 욕심 많고 심술장이인데다가 또 무식한 편이었다.

　이생원은 하루 종일 자리를 떠나지 않고 열심히 일을 보는데 권참봉은 세금 받으러 다닌답시고 노상 면내를 돌아다니며 술잔이나 얻어 자시고 저녁때쯤 들어와서 면장께서 안 계시면 낮잠을 자거나 볼일 보러온 이장을 붙들고 장기나 두는 것이 일이었다. 남의 집 잔칫날은 물론, 제삿날, 생일날까지 기억하고 있어 청하든 안 청하든 영락없이 찾아다니어서 감초란 별명까지 붙었다. 아무데도 걸리지 않는 날은 날을 못 살게 굴었다.

　"오쟁아(나의 아명)! 너 안에 들어가서 어머님께 술 한잔만 주십사고 여쭈어라."

　"술 떨어졌어유. 그러구 엄마가 권참봉께서는 밤낮 술만 찾는다고 걱정하셔유."

"응 모르는 소리 마라. 지난 장날이 너의 증조부 제삿날이었는데 누가 먹었다고 술이 벌써 떨어졌단 말이냐. 어서 들어가 봐라. 그러구 이번 술은 더욱 잘 됐던데. 어머니께 내가 그러드라구 어머님 술 담그는 솜씨는 삼남 제일이라구 그래봐. 영락없이 주실 것이다."

나는 권참봉이 매우 미워서 짜증을 내면서도 술 심부름을 하는 수밖에 없었다. 술상을 차려 내오면 이번에는 안주 투정이다.

"오쟁아, 점잖은 사람이 김치만 가지고야 어디 술이 넘어가겠니? 너 이 앞 채전(菜田)에 나가서 풋고추 한웅큼만 따 가지고 안에 가서 고추장하고 내오너라. 풋고추가 어느 새 네 자지만큼씩이나 하더라. 더 영글면 매워서 못 먹지. 오쟁이 참 착하지. 내 이담 장날 엿 사다주마."

혼자 자시기가 미안한지 권참봉은 번번이,

"이 생원, 한잔 안 드실라우? 에익, 대장부가 술도 안 자시구 무슨 재미로 산담. 고오 술맛 좋다."

이렇게 빈정대는 것이었으나 이 생원은 절대로 술은 안 자셨다.

권참봉의 욕심은 한번 내온 술로는 만족치 못해서,

"오쟁아. 너 불가불 다시 들어가서 꼭 한 잔만 더 내와야겠다. 술은 짝을 맞춰서는 못 쓰는 법이다. 석잔이면 모르되 이왕 넉 잔을 마셨으니 다섯 잔을 채워야 한단 말이야. 너는 몰라도 너의 어머니께서 잘 아신다. 어서 들어갔다 나온."

"에ー참, 난 몰라유. 권 참봉 때문에 나는 귀찮아 꼭 죽겠시우."

나는 울상이 되었다.

내가 제일 무서웠던 것은 읍내 공의(公醫)가 우두(牛痘, 種痘) 놓으러 왔을 때였다. 동네 아이들을 이장이 모조리 몰고 와서 우리 집 대청에서 차례차례로 팔을 걷어올리고 십자(十字)를 그어 피가 흐르면 아이들은 돼지 멱따는 소리를 하고 악을 쓴다. 나는 겁이 나서 이생원에게 특청을 했다.

"그래라. 안에 가서 꼭 숨어있거라. 좀더 커서 맞아도 괜찮다."

지금 생각하면 위험천만한 짓이었지만 그 때는 이생원이 어찌나 고마운지 몰랐다. 그런데 짓궂은 권참봉은,

"응 우두 안 맞으면 오쟁이도 나처럼 곰보가 되면 어쩔라고. 장
가도 못 가게. 암만 숨어봐라. 내가 공의한테 이르면 단박에 붙잡아
두 팔에 다 놓걸!"
이라고 빈정대며 협박해서 어린 마음에 꼭 죽이고 싶을 만큼 미웠
다.
    사당방(祠堂房) 제상(祭床) 아래에 숨을 죽이고 엎드려 새 가슴처
럼 뛰는 심장을 억제하며 혹시 잡으러 오지나 않나 하는 불안과 초
조했던 몇 시간은 너무나 지루했다.
    권참봉은 내가 서울에 올라온 후 환갑 잔칫집에 가서 과음한 끝
에 중풍으로 쓰러져 객사를 하는 바람에 남의 경사 날 파흥(破興)이
됐다고 한다. 감초다운 최후였다고 말하는 사람도 있다.
    이생원은 해방 직후까지도 동네 아이들을 모아놓고 글을 가르치
다가 팔십(八十) 장수(長壽)를 하시고 곱게 하세(下世) 하셨다.

― 김성진, 「이생원과 권참봉」

위의 글을 소설이라고 부르기에는 분명히 무리가 있다. 그러나 소
설적 요소는 많이 지니고 있다. 두 인물의 성격도 명확하게 부각되어
있다. 허구(虛構)가 아니라, 실제로 있었던 일을 썼다는 점에서는 소설
이라기보다 수필에 가깝다. 소설은 실제로 있었던 일에도 소설미학을
위하여 세밀한 점에서 허구가 많이 가미된다. 또 단순한 '이야기'를
소설적 구성으로 바꾸어야 하는 경우도 있다. 그런 점에서 본다면, 러
시아 형식주의에서 소설을 '파블라'(fabula)와 '수제'(sujet)로 구분하는
데 수필은 분명히 전자에 친화력이 더 있다. 수필에서는 '이야기'를
시간적 순서 그대로 서술하는 것이 보통이다. 수필은 소설처럼 '플
롯'(plot)을 만들었다는 것이 드러나면 오히려 감동이 줄어든다. 진솔성
이 더 값지기 때문이다.

그렇게 멀뚱히 누워있노라니 이불 속으로 가냘픈 콧노래가 나직나직 흘러든다. 노래만 가끔 과거의 미적 정서를 재현시키는 극히 행복스런 추억이 될 수 있다. 귀가 번쩍 띄어 나는 골몰히 경청한다. 그러나 어느덧 지난날의 건강이 불시로 그리워짐을 깨닫는다. 머리까지 뒤집어쓴 이불을 주먹으로 차 던지며,

"지금 몇 시냐?"

하고 몸을 일으킨다.

"열 점 사십 분이야요."

그러면 나는 세 시간 동안이나 잠과 씨름을 하였는가. 이마의 진땀을 씻으며 속의 울분을 한숨으로 꺼본다. 그리고 벽을 향하여 눈을 감고는 덤덤히 앉아있다.

"가슴이 아프셔요?"

"으응."

하고 그쪽으로 고개를 돌리니 나의 조카는 오랜만에 얼굴에 화색이 보인다. 고대 들려온 콧노래도 아마도 그의 기쁨인양 싶다. 웬일인가고 어리둥절하여 아하, 오늘이 슬(설)이구나, 슬, 슬, 슬은 어릴 적의 모든 기쁨을 가져온다. 나도 가슴속에서 제법 들먹거리는 무엇이 있는 듯싶다. 오늘은 슬이라는 그것만으로 나의 생활에 변동이 있을 듯싶다.

조카가 먹여주는 대로 눈을 감고 앉아서 그럭저럭 아침을 치른다. 슬, 슬은 새해의 첫날이다. 지금 나에게는 새것이라는 그것이 여간 큰 매력을 갖지 않았다. 새것, 새것이 좋다.

새 정신이 반뜻 미닫이를 활짝 열어젖힌다. 안집 어린애들의 울긋불긋한 호사가 좋다. 세배주(歲拜酒)에 공으로 양취(暢醉)한 그 잡담도 좋다. 사람뿐만 아니라 날씨조차 새로워진 것 같다. 어제 내렸던 백설은 흔적도 없다. 앞집 처마 끝에는 물기만이 지르르 흘러있다. 때때로 뺨을 지내는 미풍이 곱기도 하다. 그런데 이 향기는, 분명히 이 향기는, 그러나 나는 고만 가슴이 덜컥 내려앉고 만다.

나긋나긋한 이 향기는 분명히 봄의 회포(懷抱)려니, 손을 꼽아 내가 기다리던 그 봄이려니, 그리고 나는 아직도 이 병석을 걷지 못하

였다. 갑작스리 치미는 울적한 심사를 어쩌볼 길이 없어 장막을 가려 치고 이불 속으로 꿈실꿈실 기어든다. 아무것도 보고 싶지가 않다. 나는 홀로 속에 이렇게 들어앉아 아무것도 안 보리라. 이를 악물고 한평생의 햇빛과 굳게 작별한다.

그러나 동무가 찾아와 부를 때에는 안 일어날 수도 없는 것이다. 다시 꾸물꾸물 기어 나오면 그 새 하루는 다 가고, 전등까지 불이 켜져 있다. 나는 고개를 떨어뜨리고 묵묵히 앉아 있다. 참으로 나는 이 동무를 쳐다볼 만한 면목이 없다. 그는 나를 일으켜주고서 그의 가진 바 모든 혈성(血誠)을 다하였다. 그리고 이따금씩 이렇게 들여다보는 것이다. 아아, 이놈의 병이 왜 이리 끄느냐, 좀체로 나아가는가 싶지 않으매, 그의 속인들 오죽이나 답답할 것인가─. 그는 오늘도 찌뿌둥한 나의 얼굴을 보고 실망한 모양이다. 딱한 낯으로 이윽히 나를 바라보다,

"올에는 철수가 한 달이나 이르군요."

그리고 그 말이 봄 오길 그렇게 기다리더니 어떻게 되었느냐고, 오늘은 완전히 봄인데,

"어떻게 좀 나가보실 생각은 없습니까?"

여기에 나는 무어라고 대답하여야 옳겠는가? 쓴 입맛만 다시고 우두커니 앉았다, 겨우 입을 연 것이,

"나는 나갈려는데 내 보내줘야지요오."하고 내솟느니 눈물이다.

─ 김유정, 「네가 봄이런가」

필자가 소설가라 그런지 그의 소설에서 보는 어투가 그대로 나타나고 있다. 그의 소설 어느 부분을 떼어다 놓은 것 같은 느낌이 든다. 그의 소설도 그의 생활이 그대로 내비친 것이 없는 것은 아니나, 자세히 들여다보면 세세한 부분은 소설적 미학을 위하여 허구가 가미되어 있는 것을 본다. 그러나 이 수필은 그의 생활을 그대로 보여주고 있다. 수필은 역시 허구보다는 있는 그대로, 느낀 그대로 솔직하게 토로하는 것이 더 감동을 줄 수 있다고 생각된다.

라) 논술적 수필

논술적 수필은 흔히 경수필(輕隨筆)과는 대조되는 중수필(重隨筆)로 분류된다. 대체로 형식을 갖추고 있으며, 정감(情感)보다는 이성이 우세하며, 전달하고자 하는 메시지가 분명한 글이다. 앞에서는 말한 시적 수필과는 극히 대조되는 수필이라고 할 수 있다. 신문이나 잡지 등에서 흔히 볼 수 있는 글로서 어떤 사안에 대하여 자기의 의견을 분명하게 밝힐 때 쓰는 글이다. 사설(社說)이나 칼럼 등의 글이 모두 이 부류에 속하며, 가장 실용적이면서 보편적으로 일반인이 많이 쓰는 글이다.

논설문(論說文)이라는 말은 앞서 배운 바 있는 네 담론 중에서 논증문과 설명문의 기능이 가장 많은 글이다. 명칭도 그렇게 해서 생겼다고 생각된다. 대학입시에서 흔히 논술문(論述文)이라는 말을 많이 쓰고 있지만, '논술하다'라는 동사는 있었지만, 논술문이라는 말은 이전에 거의 쓰지 않았다. 말이란 사람들이 많이 쓰게 되면 자연 그렇게 정착되는 법이니까 '논술문'이라는 말도 이제 그렇게 어색하지 않게 되었다.

논술적 수필은 흔히 문예문으로 취급하지 않는 경향이 있다. 그러나 정감이 지배하는 글만이 반드시 문학예술이라고 생각하는 것은 잘못이라고 생각된다. 논리가 분명한 글도 얼마든지 아름다울 수 있다. 잘 썼느냐 못 썼느냐가 중요한 것이지, 정감으로 썼느냐 이성으로 썼느냐가 그 글의 가치를 결정하는 중요한 기준이 될 수는 없다. 논리가 정연한 글을 읽을 때의 즐거움이 있다. 반대로 논리가 뒤죽박죽일 때

짜증을 느낀다. 잘 쓰여진 논설문은 정감이 지배하는 글, 이른바 문예문을 읽을 때 느끼는 것과는 또 다른 즐거움을 맛볼 수 있다.

✎ 예문 9

올해로 고교평준화 정책이 도입된 지 30년을 맞는다. 1974년 평준화를 채택할 당시 가장 큰 명분은 과외를 몰아내는 것이었고, 둘째는 교육기회의 균등이었다. 그동안 이 두 가지가 얼마큼 달성됐을까. 먼저 과외비는 눈덩이처럼 불어나 어느새 '세계 제1의 사교육 국가'가 되었다. <u>과외 추방 목표는 참담한 실패로 끝났다.</u>

두 번째 명분인 교육기회의 균등은 어떤가. 지난 34년간 서울대 사회대 입학생 전원의 신상정보를 분석한 자료에 따르면 평준화체제에서 저소득층 자녀가 서울대에 진학할 가능성은 날로 희박해지고 있는 것으로 나타났다. 반면 고소득층의 입학률은 일반 가정보다 17배나 높았다. 평준화 효과가 교육기회의 균등은커녕 오히려 악화시켜 온 것으로 드러난 게 아닌가. <u>결국 평준화의 두 목표는 모두 이루어지지 못했다.</u>

아직도 명문대 진학이 신분 상승과 사회적 계층이동의 주요 수단임을 부인하기 어렵다. 수험생 누구나 바라는 명문대의 문이 고소득층에는 활짝 열려 있는 반면 저소득층에는 굳게 닫힌 불평등한 현실 앞에 할 말을 잃게 된다. 머리 좋은 인재들이 가난 때문에 명문대 진학이 좌절되고 빈곤의 대물림이 계속된다면 꿈이 사라진 사회가 아닐 수 없다. <u>이런 차별적 구조가 고착되는 것을 막는 한편 저소득층에도 기회를 확대해 줘야 한다.</u>

일부에서는 또 한번 대입제도를 바꿔 보자는 주장을 펴고 있지만 대입제도의 변경으로 이득을 본 사람들은 고소득층이었음이 이번 조사에서 드러나고 있다. 근본대책은 저소득층의 우수학생들이 다른 우수학생들과 같은 교실에서 수업하면서 경쟁을 통해 명문대로 진학할 수 있는 길을 열어주는 것이다. <u>'잘못된 선택'으로 판명 난 평준화의 덫에서 하루 빨리 벗어나야 한다.</u>

　　― 2004. 1. 27 동아일보 사설, 「가난하면 명문대 못 가는 평준화」

위의 글을 보면 정감적인 어휘는 거의 배제하고 있다. 애매모호(曖昧模糊)한 말이나, 이중적인 뜻을 가지고 있어서 다른 뜻으로 해석할 여지가 있는 말은 쓰지 않고 있다. 필자가 전달하고자 하는 메시지가 분명하다. "현행 평준화의 교육정책에서 하루빨리 벗어나야 한다"는 메시지를 담고 있는 것이다. 이런 글은 정감이 풍부하게 담겨 있거나 상징성을 내포하고 있는 어휘는 가능한 피하는 것이 좋다.

위의 글은 소주제문이 문단의 뒤쪽에 위치한 귀납법적 글이다. 밑줄 친 부분이 그 문단의 소주제문에 해당한다. 네 문단으로 되어 있어서 첫 문단과 끝 문단은 서론과 결론에 해당하고 가운데 두 문단은 본론에 해당한다고 볼 수 있는데 워낙 짧은 글이기 때문에 그런 형식을 완전히 갖추었다고 보기는 어렵다. 그러나 긴 논설문일 경우 서론, 본론, 결론이 뚜렷이 구별되어 있어야 한다. 위의 글을 또 기(起), 승(承), 전(轉), 결(結)의 형식으로 보아도 좋다. 대체로 신문의 사설은 이와 같이 네 단락으로 이루어져 있다.

⟫ 예문 10

1) 호주제 폐지를 둘러싼 공방이 치열하게 진행되고 있다. 호주제 폐지와 관련된 토론회에 참석하고 나면, 마음이 심란하다. 이제는 시민사회의 층이 두터워지고 있다고 생각하지만, 막상 이런 토론회에 참석해 보면 우리에게 절차적인 민주주의는 아직 머나먼 길이 아닌가라는 절망감이 든다. 고함과 욕설이 오가고, 급기야는 토론회가 중단되곤 한다. 어떤 주제든 간에 상대방의 주장을 경청하고, 사리를 따지는 합리적 토론이 아쉽기만 하다. 뿐만 아니라 사안에 대한 해석과 입장은 상당 부분 오해로 둘러싸여 있다.

2) 호주제 폐지는 여성계가 지난 40여년 동안 지난하게 추진해온 과

제이고, 유엔(UN) 인권위원회도 수 차례에 걸쳐 그것의 폐지를 권고한 바 있다. 호주제는 1915년 일제가 민적법을 개정하면서, 실제 가족생활과 무관한 추상적인 '가(家)'의 개념을 도입하면서 시작된 제도이다.

3) 호주제는 법률상 호주와 다른 가족 구성원을 구분하여 서열화하기 때문에 가족 간의 평등을 저해하고 있다. 또한 호주제는 남자 위주의 호주 승계가 전제되는 가족 형태가 아닌 재혼가족, 독신모 가족, 한부모가족 등을 비정상적인 가족으로 규정하는 이념적, 심리적 장치를 내포하고 있다. 특히 오래 전부터 아들, 딸 구별하지 않고 1명의 자녀를 가진 가족이 늘어나기 시작하면서, 딸만 가진 가족은 실제로 호주제 하에서는 '가(家)'가 사라지게 되었다.

4) 뿐만 아니라 이혼한 여성이 양육권과 친권을 가지고 자녀와 한 집에 살지만, 어머니 호적에 올릴 수 없는 실정이다. 또한 재혼한 가정의 경우, 양부의 호적에 올릴 수도 없고, 형제끼리 성이 달라서 주변으로부터 왕따를 당하기가 일쑤이다.

5) 이런 현실적인 문제에고 불구하고, 호주제 폐지로 인해 가족이 사라지지 않을까라는 불안이 배여 있다. 여기에는 우리가 겪고 있는 급격한 사회적 변화에 대한 무의식적인 두려움도 내포되어 있다.

6) 정부가 상정한 민법 개정안은 국무회의의 조정을 거쳐 가족의 범위를 수정하여 포함시켰다. 즉 '호주의 배우자, 혈족과 그 배우자, 기타 민법에 의해 가에 입적한 자'에서 '부부, 그와 생계를 같이 하는 혈족 및 그 배우자, 부부와 생계를 같이 하는 형제자매'로 바뀌었을 뿐이다.

7) 마찬가지로 쟁점이 된 성씨 문제와 관련하여서는 기존의 부성 강제주의를 '부성을 원칙으로' 한다는 조항으로 바꾸었고, 단지 부부가 합의한 경우에 한해 모성을 쓸 수 있도록 하였다. 이 민법개정안은 초기에 여성계가 제기한 안을 조정하면서 토론을 통해 합의한 것이어서, 호주제에 대한 합리적인 대안이라고 생각한다.

8) 세계화의 급류가 밀어닥치면서, 세계 곳곳에서 정리해고의 바람이 불고 있다. 우리 사회도 여기에서 예외가 아니다. 거기에다가 잘못된 금융정책과 함께 신용불량자가 속출하면서, 가족 해체도 가속화

하고 있다. 이런 세계화의 부작용 속에서 생존의 중요한 기초가 되
는 것은 가족이라는 공감대가 국제사회에서 광범위하게 형성되고
있다. 불평등한, 위계적인 가족구조로서는 이 같은 위기의 시대에
가족이 해야 할 긍정적인 역할을 해낼 수 없다.

9) 한편에서는 넘치는 물질적 풍요가, 다른 한편에서는 생존을 염려하
고 있는 이들이 늘어가고 있는 모순된 현실 속에서 국민의 삶을 제
대로 지켜내기 위해서는 평등한 가족 구성이 강력히 요청된다. 이를
위해서는 호주제의 폐지가 불가피하다. 더불어서 사는 정부와 사회
는 대안적인 가족 모델을 만들어 가고, 이를 지원하는 다양한 제도
적 장치를 마련하는 데에도 적극 나서야 한다.

— 정현백, 「호주제 폐지에 대한 오해」

위의 글을 형식면에서 살펴보면 1)은 서론, 2)~8)은 본론, 9)는 결론
이다. 논설문의 형식을 정확하게 지키고 있다. 필자가 본문에서 지적
한 바와 같이 이 주제에 관한 토론은 쌍방의 감정이 격렬하여 합리적
인 결론의 도출에 실패한 경우가 허다하다. 그런 점에 비하여 이 글은
매우 차분하고 냉정한 태도로 주제에 접근하고 있는 것을 본다.

서론에서 호주제 폐지에 대한 토론은 합리적으로 진행되지 못했다
는 것, 사안에 대하여 상당 부분 오해로 둘러싸여 있다는 것을 말하고
있다. 본론에서 그 오해를 구체적으로 지적하고 세계화 시대에 맞는
가족 개념이 필요하다는 것이다. 결론에서는 이런 시대의 흐름에 맞
추어 호주제 폐지가 불가피하다는 것을 역설하고 있다.

마) 과학적 수필

과학적 수필은 과학적 사실을 소재로 하여 쓴 수필이다. 과학에서

의 새로운 발견이나 발명, 평소 관심 있게 보지 못한 과학적 사실, 과학적 분석을 통해 얻어진 사실을 토대로 해서 쓴 글, 과학적 사실에 연유되는 세계관이나 인생관 등을 기술한 수필을 말한다. 훌륭한 과학자 중에는 과학적 사실을 일반인이 쉽게 이해할 수 있도록 쓴 글이 많다. 우주에 관한 신비를 일반인에게 쉽게 설명한 글, 동물, 식물, 곤충의 세계를 재미있게 기술한 글들 모두가 분명히 훌륭한 수필이다. 우리가 잘 아는 앙리 파브르의 〈곤충기〉는 누구나 재미있게 읽는 과학적 수필이다. 프로이트(S. Freud)는 심리학자로 유명하고 정신분석학 분야에서 탁월한 업적을 남긴 바 있지만 그의 저술 대부분은 과학적 수필이라고 해도 좋을 것이다. 그의 저서 〈꿈의 해석〉〈성 이론에 관한 세 에세이〉〈토템과 타부〉 등은 참으로 훌륭한 과학적 수필이라고 할 수 있다. 프로이트에게 노벨문학상을 수여하지 못한 것은 노벨문학상 위원회의 큰 실수라고 질타한 사람도 있다. 〈성 이론에 관한 세 에세이〉에서 우리나라에서라면 논고(論考)나 고찰(考察) 등으로 표현했을 것이지만, 에세이(essay)라고 한 것을 보면, 에세이의 범위가 매우 넓다는 것을 알 수 있다. 문학에 대한 생각도 서구인은 우리처럼 좁은 범위로 한정하고 있지 않다는 것을 알 수 있다.

☽ **예문 11**

북미대륙의 드넓은 평원에 가면 지금도 가지뿔영양(pronghorn)들이 자유롭게 뛰노는 모습을 볼 수 있다. 그런데 이들 영양은 툭하면 시속 100km의 속력으로 초원을 질주한다. 아무도 뒤쫓는 이 없건만 뭔가에 놀라기만 하면 그저 전속력으로 내달린다.

아프리카 초원의 영양들도 종종 시속 100km를 주파한다. 그렇게 하지 않으면 치타에게 잡혀 먹히기 십상이기 때문이다. 치타는 비록 오래 달리지는 못해도 순간 속도가 시속 110km에 이른다. 오랜 진

화의 역사를 거치며 치타는 치타대로 나날이 빨라지는 영양을 따라
잡기 위해 점점 빨리 달리도록 변화했고, 영양은 영양대로 치타에게
잡히지 않으려고 점점 더 빨리 달리게 된 것이다.

자연계는 이처럼 쫓고 쫓기며 평형에 이른 관계들이 많다. 진화
생물학에 있어서는 이 같은 현상을 이른바 '붉은 여왕 가설'로 설명
한다. 루이스 캐럴의 '거울 나라의 앨리스'에는 앨리스가 붉은 여왕
에게 손목을 잡힌 채 달리는 장면이 나온다. 한참 숨이 차도록 열심
히 달렸건만 결국 제자리걸음을 한 사실을 안 앨리스는 이렇게 말
한다. "우리나라에서는 지금 우리가 한 것처럼 이렇게 오랫동안 열
심히 달리면 어딘가에 가 있어야 하는데요." 붉은 여왕이 대답한다.
"너희 나라는 느린 나라구나. 여기서는 있는 힘을 다해 달려야 제자
리에 머물 수 있단다."

자연계의 생물들은 어느 누구도 홀로 진화할 수 없다. 모두 다른
생물들과 관계를 맺으며 진화한다. 이름하여 공진화(coevolution)를
하는 것이다. 그런데 일단 공진화(共進化)의 쳇바퀴에 올라타면 임
의로 내릴 수가 없다. 허구한 날 시속 100km로 달리기가 지겹다고
멈추면 치타의 밥이 될 뿐이다. 달아나는 영양을 따라가기 귀찮다고
주저앉는 치타는 굶어죽는다.

진화생물학자들은 이런 공진화의 쳇바퀴를 때로 '진화적 군비경
쟁'이라고 부른다. 구소련과 미국이 벌였던 군비경쟁을 연상시키기
때문이다. 소련이 대륙간탄도미사일을 개발하면 미국은 그걸 중도
에 차단할 수 있는 미사일을 개발하고, 또 미국이 그에 대응하는 식
의 경쟁이 꼬리를 물며 이어졌다. 그러는 동안 두 나라의 군비는 건
잡을 없이 늘어갔다.

자연의 공진화는 어느 한쪽이 절멸해야만 끝이 난다. 상대가 절
멸한 후에도 홀로 쳇바퀴를 돌리고 있는 모습은 측은하기까지 하다.
예전에는 북미 평원에도 가지뿔영양과 어깨를 겨루던 포식동물들이
있었다. 그러나 뒤쫓는 상대가 사라진 오늘에도 가지뿔영양은 그저
온힘을 다해 달린다. 현명한 판단에 따른 감속은 꿈도 꾸지 않는다.
바라보는 생물학자의 마음만 안타깝다.

　… (중략) …

자연의 쳇바퀴는 멈출 수 없지만 인간사회의 쳇바퀴는 멈출 수 있다. 끝내 멈출 것 같지 않던 미소의 군비경쟁도 레이건과 고르바초프의 담판으로 사뭇 싱겁게 끝났다. 인간이 다른 동물과 다른 점이 있다면 바로 이것이다. 치타와 영양은 마주앉아 감속을 논하지 못하지만 우리는 할 수 있다. 모두 힘을 합해 이 무모한 비극의 쳇바퀴를 멈추게 하자. 우리가 진정 인간이라면 할 수 있어야 한다.

— 최재천, 「‘비극의 쳇바퀴’ 인간은 멈출 수 있다」

가지뿔영양과 치타를 통해서 동물계의 현상을 설명하고 있다. 그것을 인간들의 다툼, 곧 전쟁도 그 하나의 현상이지만, 동물과 인간의 다른 점을 환기시키면서 인류의 평화적 공존을 호소하고 있다.

☽ **예문 12**

우리는 ‘나’라고 부른다. 나의 생각을 말하고 나의 느낌을 말한다. 나의 추억, 나의 고통과 나의 보람―이 모든 것은 무엇인가? 그것은 내가 의식하고 있는 마음, 즉 자아의식(the ego-consciousness)의 내용이다. 분석심리학에서는 내가 알고 있는 마음을 의식(the consciousness)이라 하고 내가 가지고 있으나 모르고 있는 마음을 무의식(the unconsciousness)이라 하는데, 모든 의식내용은 나, 즉 자아에 연계되어 있다. 그래서 자아는 의식영역의 중심역할을 한다.

의식되어 있다는 것은 어떤 심리내용이 자아와 관계를 맺음으로써 가능하다. 자아를 통해서 지각되고 판단되며 기억되지 않는 정신은 모두 무의식의 내용이다. 무의식은 대단히 넓고 깊다. 그것은 마치 의식이라는 섬을 에워싸는 바다와 같다. 자아는 그러한 섬을 통치하는 수장이다. 자아가 의식의 중심이라면 의식과 무의식을 합친 우리의 전체중심은 분명 자아와는 다른 성질을 가질 것이다. 융은 이것을 자아(Ich)와 구별하여 자기(Selbst)라고 부른다. 그러나 자아는 한편으로는 지식의 확대와 무의식의 의식화(意識化)를 통하여 그 영역을 확대하거나 또한 변화하면서 전체정신인 자기에게 접근한다.

자아의 내용이 무엇인지 남김없이 기술하는 것은 결코 쉽지 않다
고 융은 말한다. 그것은 복합적인 요소로 구성된 하나의 콤플렉스
(複合), 즉 자아 콤플렉스라고 부르기도 한다. 자아 콤플렉스는 의식
의 내용을 이루는 동시에 의식이 의식일 수 있도록 하는 조건이기
도 하다. 분석심리학에서 콤플렉스란 정신의 자연스러운 구성요소
들인데 자아는 그 많은 콤플렉스 중의 하나라는 것이다. 다만 그 특
징은 의식내용이 자아와 관계짓고 자아가 개인적 의식행위의 주체
역할을 한다는 점에 있다. 자아는 총체적 의식영역을 토대로 하지만
자아가 그것으로 이루어진 것은 아니고 다만 그 연계점(連繫點)일
뿐이다. 자아는 의식영역의 연계점으로서 모든 적응력의 주체이다.
　융은 말한다. 자아 콤플렉스는 마치 자석과 같은 큰 매력을 갖고
있다. 그것은 무의식의 내용을 우리가 모르는 어둠의 세계에서 끌어
당긴다. 그것은 밖에서 오는 여러 인상들을 끌어당긴다. 그러므로
자아는 두 가지 중요한 역할을 수행해야 한다. 하나는 바깥 세계와
관계를 맺고 이에 적응하는 것이고 다른 하나는 무의식의 내면세계
를 살펴 이와 관계를 맺고 이에 적응하는 기능이다. 의식의 중심으
로서 의식을 통제하고 견고히 하는 것이 자아이지만 동시에 무의식
의 내용을 의식에 받아들여 이를 동화시키거나 그 뜻을 인식하는
것도 자아의 몫이다. 그만큼 자아는 자기실현의 필수적 전제조건이
다.

— 이부영, 「자기와 자기실현」

　'자아'가 무엇인가에 대하여 심리학적으로 설명하고 있다. 특히 유
명한 심리학자 융(Jung)의 심리학에서 보는 '자아'에 대한 개념을 규정
하고 있다.

　🌙 **예문 13**
　엄마가 아기를 낳아 안고 병원에서 돌아왔다. 온 가족이 둘러앉
아 아기를 안아보며 좋아들 했다. 이튿날 아침, 2살배기 형이 엄마

에게 어젯밤 꿈 이야기를 한다. "아기가 어디로 가고 없어." 이 아이의 현재몽에서 어떤 잠재 내용을 읽을 수 있을까? 복잡한 해석이 필요 없다. 아기가 없어졌으면 싶은 간절한 소망이 담겨 있다. 이런 해석에 아무도 이의를 달진 않을 것이다.

우리가 보는 꿈은 잠재 내용이 모양을 바꾸어 현재 대용으로 된 것이다. 잠재몽의 잠재 내용이 그대로 현재몽에 나타나지 않는다. 그러기에 잠재 내용이 너무 '위험'하기 때문이다. 따라서 이를 좀 부드러운 모양으로 바꾸어 현재몽에 나타나게 한다. 즉, 잠재 내용의 왜곡된 것이 현재의 내용이며, 따라서 현재몽에서 보여지는 것은 잠재몽의 대리물인 것이다. 단, 그 대리물은 꿈의 작업에 의해 왜곡된 나머지 온전한 게 없다. 조각이 나 있거나 암시나 상징 혹은 응축, 합성, 단절 등 의미가 없는 것들로 나열되어 있다. 꿈의 해석은 이런 것들을 하나의 온전한 것으로 만드는 일이다.

마음의 3층 구조를 생각하면 이해하기 쉽다. 잠재몽은 지하층에 있는 아주 위험한 내용이다. 원초적인 성욕이나 동물적인 공격욕 등이므로 이것이 꿈에 그대로 나타나선 안 된다. 따라서 모양을 살짝 바꾸어 의식 세계에서 받아들일 수 있도록 해야 한다. 이게 꿈의 작업이다. 미개인에게 옷을 입히는 형식이다. 그래야 지하층에서 반쯤 올라올 수 있다. 여기가 전의식의 단계다. 비록 꾸미긴 했지만 아직도 위험하다. 우리가 무의식을 이해하기 위해 꿈을 연구하는 소이가 이해되었을 것이다.

이제 잠재몽과 현재몽의 다른 관계를 다음의 예에서 찾아보자. 남자가 아는 여자를 침대 뒤에서 '끌어내는(hervorziehen)' 꿈을 꾸었다. 첫 연상에 대해 이 꿈은 그가 그녀를 '좋아한다(vorziehen)'는 뜻이다. 또 다른 남자는 자기 형이 상자 속에 숨어 있는 꿈을 꾸었다. 그는 연상하기를, 상자(kasten)를 '장롱(schrank)'으로 대치했다. 그리고 두 번째 연상은, 이 꿈의 의미는 형이 생활을 '줄이고 있다(schraenkt sich ein)'는 것이 된다.

위의 꿈에서 현재 요소는 잠재 요소가 왜곡된 것이라기보다 잠재 요소의 언어적 이미지라고 할 수 있다. 즉 '끌어내다(hervorziehen)'는 어감상 '좋아한다(vorziehen)'는 뜻이고, '줄인다(schraenkt)'는 말

은 장롱(Shrank)과 발음이 비슷하다. 즉 두 요소의 관계는 왜곡이라
기보다 발음과 관련되어 있다는 사실을 알게 된다. 이와 같이 발음
이 비슷하다고 아주 엉뚱한 것으로 바꾸어놓기 때문에 꿈의 해석이
더욱 어려울 수도 있다. 따라서 현재 내용으로부터 그것이 의미하는
잠재 내용을 해명하는 것을 꿈의 해석이라 부른다.

— 이시형·여인중, 「이시형과 함께 읽는 프로이트」

위의 글은 정신과 의사가 프로이트 심리학에 의해서 꿈을 해석하는
방법에 대해서 말하고 있다. 꿈을 현재몽과 잠재몽으로 구분해서 보
아야 한다는 것이다. 또 실제의 꿈을 분석해서 보여주고 있다.

우리는 과학이라면 자연과학만을 생각하는 경향이 있지만, 인문과
학, 사회과학도 엄연히 과학이다. 사물에 대하여 접근해 가는 방식이
중요하다. 과학적 방법에 의해서 진리를 추구하면 과학이라고 할 수
있다. 과학을 토대로 하고 있지만 독자가 재미있게 읽을 수 있고, 문
학적 향기가 있으면 그것은 곧 수필이 될 수 있는 것이다.

바) 철학적 수필

철학적 수필은 작품의 내용에 철학이 담겨 있는 것을 말한다. 철학
을 우리말 사전에서 찾아보았더니, "가설을 바탕으로 하지 않고, 모든
영역에 걸친 사물의 근본 원리를 추구하는 학문. 자연과 사회 전체에
걸친 일반적인 법칙성을 탐구하는 학문(세계관)"으로 되어 있다. 〈아
메리칸 헤리테지 사전〉(American Heritage Dictionary of the English
Language)에 의하면 ①지적 수단과 도덕적 자기 수련에 의한 지혜에
대한 사랑과 추구. ②실재(reality)의 기초가 되는 원인과 법칙의 탐구.

③경험적 방법이라기보다 논리적 추론에 기초한 사물의 성질에 대한 탐구. ④모든 학문의 종합 등으로 나와 있다. 철학이라고 할 때 위의 내용 등이 모두 관련되어 있지만 특히 ④의 "모든 학문의 종합"이라는 말을 되새겨 둘 필요가 있다. 미국에서 최고의 학위는 Ph. D.로 나타낸다. 곧 철학박사(philosophy)인 것이다. 그런 점에서 인간과 세계에 대한 깊은 통찰(洞察)을 담고 있으면, 그것이 어떤 학문에 근거하든 철학적 수필이라고 말할 수 있을 것이다.

♪ 예문 14

인간이 사회의 지배를 받음과 동시에 그것을 뛰어넘는다는 이중의 특성은 우리에게 중요한 사실을 제시해 준다. 1960~1970년대 한국에서 사회의 모순을 시정하고 민주적인 사회로 변화시키기 위해 개인적·양심적 차원에서 많은 노력을 해 본 사람들은 개인적 양심이라는 것이 사회의 제도적·구조적 모순 앞에 얼마나 무력한가를 오랜 시행착오적 경험을 통해 깨닫게 되었다. 이것은 '사회과학적 시각'의 정립을 '의식화'의 1차적 과제로 삼게 한 중요한 사회적 경험이었다. 이와 같은 경험은 인간에 대한 환경의 영향을 극명하게 공감시켜 준 단적인 사례라 하겠다. 그러나 환경의 지배가 절대적인 것이라면, 우리는 결정론에 빠질 수밖에 없다. 이것은 우리를 운명론적 좌절이나 무관심주의로 몰아간다. 인간이 만든 제도에 의해 인간 스스로 구속당하고 거기서 헤어나지 못하는 현실을 우리는 자주 경험한다. 그러나 인간은 다시 그 제도적·원초적 모순의 벽을 뚫고 나갈 수 있는 것이다. 이처럼 인간이 갖는 본래적 양면성은 우리의 사회적 삶 속에서 지속적으로 확인되며, 또한 이 점을 망각하지 않는 일은 우리의 바른 사회적 삶을 위해 필수불가결한 일이다. 개인에 대한 사회환경의 지배적 영향을 무시하면 우리는 언제까지라도 문제의 핵심을 놓치고 말 것이며, 기존의 사회적 틀이 갖는 엄청난 벽에도 불구하고 그것을 뛰어넘는 인간의 능력을 무시하면 우리는 좌절하거나 무감각한 식물적 수동성에 머물 수밖에 없게 된다.

　우리는 그 동안 한국사회의 권위주의적 정치 체제와 관련하여 환경으로서의 이 체제는 '암벽'으로 비유하고 거기에 도전하는 사회 구성원들의 시도들은 '계란'으로 비유하여 그 변혁의 불가능성이 강조되어 온 사실을 잘 안다. 그러나 변화가 원칙적으로 천명된 오늘로의 상황 변화를 가능하게 한 것은 과연 무엇이었는가? 암벽을 결코 무너뜨릴 수 없다는 생각은, 엄청난 폭력을 가진 뭉친 힘의 가능성을 신뢰하지 못한데서 비롯된 것이다. 즉, 인간을 에워싸고 인간을 꼼짝 못하게 구속하고 있는 듯한 저 환경의 벽은 '상당한 정도로' 인간을 억제할 수 있지만, 전적으로 무력화시킬 수 없다는 인간학적 원리를 깨달아 수용하지 못한 데서 비롯된 것이다.

　어떤 이들은 아직도 주장하려 할 것이다. 이제 국내적으로 약간의 구조적 변화가 생긴다 하더라도 그것은 결코 국제적 역학 관계를 바꿀 수 없으며, 남한의 미·일 종속성이나 거기에 연관된 분단 극복의 과제는 여전히 철벽으로 남는다. 이러한 주장은 그것이 현실의 직시를 일깨우기 위한 노력의 일환으로서는 의미를 갖지만, 그 이상의 신념이나 이론은 좌절감이 저변에 깔린 일종의 운명론이 되고 마는 것이다. 현실의 직시는 어떤 일에 못지 않게 중요한 일이지만, 적극적 신념을 바탕으로 한 현실적 모순의 척결 의지는 더욱 중요한 일이 아닐 수 없다. 이와 같이 인간의 본래적 이중 구조에 대한 인식은 사회적 현실의 바른 인식과 현실적 모순의 개혁을 위한 신념을 가능하게 해준다 하겠다.

— 김의수, 「인간의 한계와 가능성」

　위의 글은 "인간이란 무엇인가?"라는 물음을 던져 놓고 인간과 관계지어지는 여러 조건들을 살펴보는 글의 일부분이다. "인간과 환경", "인간과 세계", "인간과 문화" 등을 살펴보면서 인간의 한계와 가능성이 무엇인지, 어떤 삶이 가치 있는 삶인지를 말하려고 하고 있다. 일반인이 읽기에는 조금 난해하다는 느낌이 있지만 철학자의 진지한 탐구 정신이 담겨 있다.

> **예문 15**

　흰 천에 덮인 관은 깨끗하다. 관은 수많은 조화에 파묻혀 있다. 조객들과 꽉 들어찬 교회 안은 엄숙할 뿐이다. 목사가 고인의 미덕을 찬양한다. 친족들 혹은 가족들이 경건한 자세로 촛불을 붙인다. 검은 리본으로 장식된 고인의 사진은 말이 없다. 그녀는 며칠 전까지만 해도 물가에 대해서, 자기가 하는 일의 고달픔에 대해서, 사랑에 대해서, 늙어 가는 나이에 대해서, 죽음의 공포에 대해서, 삶의 의미에 대해서 언제나와 마찬가지로, 어디서나 마찬가지로, 누구한테나와 마찬가지로 그럴 듯이 결론이 없는 얘기를 주고 받았었다. 몹시 깔끔했던 그녀는 그렇게도 곱던 얼굴은 물론 옷깃 하나에도 세심한 주의를 해서 깨끗한 인상을 풍기지 않을 때가 없었다. 그러나 그녀는 답답해 보이는 관속에 말없이 누워 있을 뿐이다. 이제 그녀에게 모든 걱정, 즐거움, 모든 꿈, 계획은 아무 의미도 갖지 않는다. 이제 그녀에겐 아름다움, 청결함이 문제되지 않는다.

　… (중략) …

　한 사람의 죽음, 특히 우리들과 가까웠던 사람의 죽음에서 우리가 가장 절실하게 느낄 수 있는 것은 단절감이다. 삶과 죽음의 뛰어넘을 수 없는 절대적 거리를 체험한다. 죽음은 삶의 절대적 종말, 그리고 삶과는 절대적으로 다른 새로운 존재형태로서 나타나기 때문이다. 다시는 고인과 얘기도 할 수 없고 얘기도 들을 수 없는 것이다. 그래서 죽음을 절대적 혹은 극한적 한계라고 부를 수 있을지 모른다.

　극한상황으로서의 죽음은 죽음의 내용을 보여주기보다는 삶의 모습을 반영해 주는 거울과 같다. 그 거울 속에 우리는 새삼 삶의 무상성을 의식하고 삶의 의미를 생각하게 된다. 죽음에 의미가 있다면 그것은 오로지 살아있는 사람에게만 있지 죽은 사람에겐 없다. 왜냐하면 의미는 삶을 떠나서는 생각될 수 없고 죽음은 삶의 종식이기 때문이다. 죽음은 살아있는 우리에게 산다는 것이 무엇인가, 산다는 의미가 무엇인가, 어떻게 살 것인가에 대해 물으며 그 물음에 대한 대답을 강요한다. 이런 물음에 부딪칠 때, 그리고 이런 물음에 대한 대답을 생각하는 바로 그런 과정에서 삶이 가질 수 있는 경험, 그것의 의미는 그만큼 더 짙어진다. 결코 있을 수 있는 궁극적인 대답이 있어서가 아니다. 어쩌면 그런 대답이 없기 때문인지도 모른다.

죽음 앞에서 우리는 무상함을, 삶의, 아니 존재함의 무상성을 의식한다. 우리는 모든 생물과 똑같이 태어나자마자 자신의 생리학적 보존, 그리고 확장을 위해서 모든 활동을 전개한다. 보다 더 잘 살고, 보다 더 영향력을 미치고, 보다 더 오래 생존하려 한다. 나라는 개체를 구심점으로 나의 작은 우주가 형성되고 모든 것은 나의 개체의 원심점에서 측량된다. 내가 언제나 초점이 된다. 경우에 따라 비록 내가 자녀들을 위해서 혹은 사회를 희생한다 해도 그것은 생물학적 종(種)으로서의 나의 확장 본능에 근거하고 있다는 사실은 생물학이 잘 설명해 준다. 그러나 나의 죽음, 그리고 그것을 연장해 볼 수 있는 내 종의 종말에 대한 의식은 이 근본적 욕망, 그것을 달성하는 데 쏟는 모든 노력이 아무런 영원성을 갖지 않음을 자각시킨다. 한 생물체로서의, 한 개체로서의 우리들이 극복할 수 없는, 그리고 이해할 수 없는 한계를 체험하는 것이다. 아무리 생각을 쏟아봐도 이해할 수 없고 아무런 힘으로도 통제할 수 없는 불가사의(不可思議)하고 엄숙한 우주의 신비스러운 원리를 감지하게 되는 것이다.

죽음이 보여주는 무상은 나를 나 자신의 자아를 내 중심에서 아니라 보다 넓은 테두리에서 파악케 하고 인간을 인간의 좁은 관점에서부터 자연의, 더 나아가서는 우주의 관점, 인간적 시간의 관점으로부터 영원의 관점으로 확장시키고 해방시켜 준다. 물론 우리가 이러한 차원으로 높아지고 이러한 공간으로 확장된다는 것은 실제로 우리가 인간이기를 넘어서 신이 된다는 것도 아니며 우리들이 생물학적, 사회학적, 심리학적 자아를 떠나서 영원한 공간에 존재한다는 말도 아니다. 우리들은 생물학적으로, 심리학적으로 혹은 사회학적으로 극히 좁은 공간에서, 그리고 극히 짧은 시간 속에서 극히 작은 시시한 욕망들의 추구를 하지 않을 수 없다. 그러나 무상에 대한 의식을 통해서 우리들의 자아, 우리들의 시시한 욕망들이 새로운 빛에 의해 조명되고 그것의 의미가 새롭게 부각되며 해석될 수 있

다. 이러한 경험을 통해서 우리는 우리들의 생물학적 삶에 대해 혹
은 우리들의 본능적 혹은 맹목적 욕망에 대해 재검토가 가능하고
그것이 무엇이든 간에 우리는 보다 뜻 있는 그리고 보다 짙은 삶을
살 수 있게 된다.

— 박이문, 「죽음」

　　필자는 지인의 주검 앞에 서서 죽음이 무엇을 의미하는지를 생각해
보고 있다. 죽음을 통해서 삶의 의미를 생각해 보는 것도 재미있다.
죽음을 통해서 삶의 무상성을 의식할 수 있다는 것, 삶의 의미를 보다
넓은 관점에서 통찰할 수 있다는 것을 말하고 있다. 이 글이 담긴 저
서의 제목이 〈명상의 공간〉이라고 했듯이 철학자인 필자가 삶에 대해
여러 관점에서 깊이 있게 천착하고 있는 것을 볼 수 있다.

☽ 예문 16

　　한번은 붓다가 길을 가다가 커다란 나무 아래에서 잠시 쉬고 있
었다. 그 때 한 무리의 청년들이 다급하게 무언가를 찾고 있었다.
그러다가 나무 아래 조용히 앉아 있는 붓다를 발견하고는 다가와서
물었다.
　　"혹시 이쪽으로 도망온 여인을 보지 못하셨습니까?"
　　"왜 그 여자를 찾는 것인가?"
　　"저희는 부부 동반으로 소풍을 나왔습니다. 그런데 한 친구가 미
혼이라 기녀를 데리고 나왔는데, 우리가 한창 재미있게 노는 사이에
그 여자가 물건들을 몰래 챙겨서는 달아나 버렸습니다."
　　"젊은이들이여, 달아난 여자를 찾는 일과 자기 자신을 찾는 일
중 어느 것이 더 보람 있는 일인가?"
　　전혀 예상치 못한 질문을 받고 한동안 멍하게 서 있던 청년들은
냉정을 되찾고 대답했다.
　　"물론 자기 자신을 찾는 일이 더 보람되겠지요."

　자기 자신을 찾는 일, 그것은 보람된 일이겠지만 동시에 결코 쉽
지 않은 일이다. 왜냐하면 자기 자신이 누구인지 또는 무엇이지 명
확하게 말하기 어렵기 때문이다. 도대체 나는 누구일까? 눈에 금방
보이는 몸이 나일까? 적어도 내 몸은 나의 것일까?

　순임금이 스승에게 물었다.
　"도란 자기 것처럼 가질 수 있는 것일까요?"
　스승이 대답했다.
　"네 몸도 네 것이 아닌데, 어떻게 도를 가질 수 있단 말인가?"
　"제 몸이 제 것이 아니라면, 도대체 누구의 것이란 말입니까?"
　"네 몸은 천지가 잠시 맡겨 놓은 것일 뿐이다. 또 생명도 네 것
이 아니라 음양의 기가 화합한 것일 뿐이다."

　몸이 나의 것이라면 내 의지대로 움직여야 할 것이다. 그런데 몸
은 내 의지와는 상관없이 늙고 죽어간다. 자기 마음대로 어쩔 수 없
는 것을 과연 자기 것이라고 할 수 있는 것일까? 또 그것을 나라고
할 수 있는 것일까? 그러면 마음이나 정신이 진정한 나일까?

— 진현종, 「도대체 누구인가」

　일화를 통해서 '나'라는 정체가 무엇인가를 묻고 있다. 이 글은 〈노
자의 웃음〉이라는 책에서 발췌된 것인데, 노장(老莊) 사상을 쉬운 글로
풀이하고 있는 책이다. 서구의 철학과는 달리 동양철학은 철저한 분
석과 검증을 통해서 문제에 대하여 접근하는 것이 아니라, 일화나 비
유를 통해서 세계와 인간에 대하여 접근해 가고 있다.

　철학적 수필이라고 했지만, 반드시 철학적 내용을 담은 수필만을
가리키는 것은 아니다. "철학은 모든 학문의 종합"이라고 했듯이 사회
학, 정치학, 경제학, 영문학, 불문학, 통계학 등 모든 학문을 포괄해서

‘철학적’이라는 말을 붙였을 뿐 인간과 세계를 깊이 통찰하는 글이라면 다 이 범주에 넣을 수 있을 것이다.

사) 해설적 수필

해설적 수필은 원 작품은 따로 있고, 그 작품에 대해서 해설하거나 감상하거나 혹은 분석하는 글을 쓴 것을 말한다. 이 때에 자기 작품에 대하여 쓸 수도 있고, 남의 작품에 대해서 쓸 수도 있다. 문학자들이 흔히 연구할 만한 가치가 있는 작품을 선정하여 ‘작품론’을 쓸 경우도 이 범주에 들어간다. 다만 연구의 성과를 중시해서 자료의 수집과 분석이 논문의 주된 작업이 될 경우에는 그 방면에 전문 지식이 없는 일반인은 접근하기가 쉽지 않다. 이런 것은 중수필이 된다. 이와는 반대로 작품 자체보다는 해설이 더 재미있고 문학적으로 향기가 나는 글도 있다. 문학 평론도 대부분 해설적 수필에 속한다고 보아도 좋을 것이다. 그래서 평론을 제2의 창작이라고 말하는 사람도 있다.

한국에서 소설(小說)이란 말이 최초로 쓰인 이규보의 〈백운소설(白雲小說)〉은 해설적 수필의 원조쯤 된다. 이 책은 이미 소실되어 그 완전히 알 수는 없지만, 홍만종의 〈시화총림(詩話叢林)〉에서 전하는 바에 의하면 역대 유명한 시인이나 시에 얽힌 일화 등을 기록한 글이다. 따라서 오늘날로 보면 해설적 수필에 해당한다. 이후 우리 선조들은 이와 비슷한 글들을 많이 써서 전하고 있다.

　📖 **예문 17**
글 쓰는 사람들은 자주, 자신들이 써서 발표한 작품들에 대해 말할 때, 자식들에 대해 말할 때 쓰는 표현을 빌려 쓰는 것을 본다. 어떤 작품에 제일 애정이 가느냐는 물음에 "열 손가락 깨물어 안 아픈 손가락 있습니까"라는 대답.

그런데 나는 조금 이상한 데가 있는 모양이다. 일단 작품이 발표되고 나면 내 이름이 서두에 붙어 있으니 내가 쓰긴 한 모양인데 꼭 내 안에 난생 처음 본 사람이 들어앉아 쓴 것처럼 생소하기만 하다. 지금 〈희색 눈사람〉에 대해 말을 하려고 할 때 내 속에서 일어나는 느낌도 마찬가지다.

이 작품이 제23회 동인문학상의 수상작으로 선정되어 비교적 많은 독자들을 만난 후에 이 작품에 대해 가장 많이 받은 질문은 이 작품이 자전적인가 아닌가의 여부에 대한 것이었다. 무엇이 이런 질문들을 야기했을까에 대해 나는 생각하지 않을 수 없었다. 지극히 가난한 70년대의 여대생의 꿈, 그 여성이 가담하게 된 지하운동 단체와 그 단체의 부침의 극적인 요소, 결코 주인공의 면모를 지니지 못한 이 보잘것없는 여성인물이 나름대로 추구하는 역사적 책임감, 그런가 하면 수줍게 그려져 있는 애정의 작은 꽃봉오리……아마도 이런 부분 때문이 아니었을까.

나는 자전적인 것이 무엇인지 잘 모른다. 어디까지가 직접경험이고 어디까지가 간접경험인지 잘 구별할 수가 없다. 가끔 여행지에서 스쳐지나간 어떤 얼굴, 어떤 장면은 내가 직접 경험한 것 이상으로 강렬하게 나의 삶에 들어와 영향을 미치는 것을 자주 경험한다. 나는 내 망막과 상상의 구조에 비집고 들어온 이들에 대해 많은 상상을 하고 그것은 어느 순간 나의 것이 되어버린다. 딱 한번 본 얼굴의 표정에 대해 나는 마치 그 얼굴의 슬픔과 고뇌 속으로 비집고 들어가는 일이 가능한 것이다. 이런 경험의 어디까지를 우리는 자전적인 경험이라고 할 수 있는 것일까.

실제 글을 쓸 때에는 이런 수많은 직접·간접경험들이 뒤섞여서 도움을 주러 온다. 〈희색 눈사람〉은 어떤가. 물론 무산된 책 출판의 경험이라든지, 그 때문에 드나들던 후락한 인쇄소의 내부든지, 금서 수집이나 70년대 분위기같이 의심할 여지없는 나 자신의 직접경험도 있다. 그렇지만 모든 경험은 작품의 형상화가 요구하는 법칙에 복종해 각색, 변형되기 때문에, 진짜 경험의 분명한 흔적은 무한히 흐려질 수밖에 없는 것이다.

〈희색 눈사람〉의 강하원은 그러므로 나의 자전이 아니며 소설 속의 어떤 일화도 순수하게 나의 것이 아니다. 경험에 대하여 소유 권을 주장하는 태도야말로 내게는 위험스러워 보이며 반역사적으로 보인다. 자서전을 쓰는 것이 아닌 바에야, 어떤 소설 속의 인물도 작가의 자전일 수 없다. 비록 작가가 그 인물은 나 자신이다라고 말 한다고 해도 말이다.

— 최윤, 「자전의 경계」

작가가 자신의 소설에 대해서 해설하고 있는 글이다. 필자는 자신의 작품 〈희색 눈사람〉이 자전적인가 아닌가에 대해서 말하고 있다. 작품은 소설가의 과거에 가졌던 여러 경험들이 혼합되어 작품에 구현되기 때문에 어느 것 하나로 말하기는 곤란하다는 것이다. 작품에 관해서 쓴 글도 하나의 독립된 수필로서 얼마든지 가치 있는 작품이 될 수 있다.

☽ 예문 18

오오, 이보다도 더 싱싱하고, 이보다도 더 푸른, 이보다도 더 따스한, 봉우리를 주옵소서 주여.

너무도 섬세(纖細)하고, 너무도 다정하고, 이 미칠 듯이 찬란(燦爛)한 햇살이 쬐여주되, 너무도 푸른, 너무도 아늑한 너무도 포근한, 하늘이 안아주되,

어떻게, 더 먼, 더 꼭한, 더 못 견딜 영원을 기약하곤, 이내 돌아서서 가시는 당신의 뒷모습을, 멀리까지 멀리까지 바라보기 알맞은, 그러한 봉우리를 주옵소서, 주여.

바다를 밟고 오신 싱싱한 바닷내와, 헤쳐 오신 산길의 싸리꽃내 풍기시며, 멀리서 다시 이내 기란(奇爛)같이 오시는, 오오, 언제까지 나 당신을 기다리어 서 있기에 알맞은, 그러한, 푸르고 찬란한, 눈 물겨운 봉우리를 주옵소서, 주여.

기독교 신앙생화이라고 해 오면서 그 이름만을 더럽혀 온 지가 벌써 10수년을 헤아릴 만큼 오래 되었지만 이 때까지도 나는 그 가장 근본 생활의 하나인 기도(祈禱)에 대해서 한 번도 만족할 만한 시를 써보지 못했다.

내가 갖고 있는 기도의 세계의 높이가 너무 내가 갖고 있는 시적 상상으로는 도달하지 못할 만큼 그렇게 높은 데 위치해 있는 까닭이 아니면, 내가 갖는 시 감각—그 신의 인식 한도가 너무 높은 데 있기 때문에 오히려 일상화한 기도의 그 시 감각적 수준에 도달되지 못하는 까닭에서일는지 모른다.

하여튼 가장 고도(高度)해야 할 기도로서 도달되는 신앙감각의 세계가(이것을 신앙적인 영감이나 신비, 혹은 신앙의 세계의 시(詩)—종교시적 세계라고 해도 좋다) 문학적인 세계—시적인 세계와의 사이에서 완전한 균합(均合)을 이루지 못하고 그간의 괴리가 생겨 있거나, '나'라는 정신적 주체가 그것을 통솔 일원화할 만한 시적 능력을 갖춰 있지 못하거나에 그 원인이 있는 것은 확실하다.

써놓고 보면 시라기보다 일상적인 기도의 말에 지나지 못하는 것 같고, 써 놓고 보면 또 어떤 때는 그 기도시라는 것이 내가 스스로 하고 있는 일상적인 기도어의 생맥(生脈)에도 미치지 못한다고 생각되기가 일쑤다. 그러나 분명히 시의 근원과 언어 신앙—기도의 근원은 하나로 대상화할 수 있는 것이 아니면 안 되고 그러한 신념과 의욕을 나는 늘 가져왔다. 어떻게 하면 기도가 곧 높은 시가 되고 시의 높이와 깊이가 곧 기도와 일치될 수 있을까는 그만큼 내가 늘 숙원해 오는 바 명제의 하나다.

어느 의미로는 나는 이미 다른 데서도 말한 바와 같이 저 위대하고 영원한 진리의 말씀인 성서가 지니고 빛내는 그 압도적인 위력

최고 '진(眞)'으로서의 시적 진실과 최고 '성(聖)'으로서의 시적 가치와 최고 '미(美)'로서의 시적 절대 한과 최고 생명력으로의 시적 능력과 최고 '신비(神秘)'로서의 시적 황홀에다 소위 인간적인 너무도 인간적인 시의 자리를 양보하고 있는지도 모를 일이긴 하다.

  … (중략) …

  이 〈5월의 기도〉는 내 시가 종교의 한 변지(邊地)에 도달하고 내 종교신앙이 시의 한 변경을 기웃거리면서부터 다루어 보기 시작한 그 언제나의 테마의 추구형태의 하나이다. 아무리 강조하고 아무리 의욕하고 아무리 표상해 보아도 시원치 않은 이 무한갈망을 나는 가장 우리에게 친근한 계절의 미의 정점에다 승화시켜 보았던 것이다.

  이미 최고의 자연미의 한 절정기로서 선정된 5월이란 계절의 중심적인 경황이 그리스도의 부활 재림이라는 시적 모티브의 핵심력원(核心力源)에 의하여 클라이맥스화되어 있다. 그러한 갈모(渴慕)의 절정적인 표현을 아주 긍정적으로 성취하는 것으로서가 아니라 아직도 또 '더 꼭하게 더 못견디게 영원을 기약하곤 돌아서는' 미흡하고 안타까운 상태의 기다림의 내용으로 그 봉우리를 설정한 것이 이 시중 제4연에서 의도한 하나의 내적인 악센트라고 할 수 있을 것이다.

— 박두진, 자작시 해설 '오월의 기도'

필자가 쓴 시 〈오월의 기도〉에 대하여 해설을 붙인 것이다. 이 시는 그의 기독교 신앙과 깊은 관련이 있다는 것, 그리고 그가 일상 드리는 기도가 시로 표현되었다는 것을 말하면서, 시에서 표현된 '봉우리'가 그리스도의 부활 재림을 상징하고 있다는 것을 말하고 있다. 해설적 수필은 특히 자작시의 해설일 경우 작품에서 다 말하지 못하는 부분을 쉽게 설명하는 경우가 많다.

1

'창을 사랑한다는 것은
태양을 사랑한다는 말보다
눈부시지 않아 좋다
……
창을 닦는 시간은
또 노래도 부를 수 있는 시간
창을 맑고 깨끗이 지킴으로
눈들을 착하게 뜨는 버릇을 기르고.……'

김현승 시인의 〈창〉이란 시를 나는 종종 창에 기대어 읊어본다. 내가 수녀원에 와서 제일 처음 쓴 시의 몇 구절도 다시 읊어본다.

'창은 움직이는 것들을 불러세우고
서서히 길을 연다
꿈꾸게 한다
기쁨을 데려다 꽃피워주는
창은 고운 새 키우는 숲
창 밖의 숲마을은
꺼지지 않는 불빛으로 밝아오는 고향
갑자기 꽃밭이 되어
나를 부르러 오면
나는 작아서 행복한 여왕이 된다.
창은 나의 창은
오늘도 자꾸 피리를 분다
끝없이 나를 데리고 간다'

글로 다 적어두진 못했지만 창을 통해 나는 얼마나 많은 것을 꿈꾸고 생각했던가. 창은 늘 많은 상상을 가능케 한다.

2

멋진 그림이 새겨진 색유리창도 아름답지만 아무 장식이나 무늬가 없는 투명한 유리창도 아름답다. 이른 새벽 성당에 앉아 서서히 밝아오는 햇빛과 나뭇잎의 초록으로 빛나는 창을 바라보며 기도할 수 있는 고마움과 기쁨이여.

3

창이 있음으로 아픈 이들도 병석에서 사계절의 변화를 바라볼 수 있고, 창이 있음으로 나도 매일 식당에서까지 산을 내다볼 수 있으며, 멀리 있는 바다를 가까이 끌어다 가슴에 담을 수도 있으니 얼마나 고운가. 해질 무렵, 마음을 비우고 창가에 서면 혼자라도 쓸쓸하지 않다. 창가에서 바라보는 하늘의 별은 또 얼마나 아름다운가. 하루 중의 어느 시간을 우리는 창가에서 기도하며, 누군가의 맑은 창으로 열려야 하리라.

4

비 오는 날, 바람 부는 날, 유리창은 묘한 음악 소리를 내며 창밖의 세계로 나를 초대한다. 누군가 문 밖에서 울고 있음을 깨우쳐준다. 흰 눈 펑펑 쏟아지는 겨울날, 창은 눈꽃 성에꽃 가득 낀 모습으로 나를 아름다운 동화의 나라로 데려간다. 눈(雪)나라의 하느님을 만나게 한다.

5

버스나 기차를 탔을 때, 어쩌다 창가에 앉게 되면 여행이 더욱 즐거워진다. 차창으로 보이는 산, 들, 강, 집, 사람들 모두가 새롭고 반갑고 정답다. 살아 있는 사람만이 창 밖의 풍경을 바라보며 즐거워할 수 있음도 더욱 새롭게 느껴본다.

6

오늘은 창가에서 한 장의 엽서를 쓴다.

─ 이 세상에 없는 벗 요한에게.

어려서부터 유리창이 많은 집에 살고 싶은 꿈을 나는 수녀원에 와서 이루었지요. 창을 통해 나에겐 날마다 새 하늘 새 땅이 열렸답니다.

좁은 감방에서 넓은 창문을 그리워하는 그대의 편지를 받던 날, 나는 유리창 대신 푸른 시를 적어보냈고, 사형수인 그대는 기쁨의 창 하나를 마음에 달았다고 했습니다. '죽어서도 기도만은 멈추지 않겠다'고. 내게 늘 핏빛 짙은 사랑을 고백하던 그대는 이제 마지막 흰옷을 입고 창문이 필요 없는 나라로 떠나고 말았지만, 창가에 서면 그대의 목쉰 소리가 가까이 들려옵니다.

오늘도 창을 통해 하늘과 햇빛과 바람을 그리워하는 그대의 남은 동료들을 기억하며 내 마음의 창을 오래오래 열어둡니다. 그대가 그토록 애송하던 나의 시 〈장미의 기도〉를 6월의 하늘로 띄워 올립니다. 장미의 계절에 먼 나라로 떠난 그대를 기억하며─.

피하게 하소서, 주님
당신이 주신 땅에 가시덤불 헤치며
피 흘리는 당신을 닮게 하소서
내 뾰족한 가시들이
남에게 큰 아픔 되지 않게 하시며
나를 위한 고뇌 속에
성숙하는 기쁨을 알게 하소서
……
오직 당신 한 분 위해
마음 가다듬는 슬기를
깨우치게 하소서
죽어서 다시 피는 목숨이게 하소서.

─ 이해인, 「창을 사랑하며」

위의 글은 앞의 글과는 조금 다르게 자기 시에 대한 해설만으로 일

관하지 않았다. 창을 소재로 해서 쓴 글에 오히려 시로서 다 표현하지
못한 섬세한 감정을 나타내고 있다. 이 글은 시에 대한 감상이면서 또
한 수필로서 다하지 못하는 정감을 시로서 보충하고 있다. 그녀의 시
를 애송하였던 어느 사형수와 그의 동료를 기억하면서 썼던 시를 마
지막에 적고 있다. 산문과 시가 사이 좋게 지내면서 한 편의 글을 이
룬 수필이라고 할 수 있다.

아) 기행문

　기행문은 여행을 하면서 보고, 듣고, 느낀 것을 쓴 수필이다. 대체로
1인칭으로 쓰며, 글 속에 자기의 시나 혹은 기억나는 글이나 시를 섞
어 쓸 수도 있다. 기행문은 크게 두 가지로 나누어 볼 수 있다. 보고들
은 것을 충실히 적는 기행문과 본 것과 들은 것을 토대로 하여 자기
의 느낌을 실감나게 적는 형태가 있다. 앞의 것은 여행한 곳, 직접 본
것, 들은 것을 정확하게 적어야 한다. 그리고 어디를, 언제쯤 여행하면
서 보고들은 것인지 그 시간적 순서도 정확하게 알려주는 것이 옳다.
그곳을 여행하지 않은 독자에게 그 곳 정경을 가능한 생생하게 알려
주는 것이 좋다. 그러나 후자는 본 것의 정확성보다는 그 광경을 본
필자의 느낌이 어떠했는가를 더 중요하게 기술해야 할 것이다. 필자
가 여행했던 곳, 인상에 남았던 대상(자연 경치, 혹은 도시 혹은 미술
품 등)이 더 강렬한 인상으로 기술되어야 할 것이다.
　기행문은 그 형태상으로 보아 몇 가지로 나눌 수 있다. 수필체 기행
문, 일기체 기행문, 서간체 기행문, 보고체 기행문 등으로 나눌 수 있
다. 여기서는 수필체 기행문을 주로 다루고 일기, 서간 등은 다음에서

다시 살펴보기로 한다. 보고체 기행문은 공식보고 형식을 띄고 있어서 문학적 향기가 별로 없는 실용적인 기행문이다. 따라서 여기서는 제외하기로 한다.

> **예문** 20

세계 최초의 대륙인 오스트레일러로 가기 위해 콴타스(Quantas) 비행기 편으로 먼저 시드니로 향했다. 선편은 좀 싸긴 하지만 얼마 동안 기다려야 하므로 시간을 절약하기 위해 여객기를 이용하였다.

내가 탄 여객기는 거대한 보잉 727. 뉴칼레도니아 섬을 떠난 지 20분만에 서남쪽으로 남회귀선을 넘는다. 기창에서 내려다보는 숲이 우거져 있는 섬이 보이는데 이것이 바로 저 유명한 대보초였다. 대륙에 병행하여 무려 2.400킬로에 이르는 세계 최대의 산호초이다.

이 대보초는 해안에서 16~160킬로 떨어져 줄지어 낮은 바다를 이루고 있어서 파도가 사나운 날은 항해가 어렵다고 한다. 1770년 오스트레일리아를 발견한 제임스 쿡 함장이 탔던 배도 여기서 파손되었는데 북부 해안에서 응급 수리를 하여 본국으로 돌아갔던 것이다.

해질 무렵의 바다는 더욱 정취를 북돋는다. 더구나 지상은 해가 져서 어둡건만 상공은 훤하게 밝으니 서로 딴 세상 같다. 여객기 안에서는 스피커로 착륙 준비를 해달라고 한다. 내려다보니 반딧불같이 명멸하는 수많은 불빛이 자꾸만 가까워 온다. 짜임새 있는 가로등, 자동차의 불빛, 그리고 그칠 줄 모르는 주택가의 전개……저녁에 어둑해서야 시드니 공항에 내렸다.

시드니 시로 들어가는 길의 양쪽은 오색찬란한 네온사인 선전탑들로 매우 화려했다. 오랜만에 보는 대도시의 모습이었다. 아직까지는 줄곧 미개지인 정글을 주로 보아 오다가 문명의 대도시에 오니 희한했다. 시드니의 첫 인상은 미국의 샌프란시스코를 방불케 하였다. 이 나라 최대의 도시로서 인구는 270여만이며 전 인구의 5분의 1이 이 도시에 살고 있다.

마침 오스트레일리아 발견 2백주년제를 베풀고 있어서 밤거리는 온통 대축제의 기분으로 들끓고 빌딩과 벽은 축하 일색으로 장식했으며, 어떤 곳에는 쿠크 함장과 엘리자베스 2세 여왕의 똑같은 크기 초상화가 걸려 있으며 당시의 선박을 모형으로 만들어 각종 행사가 벌어지고 있었다.

이 나라의 건국사가 유형 식민지로써 시작되었다는 것은 재미있다. 당시의 영국은 대지주의 농지 병합으로 토지를 잃은 사람, 산업혁명으로 실업자가 된 사람들이 도시에 모여 범죄가 늘었었다. 그래서 정치범과 일반 범죄자들을 나라 안에 가두어 두는 것보다 먼 데로 보내는 것이 죄수 처리비를 절약한다고 생각하여 이 오스트레일리아 대륙을 택한 것이었다. 아서 필립 함장이 이 유형 죄수의 수송을 비롯한 식민지에 대한 일체의 경영을 도맡고 죄인 883명, 감시군인 252명, 선원 433명이 11척의 배에 나누어 타고 8개월이란 긴 항해 끝에 1788년 쿠크 선장의 상륙지인 포타니 만에 도착했던 것이다.

— 김찬삼, 「목신의 나라 오스트레일리아」

필자의 느낌보다는 여행지에 관한 정보가 많이 담긴 기행문이다. 여행지의 정보도 대략이라기보다 정확한 숫자로 표시되어 있다. 필자는 이 글에 나타나 있는 것처럼 대도시보다는 대체로 세계 여러 곳의 오지(奧地)를 방문해서 쓴 글이 많다.

▶ 예문 21

아크로폴리스의 구경은 저녁때가 좋다. 아침에도 가 본 적이 있었으나 유적다운 맛이 덜 난다. 뉘엿뉘엿 저물어 가는 석양녘에 선들바람을 쐬며 파르테논의 그 어마어마하게 우렁찬 기둥에 기대어 우두커니 조망할 때 타향의 나그네 아니라도 시인, 역사가가 아니라도 형언키 힘든 감회나마 느끼지 않을 수 없을 것만 같다. 저 언덕, 저 길을 거닐며 옛 사람들은 무엇을 생각하였던가. 저쪽 바위 앞 광장이 바로 많은 시민들이 모여들어서 정치가의 웅변에 도취하던 자

리라고 한다. 이 신전에서는 어떤 음악이 아뢰어졌던가. 고화에서
보는 늠름한 무사들의 행렬이 저 계단을 씩씩한 걸음걸이로 오르내
리기도 하였을 것이요, 신악에 맞추어 청아한 무신들의 치맛자락이
이 기둥 앞에서 너울거렸음직도 한 일이다.

이 아크로폴리스는 그 자체가 하나의 큰 대리석의 덩어리 같다.
대리석 산 위에 마치 대리석 신전이 솟아난 것인 양 지어진 것이다.
이 곳은 그 당시 집이나 뜰이나 길이나 전부 깎고 닦이어진 대리석
의 광채로 황홀하였을 것이다. 바로 서남쪽 저편으로 살라미스 해협
이 바라다 보인다. 마라톤에서 패배를 한 페르시아 군이 일거에 아
테네를 무찌른다고 전함대를 동원하여 몰려들어 온 곳이 저 바다였
다. 적은 이 아크로폴리스를 건너다보며 대번에 삼켜 버릴 듯이 덤
볐을 것이 아닌가. 그야말로 아테네의 운명을 건 싸움이었다. 그런
만큼 아테네의 후예들은 이 신전에 올 때마다 저 바다를 바라보며
조국 수호의 산 교훈을 느꼈으리라.

어둑어둑해질 무렵 나는 아크로폴리스 남쪽 디오니소스 극장 유
허를 거쳐 헤로데아티쿠라는 노천극장으로 갔다. 오늘 저녁 여기서
아리스토파네스의 고전 희극을 상연한다는 광고를 보았기 때문이다.
이름이 극장이지 여기도 문자 그대로 유허다. 그러나 파괴는 되었을
망정 관람석 전체가 대리석으로 되어 있다. 약간의 수리를 하여 우
선 아쉬운 대로 쓰고 있는 모양이나, 나에게는 그것이 도리어 화려
한 것보다 고색이 창연한 채로 더 인상적이었다. 극장의 모양을 무
엇으로 형용하면 좋을까. 마치 큰 사발대접을 반으로 쪼개고 그 쪼
갠 면을 무대 장치로 막아놓은 셈이라고 할까. 그래서 반원형 대접
속 비무대 장치로 막아 놓은 셈이라고 할까. 그래서 반원형 대접 속
비슷한 충계진 관람석에서 무대를 건너다보게 마련이다. 옛날에 벌
써 음향 관계를 연구하여 설계해서 그런지 노천인데도 말소리가 흩
어지지 않고 하나하나 똑똑하게 들린다. 조명과 음악에 맞추어 많은
여배우들이 등장한다. 춤과 노래 속에 어떤 남성 하나를 중심으로
사랑의 쟁탈전이 벌어지는 웃음거리다. 관객은 대개가 중류 이상의
사람들인 성싶다. 연극에는 전연 문외한인 나로서 극 자체의 성과는

알 수 없는 일이로되, 2천년의 세월을 옛날로 돌아가 이 그리스 사
람들과 같이 이 서늘한 좌석에 앉아 그 당시의 예술적 분위기 속에
잠겨 보는 듯하여 감개가 자못 깊었다.

— 박종홍, 「아테네의 아침과 저녁」

아테네의 아크로폴리스를 둘러보면서 적은 기행문이다. 앞의 글과
는 달리 대상을 보면서 떠오르는 필자의 여러 가지 생각이 들어 있다.
앞의 글은 여행전문가의 기행문이지만, 뒤의 글은 철학자의 기행문이
다. 따라서 앞의 글은 독자에게 정확한 정보와 특이한 문화나 풍습 등
을 알려주는 것으로 되어 있고, 뒤의 글은 유적이나 문화에 대하여 필
자가 어떻게 생각하고 있으며, 어떤 느낌을 받았다는 것을 적고 있다.

☽ **예문 22**
추영봉에 날 뜨고 사자강에 달 진다.
저 날 떠서 들에 나와 저 날 져서 집에 돌아간다.
얼얼럴럴 상사뒤 어여뒤여 상사뒤.

이 노래는 산유화의 일절이다. 이 노래에도 오른 사비강이 곧 백
마강이다. 이 백마강이 있었음으로 사비성도 있었던 것이고, 사비성
이 있었음으로 부소산도 이름난 것이다. 그러나 백마강도 부소산이
아니었으면 그걸 또한 누가 알랴. 어쨌든 백마강과 부소산과는 서로
없지 못할 사이다. 그리하여 예로부터 장구한 동안 많고 많은 그 기
쁜 웃음과 슬픈 울음을 다같이 겪어 온 것이다. 지금도 그 우는 소
리만은 나는 듯하다.
일행은 이 백마강을 지나는 배를 잡아타고 흘리저어 부소산을 돌
며 느릿느릿 내려가다 구드래에 이르러 잠깐 멈추었다. 가장 저편에
있는 부소산 밑으로 내려 돌며 대재각도 쳐다보고 얼마쯤 더 나서
는 백온대, 수북정, 규암리를 지나 구룡포, 대왕포도 바라보며 이리

저리 돌아내려 가노라니 바람은 한 점 없고 날은 맑고 따뜻하며 하늘빛은 똑같이 푸르다. 좌우로 있는 올망졸망한 산들은 이 강을 꺾어도 가려다가 뚝 그친 것도 있고 혹은 얼마동안 병행하는 것도 있으며 곱게 물든 단풍과 한 가지 물에 비쳐 보일 제 갑자기 황홀해지는 나의 마음에는 무엇을 타고 슬슬 공중에나 떠나는 듯하기도 하다. 사공은 이내 노를 젓다가 바람기가 좀 있는가 하고 마룻줄을 잡아당겨 돛폭을 달았다 내렸다 한다. 사공은 둘이 있는데 모두 삼십 안팎쯤 되어 보이고, 그 중의 하나는 약간 문자도 써서 말하는 것이 보통학교나 좀 다니다 만 듯하다. 그는 고물 위에 서서 노를 젓고 돛을 달고, 닻을 내리는 모든 일을 감독이나 하며 이따금 느린 소리로 "어서 가아"하고 충청도 사투리를 잘 쓴다. 이 사투리를 처음 듣고 일행 중에는 이상히 여기는 이도 있어 심심하면 "어서 가아, 어서 가아"하고 입내를 낸다. 그래도 그는 빙긋이 웃기만 한다. 나는 그에게 배따라기나 좀 부르라고 여러번 졸랐으나 그는 얼굴이 뻘개지며 못한다고만 한다. 술은 먹을 줄 아느냐고 한즉 웃고 대답은 아니한다. 술이나 두어 병 가지고 와 먹여 봤더라면 좋을 뻔하였다. 그에게 배따라기를 못 들은 것은 섭섭한 일이지만 배에 대한 지식과 말은 많이 들어 알았다. 배는 하류로 갈수록 더디더디 내려간다. 저녁 밀물이 오른다. 강은 점점 커지고 들은 점점 넓어지고 산은 점점 멀어진다. 이 곳이 강경 평야다. 저녁볕은 먼 산머리에 잦아지고 이 평야는 어둠과 침묵에 잠겨지고 다만 저편 언덕에선 전등 빛이 하나씩 둘씩 반짝일 뿐이다. 배는 이 전등 빛 있는 곳에 가 닿았다.

— 이병기, 「사비성을 찾는 길에」

위의 글은 백마강을 주유(舟遊)하면서 뱃사공과의 수작과 그곳의 멋스러운 풍광을 적고 있다. 제일 앞에 민요 한 수를 읊고 있는 것은 필자의 심경을 대변하고 있는 것이다. 필자는 시인이기 때문에 같은 글에서 그가 읊은 자작시조를 읊으면서 당시에 느꼈던 정감을 나타내고

있다. 기행문 속에 그 분위기를 잘 나타내는 자신의 시나 시조를, 혹
은 다른 유명한 사람의 시를 읊는 경우도 흔하게 볼 수 있다.

자) 서간문

　서간문이란 자기의 뜻을 편지 형식으로 나타내는 글을 말한다. 서
간문은 실용적 목적을 가지고 쓰는 경우와 친목을 돈독하기 위하여
쓰는 경우로 나누어 생각할 수 있다. 전자의 경우는 통지문, 안내문,
초대하는 편지, 의뢰하는 편지, 축하의 편지, 주문의 편지, 조회하는
편지 등이 있다. 실용 서간문은 가급적 간결해야 하며, 의도하는 바가
명백하게 드러나야 한다. 개인적인 서간문은 이쪽의 뜻이 곡진(曲盡)하
게 전달되어야 하며 분명함보다는 섬세한 감정이 잘 표현되어야 한다.
　개인적인 서간문은 친지나 친구 혹은 부모님이나 자식에게 자주 쓰
지만, 여러 사람이 볼 수 있도록 출판되는 경우는 극히 드물기 때문에
개인 사정에 따라 천차만별(千差萬別)일 수 있다. 대체로 안부를 묻는
‘첫머리’와 편지하는 의도가 들어 있는 ‘본문’, 그리고 ‘끝맺음’의 인사
등으로 구성되어 있다. 편지는 여러 사람을 상대해서 말하는 글과는
달리 받는 당사자만 보기 때문에 직접적인 느낌이 더 강렬하다. 그래
서 편지 형식으로 된 소설도 많이 있다. 괴테가 쓴 유명한 〈젊은 베르
테르의 슬픔〉도 편지 형식으로 된 소설이다. 다른 어떤 형식의 글보다
그 글을 읽는 수신자에게 주는 영향이 크다. 또 어떤 글보다 수신자는
주의를 집중해서 정독하기 때문에 표현에 정성을 기울어야 한다.

어머님!

오늘 아침에, 차입해 주신 고의 적삼을 받고서야 제가 이 곳에 와 있는 것을 집에서도 아신 줄 알았습니다. 잠시도 어머니의 곁을 떠나지 않던 막내둥이의 생사를 한 달 동안이나 아득히 아실 길 없으셨으니, 그 동안 오죽이나 애를 태우셨겠습니까?

그러하오나, 저는 이 곳까지 오는 동안에 꿈에도 생각지 못하던 고생을 겪었건마는 그래도 몸 성히 배포 유하게 큰집에 와서 지냅니다. 고랑을 차고 용수는 썼을망정, 난생 처음으로 자동차에다가 보호 순사를 앉히고 거들먹거리며 남산 밑에서 무악재 밑까지 내려가는 맛이란 바로 개선문으로 들어가는 듯하였습니다.

어머님!

어머님께서는 조금도 저를 위하여 근심하지 마십시오. 지금 우리 조선에는 어머님 같으신 어머니가 몇 천 분이요, 또 몇 만 분이나 계시지 않겠습니까? 그리고, 어머님께서도 이 땅의 이슬을 받고 자라나신, 공도 많고 소중한 따님의 한 분이시고, 저는 어머님보다도 더 크신 어머님을 위하여 한 몸을 바치려는 영광스런 이 땅의 사나이외다.

콩밥을 먹는다고 끼니때마다 눈물겨워하시지도 마십시오. 어머님이 마당에서 절구에 메주를 찧으실 때면 그 곁에서 한주먹씩 주워 먹고 배탈이 나던, 그렇게도 삶은 콩을 좋아하던 제가 아닙니까? 한 알만 마루 위에 떨어지면 다른 사람이 먹을세라 흘끔 쳐다보고는 얼른 주워먹는 것이 버릇이 되었습니다.

어머님!

며칠 전에는 생후 처음으로 감방 속에서 죽는 사람의 임종을 보았습니다. 돌아간 사람은 먼 시골의 무슨 교(敎)를 믿는 노인이었는데, 경찰서에서 다리 하나를 못 쓰게 되어 나와서, 이 곳에 온 뒤에도 밤이면 몹시 앓았습니다. 병감은 만원이라고 옮겨주지도 않고, 쇠잔한 몸에 그 독은 나날이 뼈에 사무쳐, 어제는 아침부터 신음하는 소리가 높았습니다.

밤은 깊어 악밭골 약물터에서 단소 부는 소리도 그쳤을 때, 그는 가슴에 손을 얹고 가쁜 숨을 몰아쉬기 시작했습니다. 우리는 모두 일어나 그의 머리맡을 에워싸고 앉아서, 죽음의 그림자가 시시각각 으로 덮어오는 그의 얼굴을 묵묵히 지키고 있었습니다.

… (중략) …

어머님!

생각하면 생각할수록 새록새록 아프고 쓰라렸던 지난날의 모든 일을 큰 모험 삼아 몰래몰래 적어 두는 이 글월에 어째 다 시원스 러이 사뢰올 수 있사오리까? 이제 겨우 가시밭을 밟기 시작한 저로 서 벌써부터 이만 고생을 호소할 것이오리까?

오늘은 아침부터 장대같이 쏟아지는 비에 더위가 씻겨 내리고, 높은 담 안에 시원한 바람이 휘돕니다. 병든 누에같이 늘어졌던 감 방 속의 여러 사람도 하나, 둘 생기가 나서 목침돌림 이야기에 꽃이 핍니다.

어머님!

며칠 동안이나 비밀히 적은 이 글월을 들키지 않고 내낼 궁리를 하는 동안에, 비는 어느덧 멈추고 날은 오늘도 저물어 갑니다. 구름 걷힌 하늘을 우러러 어머님의 건강을 비올 때, 비 뒤의 신록은 담 밖에 더욱 아름다운 듯하고, 먼 촌의 개구리 소리만 철창에 들리나 이다.

1919년 8월 29일 소자 올림

— 심훈, 「어머님께」

필자가 삼일만세사건으로 검거되어 감옥에서 어머니에게 쓴 편지 다. 감방 안의 고초를 말하지 않고, 어머니에게는 될 수 있는 한 씩씩 한 모습을 보여주고 있다. 편지의 톤이 오히려 밝은 것은 어머니의 걱 정을 들어 들이려는 의도이다.

아우에게

해포 소식 몰라 궁금하기 짝이 없던 차에 글씨 받아보니 기쁘기 그지없다.

해외풍설에 몸 건강하다 하니 그 이상 반가운 일 없으며 이곳은 모시고 거느리고 아직 이렇다할 연고없이 지내니 역시 만행이다. 네가 집을 떠난 후 풍풍우우(風風雨雨)에 항상 마음 놓일 때가 없을뿐더러 더욱 양친께서는 잠시라도 너의 객고를 잊으시는 일이 없이 그리워하시고 염려하시니 차마 뵈옵기 불안스럽다. 젊은 혈기에 철 모르고 멀리 다른 곳으로 가면 뭔가 좀 시원할 줄 알았을 것이나 그저 그곳 역시 사람 사는 곳이라 인간사회란 어느 곳이나 그저 그런 것이므로 별 볼일 없을 것이니 그만 집으로 돌아오기 바란다.

그만하여도 집에 있을 때보다 갖은 신산(辛酸)을 다 맛보았을 듯하니 이도 또한 이 세상을 살아가는 데에 귀한 경험이라 그 경험을 앞날에 값있게 응용하여 나가면 또한 헛되지 않을 듯하니 모쪼록 다시 생각하고 깊이 헤아려서 부모님의 간절한 애정을 만분지일이라도 위로하여 드리기 바란다.

네 편지를 보니 무슨 사업에 단서가 잡힌 듯하나 그 정도가 과연 얼마나 할 것인지─만일 정 착수할 무엇이 있다면 그도 굳이 거두어 버리고 돌아오라 할 수 없으니 너의 수완을 다하여 활약하여 보는 것도 좋을 듯하다. 그러나 형편 돌아가는 대로 쉽사리 한 번 다녀가기 바란다. 낸들 해외에 발전하려 하는 청년의 의기를 꺾고 싶지는 아니하나 다만 늙으신 양친의 심려가 너무나도 간절하신 고로 이런 소식 기별하는 바이다.

그동안 서신이라도 종종 있었으면 그다지 과념(過念)하시지는 않으셨을 것을 1년이 넘도록 일자 소식이 없으니 어찌 그러하시지 않겠느냐. 이후로는 자주 소식 전하여 주기 바란다. 전전긍긍(戰戰兢兢)하여 여리박빙(如履薄氷)하라는 말이 있으니 소위 너의 사업이란 것을 주의에 주의를 더하고 고려에 고려를 가하여 심사숙려(深思熟慮)한 후에 신중히 처사하기 바란다. 너의 연배로는 항상 전진에 조급하고 뒷수습에 소홀할 염려가 있으니 부디 경솔히 처사하지 말고 백 번 다시 생각하여 천려에 일실이 없기를 바란다. 끝으로 다시 이 역풍토에 몸 잘 있기 바라며 총총 이만 적는다.

사형(舍兄) 희승

— 이희승, 「아우에게」

해외에 나가 소식도 없이 지낸 아우에게 보낸 편지다. 좀 고풍스러운 데가 있긴 하지만, 형으로서 아우에게 보내는 간절한 심정이 편지의 문맥 속에 담겨 있다. 편지는 일상에서 범용(汎用)하는 말보다는 품위를 갖추어서 기술하는 것이 좋다. 만나면 함부로 상말을 할 수 있는 친구지간에도 편지에서는 예의를 갖추어서 말하는 것이 옳다.

☾ **예문** 25

호야

지금 아비는 오대산 상원암이란 절에 들어, 조그만 등잔 아래서 네게 이 글을 쓴다. 상원암이란 큰길에서 70리, 월정사라는 이 산 본사에서도 40여리를 떨어진 한적한 절이다. 주봉(主峰)인 비로봉(毘盧峰)이 20리다. 한강, 그 중에서도 북한강의 수원(水源)인 자통수(子筒水)가 바로 이 절 근처에서 흐르니 오늘 네가 먹은 수돗물 중에, 아비가 맛 본 찬 자통수가 섞여 흘렀으리라.

서울은 지금도 퍽 더울 것이나, 여기는 밤이 들자 초가을같이 선선해 불 땐 방에서 담요를 덮고야 잔다. 중들이 잠이 들어 사방이 고요한 데, 때때로 부엉이 우는 소리가 들려, 심산의 밤이 깊어진다.

내일은 일찍이 비로봉을 넘어 인제 설악으로 갈 작정이다. 여지껏 황 선생님과 지도를 펴놓고 앞으로 갈 노정을 의논하였다. 일부러 산들을 타고 가는 험로(險路)를 취하는 만치 다소 모험도 있게 되었다. 모험이나 곤란이 없어야 무슨 등산의 자미가 있겠느냐.

아침에 인왕산에 오르는 일과를 너는 잊지 않았을 것이다. 가슴을 펴고, 심호흡을 하고, 큰 호령을 하여 보아라. 그리고 너는 "나는

자라, 튼튼하고 남을 돕고, 정에 살고, 의에 죽을 수 있는 사람이 되
겠다"는 맹서의 기도를 올려라.

　그렇게 될 사람은 동생을 달래 거둬주고, 어른의 말에 순종하고,
공부와 운동밖에는 다른 것을 생각지 아니 하는 것이니, 호는 그런
사람이 될 것을 아비는 속으로 자랑한다. 내일 일찍 일어나야겠기에
그만 자겠다. 집에 돌아가 듣고 본 자미 있는 이야기 들려주마. 호
야, 잘 자거라.

8월 1일 아비

－ 김상용, 「아들에게 주는 편지」

등산길에 오른 아버지가 아들에게 주는 편지다. 자애로운 부정(父情)
이 담겨 있는 편지다. 평소에 하던 말도 편지로 하면 더 효과가 있을
수 있다. 아들에게 당부하던 말도 평소 자주 들려주었을 것으로 생각
되지만 편지로 거듭 당부하고 있는 모습이 아름답다.

차) 일기

일기는 생활의 기록이다. 매일 매일 기록하지만 며칠씩 몰아서 기
록하는 수도 있다. 일기는 대체로 공개되지 않지만, 유명 인사의 경우
사후 공개되는 수가 있다. 공개되기를 바라는 마음에서 일기를 진실
하게 기록하지 않았다면 일기의 가치가 없다. 그러나 일기의 형식을
빌어서 소설을 쓸 수 있다. 그것은 소설이지 일기는 아니다. 일기는
반드시 거짓 없는 진실이 전제되어야 한다.

일기는 자신의 행동을 되돌아보면서 쓰는 기록이다. 따라서 그
날의 행위를 반성하면서 보다 나은 내일을 지향하면서 쓴다. 반성
은 인간만이 할 수 있는 행위이다. 자기 생활의 문제점을 찾아내고

보다 나은 생활을 지향하면서 궁극적으로 삶의 가치를 발견하는 것이다.

일기는 생활의 기록이므로 과거의 일을 정확하게 확인하는 데 도움을 준다. 사람은 기계가 아니므로 기억력이 정확할 수가 없다. 과거에 있었던 일을 정확하게 알 필요가 있을 때 그 때의 일기를 보게 된다. 막연한 기억보다 일기가 정확한 것은 말할 필요가 없다.

일기는 문장력을 길러준다. 매일 일기를 기록하고 나면 자기도 모르는 사이에 문장력이 향상된다. 대부분의 문인들은 일기를 남기고 있다. 일기를 통해서 여러 가지 형태의 문장 수련을 하고 있음을 보게 된다.

일기의 형태는 대체로 두 가지로 나눌 수 있다. 그 날에 일어났던 일을 자세히 적는 일기와 그 날의 느낌과 사색을 더 중요하게 생각해서 적는 경우이다. 이것은 적는 사람의 성향에 따라 그렇게 될 수도 있고, 혹은 일기를 적는 필요에 따라 그렇게 될 수 있다. 물론 이 양편을 고루 섞어 쓸 수도 있다. 어떤 때는 사실(事實)을 중시해서 쓰고, 어떤 때는 사색과 느낌을 중시해서 쓸 수 있다. 기록하는 방식으로는 사실을 메모식으로 적는 방식과 현장감을 생생하게 느낄 수 있도록 묘사와 서사의 기능이 충분히 활용된 문장으로 쓸 수도 있다. 이렇게 아무의 간섭도 받지 않고 자기 마음대로 쓸 수 있기 때문에 문장력 향상에 큰 도움을 받을 수 있는 것이다.

♪ 예문 26

3월 29일(화)

〈레 미제라블〉 제1편 독료. 이 대작의 몇 10분의 1밖에 아직 안

읽은 것이지만, 역시 '위대'를 느낀다. 문학은 무력하지 않다. 신경과 기교의 문학은 무력하지만, 영혼의 절규의 문학은 결코 무력하지 않다. 나를 지금까지 길러준 모든 일본 문학을 타기(唾棄)한다. 정신의 양식이 아니고 손끝 장난이기 때문이다.

3월 30일(수)

봄비가 하루 종일 소리 없이 내린다.

감상.

우울.

개천씨의 〈하동〉을 재독. 별로 신통치 않다고 고쳐 생각. 깊이가 없기 때문이다.

밤에 〈레 미제라블〉을 계속해 읽다. 역시 위대하다. 밀리엘 사교가 장발장에게 은촛대까지 내주는 장면. 컨벤셔널하기는 하지만, 역시 대가의 필치. 전권에 차 있는 경구와 잠언도, 표현주의류의 한가하고 히스테리컬한 것과는 선을 달리한다.

대작은 대작으로서 좋지만, 현대인에게는 역시 단편이 좋지 않은가 하고, 〈레 미제라블〉을 읽으며 생각해 본다.

4월 1일(금)

부모에 대한 사상상의 반항을 아무래도 누를 수 없다. 전혀 ＋와 －, 음과 양, 불과 물처럼 틀리는 것이다. 가정의 분위기가 메마른 근본 원인은 그곳에 있다고 생각한다.

만일, 나의 부모가 다른 부모들 모양으로 완고하다거나, 자기 아들 지배욕에 차있더라면, 아무리 마음이 약한 나일지라도 벌써 집을 뛰쳐나갔을 것이다. 아무리 생각하고 또 생각하여도, 나의 결혼 생활과 부모와의 동거는 양립되지 않는다. 억지로 양립시키는 경우에는 불만, 갈등을 면할 수 없을 것이다.

15세기와 20세기와는 5백년의 간격을 두고 비로소 양립할 수 있다. 때를 같이해서는 존재할 수 없다.

타파되어야 할 가족제도·봉건제도는 아직도 얼마나 뿌리깊게 조선에 존재하고 있는지! 조선의 장래는 멀다. 우선 개인주의·자유주의·사소유권의 자유가 발달되어야 한다.

4월 17일(일)
오후 1시 P와 교외 산보를 나가다. 신용산에서 이태원을 돌아 성벽을 넘어 장춘단으로 빠져, 광희문 밖으로 해서 동대문으로 빠졌다. 남의 일이라고 생각하면 로맨틱하나, 내 일이고 보니 그저 그럴 뿐이다.

— 유진오, 「일기」

법학자로 더 유명한 필자의 젊었을 때의 일기다. 젊었을 때는 우수한 문학작품도 발표하였다. 그 때문이기도 하지만 일기에 읽었던 문학 작품에 관한 말이 많이 나온다. 또 부모와 가치관의 차이로 세대 갈등을 느끼고 있는 필자의 모습도 볼 수 있다.

위의 글을 보면, 서술어로 문장을 끝내지 않고 명사로 끝내고 있는 곳도 눈에 띈다. 또 서술어의 시제를 '읽다', '나가다'와 같이 동사의 원형을 쓴 경우도 있다. 이와 같은 것은 다른 사람의 일기에서도 흔히 볼 수 있다. 간결한 느낌을 주면서 강조하는 뜻이 담겨 있기 때문이다.

예문 27

11월 7일(수)
하느님이 내게 어두운 감방을 남겨두신 채 날이 밝았다. 어제 태양이가신 뒤 밤은 나의 아픔에 검고 긴 포장이었다. 나는 그 속에 통째로 묻혔다가 일어났다. 원인도 결과도 아무것도 없었다. 인간에게 허락될 수 없는 마비된 조건이 있을 뿐이다. 그래서 나는 또 오늘의 붕괴 앞에 섰다.

아침 날씨가 좀 누그러져서 벗고 뛰기에 과히 힘들지는 않았다.

공장에서 지난달 작업 상황보고가 있었다.

나의 작업 상여금―69전 2리

나의 득점수―행장 2, 책임 3, 작업 2점

담당간수가 나의 인격점이 최고라 했다. 말하지 않고 가만히 앉아 일하는 것이 나의 평가된 인격이었다.

작업성적 발표일이라 이 댁에도 한턱 쓰는 모양인지 점심은 스키야키였다. 그래서 전례없이 장내에 풍겼다. 차례로 점심을 받아 놓고 합장묵도한 다음 범칙이나 없나 해서 간수님이 정색하고 한번 쭉 둘러본 뒤에 식사 시작 명령을 내렸다. 일제히 규율 있게 참다가 사전 통고처럼 침을 꿀꺽 삼키고 규율이 무너지듯 밥덩어리에 달라붙은 기침소리, 젓가락 소리, 씹는 소리 합쳐서 동물처럼 식성이 소란했다.

"오늘 한턱 썼군……잘들 먹었겠군……" 내게도 고기가 두어 점 왔는데 오래간만에 보고 먹는 고기라 옆에 누범짜리 눈치를 보며 우선 밥만 먹고 남겨 두었다가 물이 되도록 꽁꽁 씹어 먹었다.

여기서도 으레 1년에 몇 번씩은 소도 잡고 돼지도 잡아서 죄수들에게 먹이기로 되어 있지만, 국에 뜬 기름기뿐이요, 진짜 고기는 구경조차 할 수 없다는 것이 죄수들의 불평이었다. 오늘도 고깃점이 안 왔다는 사람들이 몇몇 있었다. 잡는 데서 없어지고 운반할 때 감추고 간수 식당에 가고 취사장에서 떼니, 기름기만 떠올 수밖에 없다. 불평하다간 공연히 매나 맞고 고깃점이 도로 떨어질 테니 아예 가만히 있는 게 여기선 상수다.

오늘도 고깃점이나 얻어먹었으니 기왕 벗는 바에 쾌히 벗고 용감하게 뛰리라 결심했는데, 저녁 찬바람이 산기슭에 호되게 불어왔다. 아침에 머리가 훈훈하더니 저녁에 발이 시린 격으로 하루 날씨의 상하가 이렇게 달라져서 몸살이 더 심했지만 죽어라! 하고 죽을 데서 집에 가듯이 뛰었다.

벌써 몇 달 동안 하루 두 번씩 아침저녁으로 훨훨 벗고 뛰는데도 갈수록 더 견딜 수 없어 투신 전의 순간을 계속 질주하는 것 같았

다. 방에 돌아와 뻘건 하오리를 걸치고서도 흐느끼며 떨며 앉지도
못하고 서성거리다가 팔짱을 끼고 발등을 비비며 눈을 감고 포기의
자세로 돌아갔다.

　… (하략) …

11월 18일(목)

　맹목(盲目)한 의지의 법칙대로 날이 밝았구나. 낮이나 똑같은 전
등이 켜져 있어 밝으나마나지만 날이 밝았다는 판단은 어딘가 달랐
다.

　뒷벽에 달린 조그마한 유리창 하나가 이 방에 광백이 비쳐들어올
수 있는 네모난 유일한 구멍이다. 앞 시찰구로는 간수의 두 눈이 들
여다 볼 수 있지만 그늘진 뒷창으로는 태양조차도 바로 엿볼 수 없
게 되었으니 신이 인간에게 그 죄를 보시고 엄벌하라 하신 곳, 내가
바로 그 속에 있다.

　이 돗자리 한 장만한 넓이를 3분지 1로 줄이고 천장을 낮추어 두
자쯤 하면 곧 관이 될 것이요, 그 위에 흙을 덮으면 바로 한칸 무덤
이 될 것이다. 죽음이란 먼 것이 아니고 가까이 그런 것이리라. 나
는 벌써 여러번 그러한 가상적인 체험을 했다. 눈을 뜨고 보면 관보
다 커서 방이라 할 뿐이었다.

　… (하략) …

– 김광섭, 「옥중일기」

　시인인 필자가 일제 하의 감옥에서 겪는 일을 일기로 남긴 것이다.
이 글은 일어났던 일을 자세히 적은 것이 아니라, 필자가 그 속에 있
으면서 느낀 바를 더 자세히 적고 있다. 시인다운 통찰력이 곳곳에 보
인다. "어제 태양이 가신 뒤 밤은 나의 아픔에 검고 긴 포장이었다"라
든지, 죽음의 가상적인 체험 등은 사물을 날카롭게 보고 느낀 시인의
통찰이다.

🌙 **예문 28**

8월 15일(계묘) 맑음

조수를 타고 여러 장수들을 거느리고 우수영 앞바다로 진을 옮겼
다. 벽파정 뒤에 명량이 있는데, 수가 적은 수군을 가지고 명량을
등지고서 진을 칠 수가 없기 때문이다. 여러 장수들을 불러모아 약
속하기를, "병법에 이르기를 꼭 죽으려고 하면 살고, 꼭 살려고 하
면 죽는다고 했다. 이 말들은 모두 지금의 우리를 두고 한 말이다.
너희 여러 장수들은 조금이라도 명령을 어기는 날에는 즉시 군율에
의해서 다스려서 조금도 용서치 않으리라."고 재삼 엄격히 약속했
다. 이날 밤 꿈에 신인이 지시하기를, "이렇게 하면 이길 것이요, 이
렇게 하면 질 것이다." 했다.

8월 16일(갑진) 맑음

이른 아침에 특별 부대가 나와서 보고하기를, "전선이 그 수를
알 없을 만큼 많이 명량으로 해서 똑바로 우리가 진치고 있는 곳으
로 온다"고 한다. 즉시 여러 배들에게 명령하여 닻을 들고 바다로
나갔다. 적선 1백 30여 척이 우리 배들을 포위한다.

여러 장수들은 적은 군사로 많은 적을 대항하는 것은 무리하다고
생각하고 문득 회피할 꾀를 내는데, 이 때 우수사 김억추가 탄 배가
이미 2마장 밖에 나가 있었다. 나는 노를 재촉하여 앞으로 돌진하
면서 지자(地字), 현자(玄字) 등 여러가지 총을 어지러이 쏘니 탄환
은 바람과 천둥치듯 쏟아진다. 한편 군관들은 배 위에 빽빽이 서서
화살을 빗발처럼 쏘니 적의 무리들이 대항하지 못하고 가까이 왔다
물러갔다 한다. 하지만 여러 겹으로 포위 당해서 형세가 장차 어찌
될지 알 수가 없어, 나가지도 돌아서지도 못할 형편이다. 이에 호각
을 불어 중군에게 군령 내리는 기를 세우라 하고, 또 초요기(招搖旗)
를 세웠더니, 중군장 미조항 첨사 김응함의 배가 차츰 내 배 가까이
왔고, 거제 현령 안위를 불러 "안위야! 네가 군법에 죽고 싶으냐?
도망가면 어디 가서 살 것이냐?"하니 안위는 황급히 적선 속으로

돌입한다.

　나는 또 김응함을 불러 "너는 중군으로서 멀리 피하고 대장을 구하지 않았으니 그 죄를 어찌 면할 수 있느냐. 당장 처형할 것이나 적의 형세가 급하므로 우선 공을 세우게 한다." 했다. 이 두 배가 적진을 향해서 앞서 나가자 적장이 탄 배가 그 휘하의 배 2척에게 지휘하여 안위의 배에 마치 개미떼처럼 붙어서 서로 먼저 올라가려고 한다. 이에 안위와 그 배 위에 있던 사람들은 각각 죽을 힘을 다해서 혹은 몽둥이로, 혹은 긴 창으로, 혹은 수마석 덩어리로 무수히 어지럽게 치다가 배 위의 사람이 거의 힘이 다하게 되었다. 나는 뱃머리를 돌려 바로 적에게 들어가서 비가 퍼붓듯이 마구 쏘니 세 배의 적들이 거의 모두 쓰러진다.

　이때 녹도만호 송여종과 평산포대장 정응두의배가 뒤따라와서 힘을 합해서 쏴 죽이니 적이 한 놈도 움직이지 못한다. 항복한 왜인 준사(俊沙)는 안골(安骨)의 적선에서 투항해 온 자인데, 내 배 위에 있다가 적의 배를 굽어 보더니, "저기 그림 무늬 놓은 붉은 비단 옷을 입은 자가 바로 안골의 적장 마다시(馬多時)다"라 한다. 내가 물 긷는 군사 김돌손을 시켜서 갈구리로 낚아서 배에 올리니, 준사는 기뻐서 날뛰면서, "이게 마다시다" 한다. 나는 즉시 명령하여 그 놈을 토막지어 베어 죽이게 하니 적들의 의기가 크게 꺾였다.

　우리 배들은 적들이 범하지 못할 것을 알고 일시에 북을 울리고 소리치면서 쫓아 들어가 지자, 현자 대포를 쏘니, 그 소리가 산천을 움직이고 또 화살이 비처럼 쏟아져서 적선 31척을 깨뜨리니 적선은 모두 물러가고 다시 접근해 오지 못한다. 우리 수군은 이 바다에서 정박하려 했으나 수세가 몹시 험하고 바람도 또 거슬러 올뿐 아니라, 형세가 외롭고 위태롭기 때문에 당사도(唐笥島)로 옮겨서 밤을 지냈다. 이번 싸움은 참으로 천행이었다.

— 이순신, 「난중일기(亂中日記)」

위의 글은 필자의 감상이나 사색한 바는 거의 보이지 않고 눈앞에 벌어졌던 사건만을 철저히 기록하고 있다. 임진왜란 때 중과부적으로 적의 배를 맞아 용감하게 싸우고 있는 이순신 장군의 활약상을 눈으로 본 듯이 확인할 수 있다. 여기서 필요 없는 감상이나 느낌을 쓰고 있다면 오히려 일기의 신빙성이 떨어졌을지도 모른다. 물론 〈난중일기〉의 다른 곳에서는 이순신의 고독감과 감상, 사색이 드러난 대목이 많다. 전란 중에서도 이런 일기를 적을 수 있었다는 것이 이순신 장군의 위대한 점이고, 또 자신이 겪었던 전투를 일기를 통해 뒤돌아보았다는 것은 그에게 다음의 전투를 위해 큰 도움을 주었을 것이다. 이순신 장군의 일기를 통해서 우리는 당시에 치른 전투를 일일이 확인할 수 있는 것이다.

이상 열 종류의 수필을 살펴보았다. 이 보다 더 많은 종류의 수필을 나눌 수 있을지도 모른다. 그러나 너무 많이 나누면 독자에게 오히려 혼란을 줄지도 모른다. 만약 어떤 글이 가치 있는 글이고, 다른 어떤 장르에 귀속시키기가 곤란하다면 수필로 분류해도 잘못이 아니다. 수필은 모든 장르를 다 포괄할 수 있기 때문이다.

문학에는 가치 있는 글과 가치 없는 글로 나눌 수 있을 뿐이다. 그 글이 어느 장르에 속하느냐 하는 것은 결코 중요하지 않다. 어느 장르에도 속하지 않는다고 해서 문학으로 대접을 받을 수 없다는 것은 어리석은 생각이다. 비록 이공계통의 논문이라도 글로서 훌륭하게 표현된 것이라면 문학적 가치를 가질 수 있다. 너무 난해하여 일반인이 이해하기가 어렵다면 그 내용을 이해할 수 있는 전문가에게는 문학이 될 수도 있다. 인간에게 가치 있는 내용이고, 표현이 잘 정리되어 있다면 말이다.

우리 사회는 벽을 너무 많이 치고 있다. 문인으로 등단한 사람만을 문인으로 대접하고, 그 사람들의 글만이 문학으로 대접받고 있는 것은 너무 폐쇄적인 사회라는 느낌이 든다. 이런 사회에서는 카프카 같은 문인은 절대로 탄생할 수 없을 것이다. 가치 있는 글과 가치 없는 글을 기준으로 문학을 본다면 반드시 시나 소설, 희곡이 아니라고 해서 문학이 아니라고 보고 있는, 아니 고수하고 있는 우리 문단이 얼마나 폐쇄적이고 경직되어 있는가를 알게 된다. 보다 유연한 자세로 문학을 볼 필요가 있다. 그래야만 앞으로 닥쳐올 사회에서 문학도 생존할 수 있다. 그런 점에서 우리 사회에서 자꾸 문학의 변두리로 쫓겨나고 있는 수필을 많이 창작할 수 있도록 권장할 필요가 있다고 생각한다.

제6장 향기로운 수필을 위하여

수필을 가리켜 무형식의 글이라고 말하는 것은 시나 소설 희곡처럼 같은 장르에서 볼 수 있는 공통적인 특성을 가지고 있지 않다는 뜻이다. 지금까지 살펴본 것처럼 수필은 자유로운 발상으로, 그리고 자유로운 형식으로 쓰여진 문학형태인 것이다. 그렇다면 마음 내키는 대로 글을 써놓고 이것은 수필이다 라고 말하면 되는 것인가? 그렇다. 분명히 필자는 그렇게 말할 수는 있다. 그러나 좋은 수필과 나쁜 수필은 분명히 구별이 있다. 다른 문학 장르와 마찬가지로 나쁜 수필은 문학의 범주 속에는 들어갈 수 없는 것이다. 수많은 실용문을 우리는 문학이라고 부르지 않는 것과 같은 이치다.

따라서 수필은 문학으로 승화되어 있어야 한다. 그런 점에서 시, 소설, 희곡보다 문학성이 더 강조되는 셈이다. 다른 장르의 문학은 일단 그 형식만 갖추고 있으면 그렇게 불러준다. 러시아 형식주의 문학자들이 문학은 무엇보다 문학성이 중요하다고 주장하고 있는데 그 점에

한에서는 수필은 시금석이 될 수 있다. 그렇다면 수필에 문학성을 부여하는 것은 무엇일까? 그것을 다 말하기는 어려울 것이다. 왜냐하면 문학성을 부여하는 것은 너무나 많은 요소가 있기 때문이다.

우선 읽어서 재미있는 수필이 있고 재미없는 수필이 있다. 이 재미라는 것은 소설이나 희곡에서 찾을 수 있는 재미와는 좀 다른 것이다. 차라리 시에서 발견되는 재미와 비슷한 것이다. 감칠맛 나는 글에서 느끼는 재미가 그것의 중요한 요소가 된다. 또 무엇인지 꼭 집어서 말할 수는 없지만, 감동이 몰려오는 수필이 있다. 또 어떤 수필은 읽고 나면 자기 삶을 뒤돌아보고 싶고, 또 인생에 대한 어떤 의미를 발견하게 된다. 또 어떤 수필을 읽으면 위트와 유머가 그 속에 숨어 있어서 자기도 모르는 사이에 빙그레 웃게 만드는 글도 있다. 수필의 소재나 주제가 다양하게 존재하는 것처럼 각 수필이 갖고 있는 문학적 향기도 다양하다. 이제 그 향기 있는 수필을 음미해 보기로 하자.

☽ 예문 1

먹을 만큼 살게 되면 지난날의 가난을 잊어버리는 것이 인지상정(人之常情)인가 보다. 가난은 결코 환영할 것이 못 되니, 빨리 잊을수록 좋은 것일지도 모른다. 그러나 가난하고 어려웠던 생활에도 아침 이슬같이 반짝이는 아름다운 회상(回想)이 있다. 여기에 적는 세 쌍의 가난한 부부 이야기는, 이미 지나간 옛날 이야기지만, 내게 언제나 새로운 감동을 안겨다 주는 실화(實話)들이다.

그들은 가난한 신혼부부(新婚夫婦)였다. 보통의 경우라면, 남편이 직장으로 나가고 아내는 집에서 살림을 하겠지만, 그들은 반대였다. 남편은 실직으로 집 안에 있고, 아내는 집에서 가까운 어느 회사에 다니고 있었다.

어느 날 아침, 쌀이 떨어져서 아내는 아침을 굶고 출근을 했다.

"어떻게든지 변통을 해서 점심을 지어 놓을 테니, 그 때까지만 참으오."

출근하는 아내에게 남편은 이렇게 말했다. 마침내 점심 시간이 되어서 아내가 집에 돌아와 보니, 남편은 보이지 않고, 방안에는 신문지로 덮인 밥상이 놓여 있었다. 아내는 조용히 신문지를 걷었다. 따뜻한 밥 한 그릇과 간장 한 종지…… 쌀은 어떻게 구했지만, 찬까지는 마련할 수 없었던 모양이다. 아내는 수저를 들려고 하다가 문득 상위에 놓인 쪽지를 보았다.

"왕후의 밥, 걸인의 찬…… 이걸로 우선 시장기만 속여 두오."

낯익은 남편의 글씨였다. 순간, 아내는 눈물이 핑 돌았다. 왕후가 된 것보다도 행복했다. 만금을 주고도 살 수 없는 행복감(幸福感)에 가슴이 부풀었다.

… (중략) …

다음은 어느 중로(中老)의 여인에게서 들은 이야기다. 여인이 젊었을 때였다. 남편이 거듭 사업에 실패하자, 이들 내외는 갑자기 가난 속에 빠지고 말았다.

남편은 다시 일어나 사과 장사를 시작했다. 서울에서 사과를 싣고 춘천에 갖다 넘기면 다소의 이윤이 생겼다. 그런데, 한번은 춘천으로 떠난 남편이 이틀이 되고 사흘이 되어도 돌아오지를 않았다. 제 날로 돌아오기는 어렵지만, 이틀째에는 틀림없이 돌아오는 남편이었다. 아내는 기다리다 못해 닷새째 되는 날 남편을 찾아 춘천으로 떠났다.

"춘천에만 닿으면 만나려니 했지요. 춘천을 손바닥만하게 알았나 봐요. 정말 막막하더군요. 하는 수 없이 여관을 뒤졌지요. 여관이란 여관은 모조리 다 뒤졌지만, 그이는 없었어요. 하룻밤을 여관에서 뜬눈으로 새웠지요. 이튿날 아침, 문득 그이의 친한 친구 한 분이 도청에 계시다는 생각이 나서, 그 분을 찾아 나섰지요. 가는 길에 혹시나 하고 정거장에 들러 봤더니……."

매표구 앞에 늘어선 줄 속에 남편이 서 있었다. 아내는 너무 반갑고 원망스러워 말이 나오지 않았다.

트럭에다 사과를 싣고 춘천으로 떠난 남편은, 가는 길에 사람을 몇 태웠다고 했다. 그들이 사과 가마니를 깔고 앉는 바람에 사과가 상해서 제 값을 받을 수 없었다. 남편은 도저히 손해를 보아서는 안 될 처지였기에 친구의 집에 기숙하면서, 시장 옆자리를 구해 사과 소매를 시작했다. 그래서 어젯밤 늦게서야 겨우 다 팔 수 있었다는 것이다. 전보도 옳게 제 구실을 하지 못하던 8·15 직후였으니 …….

함께 춘천을 떠나 서울로 향하는 차 속에서 남편은 아내의 손을 꼭 쥐었다. 그 때만 해도 세 시간 남아 걸리던 경춘선, 남편은 한 번도 그 손을 놓지 않았다. 아내는 한 손을 남편에게 맡긴 채 너무 도 너무도 행복해서 그저 황홀에 잠길 뿐이다.

그 남편은 그러나 6·25 때 죽었다고 한다. 여인은 어린 자녀들 을 이끌고 모진 세파(世波)에 싸우지 않으면 안 되었다.

"이제 아이들도 다 커서 대학엘 다니고 있으니, 그이에게 조금은 면목이 선 것도 같아요. 제가 지금까지 살아올 수 있었던 것은, 춘 천서 서울까지 제 손을 놓지 않았던 그이의 손길, 그것 때문일지도 모르지요."

여인은 조용히 웃으면서 이렇게 말을 맺었다.

지난날의 가난은 잊지 않은 게 좋겠다. 더구나 그 속에 빛나던 사랑만은 잊지 말아야겠다. "행복은 반드시 부(富)와 일치하진 않는 다."는 말은 결코 진부(陳腐)한 일편(一片)의 경구(警句)만은 아니다.

– 김소운, 「가난한 날의 행복」

위의 글은 소재가 특별한 것도 아니고, 특이한 문체로 쓰여진 글도 아니다. 그렇다고 구성이 특별한 것도 아니다. 그럼에도 불구하고 글 을 다 읽고 나면 가슴을 뭉클하게 하는 어떤 것이 있다. 특히 중년을 지난 세대들에게 그럴 것이다. 모두들 가난 속에 살던 그 시절의 이야 기다. 수십 년 전과 비교하면 현재 한국은 참 풍요롭다. 그 가난을 겪 어보지 못한 젊은 세대들은 나이 많은 세대들이 거듭해서 말하는 그

가난 얘기가 오히려 이상하다는 생각을 할지도 모른다.

이 글은 가난 속에 살면서도 서로 살갑게 사랑하는 아름다운 부부의 이야기이다. 영원한 사랑에 대한 이야기라는 이유도 있겠지만, 가난한 시절을 겪었던 대부분의 나이 많은 세대들은 가슴 뭉클한 감동을 갖는다. 글의 내용이 공감을 주기 때문이다. 이처럼 자기가 겪었던 일이거나, 들었던 이야기거나 간에 생활에서 감동 받았던 것을 꾸밈없이 적으면 좋은 수필이 될 수 있다.

⟯ 예문 2

<u>청춘(靑春)!1)</u> 이는 듣기만 하여도 가슴이 설레는 말이다. 청춘! <u>너의 두 손을 가슴에 대고 물방아 같은 심장의 고동을 들어 보라.2)</u> 청춘의 피는 끓는다. 끓는 피에 뛰노는 심장은 거선(巨船)의 기관과 같이 힘있다. 이것이다. 인류의 역사를 꾸며 내려온 동력은 바로 이것이다. 이성은 투명하되 얼음과 같으며, 지혜는 날카로우나 갑 속에 든 칼이다. 청춘의 끓는 피가 아니라면 인간이 얼마나 쓸쓸하랴? 얼음에 싸인 만물은 죽음이 있을 뿐이다.

그들에게 생명을 불어넣는 것은 따뜻한 봄바람이다. 풀밭에 속잎 나고, 가지에 싹이 트고, 꽃피고 새우는 봄날의 천지는 얼마나 기쁘며 얼마나 아름다우냐? 이것을 얼음 속에서 불러내는 것이 따뜻한 봄바람이다. 인생의 따뜻한 봄바람을 불러내는 것은 청춘의 피가 뜨거운지라, 인간의 동산에는 사랑의 풀이 돋고, 이상(理想)의 꽃이 피고, 희망의 놀이 뜨고, 열락(悅樂)의 새가 운다.

사랑의 풀이 없으면 인간은 사막이다. 오아시스도 없는 사막이다. 보이는 끝끝까지 찾아다녀도, 목숨이 있는 때까지 찾아다녀도, 목숨이 있는 때까지 방황하여도 보이는 것은 거친 모래뿐일 것이다. 이상의 꽃이 없으면 쓸쓸한 인간에 남는 것은 영락(零落)과 부패(腐敗)뿐이다. 낙원을 장식하는 천자만홍(千紫萬紅)이 어디 있으며, 인생을 풍부하게 하는 온갖 과실(果實)이 어디 있으랴?

이상(理想)! 우리의 청춘이 가장 많이 품고 있는 이상! 이것이야말로 무한한 가치를 가진 것이다. 사람은 크고 작고간에 이상이 있음으로써 용감하고 굳세게 살 수 있는 것이다.

　석가(釋迦)는 무엇을 위하여 설산(雪山)에서 고행(苦行)을 하였으며, 예수는 무엇을 위하여 황야(荒野)에서 방황하였으며, 공자는 무엇을 위하여 천하를 철환(轍環)하였는가? 밥을 위하여서, 옷을 위하여서, 미인을 구하기 위하여서 그리하였는가? 아니다. 그들은 커다란 이상, 곧 만천하(滿天下)의 대중을 품에 안고 그들에게 밝은 길을 찾아주며, 그들을 행복스럽고 평화스러운 곳으로 인도하겠다는 커다란 이상을 품었기 때문이다. 그러므로 그들은 길지 아니한 목숨을 사는가시피 살았으며 그들의 그림자는 천고(千古)에 사라지지 않는 것이다. 이것은 가장 현저(顯著)하여 일월과 같은 예가 되려니와 그와 같지 못하다 할지라도 창공에 반짝이는 뭇 별과 같이, 산야에 피어나는 군영(群英)과 같이, 이상은 실로 인간의 부패를 방지하는 소금이라 할지니, 인생에 가치를 주는 원질(原質)이 되는 것이다.

　이상! 빛나는 귀중한 이상! 그것은 청춘의 누리는 바 특권이다. 그들은 순진한지라 감동하기 쉽고, 그들은 점염(點染)이 적은지라 죄악에 병들지 아니하고, 그들은 피가 더운지라 실현에 대한 자신과 용기가 있다. 그러므로 그들은 이상의 보배를 능히 품으며 그들의 이상은 아름답고 소담스러운 열매를 맺어, 우리 인생을 풍부하게 하는 것이다.

　보라, 청춘을! 그들의 몸이 얼마나 튼튼하며, 그들의 피부가 얼마나 생생하며, 그들의 눈에 무엇이 타오르고 있는가? 우리 눈이 그것을 보는 때에, 우리의 귀는 생(生)의 찬미(讚美)를 듣는다. 그것은 웅대(雄大)한 관현악(管絃樂)이며, 미묘(微妙)한 교향악(交響樂)이다. 뼈끝에 스며들어가는 열락(悅樂)의 소리다.

　이것은 피어나기 전인 유소년(幼少年)에게서 구하지 못할 것이며, 시들어 가는 노년(老年)에게서 구하지 못할 바이며, 오직 우리 청춘에게서만 구할 수 있는 것이다.

　청춘은 인생의 황금시대다. 우리는 이 황금 시대의 가치를 충분히 발휘하기 위하여, 이 황금시대를 영원히 붙잡아 두기 위하여 힘차게 노래하며 힘차게 약동(躍動)하자.

— 민태원, 「청춘예찬(靑春禮讚)」

힘이 넘치는 글이다. 앞의 글과는 달리 어떤 이야기가 담겨 있는 글은 아니다. 소재나 이야기를 통하여 뜻을 넌지시 전달하려는 태도가 아니다. 필자가 독자의 감정에 직접 호소하고 있는 글이다. 빠른 호흡으로 긴장감을 주는 것이 짧은 문장이라면 긴 문장은 길게 호흡하면서 깊이 생각하게 한다. 이 글은 짧은 문장과 긴 문장을 적절하게 배합하고 있다. 읽는 사람으로 하여금 긴장감을 갖게 하면서도 한편으로 생각하게 한다.

이 글에서는 다양한 수사법(修辭法)이 동원되고 있는 것을 알 수 있다. 첫 번째로 대면하는 것이 명사 하나로 문장을 만들고 있는 돈호법(頓呼法)이다. 1)에서 필자는 독자의 가슴에 직접으로 호소하는 돈호법을 쓰고 있다. 2)에서는 독자를 강하게 압박하는 명령법을 쓰고 있다.

☽ 예문 3

나무와 작은 풀들이 그렇게 하듯이 구월의 시인들이여 우리에게도 열매를 주십시오. 밤송이들이 영그는 껄끄러운 숲에서 손을 높이 치켜들고 열매를 따는 법과 손가락을 찔리지 않고 껍질을 까는 솜씨를 가르쳐 주십시오. 열매는 면류관을 쓴 성자처럼 가시가 많고, 더러는 갑옷을 입은 영웅처럼 딱딱한 껍질로 몸을 감싸고 있기 때문입니다. 그리고 지구를 닮아 모양이 둥글고 또 별을 그리워해서 항상 높은 나뭇가지 위에서 매달려 있으니, 당신 같은 시인이 아니면 아무리 작은 열매라 할지라도 우리에게는 너무 무거울 것입니다. 우리 힘만으로는 도저히 그 열매 속에 든 맛을 맛볼 수 없을 것입니다.

천둥과 소낙비들이 어떻게 그 과육 깊숙이 숨어 저토록 향기로운 냄새로 변신했는지를 말씀해 주십시오.1) 그리고 말씀해 주십시오. 열매들이 어떤 잠을 자는가를. 아무리 탐욕한 새들도 감히 범할 수 없었던 그 열매들이 이제 철이 되어 당신의 가장 뜨거운 입김 속에서 떨어지려 하니, 어서 서리가 내리기 전에 열매들의 죽음에 대해서도 이야기해 주셔야 합니다.

씨앗의 어둠에 대해서 말하십시오. 천년 미이라와도 같은 그 침묵 앞에서 당신은 신성문자를 해독하는 고고학자나, 혹은 암호를 푸는 탐정이 되어야 합니다. 그래야 우리는 당신을 따라 열매들의 언어를 읽는 법을 배우고, 끝내는 구구단을 외는 아이들처럼 가을의 노래를 부를 것입니다. 성급한 사람들은 지금 나뭇잎을 태우고 있으나, 우리는 벌판의 연기처럼은 되지 않을 것입니다.

아! 그것은 연기가 아닙니다. 열매는 연기가 아닙니다. 그것은 나뭇잎이 아니며 뿌리도 나뭇가지도 아닙니다. 모든 강줄기가 모여 한 방울의 물이 되고, 모든 흙덩이와 바위들이 합쳐 한 톨의 보석이 되는 기적처럼, 이파리들이 모여 뿌리들이 모여 나뭇가지란 가지가 다 모여 비로소 한 개의 열매가 되는 것을, 당신은 우리에게 가르쳐 주셨습니다. 모든 말이 모여서 열매가 되면 시가 되고, 모든 생명이 모여 열매가 되면 죽음이 된다고 하였으니, 이제 구월에는 시를 사랑하듯 죽음을 생각하지 않으면 안 될 것입니다.2) 탐스러운 과일을 따듯이, 아름다운 한 줄의 시를 외듯이, 우리들의 죽음을 노래할 것입니다.

다시 눈을 비비고 분노처럼 잠에서 깨어나는 열매들을 우리에게 주십시오. 나무와 작은 풀들이 그렇게 하듯이 구월의 시인들이여 우리에게 열매를 주십시오. 모든 언어가 모여 시의 열매가 되듯이, 이제 우리의 온 생명이 합쳐 죽음의 열매가 되면, 추운 겨울이 와도 외롭지 않을 것입니다.3) 봄이 오는 재생의 열매 속에 우리가 씨앗처럼 단단히 박혀 있기 때문입니다.

— 이어령, 「시와 열매」

앞 민태원의 글이 독자에게 직접 호소하면서 쓴 글이라면, 뒤의 이 글은 시인에게 하는 말을 독자는 간접적으로 듣고 느끼도록 쓴 글이다. 두 글 다 명령문이 주된 문장의 흐름이지만 분위기는 사뭇 다르다. 앞의 글이 강한 명령이 수반되어 있지만, 뒤의 글은 수신자에게 부탁 혹은 애소하는 듯한 목소리다. 같은 명령문이지마는 '해라'체와 '하시오'체의 느낌이 다르듯이 두 글도 화자의 목소리를 전혀 다르게 느낄 수 있다. 힘이 넘쳐나는 강한 톤을 느끼는데 비해 섬세한 감각과 예리한 관찰안을 느낄 수 있다.

이 글은 산문으로 되어 있지만 시를 읽는 느낌을 받는다. 1)의 발상은 산문이라기보다 시적이다. 천둥과 소낙비가 열매를 키우고 그것이 과일 속에 스며들어가 향기를 지니게 된다는 발상은 놀랍다. 2)는 열매가 모든 것이 모여서 이루어지듯이 시인의 말 또한 그렇게 어렵게 이루어졌다는 것이다. "모든 생명이 모여 열매가 되면 죽음이 된다"는 말은 사실인 동시에 또한 역설이다. 생명의 끝은 열매이기 때문이다. "이제 구월에는 시를 사랑하듯 죽음을 생각하지 않으면 안 될" 것이란 말은 이 시대 시인에게는 매우 암시적인 말이다. 특히, 필자가 이 글을 쓸 때는 우리 모두 군사독재 하에서 신음하고 있을 때이기 때문이다. 3)에서 우리는 그것을 좀 더 확실하게 느낀다.

> **예문 4**

벌레

낮에는 아직도 90도의 더위가, 가만히 앉아 있는 사람의 숨을 턱턱 막는다. 그런데 어느 틈엔지 제일선에 나선 가을의 전령사(傳令使)가 전등빛을 따라와서, 그 서늘한 목소리로 노염(老炎)에 지친 심신을 식혀 주고 있다. 그들은 여치요 베짱이요, 그리고 귀뚜라미들이다.

물론, 이 전령사들의 전초역을 맡아 가지고 훨씬 먼저 온 것으로 매미, 쓰르라미가 있지마는 그들은 소란한 대낮에, 우거진 녹음 속에서 폭양에 항거하면서 부르는 외침이라, 듣는 사람에게 '가을이다' 하는 기분을 부어 주기에는 아직 부족한 무엇이 있었다. 그렇더니 이 저녁에 들리는, 정밀 속에 전진하여 오는 소리야말로, '인젠 확실한 가을이로구나!' 하는 영추송(迎秋頌)을 나도 모르는 사이에 튀어나오게 한다.

달

전등을 끄고 자리에 누우니 영창이 유난히 환하다. 가느다란 벌레 소리들이 창 밖에 가득 차 흐른다.

'아!' 하는 사이에, 나는 내 그림자의 발목을 디디고, 퇴 아래 마당 가운데 섰다. 쳐다보아도 쳐다보아도 눈도 부시지 않은 수정덩이가, 도시의 무수한 전등과 네온사인에 나 보아란 듯이 달려 있다.

저 달이 생긴 뒤로, 얼마나 많은 사람들의 마음이 그를 어루만지고 주무르고 꼬집고 하였을까? 원망인들 오죽 쌓였을라고. 그의 얼굴은 따뜻한 듯 서늘한 듯, 쌀쌀하면서 다정(多情)도 하다.

성결한, 숭고한, 존엄한 그의 위력에 나는 다시 내 자리로 쫓겨들어왔다.

이슬

이슬은 가을 예술의 주옥편이다. 하기야 여름엔들 이슬이 없으랴? 그러나 청랑(淸朗) 그대로의 이슬은, 청랑 그대로의 가을이라야 더욱 청랑하다.

삽상(颯爽)한 가을 아침에 풀잎마다 꿰어진 이슬 방울들의 영롱도 표현할 말이 막히거니와, 달빛에 젖고 벌레 노래에 엮어진, 그 청신(淸新)한 진주 떨기야말로 보는 이의 눈을 부시게 할 뿐이다.

창공(蒼空)

옥에도 티가 있다는데, 가을 하늘에는 얼 하나 없구나! 뉘 솜씨로 물들인 깁일러냐? 남이랄까? 코발트랄까, 푸른 물이 뚝뚝 듣는 듯하구나!

내 언제부터 호수를 사랑하고, 바다를 그리워하고, 태양을 동경하
였던가? 내 심장은 저 창공에 조그마한 조각배가 되어, 한없는 항해
를 계속하여 마지않는, 알뜰한 향연을 이 철마다 누리곤 한다.

— 이희승, 「청추수제(清秋數題)」

이런 글을 흔히 단상(斷想)이라고 부른다. 접하는 사물에서 느낀 바
를 짧은 글로 표현한 것이다. 이 글은 가을을 맞으면서 느낀 소감을
다정다감하게 표현하고 있다. 산문정신의 바탕이 확실하면서도 시적
인 감각이 살아 있는 것을 느낀다. '벌레', '달', '이슬', '창공' 등의 소
제목을 내걸고 필자의 느낀 바와 생각한 바를 쓰고 있는데 문체가 그
야말로 '청랑'한 감을 준다. 어휘의 선택도 탁월하다.

☽ 예문 5

새에게

살아갈수록 가볍고 싶은데 살아갈수록 내가 무겁구나. 얼굴은 숨
기고서 노래로만 말을 하는 작은 새야, 아직도 사랑과 눈물이 부족
해서 나는 너처럼 빼어난 시인일 수가 없나 보다.
내가 미련해서 놓쳐버린 시어들도 네가 대신 노래로 불러주겠지?
나도 언젠가는 너처럼 가벼울 수 있도록 숨어서 기도해 주겠니?

사과

까만 씨앗에 박혀 있는 햇빛과 바람의 언어를 캐고 싶어. 가슴에
묻어 오는 흙내음을 맡고 싶어. 사과는 언제 만나도 싫증나지 않는
기쁨의 둥근 얼굴. 사과를 보면 정다운 친구 하나 꼭 부르고 싶어.
발갛게 물든 추억의 고운 껍질을 까듯, 잘 익은 사과를 깎아 친구에
게 건네주고 싶어. 언제 먹어도 물리지 않는 사근사근하고 신선한
행복의 맛.

집

　세월이 가도 마음은 늙지 않아 그대로인 집. 집은 낡았어도 정은 새롭네. 대문을 열면 아버지의 기침소리가 들리고, 빨래를 너는 어머니의 하얀 무명치마에 머무는 햇살.
　어린 동생의 웃음소리가 채송화로 피어나고, 시를 읽는 언니의 목소리가 도라지 꽃빛으로 살아오는 꽃밭에 가벼운 시처럼 내려앉는 한 마리의 흰 나비.
　팽이를 치는 오빠 옆에서 고무줄 넘기를 하던 단말머리의 나, 그리고 오래 잊고 있던 나의 노랫소리도 들려오는 우리 집 앞마당.
　팽이처럼 돌아가는 어제의 기억과 고무줄처럼 팽팽한 오늘의 시간이 서로 손을 잡고 새로운 기쁨을 탄생시키네.

베개

　밤마다 나의 꿈을 눕히는 엄마의 무릎 같은 베개. 아무에게도 이야기 못한 내 은밀한 기쁨과 고뇌의 무게를 참을성 있게 받쳐주는 푹신한 쉼터.
　베갯잇의 꽃무뇌도 꽃밭으로 춤추며 살아오는 밤. 작은 베개 하나로 온 세상을 베듯 눈을 감으면 환히 열리는 시의 나라.

무명성

　이름 없는 풀, 이름 없는 새, 이름 없는 순교자, 이름이 없음으로 하여 왠지 더욱 가깝고 순결하게 느껴지는 것들.
　사람들 사이, 사물들 사이 뽐내는 이름들이 하도 많아, 더욱 돋보이는 하얀 무명성. 세상이라는 이 큰 산에서 이름이 있어도 없는 것처럼 담담할 순 없는 것일까. 바위 틈에 숨어 핀 이름 없는 들꽃처럼 이겨 볼 수 있을까.

— 이해인, 「어느 날의 단상들」

　같은 단상이지만, 앞의 글과는 관심하는 바가 다르다. 앞의 글은 자연을 자연 그대로 보면서 즐기는 데 비하여 뒤의 글은 그 자연을 언제나 필자의 삶, 혹은 보편적인 인간의 삶과 연관을 지으면서 진술하고 있다. 새를 보면서 자기의 시를 연관해서 생각하고, 사과를 보면서 친구와 나누어 먹을 생각을 하고, 집을 보면서 어린 시절 필자의 부모형제와 지나던 때를 회상하고, 베개를 보면서 눈을 감으면 '시의 나라'가 열리는 것을 보고, 이름 없는 풀과 새를 보면서 순교자를 떠올리고 있다.

☽ 예문 6

돌에도 피가 돈다. 나는 그것을 토함산 석굴암에서 분명히 보았다. 양공(良工)의 솜씨로 다듬어낸 그 우람한 석상(石像)의 위용은 살아 있는 법열(法悅)의 모습 바로 그것이었다. 인공이 아니라 숨결과 핏줄이 통하는 신라의 이상적 인간의 전형이었다. 그러나 이 신라인의 꿈속에 살아 있던 밝고 고요하고 위엄 있고 너그러운 모습에 숨결과 핏줄이 통하게 한 것은, 이 불상을 조성한 희대(稀代)의 예술가의 이상인(理想人)의 모습을 모델로 삼아 거대한 화강석괴(花崗石塊)를 붙안고 밤낮을 헤아림 없이 쪼아내고 깎아낸 끝에 탄생된 이 불상은 벌써 인도인의 사상고 모습도 아닌 신라의 꿈과 솜씨였다.

석굴암의 중앙에 진좌(鎭坐)한 석가상은 내가 발견한 두 번째의 돌이다. 선사(禪寺)의 돌에서 나는 동양적 예지(叡智)를 발견하였다. 그것은 지혜의 돌이었다. 그러나 석굴암의 돌은 나에게 한국적 정감(情感)의 계시(啓示)를 주었다. 그것은 예술의 돌이었다. 선사의 돌은 자연 그대로의 돌이었으나, 석굴암의 돌은 인공이 자연을 정련(精鍊)하여 깎고 다듬어서 오히려 자연을 연장 확대한 돌이었다. 나는 거기서 예술미와 자연미의 혼융(渾融)의 극치를 보았고, 인공으로 정련된 자연, 자연에 환원된 인공이 아니면 위대한 예술이 될 수 없다는 것을 배웠다. 예술은 기술을 기초로 한다. 바탕에 있어서는 예술이나 기술이나 다 'art'이다. 그러나 기술이 예술로 승화하려면 자연을 얻어야 한다. 다시 말하면 인공(人工)을 디디고서 인공을 뛰어넘

어야 한다. 몸에 밴 기술을 망각하고 일거수 일투족이 무비법(無非
法)이 될 때 예도(藝道)가 성립되고, 조화(造化)와 신공(神功)이 체득
된다는 말이다. 나는 석굴암에서 그것을 보았던 것이다. 돌에도 피
가 돈다는 것을 말이다. 나는 그 앞에서 찬탄(讚嘆)과 황홀(恍惚)이
아니라 감읍(感泣)하였다. 그것이 불상이었기 때문이 아니었다. 한국
예술의 한 고전이었기 때문이다. 나는 몇 번이고 그 자비로운 입모
습과 수련히 내민 젖가슴을 우러러 보았고, 풍만한 볼기살과 넓적다
리께를 얼마나 어루만졌는지 모른다.

— 조지훈, 「돌의 미학」

　장중(莊重)한 느낌이 드는 글이다. 문장에 우리 고유어보다는 한자어
의 어휘가 많다. 고유 어휘가 많은 글은 소박하면서도 감각적인 느낌
을 주지만 한자 어휘가 많은 문장은 장중하면서도 사색적인 느낌을
준다. 소리글과 뜻글의 차이에서 비롯되는 것이라고 생각된다. 문단을
가볍게 끊지 않아서 또한 무게를 더하고 있다. "인공으로 정련된 자
연"이라는 말에는 예리한 통찰(洞察)이 있다. 그러면서도 둘째 문단의
마지막에 가서는 지금까지와는 다르게 장중한 자세에서 벗어나 해학
(諧謔)을 느끼게 한다.

　〉 예문 7

　다독(多讀)이냐 정독(精讀)이냐가 또한 물음의 대상이 된다. '남아
수독오거서(男兒須讀五車書)'는 전자의 주장이나, '박이부정(博而不
精)'이 그 통폐(通弊)요, '안광(眼光)'이 지배(紙背)를 철(徹)함이 그 후
자의 지론이로되, '나무를 보고 숲을 보지 못함'이 또한 그 약점(弱
點)이다. 아무튼, 독서의 목적이 '모래에서 금을 캐어냄'에 있다면,
필경 '다(多)'와 '정(精)'을 겸하지 않을 없으니, 이것 역시 평범하나
마 '박이정(博而精)' 석자를 표어로 삼아야 하겠다. '박(博)'과 '정
(精)'은 차라리 변증법적으로 통일되어야 할 것─아니, 우리는 양자

의 개념을 궁극적으로 초극(超克)하여야 할 것이다. 송인(宋人)의 다음 시구는 면학(勉學)에 대해서도 그대로 알맞은 경계이다.

별판 다한 곳이 청산인데,　　(平蕪盡處是靑山)
행인은 다시 청산 밖에 있네. (行人更在靑山外)

나는 이 글에서 독서의 즐거움을 종시 역설하여 왔거니와, 그 즐거움의 흐름은 왕양(汪洋)한 심충(深衷)의 바다에 도달하기 전에, 우선 기구(崎嶇), 간난(艱難), 칠전팔도(七顚八倒)의 괴로움의 협곡(峽谷)을 수없이 경과함을 요함이 무론(毋論)이다. 깊디깊은 진리의 탐구나 구도적(求道的)인 독서는 말할 것도 없겠으나, 심상(尋常)한 학습에서도 서늘한 즐거움은 항시 '애씀의 땀'을 씻은 뒤에 배가(倍加)된다. 비근(卑近)한 일례로, 요새는 그래도 스승도 많고 서적도 혼하여 면학의 초보적인 애로(隘路)는 적으니, 학생 제군은 나의 소년 시절보다는 덜 애쓴다고 본다. 나는 어렸을 때에 그야말로 한적(漢籍) 수백 권을 모조리 남에게 빌어다가 철야(徹夜), 종일(終日) 베껴서 읽었고, 한문은 워낙 무사독학(無師獨學), 수학조차도 혼자 애써서 깨쳤다. 그 괴로움이 얼마나 하였을까마는, 독서 연진(研眞)의 취미와 즐거움은 그 속에서 터득, 양성되었음을 솔직히 고백한다.

끝으로 소화(笑話) 일편(一片) ─ 내가 12, 3세 때이니, 거금(距今) 50년 전 일이었다. 영어를 독학하는데, 그 즐거움이야말로 한문만 일과(日課)로 삼던 나에게 칼라일의 이른바 '새로운 하늘과 땅(new heaven and earth)'이었다. 그런데 그 독학서(獨學書) 문법 설명의 '삼인칭' 단수(三人稱單數)란 말의 뜻을 나는 몰라, '독서백편의자현(讀書百編義自見)이란 고언(古諺)만 믿고 밤낮 며칠을 그 항목만 자꾸 염독(念讀)하였으나, 종시 '의자현(義自見)'이 안 되어, 마침내 어느 겨울날 이른 아침, 눈길 30리를 걸어 읍내에 들어가 보통학교 교장을 찾아 물어 보았으나, 그 분 역시 모르겠노라 한다. 다행히 젊은 신임 교원에게 그 말뜻을 설명 받아 알았을 때의 그 기쁨이란! 나는 그 날, 왕복 60리의 피곤한 몸으로 집으로 돌아와, 하도 기뻐서 저녁도 안 먹고 밤새도록 책상에 마주 앉아, 적어 가지고 온 그

― 양주동, 「면학(勉學)의 서(書)」

위의 글도 한자 어휘가 많다. 역시 사색적(思索的)이고 장중(莊重)한 느낌을 주지만 앞의 글과는 전혀 다른 느낌을 준다. 장문(長文)이 많이 섞여 있음에도 불구하고 완만(緩慢)한 느낌은 주지 않는다. 오히려 경쾌한 기분을 느끼게 한다. 문체 때문이다. 정지(停止)의 미학을 존중하는 해서체(楷書體)가 아니라, 흐름의 미학을 존중하는 행서체(行書體)의 글을 보는 느낌이 든다. 그러면서도 시종 독자에로 하여금 웃음을 머금고 읽게 한다. 문장마다 위트와 유머가 번득이고 있기 때문이다.

다독을 할 것인가 정독을 할 것인가의 대답을 한 마디로 '박이정(博而精)'이라고 한 것은 촌철살인(寸鐵殺人)의 위트가 담겨 있다. 곳곳에 인용되고 있는 한문 고전이나 경구(警句)의 인용은 문장에 깊이를 더하고 있다. "기구, 간난, 칠전팔도의 괴로움의 협곡을 수없이 경과"하였다는 것은 유머의 백미(白眉)라고 할 수 있다. 필자가 어린 시절에 겪었던 일화 즉, 삼인칭 단수에 대한 깨침은 독자로 하여금 파안대소(破顔大笑)를 하게 한다. 오늘날의 중학생 정도면 누구나 알고 있는 그 '삼인칭 단수'라는 말을 터득하기 위하여 그처럼 고생을 하였던가 라는 생각을 하기 때문이다. 깊이가 있으면서 경쾌하고, 사색적이면서 유머러스한 것이 이 글의 특징이다.

　☽ **예문 8**
　나는 개울로 간다. 가물로 하여 너무나 빈약한 물이 소리 없이 흐른다. 뼈처럼 앙상한 물줄기가 왜 소리를 치지 않나? 너무 더웁다. 나뭇잎들이 축 늘어져서 허덕허덕하도록 더웁다. 이렇게 더우니 시냇물인들 서늘한 소리를 내어 보는 재간도 없으리라.

나는 물가에 앉는다. 앉아서 자—무슨 제목으로 나는 사색해야 할 것인가 생각해 본다. 그러나 물론 아무런 제목도 떠오르지 않는다. 그렇다면 아무것도 생각 말기로 하자. 그저 한량없이 넓은 초록색 벌판, 지평선, 아무리 변화하여 보았댔자 결국 치열(稚劣)한 곡예(曲藝)의 역(域)을 벗어나지 않는 구름, 이런 것을 건너다본다.

지구 표면적의 백분의 99가 이 공포의 초록색이리라. 그렇다면 지구야말로 너무나 단조 무미한 채색이다. 도회에는 초록이 드물다. 나는 처음 여기 표착(漂着)하였을 때 이 신선한 초록빛에 놀랐고 사랑하였다. 그러나 닷새가 못 되어서 일망무제(一望無際)의 초록색은 조물주의 몰취미와 신경의 조잡성(粗雜性)으로 말미암은 무미건조한 지구의 여백인 것을 발견하고 다시금 놀라지 않을 수 없었다.

어쩔 작정으로 저렇게 퍼러냐. 하루 온종일 저 푸른빛은 아무것도 하지 않는다. 오직 그 푸른 것에 백치와 같이 만족하면서 푸른 채로 있다.

이윽고 밤이 오면 또 거대한 구렁이처럼 빛을 잃어버리고 소리도 없이 잔다. 이 무슨 거대한 겸손이냐.

이윽고 겨울이 오면 초록은 실색(失色)한다. 그것은 남루(襤褸)를 갈기갈기 찢은 것과 다름없는 추악한 색채로 변하는 것이다. 한 겨울을 두고 이 황막(荒漠)하고 추악한 벌판을 바라보고 지내면서 그래도 자살(自殺) 민절(悶絶)하지 않는 농민들은 불쌍하기도 하려니와 거대한 천치다.

그들에게는 흥분이 없다. 벌판에 벼락이 떨어져도 그것은 뇌성 끝에 가끔 있는 다반사에 지나지 않는다. 촌동(村童)이 범에게 물려가도 그것은 맹수가 사는 산촌에 가끔 있는 신벌(神罰)에 지나지 않는다. 실로 전신주 하나 없는 벌판에서 그들이 무엇을 대상으로 흥분할 수 있으랴.

산등을 넘어 철골 전선주가 늘어섰다. 그러나 그 동선(銅線)은 촌락에 엽서 한 장을 내려뜨리지 않고 섰는 채다. 동선으로 전류도 통

하리라. 그러나 그들의 방이 아직도 송명(松明)으로 어둠침침한 이
상 그 전선주들은 이 마을 동구(洞口)에 널어선 포풀라 나무와도 조
금도 다름이 없다.

그들에게 희망이 있던가? 가을에 곡식이 익으리라. 그러나 그것은
희망은 아니다. 본능이다.

내일, 내일도 오늘 하던 계속의 일을 해야지. 이 끝없는 권태의
내일은 왜 이렇게 끝없이 있나? 그러나 그들은 그런 것을 생각할
줄 모른다. 간혹 그런 의혹이 전광(電光)과 같이 그들의 흉리(胸裏)
를 스치는 일이 있어도 다음 순간 하루의 노역(勞役)으로 말미암아
잠이 오고 만다. 그러니 농민은 참 불행하도다. 그럼—이 흉악한 권
태를 자각할 줄 아는 나는 얼마나 행복된가.

— 이상, 「권태」

역설(力說)과 비유의 미학이 절묘하게 표현된 작품이다. "뼈처럼 앙
상한 물줄기가 왜 소리를 치지 않나?"는 표현부터 주목을 끈다. "무슨
제목으로 나는 사색해야 할 것인가"라는 표현은 유머가 포함되어 있
다. 구름의 변화를 보고 대개 긍정적 찬탄을 아끼지 않는 법이다. 그
러나 필자는 정 반대의 태도를 취하고 있다. 오만가지 구름의 변화를
"치열(稚劣)한 곡예"라는 것이다. 상식을 뒤집는 태도다. '초록색'에 대
한 태도도 마찬가지다. 나무와 풀의 초록빛이 전개되어 있는 산야를
대개는 찬탄의 대상으로 표현한다. 그러나 필자는 "조물주의 몰취미
와 신경의 조잡성"으로 표현한다. 초록으로 된 수목이 다시 단풍으로
바뀜으로써 그 아름다움에 감탄을 마지않는 것이 일반적인 반응이다.
그러나 필자는 "초록은 실색(失色)한다"고 표현하고 있다. "팔봉산 등
을 넘어 철골 전선주가 늘어섰다."는 표현도 특이하다. 인상파의 그림
을 보는 듯한 느낌이 든다. 모든 문장이 '권태'라는 주제를 향해 귀순

되어 있는 듯이 보인다.

　이와 같이 이야기의 내용에 감동을 주거나, 힘찬 약동을 느끼게 하거나, 사물을 꿰뚫어보는 통찰이 있거나, 수정 같이 맑은 청량한 감상이 있거나, 중후한 사색이 있거나, 유머와 위트가 뛰어나거나, 역설의 미학이 뛰어나거나 각기 그 글의 특이한 맛이 살아날 수 있다. 이런 특성을 지니고 있으면서 문학성을 지니고 있는 글일 때, 우리는 향기로운 수필이라고 말한다. 향기 있는 수필을 많이 읽는 것은 좋은 수필을 쓸 수 있는 지름길이 된다.

제7장 퇴고(推敲)와 제목 붙이기

가) 퇴고

퇴고는 보다 좋은 글을 쓰기 위해서 문장을 다듬고 글의 배열을 다시 조정하는 것이다. 처음부터 좋은 글을 썼으면 좋겠지만 대체로는 그렇게 되지 않는다. 완전한 인간이란 있을 수 없듯이 완벽한 문장이나 글은 있을 수 없다. 자신 있게 써 내려간 글도 다시 보면 고칠 점이 많다. 사람에 따라 처음 쓴 글을 그대로 발표하는 사람도 있지만 대체로는 몇 번이나 다시 읽고 고칠 점이 있으면 고쳐서 발표한다. 처음 쓴 그대로의 글보다는 거듭 고쳐서 낸 글이 훨씬 좋을 것이라는 것은 말할 필요도 없다. 특히 수필 쓰기를 배우려는 사람은 이런 태도가 필수적이다.

첫째 퇴고는 문장 단위로 생각할 수 있다. 문장 단위는 바른 문장으로 쓰여졌는가를 살펴보는 일이다. 어휘가 바르게 쓰여졌는가, 문장의 호응에 어색한 점이 없는가, 앞뒤의 문장과 상치하는 것은 없는가 등을 살피는 일이다. 이제 학생들이 쓴 글을 보면서 어떤 것을 고쳐 써야 하는지 생각해 보기로 하자.

☽ 예문 1

초록 물이 뚝뚝 떨어질 것 같던 여름도 흠뻑 젖은 발자국을 남긴 채 사라져갔다.1) 철 지난 옷들을 정리하면서도 행여나 빨리워지지 않은 초록이 묻어 있을까 기우처럼 살피게 된다.2) 그렇게 눅눅했던 여름은 가버리고, 인색했던 햇살이 느즈막히 사람들 얼굴에 갈빛을 물들이며 천천히 더디게 가을을 불러왔다.3)

한 계절이 오고 감이 내 인생과 무관했던 유년이 있었고, 오는 계절의 기대 그 이상도 아니었던 푸른 청춘도 있었지만, 서른 일곱의 가을맞이는 가버리는 시간에 대한 아쉬움으로 가슴 한켠을 비우는 쓸쓸한 이별로 시작된다.4) 일생의 한 가운데 즈음되는 이 나이에, 그것도 가을이 오는 길목에 서 있는 나는, 다가오는 시간으로부터 고개 돌려 비로소 지나온 시간들을 관조하게 되는 순환점을 막 지나고 있는 느낌이다.5)

위의 글 1)에서 "흠뻑 젖은 발자국을 남긴 채"라는 말이 앞의 말과 어울리지 않는다. 또 초록의 세상이던 여름이 사라진다는 표현으로는 적당치 못하다. 2)에서는 "빨리워지지 않은"이란 표현은 어색하다. "기우처럼"이란 표현은 적절치 못하다. 4)에서 "내 인생과 무관했던 유년", "오는 계절의 기대 그 이상도 아니었던 내 청춘"이란 표현은 적절치 못하다. 4)"일생의 한 가운데 즈음되는 이 나이에"에서 "관조", "순환점" 등은 적절한 어휘라고 생각되지 않는다. 그리고 맨 뒤의 문장은 필요 없는 사족이 되어 있다. 이 글을 다음과 같이 고쳐 보면 어떨까?

☽ 예문 1-1 고친 글

초록 물이 뚝뚝 떨어질 것 같던 여름도 어느새 칙칙한 발자국만 남긴 채 점차 사라져 가고 있다. 철 지난 옷들을 정리하면서 초록의 얼룩이 묻어 있지 않을까 살펴본다. 무덥고 눅눅하던 여름도 어느새 가고 청명한 공기를 뚫고 맑고 해사한 햇살이 사람들의 얼굴을 붉게 물들이며 천천히 가을을 불러오고 있다.

계절의 오고 감에 전혀 무관하게 지난 유년이 있었고, 계절의 변화에 그저 덤덤하게 보낸 20대도 있었다. 그러나 나는 지금 흘러가 버린 시간에 대한 아쉬움으로 가슴 한켠이 텅 빈 것을 느끼며 지난 세월에 대하여 이별을 고하면서 서른 일곱의 나이로 가을 맞이를 하고 있다. 일생으로 친다면 나는 한 중간을 지나고 있는 셈이다. 앞만 보고 달려 왔던 나는 이제 가을의 길목에 서서 지난 시간을 뒤돌아보면서 다가오는 삶에 대하여 조용히 챙겨보고 싶다.

☽ 예문 2

국립극장으로 가는 길 가로수의 은행나무 잎이 나비처럼 날아와 수표교 위에 내려앉는다.1) 오늘 감상할 공연은 하늘극장의 무대인데, 국립극장내의 야외 소극장이다.2) 해가 넘어가자 바람이 제법 차갑다. 프로그램책자에 바람막이 겸 비옷이 하나씩 들어 있다.3) 모처럼 정장을 하고 나왔는데, 바람막이 옷으로 가려야 했다.4) '치마로 본 한국여인의 삶'이라는 주제를 보면서 옛날 엄마의 체취가 배어있는 치마의 포근했던 기억을 떠올린다.5) 주로 여성관객들인데 비닐 옷으로 한 겹 덧입은 모습이 우스워서 입가에 웃음이 저절로 흐른다.6)

위의 글 1)은 군말이 있어 좀 치렁치렁하다. 2)는 "공연은……무대인데"가 주어＋서술어인 셈인데 맞지 않다. 3)의 "프로그램 책자" 속에 비옷이 들어 있다는 것은 아무래도 이상하다. "프로그램이 담긴 봉투"로 해야 될 것이다. 4)는 틀린 말은 아니나, 표현이 재미가 없다. 5)에서 제목일는지는 몰라도 주제는 아닐 것이다. 왜냐하면 아직도 연극을 보기 전이기 때문이다. 6)은 유머러스한 표현이 되어야 할 것인데 재미없는 표현이 되고 있다. 이 글을 다음과 같이 고쳐 보면 어떨까?

𝕯 예문 2-2 고친 글

수표교 위에 가로수의 은행잎이 나비처럼 날아와 앉는다. 국립극장으로 가는 길 위에서였다. 나를 마중하는 듯해서 기분이 썩 좋았다. 국립극장내의 야외 소극장에서 오늘의 공연이 있다고 한다. 해가 넘어가자 바람이 제법 차갑다. 프로그램이 담긴 봉투를 받아 열어보니 바람막이를 겸한 비옷이 하나씩 들어 있었다. 모처럼 멋을 부리며 정장을 하고 나왔는데, 바람막이 옷으로 가려야 하니 어둠 속에 입은 비단옷이 된 셈이다. 연극의 제목은 '치마로 본 한국여인의 삶'이다. 스토리가 어떻게 전개될지 짐작이 가지 않지만 엄마 냄새가 흠씬 담겨 있는 치마폭 생각이 난다. 응석이라도 부리고 싶었던 포근한 엄마의 치마폭이었다. 둘러보니 여성관객이 대부분인데 한껏 치장한 옷 위에 모두 비닐 옷으로 덧끼어 입었으니 꼴들이 우스워 나는 줄곧 실실 웃고 있었다.

𝕯 예문 3

사람이 살아가는데는 자연 속에서 살고 있지만, 실천과 실행도, 행동과 행실도 사람이 하고 있다.1) 사랑은 사랑하는 사람의 선택이다.2) 내가 아무리 남에게 사랑하는 마음을 주어도, 그들은 보답도 반응도 하지 않는다는 것을 알았다.3) 다만 내가 할 수 있는 일이 있다면 사랑 받을 만한 사람이 되는 것뿐이다.4)

글을 쓴다는 것도 대화를 하는 것과 마찬가지로, 내 마음의 아픔과 희망을 주기도 한다.5) 그리고 타인의 마음을 상하지 않는다는 것과 내 마음을 위해 입장을 분명히 한다는 것, 이 두 가지 일을 엄

격하게 구분하는 것이 얼마나 어렵다는 것을 나는 배웠다.6) 사랑하
는 것과 사랑 받는 것을!7)

　위의 글은 문장이 의미하는 바도 애매하지만, 앞 뒤 문장의 연결에
도 문제가 많다. 연결되는 문장이 지나치게 비약해 버린 경우도 보인
다. 1)에서 우리는 이 필자가 무엇을 말하려고 하는지 해독하기가 어
렵다. 주문과 부속문의 관계가 애매하기 때문이다. 2)의 문장과 어떤
인과 관계가 있는지 짐작하기 어렵다. 다만 3)과 4)의 문장을 보면서
왜 필자가 이런 말을 먼저 하고 있는가를 짐작할 뿐이다. “사랑 받을
만한 사람이 되는 것”이 이 문단의 핵심으로 짐작되기 때문에 그것에
따르는 뒷받침문장을 써야 할 것이다. 5)의 뜻은 짐작할 수는 있지만
분명한 전달이 못된다. 6)도 뜻이 분명하지 않다. 7)은 앞의 말을 강조
하기 위하여 도치문을 쓰고 있는 셈인데 앞 문장이 뜻을 분명히 나타
낼 때에만 효과가 있다. 이 글을 다음과 같이 정리해 보자.

☾ 예문 3-3 고친 글

　사람은 자연에 순응해서 살고 있지만, 인간 스스로 선택해서 실
천해야 할 일이 있다. 사랑하는 것이 바로 그런 것이다. 사랑은 내
가 아무리 남에게 베풀어도 보답을 받지 못할 때가 많다. 사랑을 주
면 그만큼 받고 싶어하는 것이 보통 사람의 마음이다. 내가 아무리
사랑하는 마음을 주어도 저쪽으로부터 그만큼의 사랑으로 돌려 받
지 못한다는 것을 경험을 통해서 알았다. 그렇다면 나는 어떤 태도
를 취해야 할까? 내 스스로 사랑을 받을 수 있는 사람이 되도록 노
력하는 수밖에 없다.
　글을 쓰는 것도 대화를 나누는 것과 마찬가지로 사랑을 주고받는
것이라고 생각한다. 그러나 때로는 글을 통해 남의 마음을 상하게
할 때도 있다. 남의 마음을 상하게 하지 않고 나의 뜻을 분명히 밝

히는 일이 얼마나 어려운 일이라는 것을 나는 깨달았다.

⟫ 예문 4

하늘에 닿을 듯 높다란 메타세콰이어 사이로 낙엽이 수북히 쌓인 길을 바스락 바스락 밟고 싶어지는 가을이다.1) 바바리 코트 깃을 세우고 명상집 한 권쯤 옆구리에 끼고 걷고 싶다. 그렇게 정처 없이 걷다보면 가슴 가득히 낙엽이 물들 것만 같다.2) 이어폰을 귀에 꽂고 유재하의 노래를 듣는 것도 좋을 것이다.

그는 내가 대학시절 무척이나 좋아했던 가수였다. 많은 사람들이 아는 유명인도 아니고 아직까지 그의 모습을 볼 수 있는 것도 아니지만(젊은 나이에 세상을 떠났기에) 가끔씩 라디오에서 흘러나오는 그의 노래는 지금도 나의 마음을 적신다.3) 그의 노래 가운데 〈가리워진 길〉이란 것이 있다.

보일 듯 말 듯 가물거리는 안개 속에 쌓인 길
잡힐 듯 말 듯 멀어져 가는 무지개와 같은 길

그에게 길은 잡을 수 없는 무지개, 가물거리는 안개와 같은 존재이다. 앞으로 그에게 다가올 비극을 미리 예측이라도 한 것일까? 미래에 대한 기대와 호기심, 동시에 두려움이 묻어 있다.

길이란 무엇인가? 길이란 누구나 걸어가야 하는, 살아가야 하는 인생의 다른 이름이다.4) 또 누군가에게는 지향하는 삶의 목표이기도 하다. 사람들은 길을 간다. 모두 비슷한 길을 가는 듯 해도 각자의 주어진 환경, 개인적인 취향, 삶의 목표에 따라 조금씩 다른 길을 가고 있다. 또한 그 길은 인간에게 언제나 선택의 갈림길을 제시하기도 한다. 내 앞에 놓여진 길을 가면서도 갈림길에서 선택하지 않았던 다른 길에 대한 후회와 미련은 늘 남기 마련이다.

그렇다면 앞에 펼쳐진 것이 아닌 지나온 길은 어떤가? 앞의 길은 가야 할, 살아가야 할 날들이고 정해지지 않은 미래이다. 그렇지만 이미 지나온 길은 체취가 배어져있는, 다른 이들이 인식하는 그 사람의 모습이다.5) 그림자처럼 쫓아다니는 개인의 역사이기도 하다.

♪ 예문 4-4 고친 글

하늘로 높다랗게 치솟은 메타세콰이어 사이로 낙엽이 수북히 쌓인 길을 바스락 바스락 밟고 지나가고 싶은 계절이다. 바바리 코트 깃을 세우고 명상집 한 권쯤 겨드랑이에 끼고 걷고 싶다. 그렇게 정처 없이 걷다보면 마음이 어느새 낙엽의 빛깔로 물들 것만 같다. 이어폰을 귀에 꽂고 유재하의 노래를 한 곡쯤 듣는 것도 좋을 것이다.

그는 내가 대학시절 무척이나 좋아했던 가수였다. 인기 있는 가수도 아니었고, 또 내가 그를 직접 만나 본 적도 없지만(그는 젊은 나이로 아깝게 세상을 하직했다) 이따금 라디오에서 흘러나오는 그의 노래는 언제나 나의 마음을 달콤하게 적신다. 그의 노래 중에 〈가리워진 길〉이란 것이 있다.

보일 듯 말 듯 가물거리는 안개 속에 쌓인 길
잡힐 듯 말 듯 멀어져 가는 무지개와 같은 길

그에게 길은 잡을 수 없는 무지개, 가물거리는 안개와 같은 존재이다. 그에게 다가올 비극을 예측이라도 한 것일까? 미래에 대한 기대와 호기심과 함께 두려움이 묻어있다.

길이란 무엇인가? 누구나 걸어가야 하는, 아니 살아가야 하는 인생의 길을 말한다. 인생의 길이야말로 지향하는 목표를 향해서 걸어가는 길이다. 사람들은 모두 비슷한 길을 가는 듯해도 주어진 환경에 따라, 개인적인 취향에 따라, 혹은 삶의 목표에 따라 각자 다른 길을 걷고 있다. 그 길은 어느 순간에 이르면 선택의 갈림길에 맞닥뜨린다. 선택한 길을 어쩔 수 없이 가면서도 때로는 선택하지 않았던 그 길에 대하여 후회와 미련을 가질 수도 있다. 그러나 인생은 선택한 그 길을 충실히 걸을 때만이 가치가 있는 것이다.

1) '밟고 싶어지는 가을'을 '밟고 지나가고 싶은 계절'로 고쳤다. 보다 구체성을 주기 위해서다. 2) '가슴 가득히 낙엽이 물들 것만 같다'를 '마음이 어느새 낙엽의 빛깔로 물들 것만 같다'로 고쳤다. 3)은 이렇게 고쳤는데 기존의 문장이 치렁치렁하기도 하지만 구체적이지 못하기 때문이다. '달콤하게'라는 말을 덧붙였는데 이는 구체성을 얻기 위해서다. 4) '길이 인생의 다른 이름'이란 표현은 적합하지 못하다. 5)는 '길'과 좀더 밀접하게 연관시키기 위하여 이렇게 고쳤다. 6)은 추론의 과정이 설득적이지 못하기 때문에 이와 같이 고친 것이다. 마지막 문단은 별로 필요가 없기 때문에 생략해도 괜찮을 것 같다. 대신 "그러나 인생은 선택한 그 길을 충실히 걸을 때만이 가치가 있는 것이다."를 삽입한 것이다. 이 문단의 뜻을 분명하게 하기 위해서다. 이 말이 없으면 이 문단의 소주제가 뚜렷해지지 않기 때문이다.

둘째는 문단 단위로 살피면서 퇴고해야 한다. 문단을 바꾸어야 하는데도 바꾸지 않고 그냥 붙여서 쓴 경우에는 매우 답답해 보인다. 반대로 문단 개념이 없이 한 문장 한 문단으로 쓴 글도 결코 좋은 글이 못된다. 그런 문장으로는 생각을 제대로 끌고 가기 어렵기 때문이다. 글의 단락은 사고의 단락과 마찬가지다.

〉 예문 5
독서의 계절에는 서점에 가리라

가을을 누가 독서의 계절이라고 말했을까? 나는 이 말을 좋아한다. 물론 열 두 달 독서의 계절이라고 말하는 사람들도 있다. 하지만 정신 없이 살다 보면 제대로 독서할 틈을 얻지 못할 때가 많다. 한 계절만이라도 독서할 시간을 나에게 선물하고 싶다. ① 『모방속

국에서 한 주에 한 번씩 우리나라 사람들의 독서를 권하기 위한 프로그램이 있다. 진행자들이 만나보는 사람들 중에는 정말로 책을 많이 읽는 사람이 더러 있다. 주일을 단위로 몇 권씩 읽으려고 결심한다든지, 한 달을 단위로 십 수권을 읽으려고 작심하는 사람들이 있는 모양이다. ②『대형서점에는 책장 사이사이 편하게 앉거나 쪼그리고 앉아서 책을 읽고 있는 사람들을 흔하게 볼 수 있다. 몇몇 서점에는 앉아서 책을 편하게 읽을 수 있는 공간도 마련되어 있다. 그런가 하면 서점 안에서 책을 읽을 수 없게 하는 서점은 책을 사 주지도 말자고 주장하는 사람도 있다. ③『자주 가는 할인마트에 가 보면 서점 코너에 어린 아이들의 독서하는 모습들을 흔히 볼 수 있다. 비치된 의자가 모자라서 바닥에 퍼질고 앉아서 책을 읽고 있는 아이들도 보인다. 그러나 우리나라 독서 인구는 선진국에 비하면 많이 뒤진다고 한다. 이 어린 아이들이 자라서 어른이 될 즈음이면 우리나라의 독서인구가 세계에서도 뒤지지 않을 것이라고 나는 기대한다.

내가 동화책을 처음 읽은 것은 초등학교 2학년 때였다. 큰집에 제삿날이어서 엄마 따라 큰집에 갔을 때, 방에 교과서가 아닌 책 한 권이 있지 아니한가? 아마도 지금 추측컨대 우리나라 전래 동화집이었던 같다. 그 책이 얼마나 재미있었는지 큰집에만 가면 재미있는 책이 또 없을까 하고 살폈다. 독서하는 재미를 들이게 된 것은 그때부터라고 생각된다. 그러나 우리집 형편으로서는 내게 교과서 외에 따로 책을 사줄 형편이 못되었다. ④『반에서 언니나 오빠가 있는 친구들이 교과서 외의 책을 가지고 오면 순서를 정해서 돌려가면서 읽는다. 대개는 만화책이었고, 가끔은 동시집이나 동화집도 있었다. 쉬는 시간까지 기다리지 못하고 수업시간에도 무릎 위에 올려놓고 몰래 읽었던 기억이 난다. 선생님 몰래 읽는다는 것은 책의 재미만큼이나 아슬아슬하고 재미있는 일이었다. ⑤『그러다가 소년소녀 명작소설을 읽을 수 있는 기회를 갖게 되었다. 5학년 올라와서 일이었는데, 담임선생님께서 우리 반에 작은 도서실을 마련하였다. 선생님께서 얼마의 돈을 내셔서 교실 안에 학용품 판매대를 차렸고, 그것을 우리 반 아이들이 필요할 때마다 바깥에서 사지 않고 반에서 샀다. 학급 임원들이 돌아가면서 그 일을 맡았다. 나중에는 다른 반에까지 알려져 학용품을 사가기도 했다. 한 학기 동안 했는데, 이익금이 적지 않게 생겨서 그것으로 책을 구입해서 교실 뒤에 비치해 놓고, 반 아이들에게 빌려 주었다. 돈을 얼마간 받고 책을 빌려 주었는지 아니면 무상으로 빌려주었는지 지금은 생각이 잘 나지 않지만, 책은 날이 갈수록 점점 늘어났다. 다음 학기에는 공부에 지장이 있을까봐 학용품 판매는 그만 두었다. 나는 도서계로 선임되어 학급도서대장을 관리하게 되었다. 덕분에 책을 내 마음대로 빌려다 볼 수 있었다. 그 때 읽었던 책으로 지금 기억되는 것은 〈알프스의 소녀〉, 〈집 없는 천사〉, 〈거지와 왕자〉, 〈톰 소야의 모험〉 등이다. 아마도 선생님께서 우리들이 즐겨 읽을 것이라고 생각되는 것을 선택해서 비치한 것일 것이다. ⑥『책을 읽으며 보낸 5학년 한 해는 참으로 행복했던 시절로 기억된다. 낮에는 나무 그늘 밑에 멍석을 깔고 누워서 편안한 자세로 책을 읽기도 하고, 저녁에는 등잔불 밑에서 밤을 새우며 읽기도 했다. 아마도 그 때 읽었던 책들이 내 영혼을 살찌우는데 한 몫을 한 것이 아닌가 하는 생각을 한다.

요즈음 '고구마'라고 하는 헌책방 사이트에 상당한 매력을 느끼고 있다. 그 동안 교보문고에서 인터넷으로 필요한 책을 주문해서 받아 보았으나 비용이 만만치 않았다. 우연한 기회에 아는 교수님으로부터 '고구마'를 소개받았다. 새 책은 비싸니까 헌 책방에서 주문하면 훨씬 저렴하게 책을 사 볼 수 있다는 것이다. 그렇게 해서 자주 들리게 된 헌 책방 사이트였다. ⑦『결혼하기 전에 한 권 두 권 사서 읽던 책들을 결혼하면서 혼수품 1호라고 하면서 가지고 왔다. 그러나 책을 담은 사과 박스는 끄르지도 못하고, 친정으로 되돌려 보낼 수밖에 없었다. 시댁에도 책장 가득히 책이 꽂혀 있는데다가 내가 쓰는 신혼 방에는 책을 펼쳐 놓을 만한 공간을 따로 마련할 수가 없었다. ⑧『얼마 전에 이어령씨의 〈흙 속에 저 바람 속에〉가 장정을 바꾸어 새롭게 발간되는 것을 보고, 그 분의 전집을 구입했던 생각이 나서 동생에게 그것이 어떻게 되었느냐고 물어보았다. 몇 번의 이사를 다니면서 없앴다는 것이 아닌가? 세월이 얼마나 흘렀는데 이제 와서 그 책을 찾느냐고 오히려 핀잔을 준다. 내가 너무나

아쉬워하니까 남편은 청계천의 헌 책방을 뒤져서라도 찾아보자고
했다. 장난삼아 한 말인지, 아니면 진정으로 한 말인지 모르지만 그
말 한 마디로 위안을 받고 말았다. ⑨『나는 요즈음 헌책방 사이트
를 "풀방구리에 새앙쥐 드나들 듯" 한다는 말이 실감날 정도로 자
주 들어간다. 그 곳에서는 필요한 책을 싸게 구입도 하지만, 이미
절판되어서 쉽게 볼 수 없는 책을 찾아내기도 한다. 필요한 책을 골
라서 주문서를 보내고 은행계좌로 송금하면 다음 날이면 책이 배달
되어 온다. 누렇게 종이가 퇴색한 책 속에서 나는 마치 정다운 사람
을 다시 만나듯 새로운 기분으로 그 책을 만난다. 오래 전에 읽었던
기억을 되살리면서 그 때의 감동을 다시 살려본다. 그런가 하면 그
때는 미처 발견하지 못했던 의미를 새삼스럽게 발견하는 때도 있어
서 잃었던 보물을 다시 찾은 것 같을 때도 있다. ⑩『언제나 느긋
한 마음으로 책을 읽을 수 있는 시간이 부족한 나는 외출을 할 때
는 가방에 꼭 책 읽을 책 한 권을 챙겨서 넣고 나가는 버릇을 가지
게 되었다. 버스에서 혹은 찻집에서 틈만 나면 읽지만, 하루 종일
들고만 다니다 읽지도 못하고 돌아올 때도 있다. 대학에 다니고 있
는 아들애는 말한다. "엄마 외출할 때 가방에 책 한 권씩 넣고 나가
는 모습이 무척 아름다워요. 더구나 여성 잡지 따위가 아니라, 깊이
가 있는 책을 탐독하고 있는 모습은 참으로 존경스러워요." 자식의
눈에 그런 모습으로 비쳤다면 나는 얼마든지 행복해도 좋다.

　유럽으로 여행을 하게 되면 제일 먼저 가고 싶은 곳이 영국의 한
작은 마을이다. 그 곳은 리처드 부스라는 사람이 '헌책제국'으로 만
든 영국 웨일즈의 작은 마을 헤이온와이라는 곳이다. 쓸모 없는 폐
광촌을 한 사람의 힘으로 헌 책의 성지로 만든 곳이다. 이제는 전
세계적으로 유명해서 관광객들이 끊임없이 모여들어 그 수입만도
만만치 않다고 한다. ⑪『몇 해전에 영국에 사는 시동생이 헌 책방
에서 구했다면서 우리나라의 궁중생활과 서민생활을 영문으로 기록
한 책을 사진과 함께 가지고 와서 식구들과 친지들에게 보여 주었
다. 매우 귀중한 책이라고 한다. 그러면서 그곳의 헌 책방 마을에
대해서 말했다. 그때부터 나는 영국 웨일즈의 한 작은 마을이 마음
속에 도사리기 시작했다. 며칠 전 모 신문에서 '책 마을' 난에 헌

책방 마을 헤이온와이를 소개하는 것을 보았다. 리처드 부스가 직접 쓴 책이었다. 나는 인터넷으로 책을 주문하려다가 그만 두었다. 서점에 직접 가서 구입하는 것이 좋다는 생각이 들어서였다. 그곳에 가면 우선 책이 많아서 좋다. 무슨 책이 나왔나 하고 부지런히 살피는 사람이 많아서 좋다. ⑫『나도 그 속에 끼여 느긋한 마음으로 그들과 함께 있으면서 행복한 시간을 갖는다. 시집 몇 권쯤은 문제도 없이 읽는다. 그러다가 나는 내가 사려고 의도했던 책 외에 몇 권의 책을 더 사고 만다. 비록 그것이 충동구매라고 해도 나는 탓하지 않으리라. 올 가을은 독서의 계절에 걸맞게 진실로 알찬 독서를 할 것을 다짐한다. 생각만 해도 가슴 뛰는 일이다.

위의 글에서 '『 '로 표시된 부분은 행을 바꾸어 다른 문단을 만드는 것이 좋다. 뜻의 흐름이 달라지는 부분이기 때문이다. 한 문단이 너무 길면 독자가 지루함을 느끼기 마련이다. 그 반대로 아무 의미도 없이 행을 바꾸는 것은 문단에 대한 개념이 전혀 없는 사람이 그저 보기 좋도록 배열하는 것이다. 문단 개념을 갖고 있지 못한 사람은 추론(推論)을 바르게 할 수 없는 사람이라고 해도 틀린 말은 아니다.

나) 제목 붙이기

제목이 없는 글은 없다. 어떤 글이든지 우선 제목을 보고 그 글을 읽기 시작한다. 따라서 제목이 좋으면 읽고 싶은 생각이 나지만, 그렇지 못할 때는 아무리 좋은 글이라도 읽지 않게 된다. 제목은 물건으로 치면 포장과 같고, 집으로 치면 대문과 같다. 제목은 단순히 글의 제명(題名)만을 의미하는 것이 아니라, 글을 화룡점정(畵龍點睛)하는 효과를 지니고 있다. 제목의 인상이 그 글을 읽는 동안 내내 지배하고 있어서 사실상 글 전체의 의미에도 큰 영향을 미치고 있다.

A) 여러 형태의 제목

제목을 붙이는 방법은 수없이 많아서 일일이 말할 수 없을 정도다. 사람에 따라서 각기 다르기도 하지만, 글의 내용에 따라서 다르게 붙일 수 있다. 우선 제목을 문법적 형태에서 보면 명사 혹은 명사구형, 문장형, 생략된 구나 절로 된 것들이 있다.

1) 명사 혹은 명사구형

인연(피천득), 보리(한흑구), 도마소리(김소운), 권태(이상), 달밤(유오영), 풍란(이병기), 신록예찬(이양하), 그믐달(나도향), 딸깍발이(이희승), 미운 간호부(주요섭), 어린이 찬미(방정환), 생활인의 철학(김진섭), 피어린 육백리(이은상), 가난한 날의 행복(김소운).

2) 서술형

구름을 쓸면 눈이 오지(이응백), 그래도 지구는 돈다(서임수), 날개야 다시 돋아라(서임수), 이것이 우리의 한글입니다(고임순), 낚시는 바로 선(禪)이다(최신해), 홧김에 자기 집에 불지른다, 헛기침으로 백 마디 말을 한다. 이름에 너무 집착한다, 왜 자기 자식을 쏘아 죽이는가(이규태), 손자에게 배운다(김정한), 하늘에는 별도 많더라(최신해)

3) 생략된 어구

낙엽을 태우면서(이효석), 낚시대를 챙기면서(최신해), 초설에 부쳐서(유달영), 밤중에 눈뜨면(김동리), 불국사 기행에서(현진건), 귀를 후

비며(정진권), 무등의 스승을 바라보며(김중배), 더 높은 곳에(이항령), 그 수평선을(김남조), 간결하고 상냥한 인사말을(김소운), 한 송이 수련 위에 부는 바람처럼(손광성)

이 중에서 물론 명사형이 가장 많다. '나무', '풍란, '보리', '구두', '마고자'처럼 명사 단독 명사로 된 것이 있는가 하면, '레몬이 있는 방안, '밥 먹는 손이 부끄러운 한국인', '신체 메시지와 자기 노출 심도', '마지막 남은 고기 한 점의 의미' 등과 같이 명사구 혹은 명사어절로 된 말도 있다.

내용에서 수필의 제목을 취한 것을 보면 소재가 제목이 된 경우, 주제가 제목이 된 경우, 소재 혹은 주제가 서로 연관된 경우, 비교가 제목이 된 경우 등이 있다.

1) 소재가 제목이 된 경우
질화로(양주동), 부지깽이(정재은), 쥐(계용묵), 외투(김소운), 수의(壽衣)(이영도), 경이, 건이(이양하), 은전 한 잎(피천득), 짜장면(정진권), 보리(한흑구), 그믐달(나도향), 구두(계용묵), 나무(이양하), 반병의 술, 붕어(최신해)

2) 주제가 제목이 된 경우
어린이 찬미(방정환), 청춘예찬(민태원), 권태(이상), 신록예찬(이양하), 돌의 미학(조지훈), 끝없는 만남(안병욱), 지조론(조지훈), 선비정신(송건호), 사치의 바벨탑(전혜린), 우정(서임수), 약속(서임수), 소나무형

문화(이어령), 낚시꾼의 행복(최신해), 한(恨)(천경자).

3) 소재와 주제가 연관된 경우

문학과 인생(최재서), 소금과 인생(홍문화), 삶과 종교(고범서), 글과 주체성(허웅), 독재자와 아리랑(이어령), 기차와 반항(이어령), 북경원인과 외교(서임수), 뚝배기와 장맛(이상옥), 뉴스와 흥미(최승범), 봄과 두보(최승범), 의욕과 보람(박연구).

4) 비교가 제목이 된 경우

삿갓과 비닐우산, 춘향과 헬렌, 피라밋과 신라 오릉, 멋과 스타일(이어령), 안과 밖, 식탁의 개인성과 집단성(이규태), 육안(肉眼) 심안(心眼)(박연구), 아내와 남편의 빛깔(고임순), 법과 율(황병기), 주역과 단역(서임수), 의미와 무의미(이상옥).

이 외에도 '아침마다 가슴 슬레는', '아직도 남은 순정의 말'(김상태)과 같이 본문 속에 있는 말을 그대로 따 와서 된 제목도 있고, '고향에 살으리랏다'와 같이 고어를 모방해서 제목을 삼은 경우도 있고, '우리에게 내일은 있는가?'와 같이 의문을 나타내는 제목도 있다.

B) 주목을 끄는 제목들

제목은 글의 목적에 따라 각기 다르게 붙일 수 있다. 글을 쓰는 취지를 제목만 보면 알 수 있게 붙이는 수도 있고, 무엇에 관해서 쓴 내용인지 알 수 없도록 붙인 제목도 있다. 그런가 하면 글의 내용과는 정 반대의 제목을 붙이는 수도 있다. 그 글의 내용을 독자에게 숙지토록 하기 위하여 쓴 글이라면 내용을 요약하면서 결론으로 내세우는 것을 제목으로 삼는 것도 좋을 것이 다. 글의 내용이 냉소적이거나 역설적일 때는 글의 내용과 반대되는 제목을 내 걸 수도 있다.

때로는 출판사에서 제목을 먼저 주고서 글을 쓰게 하는 수도 있다. 이럴 때는 필자가 제목을 마음대로 바꿀 수는 없는 것이다. 소재나 주제는 지정해 주면서 제목은 필자의 마음대로 붙일 수 있는 경우도 있다. 이럴 때는 일정한 범위 안에서 독자의 흥미를 끄는 제목을 붙여야 할 것이다.

제목만 보아도 읽고 싶은 생각이 들어야 한다. 만약 제목을 보고 그 내용이 뻔하군 하고 생각한다면 좋은 제목이라고 생각되지 않는다. 제목은 우선 독자의 관심을 끌 수 있는 제목이 좋은 제목이다.

주목을 끄는 제목으로 '사과닦이족', '희색 거짓말'(이규태), '엘리베이터 경주', '성과 속의 문지방'(이어령), '왕이 된 낚시꾼', '공중에 알을 뿌리는 고기'(최신해), '게의 넉두리', '가람 선생의 기행(奇行)'(최승범), '야단 맞은 빠리의 데이트', '잠자는 간첩'(서임수), '영국 여왕을 만나던 날'(이상옥), '하얀 얼굴의 두 여인'(윤태림), '실연(失戀)의 역설(逆說)'(강원룡), '우연의 위탁을 주고 간 여인'(김열규) 등이 있다. 이런 제목들은 그 내용이 어떤 것인지 매우 궁금하다. 이 중에는 필자의 이력 때문에 어떤 말을 했을까 하는 생각도 들지만, 글의 대상이 된 것 또한 궁금해서 읽고 싶어지는 경우도 있다. 가령, '가람 선생의 기행'은 대상이 된 가람 선생은 국문학계의 거두로서 그 기행이 입 소문으로 많이 전해지고 있다. 이 글을 쓴 최승범 교수는 오랫동안 가람 선생을 모신 분이라, 무슨 기행을 하셨나 매우 궁금하기도 하려니와 시인이자 수필가이며 국문학자인 필자의 이력으로 보아 글에 대한 신빙

성도 있는 것이다. '야단 맞은 빠리의 데이트'의 필자 서임수씨는 그 화려한 경력으로 그의 행적이 궁금하기도 하지만, 그는 외모 뿐 아니라 지적 멋쟁이로 잘 알려진 분이다. 그 분이 '야단 맞은 빠리의 데이트'를 했다면 어떤 내용일까 매우 궁금해진다. 그러나 내용을 읽어보면 필자가 한 데이트가 아닐 뿐 아니라, 미국과 중공간에 은밀하게 가진 외교 관계를 다룬 것이다. 데이트란 말이 나온 것은 키신저가 중공을 가기 전에 빠리에서 잠깐 만난 여기자와의 일을 말한 것이다. 그리고 그것도 오해에서 빚어진 어떤 부인의 질책인 셈인데, 제목의 암시성에서나 궁금증을 일으킬 수 있다는 점에서 재미나는 제목이다. '영국 여왕을 만나던 날'은 필자 개인이 만난 영국 여왕의 인상이 어떠했는가 매우 궁금하게 느껴진다. '사과 닦이족', '희색 거짓말' 또한 궁금증을 일으킨다. '성과 속의 문지방'은 두 대립되는 의미가 어떤 문지방을 건너서면 달라지는가 궁금하다. '왕이 된 낚시꾼'은 과연 어떤 사람이 그런 사람인가도 궁금하지만, 유명한 정신과 의사인 필자 최신해씨를 가리켜 '낚시광(狂)'이라고도 하고 낚시에 득도한 사람이라고도 해서 글의 내용에 대해서 궁금증을 일으킨다. 그 외에 윤태림, 강원룡, 김열규씨 등은 모두 지명 인사들로서 그들의 그 간의 경력으로 보아 충분히 독자의 궁금증을 유발시킬 만하다.

이제 이 시대의 탁월한 에세이스트로서 글이 발표될 때마다 독자들의 주목을 끌었던 이어령씨의 저서 〈차 한잔의 사상〉을 보면서 그가 어떤 제목을 붙이고 있는가를 살펴보기로 하자. 그는 1부 '한국인의 스냅'에서 '드롭스와 스태미너', '삿갓과 비닐 우산', '왼손잡이의 독탕', '제 얼굴에 손 못대는 배우', '친절무용론', '독서무용론', '군자언어의 도난', '공자님과 급행버스' 등의 소제목을 붙이고 있다.

‘드롭스와 스태미너’는 언뜻 보기에는 전혀 관계가 없는 것처럼 보인다. 그것이 어떤 관계에 있을까가 우선 궁금하다. 내용을 보면, 서양인은 드롭스를 입 속에서 녹여 먹는 데 비하여 한국인은 깨물어먹는다는 것이다. “그만큼 우리는 조급하다”는 것이다. 그것을 일하는 것에 대하여 “정력부족”까지 확대해서 말하고, 우리 민족은 “정력”과 “지구력”을 길러야 할 것을 당부하는 글이다. ‘삿갓과 비닐 우산’은 우선 시대적 차이를 느끼게 해서 궁금증을 일으킨다. 같은 기능은 수행하는 것을 우리는 알고 있지만 어떤 점에서 다른가 하는 의문을 가지게 한다. 옛날 우리 조상들이 흔히 쓰고 다니던 삿갓이 사라진 뒤에 요즈음은 비만 오면 비닐 우산이 불티나게 팔리고 있는 현실을 보면서 쓴 글이다. ‘왼손잡이와 독탕’ 또한 전혀 관계가 없는 것이 연결되어 있어서 궁금증을 일으킨다. 그러나 글을 읽어보면 독자 일반이 대체로 상상했던 것과는 전혀 다른 내용이다. “사실을 실증적으로 따지는 습관과 훈련”이 부족한 우리네의 현실을 비판한 내용이다. 이런 교훈적인 글의 제목으로 비슷한 암시를 줄 수 있는 제목을 달았다면 아마도 독자들은 읽기도 전에 외면했을지도 모른다. ‘제 얼굴에 손 못대는 배우’는 아이러니컬한 제목에 흥미를 느낄 수 있다. ‘친절무용론’과 ‘독서무용론’은 모두 역설적인 제목이다. 누구나 친절해야 한다, 독서해야 한다는 지극히 당연한 말을 부정하고 있다면 그 이유가 분명히 있을 것이다. ‘공자님과 급행버스’도 매우 이색적인 제목이다. 두 개의 항목이 전혀 관계가 없는 듯이 보이기 때문이다. 내용은 급행버스(좌석버스)와 일반버스 속에 앉아 있는 승객들의 차이를 말한 것이다. 삼강오륜(三綱五倫)의 전통을 지켜오는 한국에서 러시아워의 만원 버스에서는 무질서의 극치를 이루고 있지만 돈을 더 주고 타는 좌석버스

에는 질서정연한 승객이라는 점을 말하고 있다. 평범한 내용이지만
이런 제목이 아니라면 읽지 않을 독자가 많았을 것이다. 물론 제목 못
지 않게 글을 펼쳐 가는 솜씨 또한 비범하지만.

앞에서 우리는 여러 형태의 제목들을 살펴보았다. 이 외에도 얼마
든지 기발(奇拔)한 제목을 붙일 수도 있을 것이다. 그러나 제목은 반드
시 글의 내용과 어울려야 한다. 제목만 기발하고 내용은 아무 것도 없
으면, 독자는 당연히 실망한다. 제목을 붙일 때는 독자가 어떤 태도로
읽어야 할 것인가를 생각해 두는 것이 좋다. 첫째 나의 감정과 생각의
표현이 중요하다고 생각되는 경우, 둘째 독자의 감정과 사상 혹은 태
도를 바꾸어 보겠다는 것이 중요하다고 생각되는 경우, 셋째 내 작품
의 미적 감상이 중요하다고 생각되는 경우, 넷째 사회현실을 통찰하
여 진실을 밝혀 보겠다고 생각하는 경우로 나누어서 생각해 볼 필요
가 있다. 이것은 에이브람스(M. H. Abrams)가 〈거울과 램프〉라는 저서
속에서 비평의 학설을 크게 네 가지로 나누어 모방의 학설, 표현의 학
설, 실용의 학설, 객관적인 학설로 나누어 살펴본 견해에서 원용한 것
이다. 이제 여러 수필가들의 작품에서 이 관점에 따라 제목을 찾아보
자.

1) 나의 감정과 사상이 중요시되는 경우

짝 잃은 거위를 곡하노라(오상순), 미운 간호부(주요섭), 청춘예찬(민
태원), 어린이찬미(방정환), 배설부(이진섭), 생활의 운치(신석정), 나의
사랑하는 생활(피천득), 피어린 육백리(이은상), 산마다 울리는 육자배
기와 동백꽃(서정주), 우리를 지켜주는 집(이어령), 시 읽는 즐거움, 책
읽는 재미(최승범), 어여쁨이야 어찌 꽃뿐이랴(허영자), 밥 먹는 손이

부끄러운 한국인(이규태)

내용을 보면 우리가 흔히 수필이라고 부르는 작품들 대부분이 이와 같은 관점에서 선택된 것이지만, 위에서 본 제목들은 작가의 의도가 분명히 드러나 있다.

2) 독자의 태도를 바꾸겠다는 경우
돼지의 대덕(설의식), 가난한 날의 행복(김소운), 면학의 서(양주동), 자녀에게 연민심의 주입을(서정주), 마음에도 푸른 나무를(허영자), 유행가 가사를 고발한다(이어령), 간결하고 상냥한 인사말을(김소운), 낚시는 바로 선(禪)이다(최신해), 지조론(조지훈), 공무원 변화의 주체 돼야(목진휴), 국민이 솔로몬 되자(박성희), '학벌주의 타파' 실천이 문제다(홍덕률)

신문의 사설이나 칼럼 등의 논설문은 대체로 이와 같은 관점에서 제목이 선택된다. 정도(正道)가 무엇인가를 역설하면서 독자도 그에 따를 것을 강력히 권고하는 글들이 이런 제목을 붙이고 있다.

3) 작품의 미적 감상이 중요하다고 생각되는 경우
처녀의 공기, 별(서정주), 확 속의 금붕어, 장지문살 안의 정갈함이(최승범), 낙타여! 시인의 언어여, 저 번뜩이는 바늘을 들고……(이어령), 오월의 청보리처럼(허영자), 봄의 화단(한흑구), 아름다운 오후에(홍윤숙), 봄의 영가(靈歌)(주종연), 한 점 바람이어라(박연구)

제목만으로는 구별하기가 어렵다. 대체로 이런 식으로 제목을 붙인다는 뜻으로 예를 보인 것이다. 제목으로는 1)과 혼동을 일으킬 경우가 많다.

4) 사회 현실을 통하여 진실을 밝혀보겠다는 경우

교육과 경쟁의 원리, 요리 접시에 담긴 문화(서임수), 가족중심주의의 굴레, 체면 때문에 생기는 표리의 이중 구조(이규태), 문화의 비극, 과잉 애국심(이어령), 삶과 종교(고범서), 프로크라티즈의 침대(김정흠), 오랜 관직생활 속의 나상(裸像)(고재경), 이혼은 권하지 못할 필요악(이태영)

이 경우의 제목은 2)와 혼동될 여지가 많다. 사회 현실을 분석하고 그 진실을 밝히다 보면, 독자가 어떤 태도를 취해야 할 것인가가 자명해지는 경우가 많기 때문이다.

● 저자 약력

김상태(金相泰)

서울대학교 문리과대학 국문학과 졸업, 동 대학원 석사 박사과정, 워싱턴
대학교 비교문학과 박사과정 수료, 문학박사.
전북대·한양대·이화여대 교수 역임, 한국비교문학회, 한국현대소설학회
회장 역임
현재 이화대학교 평생교육원에서 생활수필쓰기 지도

저 서:『문체의 이론과 해석』,『언어와 문학 세계』 등 다수
수필집:『참말과 거짓말 사이』,『여자대학의 촌티 나는 교수』,
       『먼 꿈 가까운 꿈』,『선생님 우리 선생님』
콩트집:『유리구슬』

수필 창작 어떻게 할 것인가

김상태 지음／1판 발행 2004년 9월 15일／2판 발행 2008년 3월 20일／
발행처·푸른사상사／발행인·한봉숙／등록번호 제2-2876호／등록일자 1999년
8.7／주소·서울특별시 중구 을지로 3가 296-10 장양빌딩 202호(100-847)／전화·
마케팅부 02)2268-8706, 편집부 02)2268-8707, 팩시밀리 02)2268-8709／
저작권자 2004 김상태
이메일·prun21c@hanmail.net／홈페이지·http://www.prun21c.com

ISBN 89-5640-264-7-03800

정가 15,000원

*저자와의 협의하에 인지 생략함.